Knaur

Über die Autorin:

Esther Freud, 1963 geboren, ist eine Urenkelin von Sigmund Freud und Tochter von Lucian Freud, dem wohl berühmtesten englischen Maler unserer Zeit. Sie war Schauspielerin und gründete eine eigene Theatergruppe. Für ihre ersten beiden autobiographisch inspirierten Romane »Kuß-Kuß in Marrakesch« und »Wunderbares Blau« wurde sie als eine der besten jungen britischen Autoren gelobt. Esther Freud lebt in London.

Esther Freud

Sommer in Gaglow

Roman

Aus dem Englischen von
Karin Kersten

Knaur

Die englische Originalausgabe erschien 1997 unter dem Titel
»Gaglow« bei Hamish Hamilton, Ltd., London.

Besuchen Sie uns im Internet:
www.droemer-knaur.de

Vollständige Taschenbuchausgabe März 2000
Droemersche Verlagsanstalt Th. Knaur Nachf., München

Umschlaggestaltung: Agentur Zero, München
Umschlagabbildung: The Royal Photographic Society/
Picture Library Bath
Satz: Ventura Publisher im Verlag
Druck und Bindung: Clausen & Bosse, Leck
Printed in Germany
ISBN 3-426-61100-7

2 4 5 3 1

Für Xandra und Alexandra

Danksagung

Mein besonderer Dank gilt Gerta Calmann, Marianne Calmann, Dick Mosse, Lucy Mosse, Katharina Bielenberg, Josh Lacey, Kitty Aldridge, David Morrissey und der verstorbenen Jo Kaufman. Sie haben durch Informationen, Übersetzungen, Fotos, Erinnerungen, Ermutigung und kritische Anmerkungen zu diesem Buch beigetragen.

Als hilfreiche Quellen möchte ich nennen Elise Brashs *Memories of My Youth*, Richard Samsons *The Letters of Carl Heinrich Hertz, Life in Russia, 1915–1917* (mit ausdrücklichem Dank an das Institut für die Geschichte der deutschen Juden) und Evelyn Bluchers *An English Wife in Berlin*.

Kapitel 1

Die Belgard-Mädchen hegten keine Bewunderung für ihre Mutter. Es mißfiel ihnen, daß sie Karten spielte und Zigarren rauchte, wenn ihr Mann nicht daheim war. Ihren Bruder Emanuel liebten sie hingegen alle heiß und innig. Nächste Woche sollte er einundzwanzig werden, und die Familie war in seltener Einmütigkeit von morgens bis abends damit beschäftigt, ein Fest zu planen, das sich über ein ganzes Wochenende hinziehen sollte. Die Gäste mußten eingeladen, Speisen und Getränke bestellt, die Blumen zu prächtigen Sträußen arrangiert und über das ganze Haus verteilt werden. Das Fest sollte auf Gaglow stattfinden und nicht in ihrer Berliner Wohnung, die zwar groß, aber doch nicht groß genug war, um Gäste in solcher Zahl aufzunehmen, wie sie sie erwarteten.

Es war der Sommer des Jahres 1914, und Eva hatte am selben Tag Geburtstag. Kein Mensch schien sich in der Hektik der Vorbereitungen daran zu erinnern, daß Eva am einundzwanzigsten Geburtstag ihres Bruders elf wurde. Sie hatte jedoch ihren Stolz und verschmähte es, ihre Familie daran zu erinnern. Marianna hatte für jede ihrer drei Töchter ein neues Kleid bestellt. Bina sollte ein blaßpfirsichfarbenes Atlaskleid bekommen, das vorn mit Rüschen besetzt und gerafft war, Martha ein blaues mit einer Schärpe, die im Rücken zur Schleife gebunden wurde, und Eva, die eigentlich noch ein Kind war, würde Weiß tragen. Bina mit ihren fünfzehn hielt sich für ungeheuer damenhaft, mit oder ohne neues Kleid. Sie hatte sich vorgenommen, auf dem Fest ein untadeliges Betragen an den Tag zu legen, und genoß die Aussicht, sich vorteilhaft gegen ihre Mutter abzuheben. »Sie ist so gewöhnlich«, beschwerte sie sich, wenn Marianna nach dem Abendessen am Tisch bei den Männern sitzen blieb, Bier trank und im Kartenspiel gegen sie gewann. Bina, Martha und Eva schlüpften, wenn ihre alte Kinderfrau tief und fest schlief, häufig aus ihren Betten, um sie heimlich durch die dicken Vorhänge, die zum Eßzimmer führten, zu beobachten. »Das ist doch kein Benehmen«, zischte Bina, und die anderen beiden nickten zur Bekräftigung ihrer Worte und setzten in düsterem Ton hinzu: »Armer Papa, armer, armer Papa.«

Eva saß in einem ausladenden Sessel, blickte durch die Glastüren auf den Rasen hinaus, der gerade geschnitten wurde, und dachte sehnsüchtig an den Augenblick, wenn Emanuel heimkäme. Sie malte sich aus, wie sie auf seinen Schoß klettern und ihn necken würde, während er las. Sie würde an den Härchen zupfen, die vereinzelt an seinem Kinn sprossen, und die Namen der Mädchen flüstern, die Mama angeblich als Heiratskandidatinnen für ihn ausgesucht hatte. Eva erschauderte beim Gedanken an die Leute, die ihre Mutter zum Geburtstagsfest eingeladen hatte. Patente, taktlose Frauen mit lauten Stimmen und dicken Hälsen. Emanuel würde mit ihnen nichts zu tun haben wollen, das wußte sie, und außerdem hatte er ihr ein Versprechen gegeben. An ihrem gemeinsamen Geburtstag war das gewesen, in dem Jahr, als sie sieben wurde, und sie hatte darauf bestanden, daß er einen Schwur darauf leistete, indem er sich mit einer Nadel in den Finger stach und ihn gegen ihren Daumen preßte.

Emanuels Eintreffen war von dem Kriegsgerede überschattet, das mit ihm von Hamburg kam. »Das ist doch nur ein Gerücht«, tröstete er seine Mutter. »An der Universität sind sich jedenfalls alle einig, daß es nicht zum Krieg kommen wird«, und er wiederholte diese Auffassung vor verschiedenen Gruppen von Gästen, die sich im Salon um den Flügel scharten oder über den Rasen hinter der Terrasse schlenderten.

Emanuel war mit einem Geburtstagsgeschenk für Eva eingetroffen. »Hast du gedacht, du wärst vergessen worden?« neckte er sie, und sie dankte ihm beiläufig und ließ sich ihre Erleichterung nicht anmerken. Es war ein türkisches Kästchen, eine Intarsienarbeit aus schimmerndem Rosen- und Ebenholz. In der Mitte war ein Perlmuttmuster eingelegt, das sich wie eine Blume entrollte. »Es hat einen Schlüssel«, erklärte er ihr, und als sie ihn umdrehte, öffnete das Kästchen sich. Es war mit grünem Filz ausgeschlagen, und an der Rückwand zwischen den beiden Scharnieren war ihr Name eingeschnitzt.

Eva hatte für ihren Bruder fünf weiße Taschentücher mit seinen Initialen bestickt. Die eine Ecke zierten Streublümchen mit einem rosa Auge. »Die benutzt er doch nie«, stichelte Bina, und Martha meinte lachend, wahrscheinlich würde er sie ganz unten in irgendeiner Schublade verstecken. Evas Blick sprühte Genugtuung, als Emanuel eins auseinanderfaltete und in die obere Tasche seiner Weste steckte, so daß die Blümchen lebhaft gegen deren Stoff abstachen. Er ließ es den ganzen Nachmittag dort, und als er und die Gäste sich zum festlichen Diner umzogen, steckte er es in seinen Abendanzug.

Von den drei Mädchen durfte nur Bina am zweiten Teil der Festlichkeit teilnehmen. Man hatte für einhundert

Gäste an einer langen Reihe von Tischen gedeckt, die sich spiralförmig durch das Eßzimmer zog. Bina kam ins Kinderzimmer hinauf, um ihr Kleid und ihre Frisur ausgiebig von Omi Lise, der alten Kinderfrau, und Fräulein Schulze, der Gouvernante, bewundern zu lassen. Eva starrte wütend ins grüne Innere ihres Kästchens und fluchte in sich hinein, weil sie um Jahre zu jung war. »Was soll ich denn erst sagen«, meinte Martha, und dieser berechtigte Einwand heiterte ihre jüngere Schwester ein wenig auf.

Ihre Mutter kam nach oben, um den beiden gute Nacht zu sagen. »Ihr beiden wart heute wirklich großartig.« Festlich aufgemacht, stand sie in der Türöffnung zwischen den beiden Zimmern und lächelte ihnen zu, während Martha und Eva vor ihrem doppelten Frisiertisch saßen und verdrießlich aus dem Spiegel zurückstarrten. »Schlaft schön.« Sie warf jeder eine Kußhand zu und kehrte zu ihren Gästen zurück.

»Hast du gesehen, was für abscheuliche Ohrringe sie trägt?« platzte Martha heraus, und Eva stimmte ihr zu. Riesige rote Rubine, die ihr die Ohrläppchen hinabzogen. »Und diese dürren Arme.« Sie verzog das Gesicht und fuhr fort, ihrem Haar die vorschriftsmäßigen hundert Bürstenstriche angedeihen zu lassen, auf denen Omi Lise bestand.

»Nur gut, daß wir wenigstens Bina haben. Sie kann uns hinterher alles erzählen.« Eva bürstete energisch. Sie senkte die Stimme: »Mal ganz abgesehen von unserer Schu.«

»Nun, nun, Kinderchen«, ließ Omi Lise sich vernehmen, die mit ihren frisch gebügelten und gelüfteten Nachthemden auf einmal hinter ihnen stand. »Fräulein Schulze wird bestimmt keine Zeit für derlei Unsinn haben.«

»Ach, Omi, Omi Lise«, widersprachen die Mädchen. Sie

warfen einander einen verstohlenen Blick zu und grinsten. Derlei »Unsinn« war genau das, wofür ihre Gouvernante Zeit hatte und was ihr mehr Spaß machte als alles andere. Schließlich waren es ihre boshaften Gutenachtgeschichten gewesen, mit denen sie sie auf Anhieb für sich eingenommen hatte, wie sie denn auch mit ihrer Art, sich über Fremde lustig zu machen, von Anbeginn die Spaziergänge, die sie noch bei trübstem Wetter unternahmen, so unterhaltsam gestaltet hatte, daß sich in allen drei Mädchen alsbald ein gewisser Übermut zu regen begann.

Eva lag im Bett und lauschte den fernen Klängen der Musik, während sie zugleich die Mädchen Revue passieren ließ, die ihre Mutter eingeladen hatte. Mit wem Emanuel wohl gerade tanzte, fragte sie sich und lächelte bei der Vorstellung, wie die werbenden Bemühungen sämtlicher Mädchen bislang an ihm abgeprallt waren.

»Martha?« flüsterte sie. »Martha, schläfst du schon?« Martha bejahte schläfrig.

Eine Weile ließ Eva sie in Ruhe, doch dann mußte sie die Frage einfach loswerden, die sie beschäftigte, und sie flüsterte zum Bett ihrer Schwester hinüber: »Martha, ich muß dich etwas fragen. Stellst du dir vor, daß du eines Tages heiraten wirst?«

Ungehalten drehte Martha sich unter ihrer Steppdecke um. »Was? Ja, selbstverständlich.« Und sie drehte sich wieder zur Wand und vergrub den Kopf in den Kissen. Wenn Bina ebenfalls schon ins Bett gesteckt worden wäre, sie hätte nicht geduldet, daß ihre Schwestern einschliefen, sondern einen Spähtrupp organisiert, der, unbemerkt von Omi Lise, auf den Treppenabsatz vorgestoßen wäre, von wo aus sich das Gewimmel der Gäste beobachten ließ, die auf dem Weg von der Tafel zum Ballsaal die geflieste Diele durchquerten. Sie hätten durch die Geländersprossen der geschwungenen Treppe hinunterspähen können und sich weggeduckt, falls irgend jemand hinaufzusteigen begonnen hätte. »Martha?« rief Eva, weil sie plötzlich fand, daß sie sich allzu widerstandslos mit ihrer Ausgangssperre abfanden, doch Martha rührte sich nicht und tat unbeirrt, als läge sie bereits in tiefem Schlummer.

Eva gab sich einen Ruck und stand auf. Sie konnte es nicht auf sich sitzen lassen, keinen Versuch unternommen zu haben, wenigstens einen Blick auf das Treiben unten zu erhaschen. Sie schlang ihr langes Haar im Nacken zu einem Knoten und öffnete Zentimeter für Zentimeter die Tür, bis sie sich hindurchzuschieben vermochte. Sowie sie unbemerkt hinausgelangt war, eilte sie über den Dielenboden des langen Flurs, beugte sich vor, um sicherzugehen, daß nicht irgendwelche Erwachsenenhände das Treppengeländer umfaßten, und schlich sich, an die geschwungene Wand gedrückt, die Treppe bis zum ersten Absatz hinunter. Auf dem Treppenabsatz verschaffte sie sich hastig einen Überblick über die Diele. Stimmengewirr, in das sich vereinzelte Töne von Instrumenten mischten, die gerade gestimmt wurden, wogte zu ihr empor, und um mehr zu sehen als nur die Säume von Kleidern und die schwarzen Ellenbogen von Männern, umklammerte sie das schlüpfrige Holz des Geländers und reckte den Oberkörper so weit wie möglich in die parfümierte Luft. Im selben Augenblick begann eine rotgesichtige Frau, die Treppe emporzusteigen. Die enge Schärpe schien ihr die Luft abzuschnüren. Eva rettete sich mit einem Sprung auf den Treppenabsatz, lief einen der Flure hinab und verbarg sich in der Tür eines Gästezimmers.

Als sie sich wieder hervorwagen konnte, folgte sie der Windung der Treppe, indem sie das hölzerne Geländer hinunterrutschte, wie sie es Bina bei früherer Gelegenheit oft genug hatte tun sehen. Sie mußte an sich halten, um nicht laut zu rufen und zu winken, und fragte sich, wie sie sich bis jetzt immer mit Berichten aus zweiter Hand hatte begnügen können. Eva hing am Treppengeländer, wartete darauf, daß jemand in Sicht käme, und wurde alsbald durch den Anblick der beiden Samson-Mädchen belohnt, die am Fuß der Treppe mit geröteten Gesichtern Vertraulichkeiten austauschten.

Die Samson-Schwestern waren berühmt für ihre Schönheit, und ihre Teilnahme an den Festlichkeiten war Gegenstand ausgiebiger Erörterungen gewesen. Evas Blick ruhte auf ihren kastanienbraunen Köpfen, die einander buchstäblich aufs Haar glichen, während sie sich einander lachend zuneigten. Mittlerweile hing Eva wie eine Fledermaus vom Treppenländer hinab, und ihr begannen bereits die Knie zu zittern, als die Mädchen, die sie mit ihren Rot-Gold-Tönen an französische Äpfel erinnerten, Gesellschaft von ihrem Bruder bekamen. Emanuel stand zwischen ihnen, den Rücken gegen den geschnitzten Pfosten des Treppengeländers gelehnt, und nun senkte er die Stimme, so daß beide Schwestern sich ihm zuneigen mußten, und begann, ihnen etwas zu erzählen. Eine Geschichte. Ein Geheimnis. Eva hielt mit weißen Fingern das Holz umklammert und strengte sich vergeblich an, um seine gedämpften Worte über die Musik hinweg zu verstehen. Schließlich lachten alle drei, den Kopf in den Nacken gelegt, und ihre drei Münder schnitten Halbmonde in ihre Gesichter. Sie lachten immer noch, wenn auch leiser und mit Unterbrechungen, eher kichernd, als Emanuel, die

Arme nur andeutungsweise um je eine Mädchenschulter gelegt, sie wegzuführen begann.

Vor Wut wie gelähmt, lockerte Eva die Knie und ließ sich zu Boden gleiten. Sie fuhr herum und rechnete halb damit, eine finster blickende Omi Lise im steifen weißen Nachtgewand zu erblicken, die sie ärgerlich zum Bett zurückgeleiten würde, doch die alte Frau saß im Spielzimmer am Kamin vor einem Teller und aß die Marzipanrosen, die Fräulein Schulze ihr heraufgeschickt hatte. Eva war es mittlerweile gleichgültig, ob man sie sah oder nicht, und so stieg sie mit lautem Schritt den letzten Teil der Treppe empor. Sie tappte den niedrigen, gebohnerten Flur entlang, bis sie ihr Zimmer erreicht hatte, und warf sich aufs Bett. »Martha?« rief sie, doch Martha weigerte sich aufzuwachen, und den Namen der abwesenden Schu-Schu auf den Lippen wie einen Racheschwur, weinte sie sich in den Schlaf.

Marianna Belgard hätte es gern gesehen, wenn alle drei Töchter an dem festlichen Abend hätten teilnehmen können. Sie hatte das ihrem Mann auch gesagt und gehofft, seine Unterstützung zu finden, doch er hatte unmißverständlich erklärt, das würde doch allzuviel Mißbilligung hervorrufen – nicht zuletzt die ihrer ältesten Tochter. Wolf Belgard lächelte nachsichtig, als er Binas Namen aussprach, faßte seine Frau um die Taille und küßte sie. Marianna machte sich ärgerlich los. Er hatte gut lachen, wenn es um derlei innerhäusliche Animositäten ging. Seine Kinder hatten ihn sehr gern, und er konnte oder wollte nicht sehen, wie abweisend seine Töchter sich ihr gegenüber von klein auf verhalten, wie sie sich immer wieder über sie lustig gemacht und ihr gemeinschaftlich am Zeuge geflickt hatten. Marianna hatte ihm dies etliche Male zu erklären versucht und dabei mühsam die Tränen niedergekämpft, doch er weigerte sich stets, ihr zu glauben, lachte jedesmal nur, zog sie ein wenig auf und versuchte, sie wieder in den Zustand heiterer Gelassenheit zu versetzen, den er selbst für wünschenswert erachtete. Allein Emanuel verstand sie, Emanuel, der ihre Hand nahm und sie drückte, wenn die Mädchen sich keinen Gutenachtkuß von ihr geben lassen wollten, wenn sie im Park vor ihr davonrannten oder wenn sie krank waren, mit kläglichen Stimmchen nach ihrer Gouvernante riefen.

Marianna hatte darauf bestanden, daß auch für Fräulein Schulze bei Emanuels Geburtstagsdiner ein Gedeck aufgelegt wurde. Immer noch hegte sie die Hoffnung, sie für sich einnehmen zu können, und hatte ihr sogar eins ihrer Kleider aus der letzten Saison überlassen. Als Gabrielle Schulze jedoch den Raum betrat und dem stumpfen Rot des Kleides mit seidenen Rosenknospen aufgeholfen hatte, die sich wollüstig an ihre weiße Haut schmiegten, mußte Marianna feststellen, daß sie ihre Großzügigkeit bereute. Die Frau schien den Kopf doch allzu hoch zu tragen. Und es entging ihr auch keineswegs, wie geschickt sie die Änderung des Oberteils kaschiert hatte, in das sie ihrer üppigen Büste wegen ein Stück Stoff hatte einsetzen müssen.

Das Fest nahm am nächsten Tag seinen Fortgang mit einem Mittagessen aus kaltem Braten, eingelegtem Gemüse und Obst. Man hatte im Garten gedeckt. Eva wachte zeitig auf, die Augen verquollen von den Tränen, die sich während der Nacht unter ihren Lidern gesammelt hatten. Ihr Gesicht wirkte gedunsen. Niemand bemerkte es. Bina war zu sehr damit beschäftigt, jedem, dessen sie habhaft werden konnte, zu erzählen, welche Bewunderung ihr auf dem

Ball seitens bestimmter junger Männer zuteil geworden sei. Und Martha hing an Binas Lippen. »Wenn dich das dermaßen interessiert, weshalb bist du denn dann nicht mitgekommen und hast dir alles mit eigenen Augen angesehen?« hätte Eva gern gesagt, klappte jedoch statt dessen ein Stück Schwarzbrot um eine Käsescheibe und nagte daran herum.

Später am Vormittag stand Marianna Belgard im elfenbeinfarbenen Taftkleid und musterte ihre drei Töchter. Binas strahlende Miene, so fiel ihr auf, verriet eine ganz neue, geradezu fieberhafte Entschlossenheit, während Martha wie immer einen unentschlossenen und schüchternen Eindruck machte. Eva hatte kindlich wirkende dunkle Ringe unter den Augen. »Dir fehlt doch nichts?« Sie legte Eva die Hand unters Kinn und hob das Gesichts des Mädchen empor.

Evas Miene verfinsterte sich. Selbstverständlich, dachte sie, ausgerechnet meine Feindin muß dahinterkommen. Dann kam ihr der Gedanke, daß sie sich vielleicht allzusehr von ihrem Trotz hinreißen ließ, und sie blickte errötend zu ihrer Mutter auf. Das dumme Mädel ist verliebt, konstatierte Marianna lächelnd und erinnerte sich ihrer eigenen Kindheit. Das Herz krampfte sich ihr zusammen, als sie einmal mehr bedauerte, daß sie keine Freundinnen sein konnten.

Nur die Übernachtungsgäste waren zu dem Mittagspicknick eingeladen worden. Man hatte weißgedeckte Tische auf den Steinplatten aufgestellt, auf die morgens die Sonne schien. Bis mittags hatten die Steine sich erwärmt, und die Sonne stand hoch über dem Haus, so daß man entweder in der Sonne sitzen oder mit seinem Stuhl in den Schatten rücken konnte.

Eva kniete nieder und legte den Handrücken auf eine warme Steinplatte. Wider alle Absicht und gegenteiligen Schwüre hatte sie dieses Haus liebzugewinnen begonnen. Sie ging um die Hausecke nach vorn und blickte die schnurgerade Straße zum Dorf hinunter, das sich mit seinen roten Dächern und dem Spitzturm ins Tal schmiegte. Zu beiden Seiten erstreckten sich Apfelplantagen, und die angrenzenden Felder waren gesprenkelt von cremig weißen, braungesichtigen Kühen. Eine Kutsche kam gerade mit emporgeschlagenem Verdeck in rascher Fahrt vom Dorf herauf. Vier Pferde im Ledergeschirr trabten die Anhöhe empor. Eva trat ein paar Schritte auf den Vorplatz hinaus, um zu sehen, wer da kam. Sie konnte Gruber erkennen, den Kutscher von Gaglow, der hoch oben auf dem Bock die Zügel hielt. Als die Kutsche auf den Kiesplatz einbog, verlangsamten die Pferde ihren Schritt. Die Tür flog auf, und Emanuel sprang herab. »Manu«, rief Eva und raffte ihre Röcke, um ihm entgegenzulaufen, doch aus dem Nichts war ihre Mutter aufgetaucht und schritt, strahlend und vorwurfsvoll zugleich, mit ausgestreckten Armen auf ihn zu.

Eva schnaubte verächtlich, und sowie sie sie erblickten und ihr zuwinkten, rannte sie los, ums Haus herum und zu den Ställen hinunter, wo Gruber jetzt dabei wäre, die Pferde auszuschirren.

Eva beobachtete ihren Bruder, während er zwischen den Samson-Mädchen saß, sie mit Wein und süßem Mandelpudding versorgte und das scherzhafte Geplänkel vom Vorabend fortsetzte.

»Welcher von beiden, was meinst du?« Bina stupste sie von der Seite an.

»Was ›welcher von beiden‹?« Evas Miene war finster. »Wird er am ehesten einen Heiratsantrag machen?«

Eva stützte die Ellenbogen auf den Tisch und starrte die vollkommenen Ovale der beiden lächelnden Gesichter an, die Emanuel strahlend zugewandt waren. Angelika und Julika. Julika und Angelika. »Keiner«, sagte sie und spürte, wie sie eine Gänsehaut bekam, als liefe ihr eine Wasserspinne über die Hand.

»Du bist zu nichts zu gebrauchen.« Bina kniff sie, zog verächtlich die Mundwinkel herab und wechselte ans andere Ende des Tisches hinüber, wo Martha saß. Eva beobachtete sie dabei, wie sie Martha die gleichen Worte ins Ohr murmelte. »... zu nichts zu gebrauchen.«

Eva beugte sich vor, um mitzubekommen, was ihr Bruder gerade sagte. »Ach ja«, unterbrach Angelika ihn, »selbstverständlich ist Paris der einzig mögliche Ort.«

»Für eine Hochzeitsreise«, setzte Julika hinzu, und beider Gesichter überzog ein zartes Rosa.

»Was für einen Unsinn die Leute reden.« Eva fluchte in sich hinein. Sie stand auf, rannte ins Haus und verharrte nur einen Augenblick vor dem Wandspiegel in der Diele, um ihre finstere Miene und ihre verklebten Wimpern zu inspizieren.

Der Salon war voller Blumen, und überall verstreut standen Stühle und Sofas, die zur Bequemlichkeit der Gäste des Vorabends aufgestellt worden waren. Eva schritt über die pflaumenfarbenen Brücken hinweg und hielt sich die Nase zu, um den widerwärtigen Duft der Lilien nicht riechen zu müssen. Sie trat an den Flügel und ließ die Hände schwer auf die Tasten fallen. Ihr Herz raste im Takt mit ihrem mißtönenden, holperigen Geklimper. Omi Lise erschien in der Tür, die Lippen mißbilligend geschürzt und ein mit seidenen Fransen besetztes Schultertuch über dem Arm. Eva fing ihren Blick auf und suchte das Weite.

Sie huschte an den Glastüren vorbei, von Vorhang zu Vorhang, und blickte sich nicht um, bis sie eine kleine Tür erreicht hatte, die von einem Wandbehang verdeckt war. Sie tastete nach der Türklinke. Die Tür öffnete sich, und sie schlüpfte in einen langen Bogengang. Dieser Gang war kalt und gesäumt von Margeritentöpfen. Ihre Füße hallten auf dem Steinboden wider, während sie ging, langsamer jetzt, und angestrengt in feuchte, halbleere Räume blickte, worin, vor gar nicht so vielen Jahren, der Vorbesitzer Hans Dieter seine Peitschen mit Elfenbeinknauf und seine Pistolensammlung untergebracht hatte. Die Sonne fiel in schroffem Dreiecksmuster auf den weißen Stein, und Eva trat so sacht auf, wie sie konnte, um ihren hallenden Schritt zu dämpfen.

Nach einer letzten schmalen Tür mündete der Gang in einen runden Saal. Dies war Evas Lieblingsraum. Sein achteckiger Fußboden hatte ein diagonal verlaufendes Muster aus schwarzen und weißen Fliesen, und die Rundungen der Wände lösten in ihr das Verlangen aus, sich im Kreise zu drehen. Durch einen Seiteneingang dieses Saales gelangte man in das private Arbeitszimmer von Marianna Belgard. Dort besprach sie sich mit den Gärtnern, erörterte die Einstellung von Arbeitskräften und die Instandhaltung der Ställe und bedauerte dann jedesmal, daß ihr Mann es, entgegen ihrem Rat, für das Gescheiteste gehalten hatte, das gesamte Land zu verkaufen. In der Mitte des Raumes stand ein Schreibtisch mit lederbeschlagener Platte, und darauf lag ein Buch mit weißen Seiten, das an den Kanten ausgefranst war wie Rohseide und so schwer, daß man lieber davon absah, es nach jedem Gebrauch zuzuschlagen.

In Stein gefaßte Fenster gingen auf den Blumengarten hinaus, und auf jeder Bank in den tiefen Fensternischen lag eine zusammengefaltete Decke, die jeweils einem von Mariannas Hunden gehörte. Marianna besaß eine Meute Whippets, rehbraune und blaue, die mit zierlichem Schritt durch die Flure hinter ihr hertrabten und dabei hin und wieder ausglitten und mit ihren Krallen das Wachs auf den Parkettböden zerkratzten. Mit Augen, die an Öl erinnerten und ihnen bekümmert aus dem Kopf traten, standen sie dabei, wenn sie in ihre Kutsche stieg, und wenn sie, und sei es nach nur eintägiger Abwesenheit, zurückkehrte, drehten sie sich jaulend im Kreise und vollführten in geduckter Haltung frenetische Freudentänze.

Eva hörte ein Geräusch. Immer noch auf Zehenspitzen, den Blick auf das Deckenrund gerichtet, blieb sie stehen und blickte quer durch den Saal in das Arbeitszimmer ihrer Mutter. Marianna stand, eine Hand auf ihren Schreibtisch gestützt, ins Gespräch mit der stämmigen rotgesichtigen Frau vertieft, mit der Eva am Abend zuvor fast zusammengestoßen wäre, als sie sich über das Treppengeländer beugte. »Frau Samson«, murmelte Eva vor sich hin und zog die Brauen hoch. Sieh an, unsere Mutter hat keine Scheu, den armen Manu zu verheiraten, obwohl doch jetzt schon abzusehen ist, was aus diesen Mädchen einmal werden wird! Und angewidert zog sie die Schultern hoch. Eva hielt den Blick auf das Profil ihrer Mutter gerichtet, deren Gesicht der fülligen Frau Samson an ihrem Fensterplatz lächelnd und nickend zugewandt war, bis die beiden Frauen sich anschickten, das Zimmer zu verlassen. Rasch drückte sich an die Rundung der Wand und hielt den Atem an, als ihre Mutter, einen der Whippets im Kielwasser, mit ihrer Begleiterin auf den Gang mit dem Steinboden zusteuerte und dabei immer weiter über die Scherereien mit den Köchinnen plauderte, während sie ein Lächeln über das flusige Büschel Hundehaar unterdrückte, das sich an das Gesäß der älteren Frau geheftet hatte.

Eva flüchtete durch die Hintertür. Sie rannte schnurstracks drauflos, über den Rasen hinweg in Richtung Eishaus, das am Ende einer kurzen Promenade stand. Dies winzige Haus war der einzige Teil des Anwesens, den instand zu halten Hans Dieter sich die Mühe gemacht hatte, und der Rasen, der sich dort hinzog, war nach jahrelanger sorgfältiger Pflege glatt und dicht. Das Haus hatte ein Dach wie ein Taubenschlag, gerundete, abfallende Schindeln, und die Säulen, die es trugen, waren erst kürzlich elfenbeinfarben gestrichen worden. Eva trat in den kühlen Schatten seines Innern und erschrak. Dort stand ihre Gouvernante. Mit halbgeschlossenen Augen lehnte sie an der Tür, die zum Keller hinabführte.

»Schu-Schu«, sagte sie und legte ihr sacht die Hand auf den Arm. Fräulein Schulze sah sie blinzelnd an und ergriff wortlos einen hohen Zinneimer. Sie tastete nach dem verborgenen Riegel und stieß die Tür zum Keller auf, wo der Eisvorrat lag.

Eva legte sich auf die Bank, die sich an die Wand schmiegte, und rief zu Fräulein Schulze hinab, die unten rumorte: »Das ist doch nicht Ihre Aufgabe, Eis zu holen. Haben Sie Handschuhe?«

Fräulein Schulzes Lachen hallte durch die halbgeschlossene Tür empor. »Es ist keine Aufgabe. Ich wollte das Eis für mich.« Und sie tauchte mit ihrem Eimer wieder auf. Am Boden lag ein Häufchen Eissplitter. Eva griff hinein und holte sich ein hauchzartes Gebilde heraus, das sie sich über Stirn und Nase und in den Mund tropfen ließ. »Ich habe die Köchin gebeten, ein bißchen Johannisbeereis für dich zu machen. Ich habe nicht vergessen, daß auch du Geburtstag hast.« Und ehe Eva Gelegenheit hatte, sie auf die Bank hinabzuziehen und an sich zu drücken, ging sie über den Rasen davon und verschwand ins Haus.

Eva schlenderte zur Terrasse zurück. Wie es aussah, hatte die Mittagsgesellschaft sich in Grüppchen aufgelöst, die sich nun um die Tischenden drängten, während lange Strecken gestärkten weißen Leinens verwaist waren. Zierliche Stuhlbeine berührten einander, und gesenkte Mädchenköpfe waren schutzlos der Sonne ausgesetzt, die immer heißer herabschien.

Eva sah, daß ihr Bruder mit einem Mann in Uniform sprach. Sie entfernten sich langsam von den anderen, indem sie den Rasen überquerten, und ihre Fuße vollführten immer wieder abrupte Bewegungen, wie um ihre unterschiedlichen Standpunkte zu unterstreichen. Eine ganze Reihe von Emanuels Freunden war in der Uniform der Reichswehr zur Geburtstagsfeier erschienen. Dicke Jacken aus Wollstoff, dungfarben, mit länglichen langettierten Taschen über der Brust. Die weichen Mützen, die sie trugen, waren vorn mit Knöpfen und manchmal einem Abzeichen verziert.

Eva nahm eine Handvoll bittere Schokoladenplätzchen aus einer Schale und folgte den beiden Männern in geringem Abstand, den Blick auf den Boden gerichtet, als suchte sie den Rasen nach verspäteten Frühjahrsblumen ab. In besorgtem Ton sprach Emanuel gerade mit gedämpfter Stimme über die Ermordung Franz Ferdinands in Sarajevo. Er legte seinem Freund in der dicken Tuchjacke den Arm um die Schultern und fragte sich laut, ob es wohl im Kriegsfall zur Zwangsrekrutierung kommen würde. Der andere entzog sich ihm, und Eva glaubte zu sehen, wie ihrem Bruder ein Schauder über den Rücken lief.

»Selbstverständlich«, beeilte er sich dem Freund zu versichern, »werde ich unaufgefordert zu den Fahnen stürzen«, und sie lachten und ergingen sich in Geschichten über militärische Abenteuer, Erzählungen von Heldentaten, bis Eva es, abgelenkt durch ein goldenes Büschel Schöllkraut am Fuß des Springbrunnens, aufgab, ihnen zu folgen, so daß sie alsbald außer Hörweite waren.

Kapitel 2

Manchmal starrte ich, während mein Vater malte, dies gewaltige Ungetüm meines Körpers an, meine riesenhaften Brüste, meine ausladenden Schenkel, und versuchte, die scharfe Kontur meiner früheren Gestalt wiederzufinden. Als ich zu meiner ersten Sitzung erschienen war, hatte ich noch nichts von dem Kind gewußt und mich straff und blaß und voller optimistischer Erwartungen bei ihm eingefunden. Ich hatte mich elegant im Profil präsentiert, die eine Hand schlaff über den Bauch hinabhängend, den Blick aus halbgeschlossenen Augen in die Zimmerecke gerichtet.

»Wann bist du denn nun genau dran?« Immer häufiger kniff mein Vater die Augen zusammen, während mein gemalter Leib wuchs und wuchs und die Damaszenerrosen des Sofabezugs verbarg, und nach dreißig Wochen wurde die Leinwand zur Vergrößerung aus dem Haus gegeben. Neun Monate schienen ein endlos langer Zeitraum zu sein, und anfangs legte ich Sonderschichten ein, weil ich mir einbildete, daß das Bild fertig werden könnte, ehe man mir überhaupt etwas ansähe, doch nun, wo uns nur noch sechs Wochen blieben, waren wir in einen Wettlauf mit der Zeit getreten. Ich bewegte die Hand und legte sie unter den Rippenbogen, an die Stelle, wo das Baby mit dem harten Höckers seines Kopfes dagegendrückte. »Dreh dich doch«, flüsterte ich, und ich versuchte, die Unterwasserfinger einzufangen, während sie unter der Haut hin und her flatterten.

»Es ist etwas äußerst Merkwürdiges passiert.« Mein Vater hatte mir den Rücken zugewandt und musterte die Stelle der Leinwand, wo die Farbe sich auf meiner linken Brust emporwölbte.

»Was denn?« fragte ich, und die hochaufragende Wölbung meines Bauches straffte sich, als ich mich herumwälzte. Er ließ den Blick von einer Brust zur anderen wandern und beäugte dann wieder sein Werk.

»Tja, ein reichlich dubios klingender Mensch hat uns brieflich mitgeteilt, daß die Nachkommen Marianna Belgards, meiner Großmutter mütterlicherseits, Anspruch auf irgendwelche Immobilien hätten, jetzt, wo die Mauer gefallen ist. Offenbar handelt es sich um ein paar Lagerhäuser und ein Theater in Ostberlin.«

»Ein Theater?« Mühsam setzte ich mich auf. »Weißt du, wie es heißt? Wo genau es steht?« Und für einen Augenblick stellte ich mir vor, wie ich das Berliner Ensemble erben, auf der Bühne herumwirbeln würde, auf der Brecht gestanden hatte, und mir, der arbeitslosen Schauspielerin, alleinstehenden Mutter und all meinen Freunden Arbeit geben würde.

Das Baby bekam genau unterhalb meines Nabels einen Schluckauf.

Mein Vater antwortete nicht. Er wartete offensichtlich darauf, daß ich mich wieder aufs Sofa bettete. Ich rieb mir die Hüfte und sank wieder in Positur.

»Die Sache hat natürlich einen Haken.« Er verbreiterte (überflüssigerweise, wie ich fand) eine tiefblaue Vene, die von meiner Schulter ausging.

»Ach ja?«

»Ja, und dieser Mann, Herr Gottfried oder wie er nun heißt, besteht darauf, uns nur dann zu sagen, wo der Grundbesitz liegt, wenn wir ihm sechzig Prozent seines

Werts als Provision zusagen. Offenbar eine dieser Erpressungsgeschichten, wie sie in Ostdeutschland jetzt gang und gäbe sind.« Und er hieb sich kräftig mit dem Pinsel gegen das Bein. »Mein Gefühl sagt mir«, meinte er schließlich, »daß man am besten die Finger davonläßt.« Meine Miene verfinsterte sich vor Enttäuschung, wo ich mir doch bereits ausgemalt hatte, wie ich das Lagerhaus mit enormem Profit verkauft hätte und mit Hilfe meines Anteils aus meiner winzigen Wohnung in Camden Town ausgezogen wäre.

Mein Vater machte mir einen Salatteller zurecht, träufelte Olivenöl über Feldsalat und schnitt zwei dicke Scheiben Schinken ab. »Senf?« bot er an, doch das Baby hatte immer noch einen Schluckauf.

»Weißt du, was mich wirklich interessieren würde?« Er langte hinüber und fischte ein paar zarte Blättchen von meinem Teller. »Was mit Gaglow ist.«

»Gaglow?« Ich aß zu hastig und preßte nach Kinderart den Teller an mich, um ihn gegen seine Übergriffe zu schützen.

»Das war das Landgut meiner Großmutter. Irgendwo außerhalb von Berlin und ziemlich prächtig. Oder jedenfalls war es das einmal.« Ein Blättchen kräuselte sich über seine Lippe. »Dahin bin ich in den Ferien immer gefahren, wenn meine Mutter auch nie sehr lange geblieben ist. Und die gräßliche Bina weigerte sich grundsätzlich, dorthin zu fahren.«

»Warum? Ich meine, warum gräßlich, und warum weigerte sie sich?« Ich stippte das Brot ins Öl.

»Ach, na ja, die drei hatten an ihrer Mutter einiges auszusetzen. Hielten sie für vulgär.« Er spießte ein Stück von meinem Schinken auf. »Eigentlich fiel ihnen, als ich sie mal gefragt habe, weshalb sie sie nicht mochten, nichts weiter ein, als daß sie Bier trank. Bier statt Wein. Obwohl ich mich erinnere, daß sie, als ich noch ein Junge war, eher die Gefährtin ihrer Mutter nicht leiden konnten. Eine große, stattliche Frau mit riesigen Füßen wie ein Mann.«

Ich hielt gerade Ausschau, ob es nicht noch irgend etwas Eßbares gab, da klatschte er in die Hände und beorderte uns beide an die Arbeit zurück.

Mein Vater sprach gewöhnlich nicht von seiner Familie. Er war ihr schon früh entronnen und hatte sie sich mit allen Mitteln vom Hals zu halten versucht. Doch hatte er, sozusagen nebenher, selbst eine Familie gegründet. Dazu gehörten ich und meine beiden Schwestern. Wir hatten jede eine andere Mutter, und jede von uns führte ihr eigenes Leben, doch waren wir einander ungewöhnlich ähnlich, hatten alle drei seine hohen Schultern und die gleichen blaßblauen Augen. Er hatte uns seinen Eltern nie vorgestellt. Einmal war ich einer Frau begegnet, die seine Mutter kannte, »deine Großmutter«, hatte sie sie genannt, und die Brust hatte sich mir zugeschnürt. Sie hatten über eine Gartenhecke hinweg miteinander gesprochen, irgendwo auf dem Lande, am Meer, und ich stellte mir vor, wie sie Wäsche aufhängten, Laken mit Klammern festmachten und keine Ahnung hatten, wie gern auch ich dort gewesen wäre.

Ich schloß die Augen und blies kühlende Luft gegen meine Hüfte. Woran das bloß lag, daß selbst die bequemste Stellung binnen einer halben Stunde unerträglich wurde? Früher hatte ich in der irrigen Annahme gelebt, daß das Bild desto besser geraten würde, je schwieriger die Pose war, und ich hatte steif dagesessen und mich in seltsamen

Verrenkungen geübt, mir etwas darauf zugute gehalten, daß ich mir nicht einmal ein Blinzeln genehmigte. Doch nun lag ich ausgestreckt auf der Seite, ein Kissen unter dem Ohr, und es fehlte nicht viel, und ich wäre eingeschlafen. Ich seufzte in der Hoffnung auf eine Reaktion, und dann fragte ich, um den Zustand geistiger Benommenheit zu überwinden, was denn aus Marianna Belgard geworden sei. »Am Ende, meine ich.«

Mein Vater antwortete nicht gleich, und ich hielt den Atem an, auf das Schlimmste gefaßt. »Sie ist zu uns nach London gezogen.« Er vertiefte die Schattierung meines Unterkiefers. »Und wenn ich es recht bedenke, muß das sehr schwierig für sie gewesen sein.« Er verstummte und kniff die Augen zusammen, schloß die Hand fester um das Bündel Pinsel. »Sie ist nämlich aus Deutschland erst weggegangen, als es beinah zu spät war. Sie kam mit nichts hierher, durfte nichts mitnehmen, und deshalb lebte sie in dem kleinen Hinterzimmer im Haus meiner Eltern.« Er hatte herausgefunden, was ihn störte, und rieb jetzt wütend mit Terpentin daran herum. »Sie war in allem auf meine Eltern angewiesen, nachdem sie zuvor doch so üppig gelebt hatte, aber ich kann mich nicht erinnern, daß sie sich je beklagt hätte.«

»Sie hat vermutlich noch Glück gehabt, daß sie so spät überhaupt noch herausgekommen ist?«

»Ja, sie hat Glück gehabt.« Und wir arbeiteten weiter, in Gedanken bei den ungezählten weniger Glücklichen, bis mir die Füße einschliefen und ich ihn um eine Pause bitten mußte.

Kapitel 3

Am Tag nach Emanuels Fest fuhren Bina, Martha und Eva mit den Samsons zurück, um einen Tag und eine Nacht auf dem sogenannten Schloß zu verbringen. Es war in Wahrheit kein Schloß, sondern nur ein großes rechteckiges Haus mit Balkonen vor den Fenstern im ersten Stock und einer Reihe Türmchen über der Dachtraufe. In dem brandneuen Automobil der Samsons war weder für ihre Gouvernante noch für Omi Lise Platz, so daß sie keine von beiden begleiten konnte, und nach langem Hin und Her wurde beschlossen, daß sie allein fahren sollten. »Gruber wird morgen nachmittag hinüberfahren, um sie wieder abzuholen«, entschied Marianna, und dann winkte sie hinter dem davonfahrenden Fahrzeug her und rief ihnen nach, daß sie sich einen schönen Tag machen sollten, ohne zu merken, daß der Motor ihre Stimme gänzlich übertönte.

Marianna seufzte tief, als sie auf das Haus zuging. Wenn es so leer war, liebte sie Gaglow mehr denn je. Heute, wo die Zimmer gerade erst verlassen worden waren, hatte die Weitläufigkeit seines Innern noch etwas Warmes. Seine Fenster summten noch von Gesprächen und Musik, und der Garten wirkte belebt, als wäre eine Menschenmenge nur eben von draußen nach drinnen gegangen. Sobald der Wagen außer Sicht war, kamen ihre Whippets, die auf der Veranda gehockt hatten, herausgerannt, um sie zu begrüßen. Sie drehten sich um die eigene Achse, streckten die Vorderpfoten weg, knurrten und blickten mit liebeskrankem Blick zu ihr auf. Marianna ließ sich von ihnen durch den Garten führen. Die beiden ältesten, einer blau, einer rehbraun, waren von England herübergebracht worden, ein Geschenk von Wolf, und sie hatte niemals das Herz, sich von ihren Welpen zu trennen. Sie trabten im Rudel einher, die wedelnden Schwänze keck erhoben, und Marianna bückte sich, um ihnen einen Stock zu werfen und sich am Anblick ihrer dahinfliegenden Gestalten zu weiden. Sie folgte ihnen, bis sie die Promenade erreichten, die Hans Dieter so sorgsam gepflegt hatte. Das Gras war hier so kurz und warm wie die blaue Decke ihres Lieblingshundes, so kurz geschoren, daß man das Gesumm der Erde darunter zu spüren meinte. Sie kniete nieder, um die Hand auf den Boden zu legen, und sah, daß die Whippets mit erhobenenen Nasen standen, die Ohren in Richtung Eishaus gespitzt.

Marianna erhob sich lautlos. Sie biß sich auf die Lippe, klatschte ohne jede Vorwarnung laut in die Hände und lachte, als alle fünf Tiere davonschossen, und sich, wie durch Zauberhand von einem Bann erlöst, in wilden Sprüngen um die eigene Achse drehten. Sie wimmelten um sie herum wie eine Schule Aale, die Lefzen zu einem Lächeln emporgezogen. Mit beiden Händen versuchte sie, alle gleichzeitig zu streicheln, und spürte, wie ihre Rücken sich wonnevoll krümmten. Und dann erstarrten sie erneut, mit zuckenden Nasen und gespitzten Ohren. Marianna lauschte mit ihnen. Und sie hörte ein Lachen. Ein Frauenlachen, tief und vertraulich. Sie schüttelte sich und blickte sich um. Es war niemand da. »Nun kommt«, rief sie, »heim«, und lief den sacht abfallenden Hang zum Hintereingang des Hauses hinab. Die Hunde ließen enttäuscht die Schwänze sinken und trabten pflichtschuldig hinterdrein.

Marianna aß mit ihrem Mann und Emanuel schon früh zu Abend. Zufrieden lächelte sie ihnen zu und fragte, was sie wohl meinten, wie die Mädchen an diesem Abend im Schloß zurechtkämen. »Die werden sich prächtig amüsieren«, meinte Wolf lachend, »und wir werden den ganzen restlichen Sommer davon hören. ›Julika und Angelika, Angelika und Julika‹«, äffte er sie nach, und Marianna blickte zu Emanuel hinüber und fing seinen Blick ein, als er gerade einen Löffel geeiste Suppe zum Mund führte. Er errötete, und ein grüner Fleck zierte seine Zähne.

»Das sind bildhübsche Mädchen, alle beide.« Mariannas Erwiderung fiel ein wenig scharf aus, und Wolf, dem das gänzlich entging, stimmte augenzwinkernd zu und meinte, das könne man nicht bestreiten.

Eva saß in einem niedrigen Korbstuhl und hörte dem Gespräch der älteren Mädchen zu. Sie hatte anfangs mit eigenen Geschichten zur Unterhaltung beizutragen versucht, war jedoch auf die eisige Ablehnung Binas gestoßen. Als sie es dennoch weiter versucht und die Samson-Schwestern Zustimmung heischend angeblickt hatte, hatten die beiden sie nur nachsichtig aus ihren sanften Augen angestarrt, und da war ihr peinlich bewußt geworden, daß sie die ungeheuer aufregenden Geschichten, mit denen sie sich hervorzutun gehofft hatte, wahrscheinlich längst kannten.

Frau Samson saß ein Stückchen weg, den Kopf über eine feine Stickarbeit gebeugt. Sie hatte sich mit Bedacht gerade weit genug weggesetzt, um den Eindruck zu erwecken, daß sie nicht zuhörte, während ihr in Wahrheit kein Wort der Unterhaltung entging. Eva hätte sich gern zu ihr gesetzt. Heute gefiel ihr der Anblick ihrer breiten wulstigen Schultern und ihrer Nackenfalten, als sie über ihre Handarbeit gebeugt saß. Sie besaß keine Spur von der Zartheit ihrer Töchter, und sie fragte sich, was aus ihrem Gatten geworden und ob sie ihre zerbrechlichen Handgelenke und ihr herzförmiges Aprikosenkinn wohl von ihm geerbt hatten.

Angelika senkte die Stimme und begann, den anderen von einem Heiratsantrag zu erzählen, den sie während eines Ferienaufenthalts in St. Moritz bekommen hatte. Der Bewerber war ein kleiner, kahler Mann von fast dreißig gewesen, der sie nicht verstanden hatte, als sie ihm erklärte, sie könne ihn nicht heiraten, da sie noch zur Schule gehe. »Ich bin gern bereit zu warten«, hatte er erwidert, und als sie ihm daraufhin den restlichen Tag aus dem Weg gegangen war, hatte er prompt den Beweis dafür geliefert, daß er keineswegs zu warten bereit war. Mitten in der Nacht hatte er an die Hotelzimmertür eines Onkels, der mit ihnen gereist war, zu hämmern begonnen. Was denn los sei, wollte er wissen. Der Onkel war über diese Störung seiner Nachtruhe so wütend gewesen, daß er ihm kurz und bündig erklärte, gar nichts sei los, und dabei werde es bleiben, und als sie am nächsten Morgen zum Frühstück hinuntergegangen waren, stellte Angelika zu ihrer Erleichterung fest, daß er das Hotel gewechselt hatte.

Bina und Martha lachten dermaßen, daß ihr Hals sich rot zu verfärben begann, und Eva mußte die Augen schließen, um das Bild des verliebten, wütenden kleinen Mannes zu verscheuchen, der da hämmerte und hämmerte. Prompt wartete Julika mit dem wesentlich glanzvolleren Heiratsantrag eines Bergsteigers auf. Er hatte geschworen, die Aussicht, ihr Herz zu erobern, sei tausendmal verlokkender als die Bezwingung des höchsten Gipfels der Erde. Sie zu heiraten, so hatte er beteuert, sei in seinen Augen das großartigste Abenteuer seines Lebens. Eva merkte, wie sie vor Ungeduld auf der Lippe kaute, so sehr brannte sie darauf, das Ende dieser Geschichte zu hören, und um so größer war ihre Enttäuschung, als Julika ihnen gestand, der Anblick des roten Kraushaars, das unter seinem Hut hervorquoll, habe sie letztlich bewogen, seinen Antrag auszuschlagen.

»Ein knappes Entrinnen«, seufzte Bina, und Martha setzte mit bebender Stimme hinzu, sie wisse nicht, was sie in einer vergleichbaren Lage getan hätte.

Eva schloß die Augen und ließ sich vom Sonnenlicht überfluten. Sie wartete, wie die anderen auch, auf das, was Bina jetzt beitragen würde. Sie war bloß ein Jahr jünger als die Samsons, und so war es nur natürlich, daß man nach deren Glanzvorstellung im Gegenzug etwas Entsprechendes von ihr erwartete. Das Schweigen währte bereits eine Spur zu lange, und Martha ließ ein gequältes Hüsteln hören, das wohl ironisch gemeint war. Eva öffnete die Augen und erkannte, daß ihre Schwester noch mit sich rang. »Binchen«, sagte sie lächelnd, »du bist doch sonst nicht so schüchtern«, und trat ihr gleich oberhalb der Fessel ans Bein. Bina funkelte sie nur wütend an, und um die Familienehre zu retten, setzte Eva hinzu: »Wie wär's denn mit dem Arzt auf Helgoland, der nur deinetwegen Blumen vom Festland kommen lassen hat?« Die anderen wandten sich ihr zu, und ihre Mienen begannen, erwartungsvoll zu leuchten. »Bina spricht nicht gern von ihm«, flüsterte sie, froh, nun endlich auch eine Rolle gefunden zu haben. Bina blickte bescheiden auf ihre Hände nieder. »Ja«, Eva holte tief Luft, »dieser junge Mann hat nämlich Tag für Tag Blumensträuße für sie kommen lassen, die passend zur Farbe ihrer Kleider zusammengestellt waren. Wir wissen nicht, ob er jemals Gelegenheit hatte, seinen Heiratsantrag anzubringen oder nicht.« Bina straffte die Schultern, und die Blicke der anderen ruhten auf ihrem Gesicht, das jetzt völlig undurchdringlich war. »Doch bestimmt hat sie ihn niemals besonders ermutigt.« Und Eva setzte in übertrieben feierlichem Ton hinzu: »Der arme Mann.«

»Am Tag unserer Abfahrt«, fuhr sie rasch fort, »stand der junge Arzt unglücklich auf dem Pier und sah zu, wie unser Schiff ablegte. Er winkte nicht und rief auch nicht, und dann holte er plötzlich einen Strauß roter und violetter Blumen hinter dem Rücken hervor, Anemonen, und schwenkte ihn in unsere Richtung. Er hatte wohl Anemonen gewählt, weil das die farbenprächtigsten Blumen waren, die er auftreiben konnte, und weil sie sehr wahrscheinlich zu irgend etwas passen würden, das Bina trug. Nun gut, als wir ablegten, begann er, sie Blütenblatt für Blütenblatt ins Meer zu werfen. Alle Leute auf der Fähre klatschten und johlten, und Bina ...« Sie blickte ihre Schwester an, wie um sich inspirieren zu lassen. »... Bina, die von Kopf bis Fuß weiß gekleidet war, wurde rot, ihre Ohren färbten sich violett, und ihre schwarzen Augen funkelten zornig, so daß ihr Gesicht plötzlich genauso aussah wie –« Eva merkte gerade noch rechtzeitig, daß sie drauf und dran war, sich zu vergaloppieren. »Das Schrecklichste daran war jedoch, daß Bina dem armen Mann nicht einmal zuwinken wollte. Sie warf ihm nur einen einzigen Blick zu und rannte dann nach drinnen, um sich zu verstecken, bis er außer Sicht war.«

»Bina!« riefen die Samson-Schwestern anklagend wie aus einem Munde. »Wie grausam von dir.« Doch aus ihren Mienen sprach unverhohlene Bewunderung.

Eva lehnte sich befriedigt in ihrem Sessel zurück. Sie

kniff das Auge zusammen, um einen Seitenblick auf ihre Schwester zu werfen, und war höchst erstaunt über den Ausdruck finsteren Zorns, mit dem sie sich die Röte aus den Wangen tätschelte.

»Manu«, rief Eva, sowie das Automobil der Samsons sie auf Gaglow abgesetzt hatte, und schon rannte sie durchs Haus, durch den Flur im Erdgeschoß und wieder hinaus auf den nach hinten gelegenen Rasen, um ihn zu suchen. Statt dessen fand sie ihre Mutter, über einen Rosenstrauch gebeugt. Sie zupfte hier und dort an den abgeblühten Blütenköpfen. »Er ist doch nicht etwa schon wieder abgefahren?« keuchte sie, und Marianna antwortete, ohne aufzublicken, sie könne ganz beruhigt sein, er bleibe ihnen bis zum Herbst erhalten. »Emanuel«, schrie Eva und rannte zum Obstgarten hinab, konnte zwischen den verkrüppelten Bäumen hindurch jedoch erkennen, daß er nicht dort war. Die Tür in der Gartenmauer war geschlossen, und so schlug sie schleppenden Schrittes einen weiten Bogen zum oberen Rasen hinauf, watete durch eine Kolonie wilder Erdbeeren und tauchte auf der Anhöhe wieder auf, in die das Eishaus hineingebaut war. Seine Rückwand wuchs aus der Erde heraus, nur einige Fuß unterhalb der Schindeln. Nach Atem ringend, umrundete Eva das kleine Gebäude und wollte ihre Suche schon aufgeben, als sie die Stimme ihres Bruders hörte. Er sprach leise, unterbrach sich bei jedem Wort mit einem Lachen, und sie meinte, sein schiefes Lächeln förmlich hören zu können.

»Ich bin wieder da, Manu, ich bin wieder da«, verkündete sie mit schriller Stimme, von einer Säule verborgen, und ihr Bruder sprang mit einem Satz beiseite, als hätte sie ihn zu Tode erschreckt.

»Manu?«

Doch da stand ihre Gouvernante, an die gerundete Mauer gelehnt. »Evchen, du bist ja schon wieder da.« Und sie streckte ihr die Hand entgegen. Ihr Gesicht war milchweiß und wirkte benommen, als wäre sie gerade aus dem Schlaf erwacht. »Wir haben dich gar nicht gehört.« Sie lachte, und Emanuel ließ die Schultern sinken und trat auf sie zu.

»Wie war es denn auf dem Schloß?« Er legte den Arm um sie, sein Gesicht nahm den liebevollen Ausdruck an, der ihr vorbehalten war, und Eva räkelte sich wohlig zwischen beiden, Schu-Schu und ihrem Bruder, und erzählte ihnen jede Einzelheit jeder einzelnen Stunde, bis es an der Zeit war, ins Haus zu gehen.

Emanuel hatte niemals zu Fräulein Schulzes Schützlingen gezählt. Sie war zu ihnen gekommen, als Eva noch ein Säugling war, Emanuel mit seinen elf Jahren hingegen schon ein ziemlich erwachsener Junge, der von einem Privatlehrer unterrichtet wurde.

Zunächst erkannte Marianna nicht, welchen Einfluß die Gouvernante auf ihre Töchter ausübte. Im Verlauf weniger Monate wurde Bina, die vorher launisch gewesen war und zu Wutanfällen geneigt hatte, verschlossen und kalt, und die beiden anderen, die seit jeher von ihrer älteren Schwester beherrscht worden waren, ahmten deren Verhalten nach. Erst nach ihrer Rückkehr von einem vierwöchigen Aufenthalt an einem Badeort erkannte Marianna schlagartig, wie sehr sich ihr Verhalten ihr gegenüber verändert hatte. Statt ihr mit ausgestreckten Ärmchen entgegenzustürzen und nach den Geschenken zu tasten, die sie in ihrem Cape versteckt hatte, reihten sie sich steif nebeneinander auf und knicksten. »Aber Kinder.« Marianna war so entsetzt über diesen kühlen Empfang, daß es ihr fast die Sprache verschlug. »Was ist denn das für ein Benehmen?« Die Kinder hielten jedoch nur verdrießlich den Blick gesenkt, als wünschten sie sich nichts sehnlicher, als in die abgeschlossene Welt ihrer Kinderzimmer zurückkehren zu dürfen. Sie behielt sie so lange bei sich, wie sie es ertragen konnte, und als ihre Förmlichkeit einfach nicht weichen wollte, gab sie es enttäuscht auf und schickte sie fort. Sie malte sich aus, wie sie befreit umhersprangen, weil sie ihrer Zwangslage entronnen waren, und sich unter den Augen Fräulein Schulzes mit Daunenkissen bewarfen, während die Gouvernante sich eins ins Fäustchen lachte.

Marianna nahm sich vor, irgendeinen Anlaß zu finden, der die Entlassung der Gouvernante rechtfertigen würde. Sie beobachtete sie Tag für Tag eingehend, und es schmerzte sie, mit ansehen zu müssen, wie ihre Kinder sich immer mehr in sie vernarrten. Doch gelang es ihr nicht, hinter das Geheimnis der Verführungskünste der Gouvernante zu kommen. Sie begann, die Bridge-Abende zu verfluchen, die sie arrangieren mußte, die Besuche beim Schneider und die drei Nachmittage wöchentlich, die sie mit einem Frisierumhang über den Schultern verbrachte, während Herr Baum ihr Haar mit Brennschere und Lockenwicklern in Form brachte. Da waren ihre Klavierstunden und die Erziehung ihres Sohnes und die Gesundheit ihres Mannes, die nicht immer die beste war. Dies alles hinderte sie Monat für Monat daran, irgendeinen Grund zur Klage zu entdecken, und sie scheute davor zurück, das Mädchen ohne besonderen Grund zu entlassen. Sie hatte es fast aufgegeben, als ihr Eva einen Kündigungsgrund lieferte. Sie wollte gerade in aller Eile das Haus verlassen, um bei Wertheim Strümpfe und Handschuhe zu kaufen, als sie bemerkte, daß die Salontür offenstand. Sie warf einen Blick hinein und sah ihre jüngste Tochter mit einer Glasmurmel in der Hand im Zimmer stehen. Sie hielt sie erst gegen das Licht und steckte sie dann unter den Augen Mariannas in den Mund wie einen Bonbon.

»Eva!« kreischte Marianna und packte sie bei den Schultern, und Eva, die sich die Glasmurmel um die Zunge rollen ließ und ihre Glätte als angenehm empfand, fuhr zusammen, so daß die Murmel ihr in den Hals geriet. »Spuck sie aus!« befahl Marianna, indem sie sie zu sich herumdrehte, und sie versuchte, ihr den Mund gewaltsam mit den Fingern zu öffnen. Eva würgte und spuckte und begann, sich dunkelrot zu verfärben. »Hilfe, um Himmels willen!« schrie Marianna, von Panik ergriffen, und noch ehe sie Gelegenheit hatte, ihre Handschuhe abzustreifen, stieß Fräulein Schulze sie beiseite. Sie packte das Mädchen und riß sie mit einem scharfen Ruck ihres Armes an den Füßen empor, wobei sie ihr hart auf den Rücken schlug, so daß die Murmel herausflog und über den Boden davonrollte.

Marianna merkte, daß sie am ganzen Leibe zitterte. »Was fällt Ihnen ein, das Kind ganz allein im Salon zu lassen?« Und als Fräulein Schulze nicht antwortete, ergriff sie die Gelegenheit und befahl ihr, ihre Sachen zu packen und zu gehen. »Evchen, mein Herz!« Sie wollte ihre Tochter in den Arm nehmen, doch Eva riß sich los und rannte zu ihren Schwestern, die sich mit weißen Gesichtern wütend an Schu-Schus Rock klammerten.

»Eine Murmel?« Wolf zog die Braue empor. »Ist das denn so gefährlich?« Doch Marianna weigerte sich, darauf zu antworten. Sie hatte den größten Teil des Nachmittags in Tränen verbracht und auf seine Rückkehr gewartet und war jetzt, da sie ihn mit der Neuigkeit bekannt gemacht hatte, kalt und gefaßt, und ihr Mann wußte sich ihr Verhalten nicht zu erklären.

»Einen Monatslohn, mehr nicht?« fragte er besorgt. »Sie ist schließlich über ein Jahr bei uns gewesen.« Marianna antwortete einfach nur, daß ein Platz auf Fräulein Schulzes Namen reserviert sei und sie am nächsten Morgen um acht am Bahnhof sein müsse.

Marianna Belgard stand mit gefalteten Händen und starrte auf die erhitzten, rot angelaufenen Gesichter ihrer Töchter hinab. »Ich komme schon zurecht«, hatte sie gesagt, als Wolf erwähnte, daß er möglicherweise mit Getreidehändlern, die gerade erst in der Stadt eingetroffen waren, essen gehen würde.

»Nun kommt aber, ihr kleinen Dummerchen«, redete sie den Mädchen gut zu, als die drei ihrem Kummer immer weiter freien Lauf ließen. »So schlimm kann es doch nun auch wieder nicht sein ...« Ihre Stimme ging jedoch im Geheul und der unaufhörlichen Wiederholung von Schu-Schus Namen unter, die sie bald zum Wahnsinn trieben. Bis zum späten Nachmittag war Marianna mit ihren Nerven am Ende, und sie mußte an sich halten, um nicht in die Küche zu rennen und eine Schüssel kaltes Wasser zu holen. Welch erlösende Vorstellung: erst das klatschende Geräusch des Wassers und dann die Stille, wenn alle drei Münder vor Schreck schlagartig verstummt wären. Statt dessen umklammerte sie jedoch eine Hand mit der anderen, widerstand der Versuchung und schickte jemanden los, der Omi Lise zurückholen sollte, die ausgerechnet heute ihren freien Tag hatte.

Am nächsten Morgen weigerte Bina sich immer noch zu

essen, und Eva und Martha, die kleine Andenken ihrer Gouvernante, eine Brosche und eine perlenbesetzte Haarspange, unter ihren Kopfkissen gefunden hatten, heulten mit frischen Kräften von neuem los. Marianna rief den Arzt ins Haus. »Möglicherweise ein Fieberanfall«, lautete seine Diagnose. »Das muß nicht unbedingt etwas Ernstes bedeuten, doch in solchen Fällen kann man gar nicht vorsichtig genug sein.« Und er kniff die Augen zu, während er eine Arznei aufschrieb, die ihnen mehrmals am Tag verabreicht werden sollte. Zum Teil aus Rücksicht gegenüber dem Arzt, zum Teil weil es ihr widerstrebte, ihre Kinder zu verraten, schrieb Marianna seine Anweisungen auf und bezahlte seine Rechnung.

»Und wenn sie nun wirklich krank geworden sind?« Vergessen waren Eva, die Murmel und die plötzliche Abreise von Fräulein Schulze, und sie begann, ihnen die bittere Arznei einzugeben, ob sie das wollten oder nicht, und handelte sich damit einen weiteren schwarzen Strich auf der Liste ihrer Verfehlungen ein. Omi Lise war ihr keine Hilfe: Die Kinder hingen zwar an ihr, doch hatte Fräulein Schulze es im Verlauf des letzten Jahres geschafft, ihre Autorität zu untergraben. Wenn früher ein strenger Blick Omi Lises oder der Entzug einer Leckerei genügt hatte, um sie zum Schweigen zu bringen, lachten sie sie jetzt nur aus. »Ich bin einmal das Kindermädchen eures Vaters gewesen«, erklärte sie ihnen dann, »vor vielen Jahren, und er hätte mir niemals solchen Kummer gemacht.« Und für einen Augenblick schwiegen sie und dachten daran, daß ihr Papa häufig stehenblieb, ihr die kalkweiße Hand drückte und sie an seine Wange legte, und daß er sie Omi Lise nannte, als wäre sie seine richtige Großmutter.

Nach fünf weiteren tränenreichen, unruhigen Nächten

war es Emanuel, der den Vorschlag machte, Schu-Schu doch wieder einzustellen. Er stand im Kinderzimmer und beobachtete die beiden älteren seiner Schwestern, die zu keinerlei Einlenken bereit waren und ihn aus ihren verweinten Augen ansahen, während Eva, erschöpft vom Schlafmangel, bleich in ihrem Kinderbett saß.

Marianna mochte den Ratschlag ihres Sohnes jedoch nicht befolgen. Statt dessen fuhr sie mit ihm in den Zoologischen Garten, wo sie die Kieswege entlangschlenderten, die Gerüche der exotischen Pflanzen einatmeten und die Tiere bewunderten, die Schar der Pelikane und den großen Braunbären, der sie sehnsüchtig anstarrte. »Wie traurig«, sagte Emanuel, und seine Finger umklammerten die Gitterstäbe des Geheges, während er den Blick auf das Tier gerichtet hielt, das unablässig mit der Tatze über den Boden scharrte. »Komm weiter«, drängte Marianna, weil ihr der Gedanke gekommen war, wie leicht die so verletzlich wirkenden rosa Kuppen seiner Daumen Opfer eines einzigen gewaltigen Tatzenhiebs werden konnten.

Emanuel nahm ihren Arm. Er war fast vierzehn und wurde zusehends größer. Manchmal sprach er schon von der Zeit, wenn er mit seinem Vater zusammenzuarbeiten beginnen würde, an der Getreidebörse, und es kam vor, daß Marianna von einem so überwältigenden mütterlichen Stolz gepackt wurde, daß es ihr die Kehle zuschnürte und Tränen des Glücks in die Augen trieb. Sie ergriff seinen Arm und führte ihn in Richtung Seelöwengehege.

Inmitten des Parks war ein Café, wo sie sich zu einem Eis niederließen. Es war wahrlich nicht das richtige Wetter dafür, und sie lächelten einander über das kalte Silber ihrer Löffel hinweg zu.

Marianna hätte ihn zu gern nach seiner Meinung über

die Gouvernante Schulze gefragt, über die seltsame Macht, die sie ausübte, denn sie war davon überzeugt, daß er ein paar weltkluge Worte gefunden hätte, um sie zu trösten. Wieviel bereitwilliger hätte sie doch sein Urteil akzeptiert als das ihres Mannes. Wolf, das wußte sie, hätte sie unweigerlich aufgezogen und ihre Fragen zum Anlaß genommen, um ihre Haushaltsführung über den grünen Klee zu loben. Als ob die Erziehung ihrer Töchter sich auch nur im geringsten mit einem Frühjahrsputz vergleichen ließe! Sie versagte es sich jedoch, dieses Thema anzuschneiden, weil sie sich sagte, daß Emanuel den Kopf für Professor Essenheim frei haben müsse, der jeden Morgen kam und ihn in einer ganze Reihe von Fächern unterrichtete.

Emanuel lächelte ihr verschmitzt zu. »Nun?« fragte er, und sie war sich sicher, daß er erraten hatte, was ihr im Kopf herumging.

»Noch ein Eis?« schlug sie vor, und sie saßen an ihrem Tischchen, plauderten über dies und jenes und löffelten das zarte, duftende Fruchteis, während sie die Leute auf ihrem Weg durch den Zoo beobachteten.

Kapitel 4

Eines Nachmittags, als wir beim Fischhändler in St. John's Wood Lachs gekauft hatten, schlug mein Vater völlig überraschend vor, gemeinsam bei seiner Mutter vorbeizuschauen. Ich war achtzehn, es war mein erstes Jahr auf der Schauspielschule, und soweit ich wußte, war sie über meine Existenz bis heute nicht informiert.

»Weiß sie denn, wer ich bin?« fragte ich, als wir anhielten, und er nahm meine Hand und sagte, es gebe Tage, da wisse sie sowieso nicht, wer wer sei.

Das Haus hatte eine glatte Fassade und wurde von einem Baum überschattet. Überrascht stellte ich fest, daß mein Vater einen Schlüssel hatte. »Mutti?« rief er in den Dämmer der Diele, und ich folgte ihm, als er sie lautlos durchquerte. Es gab ein förmliches Empfangszimmer, dessen Dielen von einem hellen Teppich bedeckt waren und von dem eine Stufe in das dahinter gelegene Zimmer hinabführte. Und dort saß sie. Meine Großmutter. Eva. Ein Wesen aus einer anderen Welt. Sie sah uns an und lächelte. Ihr schlohweißes Haar war zum Knoten gebunden, und ihre blaßblauen Augen hatten etwas Erschreckendes. »Guten Tag.« Mein Vater küßte sie aufs Haar und blickte stirnrunzelnd auf ein halb beendetes Solitärspiel hinab. Ich verharrte unschlüssig in der Zimmerecke. Das Zimmer war dunkel getäfelt und im übrigen rundum mit Wandschränken und Regalbrettern von unterschiedlicher Breite versehen, die sich genau den Wänden anpaßten. Es gab Schubladen und kleine Fächer und die Klappe einer Durchreiche, die sich in ein anderes Zimmer öffnete. Ich trat näher an eine gerahmte Fotografie heran, die drei junge Frauen in hauchdünnen Sommerkleidern zeigte. Lichtumflossen saßen sie blaß und schön im Sonnenschein. »Mutti, das ist Sarah«, und meine Großmutter hob den Blick, öffnete die Augen so weit, daß das Weiße sichtbar wurde, und musterte mich. Ich lächelte und nickte, doch sie richtete ihre Aufmerksamkeit wieder auf das Spiel, und obwohl ich zu ihr trat und ihr zuschaute, wie sie Murmeln in Löcher bugsierte, sah sie mich nicht wieder an.

Meine Großmutter hatte eine Hausgenossin, Meg. Mein Vater rief vom Fuß der Treppe nach ihr, und mit einem gewaltigen Freudenschrei kam sie herabgepoltert. »Mr. Linder! Wie schön, Sie zu sehen!« Sie warf einen Seitenblick auf ihren Schützling und flüsterte in dem beschwichtigenden Ton, in dem man mit Kindern spricht: »Was für ein Dickkopf, hm?, ein Dickkopf und ein Schlitzohr.« Mit einer mächtigen Whiskyfahne drängte sie sich an uns vorbei, legte meiner Großmutter den Arm um den Hals und schmatzte sie ab wie ein Kind.

»Ich bin Sarah«, erklärte ich, als sie mich mit einem forschenden Grinsen fixierte. »Michaels Tochter.«

Meg errötete, sichtlich betreten, und fragte sich offenbar, wie sie das bloß hatte vergessen können. »Sarah«, sagte sie, »Sarah!«, als fiele es ihr gerade wieder ein, und sie bot mir einen Stuhl an und wollte wissen, was ich machte.

»Ich bin auf der Schauspielschule.«

Sie warf die Hände empor und eröffnete mir, daß sie mit einem Schauspieler verheiratet gewesen sei, na ja, eigentlich seien es zwei gewesen, und jeden, aber wirklich jeden kenne, den man in dieser Branche kennen könne. »Ich werde Sie Regisseuren von Rang vorstellen«, erklärte sie entschieden und reichte mir eine schwere Hand, und ich dankte ihr und ging auf meinen Vater zu, der sich an der Tür aufhielt und die Situation offensichtlich als unbehaglich empfand.

»Auf Wiedersehen, Mutti«, flüsterte er, während er sich hinausstahl, doch sie blickte nicht von ihrem Spiel auf, und meine eigenen Worte, die ich an sie richtete, gingen in einer unerwartet heftigen Umarmung von Meg unter, die mir nachdrücklich einschärfte, daß wir uns bald wiedersehen müßten.

»Wir gehen zum Essen ins Le Caprice«, rief sie durch das geschlossene Fenster hindurch, und statt zu antworten, nickten wir ihr zu, als wir losfuhren.

»Meine Mutter, Meg, ich und du ... Sollen wir sonst noch jemanden einladen?« Mein Vater hatte völlig unerwartet für Samstag einen Tisch bei dem kleinen Italiener an der Ecke seiner Straße bestellt.

»Ich könnte doch Pamela mitbringen«, schlug ich vor, und je mehr ich darüber nachdachte, desto verlockender erschien mir die Idee. Pam war meine beste Freundin, und obwohl ich sie erst kannte, seit ich auf der Schauspielschule war, standen wir einander seit einem gemeinsamen hochdramatischen Erlebnis doch sehr nahe. Ihre Familie lebte in Surrey, und ich war oft übers Wochenende dorthin eingeladen worden. Pamelas Eltern setzten dann jedesmal alles dran, um uns für die Entbehrungen unseres Studentenlebens zu entschädigen. Sie planten Grillfeste, Picknicks und üppige Teepartys mit Käsekuchen und kaltem Schichtpudding. Sie fuhren uns in Landgasthäuser zum Scampiessen, und wir waren kaum zurückgekehrt, da brachten sie bereits ihre Kuchentabletts und Stielgläser mit

Riesling herein. Pams Mutter packte uns sogar Leckereien für die Bahnfahrt ein. Schokoladenkekse, jeder anders eingewickelt, und dicke weiße Milchbrötchen. Pam blieb gertenschlank, während ich, kaum daß wir wieder zu Hause waren, schachmatt auf dem Bett lag und mir schwor, daß eine Dreitagediät mit Weintrauben folgen würde.

Pamela Harris war groß und blond, und ihre Wimpern waren ständig von Tusche verklebt. In der dritten Woche auf der Schauspielschule hatte ich ihr das Leben gerettet. Wir waren gerade bei der Arbeit, probten Szenen aus Wedekind, als das intensive Schweigen des zweiten Akts durch ein Brüllen zerfetzt wurde. »Pamela!« Dem Brüllaut folgte das Bersten einer Tür, und Pam umklammerte meine Hand.

»Pamelaaaa!« Wie vom Donner gerührt standen die Studenten auf der Probebühne. »Ich ... liebe ... dich ... Pamela.« Die Stimme brach ihm vor Wut. Marlon Brando in Endstation Sehnsucht, und die goldenen Härchen an Pamelas Armen sträubten sich. »Ich ... liebe ... dich ... verdammte Scheiße.«

Er war verzweifelt, schäumte vor Wut, Jack Nicholson mit seiner Axt, und so zog ich sie vom Boden hoch und schlitterte mit ihr durch das Haus. »Schnell, versteck dich hier drin.« Gemeinsam quetschten wir uns in eine Toilette, angstschaudernd und kichernd zugleich, und fuhren zusammen, als plötzlich Glas splitterte.

»Der bringt mich um«, sagte sie flehend, also half ich ihr dabei, sich durch das Fenster hoch über dem Waschbecken zu schieben.

Pam blieb in jener Nacht bei mir. Sie lag neben mir in meinem Einzelbett, rauchte mit bebender Hand und nahm mir das Versprechen ab, daß ich sie in dieser Nacht nicht einmal allein lassen würde, um mir ein Glas Wasser zu holen. »Aber nein, ich lass' dich schon nicht allein«, sagte ich, schmiegte mich an ihren Arm, während ich ihren Aschenbecher auf meiner Hüfte balancierte, und fiel nach so viel heldenhafter Bewährung in seligen Schlummer.

»Sarah! Mein liebes Kind.« Meg saß bereits neben meiner Großmutter, die winzig und zerbrechlich wirkte und ein staubig-schwarzes Kleid trug. »Sarah.« Meg stand mit ausgestreckten Armen auf und preßte mich an ihre Brust. »Sarah, Sarah, ich möchte, daß du neben mir sitzt.«

Pam setzte sich auf den Platz meinem Vater gegenüber, und während Meg meine Hand weiter umklammert hielt, übernahm ich die Vorstellung. Meine Großmutter blickte von Pam zu mir. Sie hielt die Schultern gerade, den Kopf ein wenig gesenkt, und als sie lächelte, bildete ihr Kinn eine Spitze genau wie mein eigenes. »Guten Abend«, murmelte sie, und ich hörte den unverwüstlichen Akzent ihrer früheren Sprache heraus.

»Wein, wir brauchen noch Wein.« Meg winkte den Kellner heran und begann, mich mit sämtlichen Einzelheiten aus dem Leben ihres ersten Mannes zu versorgen – seinen Triumphen und Fehlschlägen. »Für Frauen ist es viel, viel schlimmer«, warnte sie mich, und unter gewaltigem Gepuste und Geseufze begann sie, in ihrem Gedächtnis nach den Namen der Agenten zu kramen, derjenigen, die zu Lebzeiten ihres letzten Mannes einen guten Ruf genossen hatten.

»Pam ist auch auf der Schauspielschule«, unterbrach ich sie. »Sie ist eigentlich der Star unseres Jahrgangs.« Meg unterbrach ihren Redefluß schlagartig, um sich vorzubeugen und Pams Arm zu umklammern, während sie mich losließ, um nach ihrem Glas zu greifen. Ich nutzte die Gelegenheit, um meiner Großmutter zuzulächeln. Wenn mir bloß irgend etwas eingefallen wäre, das ich hätte sagen können.

»Risotto«, flüsterte sie meinem Vater zu, und er bestellte für sie.

»Für mich auch«, schloß ich mich ihrer Wahl an, in der Hoffnung, irgendeinen Kontakt zwischen uns herzustellen, doch ihr Blick blieb unbeirrt auf Pam gerichtet.

Pam lachte und lauschte mit weit aufgerissenen Augen, als Meg nun mit einer Theateranekdote aufwartete, in der eine taube Frau, ihr zweiter Mann und ein Hund vorkamen. Mein Vater suchte meinen Blick und verzog unbemerkt das Gesicht, und ich hielt meiner Großmutter hoffnungsvoll den Brotkorb hin.

Schließlich trat Pam den Rückzug zur Damentoilette an. Am Tisch trat Schweigen ein, eine Atempause, und unter dem Vorwand, noch Wein bestellen zu wollen, stahl ich mich davon. »Pam, es tut mir wirklich leid.« Ihre Füße waren unter der Toilettentür gerade noch zu sehen.

»Wieso denn, ich finde es ganz lustig«, rief sie über das Geräusch der Toilettenspülung hinweg und kam zu mir heraus. »Du hast ja gar nicht gesagt, daß er einen Akzent hat.« Sie drehte den Kopf hin und her und plusterte ihr Haar mit den Händen auf.

»Hat er doch gar nicht.«

»Und ob, einen ziemlich starken sogar.«

Ich war entrüstet. »Sie haben Deutschland verlassen, als er sieben war!« Wir fuhren uns ein letztes Mal mit den Fingern durchs Haar und kehrten an den Tisch zurück.

»Sarah!« Meg streckte die Hand aus, als wären wir Stunden weg gewesen, doch statt meiner zog sie Pam auf den Platz neben sich. Mein Vater hob den Blick zu mir, und da mir nichts anderes übrigblieb, setzte ich mich ihm gegenüber auf den freien Platz.

»Wer ist das?« Meine Großmutter blickte mich verwirrt an, und in bestimmtem Ton antwortete mein Vater mit gesenkter Stimme: »Das ist Sarah.«

Meg zwinkerte ihr zu und zerzauste Pam den strähnigen Kopf. »Sie sieht aus wie Sie, Mrs. Linder, finden Sie nicht auch?«

»Nein danke.« Mein Vater winkte ab, als der Kellner fragte, ob wir noch Wein wünschten.

»So, nun schreiben Sie mir Ihre Adresse auf«, befahl Meg, »und ich werde sehen, was ich wegen der Empfehlungen tun kann.«

Pam sah mich an und zuckte die Achseln, und da mir nichts anderes einfiel, reichte ich ihr einen Stift.

Etwa eine Woche später brachte Pam einen Brief zur Schauspielschule mit. »Es wäre besser, wenn Sie uns nicht wieder besuchen kämen«, hieß es darin in Megs großer, schwungvoller Schrift, »da es Ihre Großmutter offenbar aufgeregt hat, Sie nach so langer Zeit kennenzulernen. Sie sehen Ihr einfach allzu ähnlich, verstehen Sie.«

Und mein Vater konnte dem nur zustimmen. »Das stimmt schon, du siehst wirklich wie meine Mutter aus.« Und keiner von uns erwähnte, daß der Brief ja an Pam gerichtet gewesen war.

Kapitel 5

Fräulein Milner, die neue Gouvernante, war eine zweiundzwanzigjährige Frau mit langen Händen und bleichem, strohigem Haar. Sie zitterte zwar, als sie sich Binas wutverzerrtem, tränenverschmierten Gesicht gegenübersah, schwor sich jedoch insgeheim, daß sie die Kinder schon für sich gewinnen würde. Am ersten Morgen ließ sie sie bequem um den runden Tisch im Kinderzimmer Platz nehmen, dort, wo genügend winterliches Licht vom Fenster hereinfiel, und unternahm den Versuch, ihnen das Stricken beizubringen. Sie gab jedem der Mädchen ein Paar hölzerne Stricknadeln und ein Knäuel dickes weißes Baumwollgarn. Dann hob sie die Hände wie ein Dirigent und begann mit gezwungener Fröhlichkeit zu singen: »Auf unsrer Wiese gehet was …« Sie ließ die Nadel in die erste Masche gleiten. »… watet durch die Sümpfe …« Mit ausholender Bewegung machte sie eine Schlinge. »Hat ein schwarzweiß Röcklein an.« Die Nadeln klickten. »Trägt auch rote Strümpfe.« Masche reihte sich an Masche. Bina starrte sie mit unverhohlener Verachtung an, während Martha, die sich mit den Nadeln verheddert hatte, zu weinen anfing. Eva schleuderte die beiden Nadeln durchs Zimmer und schaute zu, wie sie im Flor eines Läufers niedergingen. Millie, wie die Kinder sie bereits getauft hatten, ignorierte diese Zuspitzung der Situation. »Auf unsrer Wiese gehet was …« Sie begann die nächste Reihe, und fuhr, diesmal leiser, fort: »… watet durch die Sümpfe …«, bis sie, mit einem halben Waschlappen als respektablem Ergebnis, die nötige

Ruhe gewonnen hatte, deren es bedurfte, um sich einen gewissen Respekt zu verschaffen.

Einen Monat später reichte Fräulein Milner die Kündigung ein. Die Begründung, die sie Marianna gab – daß ihre Mutter plötzlich erkrankt sei –, war zwar nur vorgeschoben, aber der eigentliche Grund war auch nicht die Aufsässigkeit der Kinder, sondern daß sie einen gehässigen Zug an sich selbst hatte entdecken müssen, den sie in ihr geweckt hatten. Sie hatte sich bis dahin in der Vorstellung gefallen, eine sanfte, unterhaltende Frau zu sein, deren sonniges Gemüt ihren unbestreitbaren Mangel an äußeren Reizen wettmachte, doch wenn sie sich jetzt am Abend wusch und zu ihrem Gesicht in dem ovalen Spiegel aufblickte, entdeckte sie eine gewisse Boshaftigkeit in ihren Mausaugen und einen harten Zug um den Mund.

Nach drei Monaten und einer ganzen Reihe junger Frauen mit besten Referenzen, die unter Tränen resigniert hatten, wurde Fräulein Schulze in einem Telegramm um die sofortige Rückkehr gebeten. Wolf bot an, sie vom Bahnhof abzuholen, doch Marianna lehnte ab und erklärte, sie sei durchaus imstande, ihre Entschuldigung selbst vorzubringen.

Gabrielle Schulze entstieg dem Zug mit einem kaum verhohlenen Lächeln. Wahrscheinlich hat sie die ganze lange Fahrt über gegrinst, dachte Marianna, reichte ihr jedoch die vornehm behandschuhte Rechte. »Es sieht ganz so aus, als könnten wir am Ende doch nicht auf Sie verzichten«, erklärte sie. Und in die bernsteinfarbenen Augen der Frau trat ein belustigtes Funkeln. Gemeinsam fuhren sie durch die Stadt nach Haus, die Gesichter höflich abgewandt, als die gezwungene Unterhaltung zu versiegen drohte. »Ich hoffe, Ihrer Familie geht es gut?« erkundigte Marianna sich, doch ihr graute davor, daß ihr entsprechende Gegenfragen gestellt werden könnten, und schließlich verfiel sie, froh, daß das Mädchen sich mit ihren Fragen zurückhielt, in Schweigen.

Ehe sie zum Bahnhof gefahren war, hatte Marianna Omi Lise gebeten, die Mädchen im Kinderzimmer zu beschäftigen, damit ihr wenigstens der Begrüßungsjubel an der Haustür erspart blieb. Mit gezwungenem Lächeln forderte sie Fräulein Schulze auf, nur rasch zu den Kindern zu gehen, ließ sie in der Diele stehen und ging eilig in ihren Salon, wo sie am Klavier Platz nahm und, beide Füße fest auf die Pedale gestemmt, ein perlendes Arpeggio zu spielen begann.

Marianna mußte ihren ganzen Mut zusammennehmen, als die Stunde des Gutenachtkusses nahte. Die Mädchen würden auf sie warten, bockig, wenn sie nicht käme, bockig, wenn sie es tat. Sie nickte dem Fräulein höflich zu, das gerade eine Gruselgeschichte vorlas, beugte sich über jedes schmale Bett und berührte jede Stirn leicht mit den Lippen. »Gute Nacht, Mama«, erwiderten sie, und als Marianna das Zimmer verließ, war ihr leichter ums Herz, und sie begann zu hoffen, daß ihre Töchter nun, da sie ihnen den Menschen gebracht hatte, den sie sich mehr als jeden anderen herbeigewünscht hatten, vielleicht ihren Groll vergessen und wieder Zuneigung für sie empfinden würden.

Als Fräulein Schulze aus Ulm zurückkehrte, hatte sie eine neue Frisur, eine raffinierte Mischung aus Flechten und Locken, und schien zudem während ihrer kurzen Abwesenheit von Berlin zu einer geradezu unnatürlichen Schönheit erblüht zu sein. Das Strahlen des Triumphs nannte Marianna es, doch dann zeigte sich, daß dies Strahlen das ganze Frühjahr und den Sommer hindurch andauerte, bis es infolge der allzu warmen Nächte und der lodernden spätsommerlichen Farben ein wenig verblaßte.

Selbst ihr Mann, der den Reizen anderer Frauen gegenüber gewöhnlich blind war, bemerkte die Verwandlung. »Irgend etwas scheint diesem Mädchen widerfahren zu sein«, meinte er. »Glaubst du, sie ist …«

»Sie ist was?«

Wolfgang Belgard setzte die Brille ab. »Wahrscheinlich ist gar nichts los.« Er fing an, sich die Augen zu reiben. »Vermutlich sind das bloß Altersgrillen von mir, doch verbringt sie denn ihre ganze Zeit mit den Kindern?«

Marianna stand von ihrem Toilettentisch auf. »Weißt du, was ich glaube?« Sie ließ sich neben ihm auf dem Divan nieder. »Ich glaube, sie ist so eine Art verkleideter böser Geist. Der Drache vom Rhein. Oder das Ungeheuer aus dem Schwarzen Meer. Ich habe gehört, daß es vor gar nicht langer Zeit aus seiner Lagune verschwunden und im Speisewagen eines Schnellzugs nach Berlin gesichtet worden ist.« Wolf lachte. »Aber im Ernst«, sagte sie, »ich wäre froh, wenn wir ihr die Kinder nicht anvertrauen müßten.«

»Das haben wir doch alles schon durchgespielt.« Er seufzte und ließ den Kopf in die Kissen zurücksinken. »Wahrscheinlich hat sie einen heimlichen Verehrer. Zweifellos gibt es für das alles eine Erklärung. Folge ihr in den Park und halte Ausschau nach einem jungen Mann, der öfter als einmal vorbeikommt. Leidend. Mit einem Gedichtband in der Hand.« Er wandte sich ihr zu und strich ihr eine Haarsträhne aus dem Gesicht.

»Du verlangst von mir, daß ich ihr nachspionieren soll?«

Marianna schob seine Hand weg. »Glaubst du vielleicht, ich hätte nichts Besseres zu tun?«

»Ich will dich doch lediglich davon überzeugen«, versuchte er es erneut, »daß du das Haus bestimmt nicht mit einem Ungeheuer teilst, sei es nun ein ausländisches oder ein einheimisches.«

Marianna war jedoch nicht so leicht zu überzeugen. »Man wird ja sehen.« Und sie versetzte ihm einen zärtlichen Tritt, um ihm zu verstehen zu geben, daß sie nicht mehr so wütend war wie zuvor.

Bina, Martha und Eva baten Fräulein Schulze, ihnen doch das Haar auf genau dieselbe Art zur Hochfrisur zu kämmen wie ihr eigenes. »Wenn ihr älter seid«, versprach sie lächelnd, »und mehr Haar habt.« Anders als Millie, die sie zu überzeugen versucht hatte, daß sie, wie ihre früheren Zöglinge, früh zu Bett gehen sollten, im Sommer sogar noch ehe die Sonne unterzugehen begann, und im Winter gleich nach dem Abendbrot, ließ Schu-Schu sie länger aufbleiben. Sie saßen im Nachthemd und schauten zu, wie sie ihr Haar aufmachte und es, glatt und orangefarben, über ihren breiten Schultern bürstete. Sie ließ ihm nicht die energische Behandlung angedeihen, die sie selbst von Omi Lise gewohnt waren, sondern bürstete es genießerisch, wobei sie sich immer nur eine Partie vornahm und das Haar durch Scheitel unterteilte, so daß es aussah wie eine Landkarte. Jeden Abend bat sie abwechselnd ein anderes Mädchen, die letzte Partie am Hinterkopf zu bürsten, an die sie nicht herankam. Eines Abends unterteilte sie ihr Haar in drei Stränge und brachte ihnen das Flechten bei. Sie ließ es zu, daß sie ihr um die Wette dicke rote Zöpfchen flochten, die genau bis an die Kante ihrer Stuhllehne reichten. Als Marianna hereinkam, um sich ihre Gutenachtküsse abzuholen, stahl sie sich hinaus, das Haar mit einem Schal bedeckt, und die Kinder waren höchst gespannt, ob sie wohl so zurückkehren würde – eine Mischung aus Medusa und Clown mit höckerigen, abstehenden Zöpfchen, die mythische Schatten an Wände und Decke warfen. Als sie dann zurückkehrte, um ihnen noch ein letztes Lied vorzusingen, stellte sich heraus, daß sie die Zöpfe in der Ungestörtheit ihres Zimmers wieder aufgemacht hatte, so daß ihr das Haar, leicht knitterig, als Vorhang um die Schultern hing. Bina, Martha und Eva beschwerten sich lautstark, doch Schu-Schu zog die Schultern hoch und drohte, ihnen im Dunkeln eine Gespenstergeschichte zu erzählen, wenn sie keine Ruhe gäben. Sie hielt Daumen und Zeigefinger über die Kerze und tat so, als wollte sie die Flamme löschen. »Bitte nicht«, flehten sie mit funkelnden Augen und steifen Knien, und sie bedachte sie mit einem abschließenden furchterregenden Blick, während sie sie zudeckte.

Es gehörte zu Fräulein Schulzes Aufgaben, die Mädchen zur Schule zu begleiten. Sie gingen auf Dr. Burtins Schule nicht weit vom Schloß, auf die schon Marianna gegangen war. Am ersten Tag ging sie selbst mit und stellte fest, daß sich fast nichts verändert hatte. Da war immer noch derselbe langgestreckte Hof, und hinter den Schulgebäuden lag der große Garten, worin statt Blumen Flieder und Goldregen wuchsen. Man spielte dieselben Spiele, sang dieselben Lieder und aß am Geburtstag des Direktors immer noch Zimtkuchen. Die Kinder trugen steife Kleiderschürzen, die hinten mit einer Schleife zugebunden waren und auf jeder Schulter drei Knöpfe hatten. Der Gedanke an ihre Mutter, die ihr mit unermüdlichen Fingern die gleichen Schürzen genäht hatte, für jeden Schultag eine, stimmte

Marianna traurig. Sechs perfekte Schürzen mit Knöpfen und Schleifen aus dem stärksten weißen Stoff. Ihr selbst hatte man hingegen das Nähen nicht beigebracht, und da sie nicht gewußt hatte, wie sie überhaupt anfangen sollte, hatte sie die Schürzen bei einem Schneider in der Stadt in Auftrag gegeben.

Jeden Morgen beobachtete Marianna, wie ihre drei Mädchen, vorschriftsmäßig gekleidet, mit ihrer Gouvernante zur Schule aufbrachen. Bei der Anmeldung hatte sie gehofft, daß sie Französisch bei Dr. Burtin, dem Gatten der Schulleiterin, lernen würden, der seinen starken elsässischen Akzent an sie weitergegeben hatte, doch Dr. Burtin war seit langem im Ruhestand, und wenn sein Geburtstag auch weiterhin gefeiert wurde, so hatten Mariannas Töchter doch Unterricht bei einem jungen Pariser, und sie sagten zwar dieselben Gedichte auf und sangen dieselben Lieder, doch mit einem perfekten, zwitschernden Zungenschlag, der bewirkte, daß sie das Kinn hoben und die Lippen spitzten wie junge Vögel. Sie sagten »Les Hirondelles« und »Le Souvenir du peuple« auf, genau wie sie es getan hatte, und kamen mit denselben Spielen nach Hause wie sie. Jetzt umfußten sie einander gerade von hinten, schlängelten sich durchs Haus und sangen dazu »Wir fahren nach Jerusalem, und du kommst mit!« Dies Spiel hatte Marianna längst vergessen, und nun beugte sie sich hinab, legte die Hände an Evas schmale Taille und schlängelte sich bereitwillig mit ihnen durch die Wohnung. Sie stapften durch den Flur zum Arbeitszimmer ihres Vaters, wo die Mädchen einander anstießen und von draußen riefen: »Papa? Wir fahren nach Je-ru-sa-lem, und du kommst mit!« Marianna beschwor sie, still zu sein, und stupste sie von hinten, um sie zum Weitergehen zu bewegen. Doch sie sangen nur um so lauter. »Wir fahren nach Jerusalem ...«, und so war sie gezwungen, das Fräulein zu rufen, um sie von ihrer Mission abzubringen.

»Es macht mir wirklich nichts aus, gestört zu werden«, sagte Wolf zwar jedesmal, wenn das Getrappel hinter seiner Tür losging. Doch in Wahrheit war er dermaßen in seine Arbeit vertieft, daß er die schrillen Stimmen seiner Töchter immer erst hörte, wenn sie ihrem Unmut in lautem Gezeter Luft machten und seine Frau Hilfe herbeizurufen und mit dem Fuß auf dem Holzboden aufzustampfen begann.

Schu-Schu, die stark war wie ein Pferd, warf sich Eva über die Schulter, klemmte sich die anderen beiden unter die Arme wie Wurstpakete und schleppte sie ungerührt ins Kinderzimmer zurück. Marianna blieb zornbebend allein zurück, zu wütend, um der Einladung ihres Mannes, sich doch zu ihm zu setzen, bis er mit seiner Arbeit fertig wäre, nachkommen zu können. Sie zog sich an ihren Flügel zurück, zündete sich eine dünne Zigarre an und ließ die Finger ziellos über die Tasten laufen. Rauchend saß sie und spielte melancholische Walzer, bis Emanuel nach Hause kam.

Emanuel hatte begonnen, Italienisch- und Englischunterricht zu nehmen. Er traf sich mit einer Gruppe Jungen, die einander Shakespeare vorlasen und dabei abwechselnd die Hauptrollen übernahmen. Von diesen Treffen kam er immer ausgepumpt und mit geröteten Wangen nach Hause, den Kopf zu voll von Kämpfen und Abenteuern, um sich an trivialen Gesprächen beteiligen zu wollen, und oft verbrachte er den ganzen Abend träumend in seinem Zimmer. Marianna hatte den Verdacht, daß er Gedichte schrieb. Sie hatte eine verschlossene Schreibtischschublade entdeckt und den Blick schweifen lassen, in der Hoffnung, auf den Schlüssel zu stoßen. Selbstverständlich hätte sie niemals nach etwas Versecktem gesucht, doch vermochte sie nichts Unrechtes darin zu sehen, daß ihr Blick zufällig darauf fiel und sie einer Neugier nachgab, die ja nur natürlich war.

Jetzt stand Marianna von ihrem Flügel auf und schlenderte den Flur zu seinem Zimmer hinab. Sie setzte sich auf den lederbezogenen Stuhl mit der hohen Rückenlehne, den er schon als kleiner Junge unbedingt hatte haben wollen, und nahm einen Federhalter vom Schreibtisch. Sie tauchte ihn in die Tinte und sah zu, wie sich ein öliger Tropfen sammelte und zur Spitze der Feder rann, bis er auf das Löschpapier niederfiel. Er verschwand zusehends darin, als verdampfte er zwischen dessen Poren. Sie genehmigte sich noch einen weiteren Tropfen, gebannt vom Anblick der Tinte, die weich über die Federspitze glitt. Dann legte sie den Federhalter hastig nieder. Was fiel ihr bloß ein, daß sie hier saß und ihre Zeit vergeudete? Hatte sie nicht Briefe zu schreiben? Und ein letztes Mal rüttelte sie an der verschlossenen Schublade, ehe sie hinausging.

Es bedurfte zwar einiger Monate solcher scheinbar ziellos umherschweifenden Blicke, aber schließlich entdeckte Marianna den Schlüssel von Emanuels verschlossener Schublade. Ihre Hand zitterte, als sie ihn im Schloß umdrehte und spürte, wie es widerstrebend nachgab. Sie hatte richtig vermutet. Stöße von engbeschriebenen Seiten, die von rotem Band zusammengehalten wurden. Marianna nahm den ersten Stoß heraus und ließ die Blätter auf ihre Knie hinabhängen. Sie blätterte ungeduldig, ohne recht zu wissen, wonach sie suchte. »Ihr Auge blitzt im Winterlicht, aus weißer Haut die rote Lippe bricht ...« las sie ganz unten in einer runden, altmodischen Handschrift. Und zwischen den Aufsätzen und den Übersetzungen fand sie weitere dichterische Versuche. »Ihr Aug wird blaß, das Herz verhält den Schritt ...« Marianna durchlief ein wärmendes Gefühl der Genugtuung, weil sie ihren Sohn richtig eingeschätzt hatte. Sie ergab sich ganz diesem stolzen Gefühl, das das unangenehmere, herumspioniert zu haben, verdrängte. »Ihr Haar wogt kühn in Flammengold.« Die Glut seiner Worte bereitete ihr plötzlich Unbehagen, doch dann lächelte sie flüchtig bei dem Gedanken, daß diese leidenschaftlichen dichterischen Versuche immerhin einiges Talent verrieten.

Marianna hörte Geraschel auf dem Flur und legte die Seiten, in der richtigen Reihenfolge aufeinandergestapelt, rasch in die Schublade zurück. Sie drehte den Schlüssel um und ließ ihn unter das Löschpapier gleiten, durch das sein kleiner, unregelmäßiger Umriß sich abgezeichnet hatte. Damit ihr rasch gehender Atem sie nicht verriet, schüttelte sie die Kissen auf dem Bett auf und schlug die Ecke der Bettdecke zurück. Mit einem letzten Blick auf den Schreibtisch vergewisserte sie sich, daß alles so war wie zuvor, und trat auf den Flur hinaus. Stimmengemurmel drang von der Küche her an ihr Ohr, wo die Köchin mit den Töpfen klapperte, während sie freizügige Geschichten über die Familie lieferte, für die sie vorher gearbeitet hatte, und sich am Anblick Dolfis, des Dienstmädchens, weidete, die sich errötend die Hand vor den Mund hielt und diese Geschichten ganz gewiß an ihrem ersten freien Tag ihrer Schwester weitererzählen würde, die ebenfalls Dienstmädchen war.

Wolf lag auf dem Divan. Der allabendliche Anblick Mariannas, wenn sie ihr Haar löste, hatte für ihn etwas Beruhigendes. »Dir fehlt doch nichts, Liebling?« fragte er sie, während er fasziniert die langsamen Bewegungen ihrer Arme beobachtete, die über ihrem Kopf zu erstarren schienen.

»Nein.« Sie schreckte auf und lächelte. »Mir fehlt nicht das geringste.«

Wolf setzte sich auf, so daß er sich in dem dreiteiligen Spiegel sehen konnte. Seit der Geburt seiner Töchter achtete er bei seiner Frau auf jegliches Anzeichen von Melancholie. »Du brauchst Abwechslung«, erklärte er, und ehe er ihr noch einen Nachmittagsspaziergang im Grünen vorschlagen konnte, wandte sie sich um und schlug ihm eine Italienreise vor.

»Man muß zugeben, daß die Schulze die Kinder fest im Griff hat.« Wolf hatte sie eigentlich nur etwas hochnehmen wollen, doch ehe er sich's versah, hatte er eingewilligt.

»Diesmal fahren wir aber bis Rom«, sagte sie, und er kam und setzte sich neben sie, indem er sie auf ihrem gepolsterten Hocker so weit beiseite schob, daß er ihr rasch den Arm um die Taille legen mußte, um sie am Herunterfallen zu hindern.

Italien hatten sie sich damals zum Ziel ihrer Hochzeitsreise erwählt und sich ganz fest vorgenommen, wieder dorthin zurückzukehren. Sie waren nach Luzern gereist und dann weiter nach Mailand. Der weiße Marmordom hatte sie an einen Tortenbäcker in Berlin erinnert. Dieses zögernde gegenseitige Eingeständnis hatte ein so warmes Zusammengehörigkeitsgefühl in ihnen ausgelöst, daß Marianna sich heute noch an ein Mailand unter blauem Himmel und mit blühenden Alleen erinnerte, obwohl doch Februar gewesen war. Von dort waren sie nach Genua mit seinen engen Gassen und den weißen Straßen hoch über dem Meer weitergereist. Sie waren in einem kleinen Hotel abgestiegen, das für seinen französischen Küchenchef berühmt war. Alle anderen Gästen nickten einander lächelnd zu, wann immer sie den Speisesaal betraten. »Ach nein, wir sind doch schon über ein Jahr verheiratet!« wehrte Marianna ihre Glückwünsche ab, doch sie merkte, daß ihr niemand glaubte.

Eine Woche bevor sie nach Italien aufbrechen sollten, waren Marianna und Wolf zu einem Fest in eben dem Haus in der Tiergartenstraße eingeladen, in dem sie einander kennengelernt hatten. Mariannas Tischherr war der Direktor der Deutschen Bank. »Wenn Sie in Rom sind«, erklärte er ihr, »dürfen Sie nicht versäumen, dem Papst einen Besuch abzustatten.« Marianna lachte, doch er versicherte ihr unbeirrt, daß sie lediglich ihre Visitenkarte beim Preußischen Konsul am Vatikan abzugeben brauchten, um mit ziemlicher Wahrscheinlichkeit eine Audienz zu bekommen. Er habe im vergangenen Jahr das gleiche getan. »Vergessen Sie nicht, ein schwarzes Seidenkleid und eine Smokingjacke für Ihren Gatten mitzunehmen.«

An ihrem ersten Sonntag in Rom fuhren Wolf und Marianna zum Haus des Botschafters und hinterließen dort ihre Visitenkarte. »Sei bitte nicht enttäuscht, wenn du daraufhin nichts hörst«, meinte Wolf vorsorglich, doch drei Tage später erhielten sie eine goldgeprägte Einladung – auf Veranlassung des Papstes.

Marianna kaufte sich ein rechteckiges Stück schwarzer Spitze, um ihren Kopf damit zu bedecken, eine Instruktion der Einladung, und Wolf zog seinen Abendanzug an. Als es soweit war, nahmen sie eine Droschke zum Vatikan.

»Schau mal, die vielen Katholiken«, flüsterte Marianna, als zwei Frauen mit genau den gleichen Spitzenrechtecken über dem Haar aus einer Kutsche stiegen.

Wolf kniff sie. »Psst, die Leute kenne ich. Das sind die Goldsteins aus Charlottenburg.« Doch ehe er ihnen noch etwas zurufen konnte, half ihnen eine Wache in goldbetreßter Uniform aus der Droschke und geleitete sie zu dem angegebenen Ort in den Privatgemächern des Papstes, wo er sie unter einem Bild von der Auffindung des Moses sich selbst überließ. Geistliche in blauen, grünen und purpurroten Seidengewändern reihten sich im Raum auf, und man verkündete ihnen, daß sie sich, wenn Seine Heiligkeit vorbeiginge, auf die Knie begeben und bereit sein sollten, St. Peters Fischerring zu küssen. Kurz danach erschien der Papst selbst. Er war in schimmerndes Schneeweiß gekleidet und bekreuzigte sich jeweils, ehe er die Hand zum Kuß darbot, über der niemand länger als eine Sekunde verweilen sollte. Mariannas Nachbarin, eine Französin mit einem vergrämten Gesicht, hielt ihn mit einer wortreichen Klage über ihren kranken Sohn auf. »Bete zu Gott dem Herrn«, empfahl er ihr, doch sie erwiderte in scharfem Ton, das habe sie bereits getan, aber ohne jeden Erfolg. Entweder konnte er ihr rasch gesprochenes Französisch nicht verstehen, oder er wünschte das Gespräch einfach nicht länger fortzusetzen, Marianna vermochte es nicht zu entscheiden, jedenfalls ging er weiter und murmelte nur auf italienisch eine Antwort, die die Frau nicht verstehen konnte. Marianna küßte die Luft über seinem Ring und ließ ihn weitergehen.

»Nun, wenn das nichts ist!« Wolf lachte, als sie später mit den Goldsteins in einer Trattoria an der Spanischen Treppe saßen und mit Rotwein auf eine bessere Zukunft anstießen, in der sich alle Religionen aufs glücklichste ergänzen würden. Marianna hob ihr Glas und dachte an den kranken Sohn, der ganz allein zurückgeblieben war, während die Mutter ihre weite Pilgerfahrt von Frankreich machte. Sie ließ sich von dem samtigen Rotwein erwärmen, und das Herz ging ihr auf, als sie an ihre eigenen Kinder dachte, die gesund und munter zu Hause zurückgeblieben waren, auch wenn das bedeutet hatte, sie für einen Monat ausnahmsweise einmal ganz der Obhut Gabrielle Schulzes zu überlassen.

Erst bei ihrer Rückkehr aus Italien erfuhren die Belgards zu ihrem Erstaunen, daß Gaglow künftig ihnen gehören sollte. Drei Generationen lang hatte das Anwesen der Familie Hans Dieters gehört, der über die Jahre ein kleines Vermögen an Schulden angehäuft hatte. Wolf hatte ihn vier aufeinanderfolgende Jahre auf Kredit mit Getreide beliefert und keinen Augenblick daran gezweifelt, daß Dieter am Ende bezahlen würde, doch dem war seine Spielleidenschaft schließlich zum Verhängnis geworden, und um die offizielle Bankrotterklärung zu umgehen, begann er nun, seine Besitztümer zu verteilen. »Nehmen Sie das Haus als Bezahlung«, schlug er vor, »die dazugehörigen Ställe, die Kutschen …«, er stockte und errötete, »und auch das Ackerland, das sich bis zum Dorf hinunter erstreckt.«

Wolf zögerte. »Warum sollen wir denn das Land nicht nehmen?« drängte Marianna ihn, als er es ihr erzählte, während er an ihrem Toilettentisch saß und ihr über ihre Haarfluten strich. »Sollen wir vielleicht nein sagen, bloß weil wir Juden sind?« Und sie lachte. Es war ein fröhliches Lachen, das ihm noch Tage danach im Ohr hing.

Wolf und Marianna fuhren nach Gaglow hinaus. Es

wurde gerade erst hell, als sie aufbrachen. Es war eine dreistündige Fahrt, und Wolf, der diese Strecke bereits früher gefahren war, wies sie auf die Sehenwürdigkeiten hin, uralte schiefe Gasthäuser mit schwarzen Balken und einen Baum, den der Blitz gespalten hatte.

Hans Dieter war unverheiratet und hatte das Landgut nur für die Sommerjagd und zur Bewirtung seiner Freunde genutzt. Es wirkte grau und verlassen, doch Marianna konnte sich gar nicht beruhigen über die Schönheit des Hauses, zu dem sie auf einer schnurgeraden, steilen Straße hinaufgefahren waren. »Du hast mir ja gar nicht gesagt, daß es auf einem Hügel liegt.« Sie wandte sich ihrem Mann zu, der ihre Begeisterung belächelte und die Achseln zuckte. »Ist das denn ein so großer Unterschied?«

Sie wanderten über die zur Wiese verwilderten Rasenflächen und blickten von jeder Seite auf die Bauerhöfe mit ihren gepflegten Feldern hinab, die sich unter ihnen ausbreiteten. Das Haus wirkte, wie es sich gegen den blauen Himmel abhob, streng und düster, und Marianna plante bereits, Weinstöcke an seinen Mauern zu pflanzen und die kalten steinernen Fensterbänke durch Blumen aufzulockern.

Hans Dieter war hinausgekommen, um sich mit ihnen zu treffen. Auf den ersten Blick erkannte Marianna, daß er von Vorurteilen zerfressen war. Mit ihrem Mann war er zwar offen und höflich, doch sie bedachte er mit Seitenblicken, aus denen unverhohlener Widerwille sprach. Marianna hatte das Gefühl, von Kopf bis Fuß gemustert zu werden, als wäre sie eine Ausländerin. Das bestärkte sie erst recht in ihrem Entschluß, das Haus zu nehmen. Sie wich seinem Blick nicht aus und versuchte nicht einmal, das kalte Lächeln in seinen Augen zu erwidern.

»Er ist ein ganz anständiger Bursche, bei aller Schwäche«, meinte Wolf, sowie sie allein waren, und Marianna drückte seinen Arm und erklärte ihm zärtlich, er sei nun mal zu gut und zu einfältig für diese Welt.

Hans Dieter hatte sie durchs Haus geführt, durch den Westflügel mit seinen Salons und hinaus in den Hof. Die Küchen, so erklärte er, lägen nach hinten und seien so weit vom Eßzimmer entfernt, daß man in mehrere Wände Löcher habe schlagen lassen, um die Schüsseln an die im Flur postierten Dienstboten durchreichen zu können. Auf die Weise habe man erreicht, daß das Essen einigermaßen heiß auf den Tisch kam. Hans Dieter geleitete sie nach oben und ging mit ihnen durch mehrere verlassene Kinderzimmer. Er erlaubte ihnen sogar einen Blick in seine Privatgemächer, wo Marianna ein Bett erblickte, das mit Pelzen drapiert war. Schwänze und Klauen hingen wie der Fransensaum einer Bettdecke herab. Sie biß die Zähne zusammen, um nicht zu erröten. Doch dann machte sie kehrt, begann, die breite geschwungene Treppe hinabzusteigen, und rief den Männern bloß über die Schulter zu, sie wolle sich lieber draußen umtun.

Der Obstgarten war rot und grün von frühreifen Äpfeln, und der faulige Geruch des Fallobsts vom Vorjahr stach ihr in die Nase. Der Boden gab quietschend unter ihren Stiefeln nach. Sie hob die Arme, hängte sich an einen borkigen Ast, so daß ihre Füße sich vom Boden hoben und sacht durchs Gras schwangen. Sie las einen kleinen, harten Apfel auf und steckte ihn in die Tasche. Dann ging sie zur Rückseite des Hauses herum und machte die Tür zum Gemüsegarten auf. Er war verwildert und jahrelang nur noch von den Dienstboten genutzt worden. Ein grauer, düster wirkender Feigenbaum breitete seine Äste vor einer Mauer aus, so daß er Schlingpflanzen und Brombeerzweigen entzogen war, und an einer anderen Mauer waren noch die verdorrten Überreste von Weinreben zu sehen. Ein einziger Aprikosenbaum hatte überlebt. Nur ein langer Streifen Gartenland war in Schuß gehalten worden, und der war Reihe um Reihe mit Kohlköpfen und Kartoffeln bepflanzt.

Wolf stand in der Haustür und rief nach ihr. Er lachte, als sie auf ihn zugeschritten kam, die Lederstiefel schlammverkrustet, die Hände grün von der Berührung der Flechten. »Ich habe ganz den Eindruck, daß du deine Entscheidung bereits getroffen hast«, sagte er, nahm ihren Arm und führte sie zum vorderen Eingang zurück. Der Vertrag, den er vorbereitet hatte, lag für Hans Dieter zur Unterschrift bereit.

Wolf und Marianna verbrachten die Nacht in einem Gasthaus des Städtchens. Es hatte sich bereits herumgesprochen, daß sie die neuen Besitzer von Gaglow waren, und sie wurden mit ungenierter Neugier empfangen und mußten lange auf ihr Abendessen warten. »Den Kindern wird es hier sehr gefallen«, meinte Wolf, und Marianna lächelte und stellte sich Emanuel vor, wie er in den nächsten Jahren sein würde. »Besonders den Mädchen«, setzte er augenzwinkernd hinzu, und sie stießen miteinander an.

Eva, Martha und Bina beobachteten das gerötete Gesicht ihrer Mutter, als sie ihnen die Neuigkeit mitteilte. Sie sahen das Leuchten in ihren Augen und erkannten, daß Marianna es gar nicht abwarten konnte, ihre hochfliegenden Pläne zu verwirklichen. Ihr zum Trotz verzogen sie keine Miene. »Das hört sich ja feudal an«, sagte Bina. »Ich werde da nicht hinfahren, außer man zwingt mich.« Und loyal, wie sie waren, pflichteten beide Schwestern ihr bei.

Bina war zehn. Sie saß im dunklen Schlafzimmer ihrer Berliner Wohnung aufrecht im Bett und fragte sich laut, was wohl aus den armen kleinen Dieter-Kindern geworden sein mochte, die aus ihrem Zuhause verjagt worden waren.

»So etwas hätte Papa doch niemals zugelassen.« Martha war entsetzt.

»Nein«, stimmte Bina zu, »bloß Papa konnte das ja nicht wissen.«

»Du willst sagen, daß sie ihm etwas vorgeschwindelt hat?«

Und Bina bejahte das mit feierlichem Geflüster. »Schu-Schu sagt«, fuhr sie fort und sprach nun fast unhörbar, »daß unsere Mutter allzu hoch hinauswill.« Eva und Martha sahen einander an. Sie wußten zwar nicht recht, was ihre Schwester meinte, waren jedoch davon überzeugt, daß es einen triftigen Grund für ihre Empörung geben mußte. »Jetzt wißt ihr Bescheid«, sagte Bina, und nachdem sie geschworen hatten, daß sie sich nicht von ihr einwickeln lassen würden, tappten sie zu ihren eigenen Betten zurück.

Als Eva das Haus zum erstenmal sah, während die Maler von den Fensterbänken herabhingen und Gärtner mit dem Rasenmäher ihre Bahnen zogen, verspürte sie den Drang, einmal rundherum zu rennen, die Finger über die Hausmauern streifen zu lassen und Nischen und sonnenwarme Stufen zu erforschen, doch dann erblickte sie das Fräulein, das sich mit verächtlicher Miene umschaute. »Genau das habe ich erwartet«, schien sie sagen zu wollen. Und Eva verharrte, wo sie gerade stand.

Gesittet umrundeten die Mädchen das Haus. Bina trug die ganze Zeit eine Leidensmiene zur Schau und warf ihren Schwestern vorwurfsvolle Blicke zu, wenn sie sich von den

Ausmaßen eines Flurs oder dem mannshohen Tunnelloch eines Kamins beeindrucken ließen. Martha ließ sich vom verschlungenen Irrgarten der Küchen fesseln, und Bina fühlte sich bemüßigt, wie eine alte Dame kopfschüttelnd zu murmeln: »Wie die jetzt wohl essen, die kleinen Dieter-Kinder, wo sie doch auf der Straße leben müssen!«

Als Bina und Martha gleichzeitig in einer riesigen Vorratskammer verschwanden, nutzte Eva ihre Chance und schlich sich eine enge Treppe empor. Sie gelangte ins erste Stockwerk und begann, von Zimmer zu Zimmer zu gehen, während laute Stimmen aus dem Ballsaal zu ihr empordrangen, wo ihre Mutter Vorhänge und Möbelstoffe und die fehlenden Teile eines Kronleuchters bestellte. Eva folgte der Haupttreppe bis ins Dachgeschoß und gelangte ins erste der Kinderzimmer. Sie erkannte die niedrige weiße Decke und die Doppelreihe himmelblauer Fenster, die ihre Mutter ihr beschrieben hatte. Eines Abends hatte Eva im Bett gelegen und sich mit dem Kissen die Ohren zugehalten, während ihre Mutter ihr das Haus in den verführerischsten Farben schilderte. Sie hatte von Schwalben und Apfelblüten geflüstert und dem Springbrunnen, der im Winter zugefroren sei, doch Eva hatte den Kopf nur noch tiefer ins Bett vergraben und ihre Augen gegen die verlockenden Bilder verschlossen, indem sie die Vorstellung von Hänsel und Gretel heraufbeschwor, die in undurchdringlichen Wäldern verzweifelt nach Brosamen suchten.

Eva zog sich die Schuhe aus und glitt von einer Zimmertür zur nächsten. Der Dielenboden war glattgehobelt und gebohnert worden, so daß er sich butterweich anfühlte, und in jedem Zimmer gab es einen großen weißen Kamin und eine Reihe deckenhoher Fenster. In dem Zimmer, das ganz am Ende des Flurs gelegen war, standen über der

Scheuerleiste von Kinderhand die verblichenen Worte: »Dies ist mein Zimmer, und ich habe es gern.«

Eva kniete nieder, um die Mitteilung von nahem zu betrachten. Sie stellte sich vor, daß sie von einem der Kinder Hans Dieters stammte oder von Dieter selbst, oder, wenn die Familie, wie Bina behauptete, seit Jahrhunderten in diesem Haus gelebt hatte, konnte es ja sogar sein Großvater gewesen sein, der das als kleiner Junge geschrieben hatte. Eva wollte die Mitteilung allen Blicken entziehen und ganz für sich haben. Sie blickte sich um, und da sie in dem unmöblierten Zimmer nichts fand, wohinter sie die Worte hätte verbergen können, zog sie an dieser Stelle die Tapete ab, steckte den Streifen in die Tasche und hinterließ ein Stück nackten Putz, wo zuvor die Schrift gewesen war.

Kapitel 6

Ich habe wieder einen Brief bekommen«, sagte mein Vater, »wegen dieser Immobilien.« Er schwenkte ihn vor meinen Augen, und einen Augenblick war ich überrascht, weil er auf deutsch geschrieben war.

»Steht was über das Theater drin?« fragte ich, während ich, vollbekleidet, zum Sofa schwankte.

Er spähte über seine Brille hinweg auf den Brief und übersetzte, während er las: »›Die Nachkommen der Töchter Marianna Belgards ... haben Anspruch ..., jedoch nur gegen Entrichtung einer Vermittlungsgebühr in Höhe von ...‹ Aha, jetzt ist er schon auf vierzig Prozent runtergegangen.« Und er ging vergnügt zur Staffelei hinüber.

»Und nichts Neues über Gaglow?« Ich ging zum Badezimmer, um mich auszuziehen. Es war Februar, und zum erstenmal im Leben hatte ich im Winter warme Hände und Füße. Meine Schultern hatten sich nicht gehoben, um sich gegen die Kälte zu wehren, und eine prächtige Durchblutung sorgte für Farbe im Gesicht. »Ich fühle mich großartig«, flüsterte ich vor mich hin, und von einem plötzlichen Glücksgefühl durchströmt, machte ich die Clipverschlüsse meiner Latzhose auf und ließ sie zu Boden fallen. Mein Unterhemd hatte sich bis zu den Rippen aufgerollt, und mein Bauch sprang hervor wie ein Bohnenkern. »Könntest du denn nicht einen Handel mit ihm machen?« rief ich, während ich, seitwärts zum Spiegel gedreht, herauszufinden versuchte, wie weit ich mich vorbeugen mußte, um meine Fußspitzen zu sehen. »Wenn er dir Gaglow beschaffen würde, wärst du dann geneigt, ihm auf alles übrige seine Vermittlungsgebühr zu zahlen?«

»Ich bin fertig«, sagte er, statt zu antworten, und als ich aus dem Bad trat, hatte er die Staffelei bereits an die richtige Stelle geschoben und wartete mit dem Pinsel in der Hand.

»Aber andererseits«, ich war viel zu aufgekratzt, um zu schweigen, »liegt das vermutlich nicht allein bei dir.« Als ich mich aufs Sofa legte, ächzten die alten Federn, und der Stoff knirschte unter seiner Last.

»In der Tat, das liegt nicht allein bei mir. Da sind ja noch meine ganzen greulichen Verwandten.« Und er beschäftigte sich wieder mit dem Mischen der Farbe.

Sowie wir Mittagspause machten, musterte ich den Brief. »Gottfried Gessler.« Die Unterschrift wirkte großspurig, und ich fragte mich, ob die diversen Vettern meines Vaters, die ich gar nicht kannte, wohl ebenfalls von ihm gehört hatten.

Pam traf sich mit mir in der Klinik. »Alles in Ordnung?« Sie hielt mir die Hand, und jedesmal, wenn eine Tür aufflog, blickten wir beide hoch.

Das Baby sollte in vier Wochen kommen, und es hatte sich immer noch nicht gedreht. »Es ist ein großes Baby«, hatte der Arzt gewarnt, »und von allein wird es sich wahrscheinlich jetzt nicht mehr drehen.« Er hatte mir mit dem Finger in die Seite gestochen und nach seinen Füßen getastet, und mein Bauch, der glatt und stramm war wie Kalbleder, war ein bißchen nach links geschwankt.

»Mein Arzt ist offensichtlich der König der Babydreher«, flüsterte ich Pam zu. »Er hat eine Erfolgsquote von achtzig Prozent.« Und dann senkte ich die Stimme noch mehr und erklärte, ich wisse, daß mein Baby sich nicht drehen werde.

»Sag doch so was nicht.« Beim Gedanken an die Alternative verzog sie schmerzlich das Gesicht, während ich nichts anderes wahrzunehmen vermochte als eine heiße Aufwallung von Stolz.

»Du bist dran.« Pam zog mich vom Stuhl hoch. »Du bist dran«, und am Ende des Flurs rief eine Schwester nach Miss Linder.

Pam trat zurück und heftete, in der Hoffnung, irgendeinen Aufschluß über das Geschlecht zu erhaschen, den Blick auf das Gewoge des Bildschirms. Der Herzschlag wummerte, rasch und laut, während Dr. Mok über mich gebeugt stand. »Ich versuche jetzt mal, es zu einem Überschlag zu bewegen«, erklärte er und begann zu kneten und zu quetschen. Das Baby gab sich störrisch, wie ich vorhergesagt hatte, und weigerte sich, sich von der Stelle zu rühren. Nach kurzem war sein ganzer kleiner Körper unter meinen Brustkorb emporgedrückt, doch sein Kopf wollte nicht nach unten rutschen. »Es will sich nicht drehen«, flehte ich und sah Pam hilfesuchend an, doch der Arzt bestand auf einem letzten Versuch.

»Stures Dingelchen«, sagte er schnaufend, als er es aufgab, und ich lag, die Finger schützend auf dem Kopf meines Babys, und spürte, wie es den Rücken langmachte, während zwei Füßchen sich genießerisch streckten, um auf meiner Blase herumzutrampeln.

»Ich brauche dringend einen Tee und ein Stück Kuchen«, sagte ich, sowie wir draußen waren, und atmete erst einmal durch.

Pam nahm meinen Arm. »Gar nicht unattraktiv, dein Arzt, findest du nicht?«

»Ein furchtbarer Typ.« Ich lachte sie aus. »Ich sehe, dein Geschmack hat sich nicht verbessert.«

Doch sie sah mich nur mit hochgezogenen Brauen an, als wollte sie sagen, ich hätte es gerade nötig. »Wie bitte?«

»Okay, okay. Ich hab nichts gesagt«, und wir eilten über die Straße auf ein Café zu.

»Pam?« Sie wußte, was ich sie jetzt fragen würde. Ich saß seitlich in einer Nische und beobachtete, wie unsere Teller mit Erdbeerkuchen herangeschwebt kamen. »Könntest du ... würdest du das aushalten, na ja, bei der Geburt dabeizusein, falls es eine – eine Operation werden sollte?«

»Du willst mir doch nicht im Ernst erzählen, daß du das im wachen Zustand über dich ergehen lassen willst?« Sie blickte auf das rote Geäder des Erdbeersafts, das ihren Kuchen durchzog.

Ich nickte.

»Bist du dir sicher, daß du am Ende nicht doch Mike dabeihaben willst ... oder deine Mutter ... oder ...«

»Nein.«

»Du kannst doch Mike nicht daran hindern, wenn er dabeisein will.«

»Wer sagt denn, daß er das will?« Und ich setzte angstvoll hinzu: »Du hast doch nicht etwa mit ihm gesprochen?«

»I wo.« Während sie den Rauch über die Schulter blies, aß ich den allerletzten Kuchenkrümel auf und kratzte die Sahnepfütze mit der flachen Seite der Gabel vom Teller.

Grinsend neigte Pam sich mir zu. »Du glaubst also immer noch, daß es ein Mädchen ist?«

Ich schüttelte abwehrend den Kopf und hob die Hände, um mir die Ohren zuzuhalten.

»Weil, wenn man nach dem Bildschirm da gehen will ...«

»Sei still!«

»... da erkennt man doch absolut einen Scheiß!«

Ich lachte, erleichtert und enttäuscht zugleich. »Würdest du es, wenn du an meiner Stelle wärst, wirklich wissen wollen?«

»Ob ich das wissen wollte?« Pam steckte sich noch eine Zigarette an. »Ich will es ja jetzt schon wissen, wo ich noch nicht mal schwanger bin.«

»Pam.« Ich war auf einmal müde. »Wenn du das wirklich nicht aushältst ... Ich könnte das verstehen.« Doch sie griff nach meiner Hand und beteuerte, sie könne sich auf der ganzen Welt keinen schöneren Ort vorstellen.

Pam kaufte sich ein Handy und rief mich mehrmals täglich an, für den Fall, daß ich sie vergeblich zu erreichen versucht hätte. »Ich hab fast eine Stunde in der U-Bahn gesessen, mußte zu so einem blöden Vorsprechtermin.« Und mit schlechtem Gewissen hoffte ich jedesmal, daß sie die Rolle nicht bekäme.

Wir sprachen niemals über die Möglichkeit, daß man sie vielleicht irgendwohin verpflichten würde. Fast jeden zweiten Tag tauchte eine neue Bedrohung am Horizont auf. Ein Werbefilm in Istanbul, ein Stück in Hull, eine kleine Rolle in einem Film, dessen Finanzierung dann gerade noch rechtzeitig platzte. Dr. Mok wollte, daß ich mich für einen Kaiserschnitt anmeldete, doch ebenso stur wie mein Kind, mußte ich abwarten und das Baby den Tag bestimmen lassen. Die Hebammen runzelten kopfschüttelnd die

Stirn und regten sich auf, weil sie nicht mitten in der Nacht mit einem Notfall behelligt werden wollten, hatten jedoch keine Handhabe, um mich zu zwingen.

Und dann, als ich rundum bereit war, bekam ich einen Anruf von Mike. Ich saß gerade auf dem Fußboden und machte Atemübungen, wobei ich abwechselnd nur durch ein Nasenloch einatmete, als ich nach dem Hörer langte.

»Ich bin's.«

Mein Herz fing heftig zu pochen an, und einen Augenblick war ich versucht, einfach aufzulegen. »Oh, Tag.« Ich zwang mich zu einem munteren, beiläufigen Tonfall. Eine Pause trat ein. Nach allem, was er wußte, mußte ich unser Kind bereits bekommen haben, und es hätte eigentlich schlafend in meinem Arm liegen müssen.

»Ich bin zufällig Pam über den Weg gelaufen ...«, stammelte er, »und sie hat gesagt ... Sie hat gesagt, das Kind wäre eine Steißgeburt ...«

Auf einmal brachte ich keinen Ton mehr heraus. Warum saß ich hier eigentlich ganz allein, arbeitete ein Buch mit Yoga-Stellungen durch und überschlug die Seiten, auf denen Männer die Füße ihrer schwangeren Lebensgefährtinnen massierten?

»Ich wollte dir nur sagen, daß ich auch eine Steißgeburt war.« Aus seiner Stimme klang Genugtuung. »Ich war ein Kaiserschnitt, und meine Mutter ist felsenfest davon überzeugt, daß es überhaupt keine bessere Art gibt, ein Kind zu bekommen.«

Mein Selbstmitleid war wie weggeblasen. »Damit willst du wohl sagen«, stieß ich hervor, »daß dies Baby nach seinem einmaligen Vater gerät?«, und in atemlosem Zorn knallte ich den Hörer auf.

Einen Augenblick saß ich im Schneidersitz und war

äußerlich ganz ruhig, während ich starr auf die nächste Übung blickte, doch dann war es mit meiner Fassung vorbei, und ich rollte auf die Seite und schluchzte, bis die Tränen einen weichen Fleck auf den Teppich gemacht hatten und das Salz in meinem Gesicht zu brennen begann.

Meinen Schwestern gegenüber erwähnte ich »Mutti« nie. Soweit ich wußte, hatten jedoch noch weitere, ähnlich katastrophal verlaufene Besuche stattgefunden, die jede für sich behielt. Doch als wir uns das nächstemal trafen, musterte ich die beiden eindringlich. Natasha war die älteste von uns. Sie hatte dickes schwarzes Haar, das widerspenstig wurde, wenn man es bürstete, und ihre Wimpern waren ebenfalls schwarz. Sie war groß, hatte gerade, hohe Schultern, und ihre Nase war genau die unseres Vaters. Kate war nur vier Monate jünger. Ihr Haar war heller als Natashas und ihre Haut honigfarben, und obwohl die beiden sich als Kinder nie gesehen hatten, ähnelten die Bewegungen ihrer Lippen und Hände einander doch auffällig. Bis jetzt hatte ich mich als diejenige betrachtet, die irgendwie nicht ins Bild paßte. Ich war zwei Jahre jünger, zierlich, hatte braunes Haar, olivenförmige Augen und einen schiefen Mund. »Mein kleiner Wechselbalg«, hatte meine Mutter mich einmal genannt, doch jetzt, mit meinem frischgeschulten Blick für Familienähnlichkeiten, erkannte ich, daß das nicht zutraf. Es war im Gegenteil nicht auszuschließen, daß ich die eigentliche Linder war. »Du siehst aus wie meine Mutter, das stimmt schon.« Diese Worte meines Vaters gingen mir nicht mehr aus dem Kopf, und ich bezog daraus eine neue Zuversicht, was meinen Platz in seinem Herzen betraf.

Ein paar Jahre später starb meine Großmutter friedlich im Schlaf, ohne daß wir einander noch einmal begegnet waren. Ich fragte, ob ich ein Foto haben könne. »Selbstverständlich.« Mein Vater wählte das Bild aus, das ich so bewundert hatte: die drei Mädchen in sommerlichem Weiß, die lächelnd auf der Veranda saßen. Außerdem gab er mir noch ein Foto nur von Eva. Sie stand im Profil, die Schultern gestrafft, die Lider gesenkt, und ihre nahezu vollkommene Nase fiel steil in Richtung Kinn ab.

»Wie ähnlich du ihr siehst!« Meine Schwestern starrten das Porträt an und zogen die Rundung des Kinns mit dem Finger nach. »Das ist ja unglaublich.«

Errötend biß ich mir auf die Lippe. Ich konnte mir nicht erklären, weshalb mich das mit dieser lächerlichen Freude erfüllte. »Ich kann euch beiden eine Kopie machen lassen«, bot ich an, doch Natasha sagte, sie wolle lieber eine von den Schwestern Eva, Martha und Bina in ihren Korbstühlen, und auch Kate zog dies Foto vor.

Es steckte noch in seinem Rahmen. An den Ecken war die Politur abgegriffen, und die Rückseite ließ sich erst herausnehmen, als mir eine der Klammern abbrach. Der Geruch von Staub und altem, süßlichem Puder brachte mich zum Niesen. Zuerst glaubte ich, das Foto wäre ungewöhnlich dick, auf Pappe aufgezogen, doch als ich es emporhielt, entdeckte ich, daß da noch ein zweites, kleineres Foto an die Rückseite geklebt war. Ich zog es behutsam ab und hielt die Nahaufnahme eines Mannes in der Hand. Er war in Uniform, der Stehkragenuniform des Ersten Weltkriegs, und starrte mit einem hoffnungsvollen, zuversichtlichen Ausdruck in die Kamera. Das Haar trug er zurückgekämmt, und das Kinn ruhte in der einen Hand, einer Hand, die so fein und glatt war, daß ich annahm, das Foto müsse gemacht worden sein, ehe er überhaupt mit dem Krieg in Berührung gekommen war. »Emanuel Belgard« stand auf der Rückseite.

Ich zeigte es meinem Vater. »Sag mal, weißt du, wer das ist?« Er wendete das Foto in den Händen hin und her und bewunderte die Abstufung der Grautöne. »Das ist ja seltsam.« Er zeichnete die feinen, mit Tinte geschriebenen Buchstaben des Namens mit dem Finger nach. »Mein Onkel Emanuel. Der ältere Bruder meiner Mutter.«

»Ein Onkel? Aber ich dachte, es wären nur drei Mädchen gewesen, deine Mutter und noch zwei Schwestern?«

»Nein.« Mein Vater hatte es auf einmal eilig, an die Arbeit zu kommen, und er fixierte die Leinwand mit einem derartig konzentrierten Ausdruck, daß ich mir meine Fragen für eine andere Gelegenheit aufheben mußte.

Ich ließ das Bild von Emanuel Belgard, wo es gerade lag, weil ich mehr über ihn in Erfahrung bringen wollte, doch schließlich steckte ich ihn, in der Annahme, daß er wie so viele Millionen Männer im Krieg umgekommen sein mußte, sicherheitshalber wieder hinter seine Schwestern und sperrte alle wieder in ihren Rahmen.

Kapitel 7

Es ist Krieg, es ist Krieg«, trällerte Bina, als ein Brief für Emanuel eintraf, worin man ihm mitteilte, wann und wo er sich bei seinem Kommandeur melden sollte. Sie rannte zu dem Schrank, in dem seine Reichswehruniform hing, und angelte sie von ihrem Bügel herunter. Emanuel nahm sie ihr weg und hielt sie sich an. Das Oval seines Gesichts schien darüber zu schrumpfen und zu erbleichen.

»Wenn du dann wieder zu Hause bist«, fing Bina an, doch ihre Mutter streckte die Hand nach der Uniform aus und übergab sie Dolfi mit der Anweisung, sie zu bügeln und zu lüften und dann so lange wegzuhängen, bis sie wirklich gebraucht würde.

»Aber wenn du dann auf Fronturlaub nach Hause kommst«, begann Bina erneut, »bringst du dann –« Diesmal unterbrach sie Fräulein Schulze, die gerade hereinkam und, als sie die Neuigkeit erfuhr, mit hochrotem Kopf eine Porzellanfigur vom Tisch stieß, die auf dem Boden in drei Scherben zersprang.

Emanuel verließ das Zimmer. »Geh ihm nach, Eva«, drängte Marianna sie, und Eva lief los und griff nach seiner Hand, während Martha und Bina, Omi Lise und seine Mutter sich in der Türöffnung drängten und ihm nachriefen, er solle zurückkommen und mit ihnen ein zweites Frühstück einnehmen.

Wolf Belgard war in Berlin, wo er ein neues Lagerhaus besichtigte. Marianna sandte ihm hektische Botschaften und beschwor ihn, doch zurückzukehren, doch Emanuel schickte welche hinterher, worin er ihm zuredete, seine Geschäfte zu Ende zu bringen, und die Meinung vertrat, daß diese Mobilmachung nur eine Demonstration der Stärke sei: Der Krieg, wenn es denn einen gäbe, wäre binnen eines Monats beendet. Gruber legte seine feinste Livree an, um die kurze Strecke bis zur Bahn zu fahren. Schweißgebadet stand er in Gold und Blau, die manschettenumspannten Handgelenke stolz erhoben. Marianna trug einen blumengeschmückten Hut und saß neben Emanuel. Zu gern hätte sie ihre Finger mit seinen verschränkt. Bina, Martha und Eva saßen ihr gegenüber, den Rücken den Pferden zugewandt.

»Wirst du denn an der Seite von Joseph Friedländer kämpfen?« fragte Bina und lief dunkelrot an.

Martha stieß sie an. »War das der auf dem Fest mit dem buschigen Schnauzbart?«

»Der mit den Schlappohren, meinst du wohl«, setzte Eva hinzu.

Marianna sah sie stirnrunzelnd an und nahm sich vor, die Friedländer-Mutter zu besuchen, um herauszufinden, welche Art Frau das war.

Auf dem Bahnhof waren Männer, die noch Zivil trugen. Rufend und winkend drängten sie sich auf dem Bahnsteig, während der Zug einfuhr. Er war bereits überfüllt. Aus sämtlichen Fenstern sahen sichtlich um Tapferkeit bemühte Gesichter, und Hunderte von Männern hockten barhäuptig im grellen Licht auf den offenen Wagen, die an den letzten Waggon angehängt worden waren.

In großen schwungvollen Lettern hatte man Parolen an die Türen geschrieben: »Auf nach Paris!« und »Sieg!« Ehefrauen und Schwestern hatten Herzen und persönliche, hoffnungsvolle Botschaften hinzugemalt. Emanuel erkannte im Gedränge der Männer viele Gesichter wieder. Da waren der Sohn des Hufschmieds und die Jungen, die als Gärtner bei ihnen arbeiteten. Er lächelte ihnen zu, und sie grinsten in seine Richtung und ließen ein wenig Platz um ihn, der steif in seiner schweren Jacke mit den blitzblanken Knöpfen und den ordentlich in die Schaftstiefel gesteckten Hosen in ihrer Mitte stand.

Marianna stand dicht neben ihm, und der Blumenduft von ihrem Hut drang ihm in Mund und Nase. »Wirst du uns schreiben?« fragte sie und legte ihm die Hand auf den Arm. Emanuel begann, auf den Zug zuzugehen.

»Manu, Manu«, riefen seine Schwestern ihm nach. Seine Nase kribbelte, als er in den Waggon sprang, Gruber mit seinem Gepäck im Schlepptau.

Als der Zug sich in Bewegung setzte, sah er seine Mutter und seine drei Schwestern bei der Schar der anderen Frauen stehen, alle in weißen Rüschenblusen mit Stehbündchen, Hüten und Halstüchern, die sich gegen die Sonne abhoben. Ihre winkenden Arme bildeten ein ganzes Meer von Handschuhen und Fingern, und er mußte den Blick fest auf das blaue Band in Evas Haar gerichtet halten, um seine Familie nicht aus den Augen zu verlieren, die in immer weitere Ferne entschwand.

Marianna war schweigsam, während sie in der Kutsche heimfuhren. Unter der Hutkrempe ließ sie den Blick über die Gesichter ihrer Töchter wandern. Heute vermochte sie bei dem Gedanken zu lächeln, wie viele Stunden ihres Lebens sie in der Sorge verbracht hatte, Emanuel könnte ihr einziges Kind bleiben. Er war binnen eines Jahres nach ihrer Heirat geboren worden, und noch heute bekam sie feuchte Augen, wenn sie daran zurückdachte, welche

Freude sie an ihm gehabt hatte. Wie sie ihn angezogen und gewaschen und darauf bestanden hatte, daß die Kinderschwester sie wecken sollte, falls er nachts schrie. »Ist ja alles schön und gut«, hatte Wolf sie geneckt, »doch wie willst du das denn bewerkstelligen, wenn du erst sechs Söhne hast und alle gleichzeitig nach dir schreien?«, und er hatte erwartungsvoll die Hand auf ihren flachen Bauch gelegt. Doch die Jahre waren vergangen, und jeden Monat zeigte das vertraute Ziehen in den Knien ein weiteres Mal an, daß es ihr nicht gelungen war, jenes Fetzchen beginnenden Lebens zu erhaschen.

»Du wirst ein Einzelkind bleiben müssen wie ich«, murmelte sie ihrem Sohn zärtlich zu, und sie dachte an ihren Vater, der von ihrer eigenen kleinen Familie als der »heiligen Dreifaltigkeit« gesprochen hatte. Und dann waren, Schlag auf Schlag, ihre Töchter geboren worden.

»Weshalb lächelst du denn so?« fragte Martha, und Marianna fuhr sich mit dem Handrücken über die Augen.

Sie erwog, ihnen etwas über das Leben eines Einzelkindes zu erzählen, seine Einsamkeit und die Stille, die es umgab, als ihr ihre Freundin, die Flickschneiderin, in den Sinn kam, die regelmäßig zu ihnen gekommen war, um ihrer Mutter beim Ausbessern der Vorhänge zu helfen. »Ich habe gerade an eine sehr alte Frau denken müssen«, sagte sie zu Martha, »und daran, daß sie jedesmal, wenn sie am aufregendsten Moment einer Geschichte angelangte, zu stottern begann.«

»Wie lästig.« Bina verdrehte die Augen.

»Durchaus nicht. Sie hat mich immer Blumen ausschneiden lassen, die dann am Stoff festgesteckt wurden ...«

Doch Martha flüsterte Eva irgendein Geheimnis ins

Ohr, und Bina versuchte mitzubekommen, worum es ging, statt ihrer Mutter noch länger zuzuhören.

Marianna schickte jemanden zu ihrer Tante Cornelia, um ihr das Baumkuchenrezept zu entlocken. Baumkuchen war für sie während ihrer Kindheit das Schönste überhaupt gewesen. Es war ein exotischer Kuchen, der die Gestalt eines hohlen Baumstamms hatte und aus lauter Schichten bestand, die sich ringförmig übereinander legten. Außen war er von Schokoladenflocken umgeben wie von einer Borke. Ihrer Tante Emanuel zuliebe das Rezept dafür abzuluchsen war eine denkbar heikle Aufgabe. Eine andere Tante war vom Reinlichkeitswahn besessen gewesen und hatte die Türklinken hinter ihren Gästen abgewischt und die Sitzflächen der Stühle abgestaubt, auf denen sie gesessen hatten, Tante Cornelia hingegen hatte sich darauf verlegt, das Rezept für den Baumkuchen für sich zu behalten und ein ungeheures Geheimnis um seine Zusammensetzung zu machen, als hinge ihre Seligkeit davon ab.

Lieber, lieber Manu,

schrieb Eva, kaum daß er das Haus verlassen hatte.

Ich habe gerade noch einmal über unsere Zukunftspläne nachgedacht – meinst Du denn, wir könnten, wenn es an der Zeit ist, unser Haus zu bauen, erreichen, daß es in Waldnähe liegt? Vielleicht hast Du den idealen Platz ja inzwischen schon entdeckt. Das einzig Gute daran, daß Du so früh weg mußtest, ist wahrscheinlich, daß Du viel herumkommst und viel mehr Gelegenheit haben wirst, den idealen Bauplatz zu finden.

Eva legte den Ellenbogen um das Blatt, um den Brief vor den Augen ihrer Schwestern zu verbergen.

Bitte vergiß nicht, daß ich einen Garten mit einem Holzzaun haben möchte und einen dicken Baum mit einer Astgabel, damit ich dort eine Hängematte anbringen kann. Ich weiß, Du denkst daran, zwei gute Pferde zu halten, eins speziell für sonntags und ein anderes, ruhigeres, für die ganze Woche, doch habe ich mich neulich gefragt, wie ich selbst mich eigentlich fortbewegen werde. Ich hätte mein Fahrrad, das stimmt, aber vielleicht sollten wir doch die Anschaffung eines Automobils erwägen. Wir könnten es in einem Holzhaus unterstellen und es immer nur dann benutzen, wenn wir die übrige Familie besuchen, was wir, denke ich mir, gelegentlich wohl tun müssen.

Eva ließ den Blick über die gesenkten Köpfe ihrer Schwestern wandern. Manchmal wäre sie am liebsten mit ihren heimlichen Plänen herausgeplatzt.

»Womit langweilst du denn unseren armen Bruder da?« fragte Bina und beugte sich vor, um ihr die Seite zu entreißen. Ihrem Versprechen getreu, brachte Eva den Brief jedoch rasch in Sicherheit und verschloß ihn in einem Umschlag.

Bina schrieb Emanuel kurze Briefchen, worin sie den Gesundheitszustand und die Eskapaden der diversen Hunde beschrieb, und dann wiederholte sie diese Mitteilungen, wenn auch wesentlich feuriger, in einem getrennten Brief an Joseph Friedländer, der in demselben Regiment diente.

Martha, die sich, gewissermaßen aus zweiter Hand,

gleichfalls in Joseph verliebt hatte, fügte Gedichte in französischer Sprache hinzu und übersetzte sie, unsicher, ob es sich dabei jetzt nicht um eine feindliche Sprache handelte, mühselig ins Deutsche.

»Und was ist mit Paris? Was wird aus all den Hochzeitsreisenden?« fragte Martha eines Abends, als ihr gerade der Hals gewaschen wurde, und Schu-Schu versprach ihr, daß der Krieg niemals die Flitterwochen eines Mädchens vereiteln würde. Davon ging sie auch dann nicht ab, als die Front bereits quer durch ganz Frankreich verlief und der Feind auf der anderen Seite in Schützengräben aufgereiht lag. Sie versprach, daß man eine spezielle Schneise durch das Niemandsland offenhalten würde, damit die Jungvermählten nach Paris durchfahren konnten, um den Eiffelturm zu sehen.

Wolf kehrte für die erste Augustwoche nach Gaglow zurück, und gleich nach seinem Eintreffen sprang der Funke des Krieges von einem Land auf das andere über – von Rußland über Frankreich nach Großbritannien. Sie bekamen einen Brief von Emanuel. Er war einem Kavallerieregiment zugeteilt worden und stand in Schleswig in einem Ausbildungslager. »Es sieht ganz so aus«, schrieb er, »als sollten sich in diesem Krieg die unbedeutenden Dinge als die schwierigsten erweisen und die Tatsache, daß wir darauf brennen, unser Leben aufs Spiel zu setzen, keine große Bedeutung haben.« Erklärend fuhr er fort, seine untere Körperhälfte schmerze nach einer Woche im Sattel so höllisch, daß er weder richtig sitzen noch stehen noch mehr als ein paar Schritte gehen könne.

An dieser Stelle kicherten die drei Mädchen errötend. Marianna las weiter: »›Doch selbstverständlich besteht unser allergrößtes Problem darin, wie wir unsere Pferde ihrer Lieblingsnahrung entwöhnen können. Sie weisen alles zurück außer erstklassigem Brot und Birnen, obwohl ich ihnen, wenn sie murren, ständig erzähle, daß sie Opfer bringen müßten wie alle anderen auch, doch ich muß – entschuldige, Papa – leider sagen, daß sie beim Anblick der feinsten Gersten- und Haferkörner auch weiterhin nur verächtlich schnauben und die Nase rümpfen.‹« Marianna lächelte ihrem Gatten zu. Der Gedanke, daß das Getreide, das nahezu im buchstäblichen Sinne durch seine Hände ging, dazu beitrug, das deutsche Volk zu unterstützen, erfüllte sie mit Stolz.

»Meine liebe Familie«, schrieb Emanuel erneut aus Schleswig, »es ist immer noch ungewiß, wann wir aufbrechen. Möglicherweise werden wir gar nicht gegen Franzosen und Engländer kämpfen, sondern gegen Inder und Japaner! Das wäre schon seltsam, doch beeile ich mich hinzuzusetzen, daß uns das nicht daran hindern sollte zu siegen.«

Und als sich sein Regiment im Oktober in Richtung Frankreich zu bewegen begann, schrieb er in einem Anfall von Begeisterung: »Letzte Nacht haben wir im Freien geschlafen und hatten nur unsere Mäntel, um uns gegen den Regen zu schützen. Doch hätte die Stimmung der Männer nicht besser sein können. Hier liegen achtundvierzig Kavallerieregimenter in einer endlosen Reihe von Schützengräben. Ulanen, Husaren, Dragoner, Kürassiere. Ich habe das überwältigende Gefühl, daß das alles einen glücklichen Verlauf für uns nehmen wird, auch wenn die Luft vom Geschützfeuer nur so dröhnt. Ihr werdet Euch das schwerlich vorstellen können, doch kein Mensch achtet groß darauf, und wirkliche Klagen gibt es eigentlich nur im Hinblick aufs Essen. Gestern abend war das Brot so fest und sauer, daß wir es alle vorgezogen haben zu fasten.« Marianna hielt inne und sah zu ihrem Gatten hinüber.

»Die Belgier«, sagte Wolf, »unterbrechen die Nachschublinien.« Er vergrub den Kopf in seiner Zeitung und verweigerte jeglichen weiteren Kommentar.

»Kannst du denn da gar nichts machen?« versuchte Marianna es erneut.

Wolf schloß die Augen und legte seine Hand auf ihre. »Wir werden sehen«, sagte er, »wir werden sehen«, und die beiden tiefen Kerben oberhalb seiner Nase verschmolzen miteinander zu einem einzigen pelzigen Strich, als er die Brauen runzelte.

Wolf Belgard war einer der wenigen, die nicht hinter dem Krieg standen. In seinen Augen war das riesige Unternehmen Stümperei auf der ganzen Linie, und wenn er seine Tageszeitung las, schüttelte er bei der Vorstellung, daß nicht einer dieser Tausende von Männern, ob Gefreite oder Offiziere oder Generäle, je eine Schlacht aus der Nähe gesehen hatte, immer wieder bedenklich den Kopf.

Bina griff nach Manus letztem Brief. Sie überflog die enggeschriebenen Worte und konnte nicht glauben, daß es ihr Bruder auch diesmal wieder nicht geschafft hatte, irgendwelche verheißungsvollen Mitteilungen von Joseph Friedländer an sie beizulegen. »Was denkt er sich eigentlich dabei?« Gereizt warf sie den Brief auf den Tisch, und alle Augenpaare richteten sich mißbilligend auf sie.

Martha nahm den Brief. Sie berührte die Seiten mit den Fingerspitzen und fing leise zu weinen an. »Bitte sieg doch einfach nur«, flüsterte sie, und Eva, die nicht mitansehen konnte, wie die kostbaren Worte verschmierten und zerflossen, nahm ihr den Brief aus der Hand.

Sie las den Brief von Anfang bis Ende durch, hoffte jedoch vergeblich auf irgendeinen versteckten Hinweis. Mit keinem Wort erwähnte Emanuel seine Zukunftspläne für die Zeit nach dem Krieg. Er schrieb immer nur, daß er irgendwo anders hingeschickt worden sei. Bis Eva den Brief mehrmals gelesen und Wort für Wort auf verschlüsselte Mitteilungen geprüft hatte, war das Frühstücksgeschirr abgeräumt, und alle anderen hatten den Tisch verlassen.

Fräulein Schulze legte ihr die Hand auf die Schulter. »Deine Schwestern warten auf dich«, sagte sie. »Hast du denn ganz vergessen, daß ihr heute einen Ausflug in den Wald machen wollt?« Eva ließ den Brief Brief sein, sprang auf und lief, um ihren Hut zu holen. Gabrielle Schulze, die allein zurückgeblieben war, ließ den Brief wieder in seinen Umschlag gleiten und steckte ihn zusammengefaltet in die Tasche ihres Kleides.

Bina, Martha und Eva nahmen mit ihrer Mutter in der Kutsche Platz und lehnten sich zurück, während Gruber die Pferde in einen gleichmäßigen Trab fallen ließ. Sie fuhren zu einem Ausflugsziel, wo sie sich mit Frau Samson und ihren Töchtern treffen wollten. Zwar hatten sie weder Angelika noch Julika seit ihrem Besuch auf dem Schloß wiedergesehen, aber beider Namen waren immer wieder gefallen, und Bina hatte einen Briefwechsel mit ihnen begonnen.

»Wißt ihr«, sagte Bina nun, während ihr rundes Gesicht sich neiderfüllt in Falten legte, »daß die beiden zusammen sieben Heiratsanträge bekommen haben?«

»Da wüßte man gern, für wen sie sich eigentlich noch aufsparen.« Martha lächelte.

Bina sagte bissig: »Sie können ja wohl nicht beide denselben Mann heiraten.«

»Nein, aber das hindert sie nicht, es immer wieder zu versuchen«, versetzte Martha und grinste über ihre eigene Schlagfertigkeit.

Eva, die ihrer Mutter gegenübersaß, wandte sich ab. Lieber wollte sie über den Krieg reden, als sich weiter solchen Unsinn anzuhören. Sie tippte Gruber auf die Schulter und fragte nach seinem Neffen, der in einem Schützengraben in Frankreich lag.

»Wir haben seit über zwei Wochen nichts mehr von ihm gehört«, antwortete er.

»Ach. Wir haben gerade heute einen Brief von Manu bekommen«, brüstete Eva sich, verstummte jedoch, als ihr ihre Taktlosigkeit bewußt wurde.

Zum Zeitvertreib bot Marianna an, ihnen von der Verlobung ihrer Mutter zu erzählen. Bina verdrehte gelangweilt die Augen, doch Martha konnte nicht widerstehen. »Ach ja, erzähl doch«, sagte sie. Und Eva wandte ihrer Mutter das Ohr zu.

»Meine Mutter«, fing Marianna an, »ein siebzehnjähriges Mädchen, saß am Tisch vor einem riesengroßen Berg Socken und Strümpfe.« »Wie romantisch.« Bina kicherte, doch Marianna ließ sich nicht beirren. »Sie hatte gerade erst mit dem Stopfen begonnen, als es klopfte. Es war eine Kusine mit ihrem frisch angetrauten Mann. Sie hatten eine Kutsche vor dem Haus stehen und beabsichtigten, nach Französisch Buchholz hinauszufahren. Mama freute sich sehr, doch ihre Mutter sagte, leider könne sie nicht mitkommen. Sie brauche die Strümpfe dringend, und keiner könne so gut stopfen wie sie. Mama, die gewöhnlich sehr fügsam war, ließ sich jedoch nicht beirren. Sie wollte unbedingt mitfahren, bettelte, bekniete ihre Mutter, und schließlich, nach bald einer halben Stunde, gab sie sich geschlagen und ließ sie mitfahren. Die Strümpfe wurden weggepackt, und nachdem sie ihr bestes Kleid angezogen hatte, stieg sie in die Kutsche. Es war ein wunderschöner Sommertag. Die Bäume wiegten sich in der Brise, und der Himmel war wolkenlos blau.« Marianna hielt einen Augenblick inne, um sich an den Mienen ihrer Töchter zu weiden, die ausnahmsweise einmal höchst interessiert zuhörten.

»Erzähl weiter.« Bina runzelte die Stirn.

»Nun ja, am Ziel angelangt, trafen sie sich mit Bekannten, die wiederum einen Freund hinzugebeten hatten, und dieser Freund war kein anderer als ...« Mariannas Ton war triumphierend. »... als mein Papa!« Es hörte sich an, als hätte sie das Ganze selbst arrangiert.

»Weiter«, drängte Martha, in deren Augen Tränen begieriger Anteilnahme glitzerten.

»Nun ja«, sagte Marianna langsamer, »sie verliebten sich auf der Stelle, auf den ersten Blick ...« Sie lachte, und Martha blinzelte, so daß auf jede Wange ein Tropfen niederfiel. »Und am nächsten Tag kam Papa ins Haus meiner Mutter und hielt um die Hand ihrer Tochter an. Und so«, Marianna faltete die Hände im Schoß, »wurden sie ein Paar.«

In der Kutsche herrschte Schweigen, und Bina kniff mißbilligend die Augen zusammen: »Ist das alles?«

Sie fuhren durch dichten Wald. Das erste Laub auf dem Weg dämpfte den Hufschlag. Immer wieder wölbten sich die Bäume über ihre Köpfe hinweg, verschränkten ihr Geäst ineinander und warfen ihren grünen Schatten über sie.

Eva lehnte sich in der Kutsche zurück und blickte zum Himmel empor. »Keine einzige Wolke«, murmelte sie, und sie begann, die winzigen Streifchen Weiß zwischen den Bäumen zu zählen.

»Bitte erzähl doch weiter«, drängte Martha, aber Marianna schüttelte lächelnd den Kopf und zupfte die Finger ihrer Handschuhe zurecht. Sie hätte gern weitererzählt, wußte jedoch, daß die Fragen der Mädchen unweigerlich zu einem traurigen Kapitel führen würden. Sie mochte nicht darüber sprechen, daß ihr Vater schon früh gestorben war und ihre Mutter sich davon nie mehr erholt hatte. Lieber hätte sie ihren Töchtern davon erzählt, wie sie deren eigenen Vater kennengelernt hatte, von den Blumen und Bällen und den romantischen Monaten ihrer Verlobung. Sie hätte ihnen gern das Hochzeitsmahl beschrieben, den Gänsebraten mit neuen Kartoffeln, den Kaviar und den Gurkensalat, doch über dieses Thema wollten sie merkwürdigerweise von ihr nichts hören. Marianna konnte ja nicht ahnen, daß sie sich mit Fräulein Schulzes Hilfe längst ihr eigenes Bild vom Zustandekommen ihrer Ehe gemacht hatten und überzeugt waren, daß man sie lediglich aus Mitleid in die Familie aufgenommen hatte. Eine Frau, die auch nur das mindeste Feingefühl besaß, so meinten sie, hätte niemals zugelassen, daß ein Mann wie Wolfgang Belgard sich für sie opferte.

Es war später Vormittag, als sie ihr Ziel erreichten. Frau Samson und ihre Töchter waren bereits da. Die beiden Mädchen sahen in ihren blaßrosa Kleidern mit den dazu passenden Sonnenschirmen reizender aus denn je. Sie brachen zu ihrem Spaziergang auf. Der schmale Weg, der am Flußufer entlangführte, war von spitzen Steinen gesprenkelt. In der Ferne war das Rauschen eines Wasserfalls zu hören, ein Tosen wie das einer zornigen Volksmenge. Angelika und Julika öffneten ihre Sonnenschirme und drehten sie keck über der Schulter. Marianna und Frau Samson schritten vorweg.

»Habt ihr den Wasserfall denn überhaupt schon gesehen?« fragte Angelika, an Bina gewandt, die hinter ihr ging. Der Weg war stellenweise so schmal, daß sie im Gänsemarsch gehen mußten.

»Nein.« Bina wandte sich zu Martha um und Martha zu Eva. Eva zuckte die Achseln und streckte die Zunge heraus. Es freute sie diebisch, daß die Sonne, die den ganzen Morgen so warm vom Himmel geschienen hatte, sich jetzt beharrlich hinter einer einzelnen dicken, grauen Wolke versteckte, die sich nicht abschütteln ließ und der Sonne wie absichtlich folgte, als wollte sie beweisen, wie unsinnig die Sonnenschirme der Samsons waren. Die Schwestern weigerten sich jedoch selbst dann noch, sie zuzumachen, als sie von der Gischt des reißenden Flüßchens eine Gänsehaut an den Armen bekamen und ihre Mutter sich umwandte, um ihnen Schultertücher umzulegen.

Die Belgard-Mädchen trugen weiße Puffärmelblusen und lange getupfte Röcke. Bina schwor, das sei die neuste Mode, und sie hatte Schu-Schu dazu gebracht, ihnen das in der Mitte gescheitelte Haar zurückzukämmen und an den Seiten in Rollen am Kopf festzustecken, die ihnen ein ländliches Aussehen verliehen. »Meine drei kleinen Milchmädchen«, hatte Marianna ausgerufen, als die Mädchen zum Frühstück erschienen, und Bina hatte ihr erklärt, dies sei die Dolomiten-Mode, sie habe davon in einer Illustrierten gelesen.

Die Wildheit des Wasserfalls war beeindruckend. Er stürzte in einen schwarzen Teich hinab, der unterhalb der

Felsen schäumte und strudelte. Marianna und Frau Samson hatten ihn als erste erreicht und lehnten nun an einem Geländer, das speziell für Ausflügler dort angebracht worden war. Ihre Töchter traten zu ihnen, und alle gemeinsam standen sie und blickten wie gebannt in das zischende Getose des hinabstürzenden Wassers. »Unmittelbar dahinter kann man ein Stückchen hinuntersteigen und ihn von der anderen Seite sehen«, sagte Julika und begann, sie einen Sims von breiten, feuchten Steinen entlangzuführen, die in einer Höhle endeten.

»Seid bitte vorsichtig«, rief Frau Samson ihnen nach. Marianna beobachtete, wie sie ihre Röcke anhoben und nervös auf Zehenspitzen weitergingen. Sie hätte gern von ihrer mütterlichen Autorität Gebrauch gemacht und ihre Töchter zurückgerufen, doch die Aussicht, sich nur zu blamieren, weil sie nicht auf sie hören würden, hielt sie zurück, und so folgte sie ihnen lediglich mit dem Blick, bis das leuchtende Rot von Evas Rock hinter einer Wasserwand verschwunden war. Frau Samson blieb stumm, und beide Frauen lehnten sich gegen das Geländer und warteten.

»Hier drin ist es ja völlig trocken«, sagte Eva atemlos, und ihre Stimme kam als hohles Echo von der hinteren Wand der Höhle zurück. Die anderen knieten so nah an der Öffnung nieder, wie sie sich trauten, und stopften sich die Röcke in die Kniekehlen. Das Wasser glitt eisig schimmernd wie ein riesenhafter, bewegter Wandschirm an ihnen vorbei.

Martha begann, mit den Zähnen zu klappern, und sie wich ins Innere der Höhle zurück. »Das zieht mich mit runter«, erklärte sie, und die anderen lachten und spotteten zwar, nutzten jedoch die Gelegenheit, um selbst ein Stückchen zurückzuweichen. Sie hockten sich in einer Reihe nieder und hielten einander bei den Händen. Als ihre Augen sich ein wenig mehr an die Gischt und die gleißende Wasserwand gewöhnt hatten, konnten sie den grünen Schatten der Wipfel und die Umrisse von Vögeln erkennen, die niedrig über den Weg flogen. Angelika schwenkte die Arme, in der Hoffnung, daß ihre Mutter das blaßrosa Aufleuchten ihres Kleides sehen würde. Und dann verlosch die Sonne hinter einer Wolke, und das Wasser büßte seine Leuchtkraft ein. Wie fester grauer Stahl donnerte es nun an ihnen vorbei und schlug krachend wie Geschützfeuer in den Teich ein.

»Es ist grauenhaft hier drinnen«, befand Eva, die plötzlich von einem Angstschauder gepackt wurde, und sie dachte an ihren Bruder, der in einer Welt lebte, wo in jedem Augenblick ein Leichnam auf ihn niederfallen konnte. Martha, die den Tränen nah war, bot ihr erleichtert an, sie hinauszuführen. Die beiden gingen voran, setzten zitternd den Fuß von einem trittfesten Stein auf den nächsten und schnappten nach Luft, als sie nacheinander ans Licht hinaustraten. Die anderen drei folgten rasch.

»Du hättest mit hineinkommen sollen«, sagten die Samson-Mädchen zu ihrer Mutter, doch sie wichen ihr nicht von der Seite und hielten sich mit ihrem schlanken Arm an ihrer breiten Mitte fest.

Sie hatten fast einen Monat nichts von Emanuel gehört, als Wolf in einem vom Kaiser persönlich autorisierten Brief gefragt wurde, ob er sein Getreide ausschließlich an die Armee liefern würde. Wolf zeigte den Brief weder den Männern, mit denen er zusammenarbeitete, noch erwähnte er ihn Marianna gegenüber, sondern legte ihn ganz unten in eine Schublade und betete nur darum, daß man ihn nicht zu einer Entscheidung nötigen würde, ehe er erfahren hätte, daß sein Sohn wohlauf war. Jeden Abend, wenn er sich bei seiner Frau erkundigt hatte, ob es Neuigkeiten gäbe, holte er das kaiserliche Schreiben heraus und verfluchte es. Binnen einer Woche traf ein weiterer Brief ein. Diesmal überbrachte ihn ein Gardeoffizier, der erklärte, er habe Order, auf Antwort zu warten.

»Worum geht es denn?« Seine Kollegen umringten ihn, und Wolf eröffnete ihnen, daß er dem Befehl Folge leisten werde, die Armee mit Getreide zu beliefern, allerdings unter einer Bedingung: daß er dabei strikt auf jeglichen Profit verzichtete. Sorgsam wog er jedes Wort des Kontrakts ab, unterzeichnete und verschloß ihn mit unbewegter Miene und brachte ihn persönlich dem wartenden Offizier. Der Offizier, der nicht viel älter als Emanuel sein konnte, schlug die Hacken zusammen und vollführte eine zackige Kehrtwende.

Marianna war entzückt. »Jetzt kann ich mir wenigstens sagen, daß Manu gutes, frisches Brot ißt, wo immer er sich gerade aufhält.« Wolf nickte und ging in sein Arbeitszimmer, ohne ein Wort über die Bedingung zu verlieren, unter der der Kontrakt zustande gekommen war.

Am nächsten Tag traf ein Brief ein. Der Umschlag trug Emanuels flüssige, blaue Schriftzüge, und bei ihrem Anblick schien ein befreites Aufseufzen durch das ganze Haus zu gehen.

Er entschuldigte sein langes Schweigen mit keinem Wort, sondern stürzte sich sogleich in einen hektischen Bericht.

Wir haben soeben einen Marsch durch die rückwärtigen Randgebiete Deutschlands hinter uns gebracht, ohne zu wissen, warum das geschah und wohin es ging. Man gestattete uns auch keinerlei Pausen. Schließlich überschritten wir die Grenze nach Rußland und wurden belohnt – wenn auch auf gänzlich unerwartete Weise. Wir blieben stehen, wir schnüffelten, wir luden durch ... und entdeckten zu unserer Freude eine Ansammlung von Bienenkörben. Wir machten uns unverzüglich über sie her, brachen die Honigwaben mit den bloßen Händen auf und stopften sie uns in den Mund, schluckten und lachten, bis wir so satt waren, daß wir uns nicht einmal die letzten Wachsstückchen von den Fingern zu lecken vermochten. Doch wie noch stets mußten wir diese willkommene Unterbrechung teuer bezahlen. Die Nacht brach schneller herein, als wir gedacht hatten, und damit wurde es so bitter kalt, daß wir einfach kein Wasser für die Pferde auftreiben konnten. Alles war steinhart gefroren. Wir brachten eine besonders unglückliche Nacht hinter uns, in der wir umherstolperten und verzweifelt auf das Eis einhackten. In aller Frühe brachen wir am nächsten Morgen im Dunkeln auf und bewegten uns in südlicher Richtung weiter, wo wir ein polnisches Dorf besetzen sollten, das auf einem Hügel lag. Bis wir es erreicht hatten, war die Sonne herausgekommen, und wenn sie auch den festen Schnee nicht aufzutauen vermochte, so schien sie doch so strahlend über der Landschaft, daß unsere Stimmung sich hob. Und da geschah es denn, meine liebe Familie, daß ich den ersten Todesfall des Tages verschuldete. Da uns sämtliche Vorräte ausgegangen waren, beförderte ich ein Huhn ins Jenseits.

Marianna hielt beim Vorlesen inne und blickte in die verwirrten, amüsierten und leicht befremdeten Gesichter ihrer Familie. Noch unter dem Eindruck des makabren Scherzes holte sie tief Luft, ehe sie fortfuhr.

Dies war die erste Gelegenheit, wo wir die polnischen Dörfer in all ihrem Elend zu Gesicht bekamen. Die Häuser haben Holzwände und Lehmböden, und es gibt praktisch kein Haus, in dem nicht ein Kranker liegt. Schmutzige Kinder hocken auf dem Boden, und das einzige Nahrungsmittel ist gewöhnlich ein Berg Kartoffeln, den man in einer Ecke aufgehäuft hat. Ihr könnt Euch nicht vorstellen, wie glücklich wir waren, als wir uns selbst auf solch einen Lehmboden hocken und aus einem schmutzigen Topf Kartoffelsuppe essen konnten. Doch ehe ihr losstürzt, um diese ganz besondere Köstlichkeit selbst zu probieren, sollte ich wohl einschränkend hinzusetzen, daß man sie eigentlich erst nach einer Diät aus kaltem Tümpelwasser, auf nüchternen Magen genossen, recht zu würdigen weiß.

Marianna faltete den Brief zusammen und lächelte breit, ehe sie ihn, wie stets, an ihre Töchter weiterreichte, die ihn, eine nach der anderen, eingehend daraufhin prüften, ob sie womöglich etwas überlesen hatte. Nur Wolf vertraute ihr in diesem Punkt völlig, doch heute griff selbst er nach den Seiten, während sie über seinen Kaffee hinweg von Bina zu Eva weiter wanderten. »Meine liebe Familie«, begann er von vorn und verspürte beim Lesen den Eiseshauch einer Verzweiflung, die aus dem unbeschwerten, warmen Ton seiner Frau nicht herauszuhören gewesen war. Wolf begann zu schwitzen. Er hätte seinem Sohn niemals erlauben dürfen, in den Krieg zu ziehen. Er hätte ihn verstecken, ihn heimlich außer Landes bringen sollen. Er sollte selbst Unter den Linden auf einer Kiste stehen und den Leuten einschärfen, wie sinnlos es sei, daß sie ihre Söhne in den Krieg schickten. Und statt dessen fütterte er sie noch, mästete er sie für das Gemetzel.

»Wolf«, rief Marianna ihm von anderen Ende des Tisches zu, »was machst du denn da?«

Er schreckte empor und merkte, daß er Emanuels Brief in den Händen zerknüllte. »Entschuldige.« Er blickte in die verblüfften Gesichter seiner Töchter. »Sieht so aus, als bekäme ich wieder meine Kopfschmerzen.« Statt ins Kontor zu gehen, begab er sich in sein Arbeitszimmer im hinteren Teil der Wohnung. Er zog die Rouleaus herunter und machte eine Lampe an. Den Kopf – der tatsächlich zu schmerzen begonnen hatte – in die Sofakissen gestützt, begann er, einen Brief an Emanuel zu verfassen. Gewöhnlich überließ er dies seiner Frau und baute darauf, daß sie seinen Namen neben den ihren setzen würde und daß alles, was sie an liebevollen Gedanken zu Papier brachte, zugleich seinen eigenen Empfindungen entspräche.

»Mein lieber Junge«, schrieb er und setzte die Feder ab. Er ließ den Ellenbogen auf der Sofakante ruhen, während er sich alles durch den Kopf gehen ließ, was er aufschreiben wollte, seine Einstellung zum Krieg, die er bis jetzt für sich behalten hatte, und was in Zeitungsartikeln zu lesen war, in denen geschildert wurde, wie junge Männer, Kriegsdienstverweigerer, eingefangen und wegen ihrer unpatriotischen Ansichten ins Gefängnis geworfen wurden. Wolf legte den angewinkelten Arm über seinen Magen und ließ die Spitze des Federhalters auf seinem Ärmel ruhen. Er schloß die Augen, um ein klareres Bild von seinem Brief zu gewinnen, und ohne ein Wort geschrieben zu haben, schlief er ein.

Mittags kam Marianna herein, um ihm eine Rinderbouillon zu bringen. Sie fand den Brief, datiert und mit Anrede versehen, der sich auf seiner Brust hob und senkte, setzte sich an den Schreibtisch, beendete ihn und unterzeichnete ihn liebevoll im Namen der ganzen Familie.

Marianna hegte besonders herzliche Empfindungen für Kaiser Wilhelm. Als Kind hatte sie auf dem Schulweg seinen Vater in einer offenen, von Schecken gezogenen Kutsche gesehen, und während die Leute stehenblieben, um zu knicksen oder den Hut zu lüften, war Marianna vor Aufregung die Straße hinuntergehüpft und hatte, verfolgt von ihrer besorgten Mutter, lachend auf ihn gezeigt. Der Kaiser war jedoch nicht etwa beleidigt gewesen, sondern hatte höchst feierlich die Hand gehoben und ihr ganz persönlich zugewinkt, so daß sie für die ganze Straße und den Rest des Schultags eine kleinen Berühmtheit gewesen war.

»Es ist, als ob wir einander wiederbegegnet wären«, sagte Marianna an jenem Abend, als sie Wolf dazu drängte, seinen Kontrakt mit ihr zu feiern. Und was immer er dagegen einzuwenden haben mochte, sie konnte sich nicht von der Überzeugung lösen, daß Kaiser Wilhelm, indem er ihrem Mann einen derart ehrenvollen Auftrag erteilt hatte, in gewisser Weise den herzlichen und persönlichen Kontakt zwischen den Familien wiederaufgenommen hatte.

Kapitel 8

»Mir ist da ein ziemlich guter Einfall gekommen.« Mein Vater tat mir gerade einen halben Hummer auf. Ich wartete, während er die Scheren aufbrach. »Es scheint ja nicht sehr wahrscheinlich, daß wir das Bild fertigbekommen, ehe das Baby … Na, da müßtest du dich jedenfalls schon sehr verspäten.«

Ich stippte etwas weißes Fleisch in Salz. Ich war zu müde, um mir im mindesten vorstellen zu können, worauf er hinauswollte.

»Also habe ich mir gedacht, daß wir den kleinen Frosch in das Bild mit einbeziehen müssen.«

Ich lachte. »Das Baby? Im Ernst?« Und ich hatte die Vision, wie die ganze Farbe abgehen würde, wenn mein Bauch wieder flach würde und meine Brüste sich wieder senkten.

»Dann müssen wir natürlich das Atelier ordentlich heizen.«

Ich saugte weiches Fleisch aus einer Schere. »Heißt das, daß es wenig Sinn hätte, heute noch weiterzuarbeiten?«

»Na ja … wenn dir nicht danach ist.«

»Vermutlich liege ich nach der Entbindung sowieso nur herum, da kann ich genausogut hier liegen.« Und der Gedanke an die unwirkliche Welt meines Vaters, diese Welt voller Licht und Terpentin und köstlicher Mahlzeiten, hatte etwas Verlockendes für mich. »Das jüngste Modell, das du je gehabt hast«, und sobald ich den Hummer bis auf die letzte Faser vertilgt und mich noch einmal vergewissert hatte, daß auch in den zersplitterten Beinen nichts übriggeblieben war, ging ich in den Nachmittag hinaus, zur Bushaltestelle.

Es war ein ungewöhnlich warmes Frühjahr. Ich säte Wikken und Kornblumen in winzige Töpfe und reihte sie in den Fensterbänken auf. Ich zog das Rouleau so hoch, wie es ging, und wünschte mir zum x-ten Male sehnlichst einen Garten. Meine Reisetasche stand gepackt in Türnähe, und den größten Teil des Nachmittags war ich damit beschäftigt zu sagen: Nein, nein, nein, ich habe das Kind noch nicht bekommen. Meine Mutter rief an, um mir mitzuteilen, daß ich mittlerweile seit siebzehn Tagen überfällig sei, und dann machte ich mir dadurch Mut, daß ich mir sagte, das Kind sei eben ganz die Mutter, und datierte den Fälligkeitstermin einfach um. Ich kaufte *Time Out* und machte eine Liste sämtlicher Stücke, die ich nicht gesehen hatte. »Jetzt oder nie«, erklärte ich Pam, und wir machten uns auf den Weg ins National Theatre.

»Ich möchte mich ja nicht einmischen«, sprach eine Platzanweiserin mich an, als ich in meinen Sessel sank, »aber vielleicht würden Sie ja lieber ein bißchen näher beim Ausgang sitzen?«

»Glänzende Idee«, sagte Pam, und wir ergötzten uns an der Vorstellung, wie ich, wenn das Stück richtig schrecklich wäre, dem Publikum einen zusätzlichen Nervenkitzel verschaffen würde, indem ich das Einsetzen der Wehen vortäuschte. Und dann verspürte ich, ganz tief drinnen, ein Ziehen. Ich beschloß, nicht darauf zu achten. Es sind noch vierzehn Tage bis dahin, sagte ich mir, vierzehn ganze Tage, und ich ließ mich von der Handlung des Stücks fesseln, worin eine Gruppe Astronauten Worte dafür zu finden suchte, wie sie sich im Weltall gefühlt hatten.

Mitten in der zweiten Hälfte erhob ich mich wankend aus meinem Sitz. Das kleine Ziehen kehrte ziemlich weit unten in regelmäßigen Abständen wieder, ein Rein und Raus wie bei Ebbe und Flut. Ein Kätzchen, das mit den Krallen an neuem Stoff zerrte. Das kann Tage dauern, sagte ich mir, oder womöglich ist es sogar falscher Alarm, und mir wurde klar, daß ich nach neun langen Monaten des Wartens doch unvorbereitet war.

»Mir fehlt nichts«, redete ich mir ein, während ich mich auf die Damentoilette zurückzog, und dann sah ich das Blut auf dem weißen Stoff. Vor Entsetzen klapperten mir die Zähne. Ich stand auf und lehnte mich an die Tür. Meine Hände zitterten, und mir war eiskalt.

»Pam«, zischte ich, und sie fuhr aus ihrer Versunkenheit empor. »Ja!« Ich nickte ihr wie besessen zu, und sie tastete nach unseren Mänteln und machte soviel Lärm und Aufhebens wie möglich, so sehr genoß sie es, ausnahmsweise einmal selbst im Mittelpunkt der Aufmerksamkeit zu stehen.

»Ist alles in Ordnung mit dir?« Sie hüllte mich in meinen Mantel, und als ich nicht aufhörte zu zittern, legte sie mir obendrein ihren eigenen über. »Wir fahren direkt in die Klinik.«

»Aber ich habe meine Tasche nicht mitgebracht.«

»Ach nein?« Sie war beunruhigt, aber dann fanden wir beide, daß es doch möglich sein müsse, ein Kind auch ohne den Inhalt einer Tasche zur Welt zu bringen. »Was ist denn da überhaupt drin?« Ich erzählte ihr von meinem Säuglingsbuch, worin stand, was man alles mitnehmen sollte. Die Liste begann mit Dieses Buch, Eine Videokamera oder einen Fotoapparat und Etwas zu essen für Ihre Begleitperson.

»Wir haben nichts zu essen für dich!« jammerte ich, und wir mußten beide lachen.

»Pam?« Doch sie hielt das Lenkrad mit entschlossenem Griff umklammert und preschte in grandioser Manier durch ein Ampelgelb nach dem anderen. »Danke«, murmelte ich, schloß die Augen und vergaß nicht, tief ein- und auszuatmen.

»Ach ja, wir haben Sie schon erwartet.« Die Hebamme sah lächelnd auf ihre Notizen nieder, und dann verkabelte sie mich, um ein Bild von meinen Wehen zu gewinnen. Sie kamen alle vier Minuten, und ich beobachtete, wie die Nadel des Geräts sich zu einer spitzen Kurve hob, um wieder abzufallen, wenn es vorbei war. »Fühlst du dich gut?« Pam drückte meine Hand, und ich war plötzlich von überschäumender Freude erfüllt.

»Haben Sie denn Ihre Kamera mitgebracht?« fragte die Hebamme und drehte die Lautstärke herunter, so daß der Herzschlag verklang und ich vom Bett aufstehen konnte.

»Es ging zu schnell«, erklärte Pam, und die Hebamme richtete sich vor Schreck ruckhaft auf.

»Oje.«

»Ich kann sie doch noch holen, wie? Es ist nicht weit«, und statt sie daran zu hindern, schob die Hebamme Pam eilig hinaus.

Es war schön, allein zu sein. Ich wanderte im Zimmer umher, ließ die Hand über die Möbel streifen, zog die Hälfte des Vorhangs auf, um auf die Straße hinausblicken zu können. Es gab einen Sessel mit einem beigen Cordbezug, der wie ein freundliches Flußpferd aussah, und ich lehnte mich darin zurück. Der Schmerz wurde deutlich stärker, während ich die verschiedenen Haltungen durchprobierte. »Gibt es einen Dimmer für die Lampen hier drin?« fragte ich, indem ich den Kopf in die Außenwelt reckte, und eine Schwester, die den Flur entlangeilte, schüttelte den Kopf. Die Lampen waren dicke weiße Röhren, die über die ganze Decke liefen. Ich schaltete sie aus, und das Zimmer war plötzlich ausgelöscht und kehrte nur langsam in einem weichen körnigen Grau zurück. Straßenlichter sickerten durch die Vorhänge, und ich lehnte den Kopf an den Fensterrahmen und blickte hinaus. Die Leute parkten oder gingen vorbei, pfeifend oder bestrebt, schnell nach Hause zu kommen, und nicht einer von ihnen wußte, daß mein Baby sich diesen und keinen anderen Abend dazu auserkoren hatte, geboren zu werden.

Pam machte die Tür auf. »Heh«, flüsterte sie. Das neue Licht bewog sie, ihre Stimme zu dämpfen, und sie kam und stellte sich neben mich ans Fenster. »Es ist schön draußen, warm und klar«, und ich dachte: »Es ist genau wie Weihnachten, wenn man vier ist.«

Um zwei Uhr kam eine Hebamme, um zu messen. »Vier Zentimeter.« Ihr Blick war mißbilligend. »Das ist ja noch ein ganzes Ende, und das Baby hat sich noch nicht mal gerührt. Dann rufe ich wohl besser im OP an, wie? Und sage denen, Sie kommen zum Kaiserschnitt runter.« Doch dann packte mich eine neue Wehe, und ich mußte mich auf die Seite wälzen, um sie hinter mich zu bringen.

»Kann ich nicht noch ein bißchen warten?« bat ich, und sie stieß beschwichtigende Laute aus und sagte, sie käme gleich wieder.

Pam sah mich an, als ob ich verrückt geworden wäre.

»Ich bin einfach noch nicht ganz soweit.« Ich versuchte, sie davon zu überzeugen, daß es nicht wirklich schmerzhaft sei, noch nicht. »Es ist ein bißchen wie auf der Achterbahn.«

Pam erinnerte mich jedoch daran, daß ich Achterbahnen haßte. »Wenn ich mal ein Kind kriege«, sagte sie, »dann besorge ich mir eine Leihmutter und gehe es einfach nur abholen, wenn es gewaschen und angezogen ist.«

»Wer's glaubt«, sagte ich, doch Pam strich sich das Hemd über der Taille glatt und lachte.

»Kannst du ruhig glauben. Möchtest du, daß ich irgendwen anrufe?« Sie hatte ihr Handy gezückt und sah mich mit hochgezogenen Brauen an.

»Laß uns noch warten«, und ich mußte mich an der Sessellehne festhalten und mir ins Gedächtnis zurückrufen, was ich gelernt hatte. »Ohhhooooohaaaheeeee.« »Das ist ja wie auf der Schauspielschule«, sagte Pam und fiel lauthals in das Gejodel mit ein. »Oooooeeehooooo.«

Die Hebamme blinzelte zwar, als sie hereinkam, machte das Deckenlicht jedoch nicht an. Sie legte beide Hände über das Baby, das, Kopf nach oben, hoch unter meinen Rippen saß. »Ich habe Sie für sieben im OP angemeldet«, sagte sie freundlich, und diesmal widersprach ich nicht. Als die Vögel zu zwitschern begannen, legte Pam sich aufs Bett, und ich ging im Zimmer umher, tief ein- und ausatmend und summend, und war mir die ganze Zeit bewußt, daß ich nicht wirklich geprüft werden würde. Es war wie eine ganze Woche proben, und dann wird die Premiere wie durch Zauberei verschoben. Ich zog die Vorhänge auf und sah überrascht, daß es schon hell war.

Es waren zu viele Leute im Kreißsaal. Er war strahlend weiß und eiskalt. »Pam, bist du das?« Mein Körper gehörte mir vom Brustkorb abwärts nicht mehr, und da war Pam, aufgemacht wie in der Arztserie, mit einer Maske vor dem Gesicht. Ich kämpfte mit dem Gefühl schrecklicher Angst. Sie hielt meine Hand. »Sieh einfach nur mich an«, und wir starrten einander in die Augen, während ein Team von Männern und Frauen, die jeder mit einer speziellen Aufgabe beschäftigt waren, stahlblitzend knapp außer Sichtweite hantierte. »Wer hätte das gedacht, hm?«, und mit leiser Stimme ließ sie rasch den Tag Revue passieren, als wir uns kennengelernt hatten, in Trikots und Strumpfhosen aufgereiht, während der Direktor der Schauspielschule vor uns auf und ab schritt. »›Ich rauche, Sie nicht‹«, ahmte Pam seine wichtigtuerische Stimme nach, und statt zu lachen, drückten wir einander die Hand.

»Was machen die denn? Oh, mein Gott!« Die eine Hälfte meines Gehirns schrie auf, während die andere lächelte, mir begütigend zuredete und mir einschärfte, daß dies der aufregendste Augenblick meines Lebens sei.

»Du machst das ganz toll«, sagte Pam. Und dann spürte ich ein Ziehen an taubem Fleisch, das Zerren von Händen, und hörte einen langen, kräftigen Schrei, der aus der reglosen Luft kam. Ich fuhr herum, und über meinen Augen schwebte das nasse, blutverschmierte Hinterteil meines Babys.

»Es ist ein Junge«, flüsterte Pam, und irgendwer legte ihn auf mich, direkt unter mein Kinn, so daß ich ihn nicht sehen konnte.

»Es ist ein Junge«, wiederholte ich. »Es ist ein Junge, ich kann es nicht glauben, es ist ein Junge.« Und alles begann zu lachen.

Sie taten ihn auf einen Tisch, Arme und Beine aneinandergelegt wie bei einem Lamm, und ich beobachtete aus dem Augenwinkel, wie man seine Nabelschnur durchtrennte und ihn in ein Handtuch wickelte. Pam trug ihn zu mir herüber, auf den Zehenspitzen wie eine Ballerina mit einem gläsernen Blumenstrauß, und eine besorgte Schwester wich ihr nicht von der Seite. »Es ist ein Junge«, sagte ich wieder, und mein Mund schmerzte von einem Lächeln, das ich nicht abstellen konnte. Alle, die damit beschäftigt waren, mich eilends wieder zuzunähen, lachten ebenfalls und sagten, was für ein kräftiger, hübscher Junge das sei.

»Wem sieht er denn nun ähnlich?« fragte jemand, der unten an meinen Füßen stand, und erst da ging mir auf, daß er Mike ähnelte.

»Jetzt nehmen wir ihn erst mal mit zum Wiegen und sehen zu, daß wir ihn warm kriegen«, erklärte die Schwester mir und schob Pam aus dem Kreißsaal.

»In unserer Familie hat nämlich niemand Jungen«, versuchte ich zu erklären, »jedenfalls fast niemand«, doch die ganze Aufregung hatte mich benommen gemacht, und ich schloß die Augen.

Pam wartete mit meiner Kamera. Sobald ich ins Bett gehoben worden war, packte sie mir das Baby in den Arm. »Lächeln«, und da lag ich, von rauschhafter Freude erfüllt, und blickte in sein vollkommenes Knautschgesicht nieder.

Als ich aufwachte, saß meine Mutter neben meinem Bett. Der Kopf des Babys ruhte an meinem Arm, und sie beugte sich vor, um uns beiden einen Kuß zu geben. »Ich kann nicht glauben, daß ich geschlafen habe«, und ich erinnerte mich, wie ich gemeint hatte, zu aufgeregt zu sein, um je wieder einschlafen zu können.

»Ich bin auf dem kürzesten Weg hergekommen«, sagte sie, und ich erblickte einen Blumenstrauß von Seven-

Eleven, der wie ein Besenstiel aus seiner Vase aufragte. »Es war noch nirgendwo geöffnet«, und wir grinsten beide auf das Baby hinab.

»Wie willst du ihn denn nun nennen?« Pam roch nach Rauch, als sie wieder zurückkehrte, und sie legte ihm einen Finger an die Hand, die er selbst im Schlaf flach emporgereckt hielt wie ein bedeutender Staatsmann.

»Daisy Pamela Linder.« Ich lachte, und alle drei richteten wir den Blick auf sein Gesicht.

Eine Schwester reckte den Kopf herein. »Da ist Besuch für Sie«, sagte sie. Und Pamela blickte auf ihre Füße nieder. »Tut mir leid ... Ich konnte es einfach nicht lassen.«

»Lassen Sie ihn reinkommen.« Ich seufzte und kniff sie in den Arm. Meine Mutter stand auf und machte sich an den Blumen zu schaffen.

Mike trat unschlüssig von einem Fuß auf den anderen und umrundete dann erst das ganze Bett, ehe er auf seinen Sohn niederblickte. Ein stilles Lächeln erfaßte sein ganzes staunendes Gesicht, und er ließ den Finger über den Handteller des Babys gleiten, um zu sehen, ob es danach greifen würde. Die Finger schlossen sich eng wie eine Blüte, und Mikes Lächeln steigerte sich zum Grinsen. »Er ist toll«, sagte er, und meine Mutter und Pam stießen einander an und verließen leise das Zimmer.

Mit der anderen Hand holte Mike einen Blumenstrauß hinter dem Rücken hervor. Weiße Rosen mit weichen, dornenlosen Stielen. »Die sind für dich.« Er legte sie neben mich aufs Bett.

»Danke.« Immer noch mit der Babyhand verbunden, setzte er sich auf die schmale Matratze, den Ellenbogen auf meine Beine gelegt. Ich spürte ein kleines schmerzhaftes Pochen. »Ich habe ihm noch keinen Namen gegeben.« Ich hätte ihn gern nach meinem Vater genannt, doch leider war der Name Michael ja anderweitig vergeben. Alle anderen Verwandten waren weiblich. »Wie wär's mit Emanuel?« Es war mir wieder eingefallen.

»Emanuelle wie in dem Pornofilm aus den siebziger Jahren?«

Ich rückte von ihm ab, soweit das möglich war. »Sieht dir ähnlich, daß dir das einfällt.«

Und dann hob das Baby das Kinn und gähnte. Es war ein genießerisches Walt-Disney-Gähnen, und ohne die Augen zu öffnen, kuschelte er sich wieder an mich und machte dabei kleine Schmatzgeräusche wie eine Katze vor einem Teller Milch.

»Hat Pamela dir erzählt, daß er beinah im National Theatre zur Welt gekommen ist?« Und insgeheim dachten wir beide an Laurence und verwarfen es wieder.

»Ich hoffe nur, das bedeutet nicht, daß er Schauspieler wird.« Mikes Stimme war düster, und beinah hätte ich ihm von dem Theater in Berlin erzählt.

»Wie wär's mit Bert?« überlegte ich, doch Mike starrte in das schlafende, zerknitterte Gesicht des Babys mit dem nassen Haar und den fest zugepreßten Augen.

»Alles in Ordnung, Sonny?« Und wir fanden, daß er fürs erste ruhig Sonny heißen könnte.

Mein Vater traf ein, feingemacht in Anzug und blankgewienerten Schuhen. Steif saß er neben meinem Bett. Meine Beine waren zwar nicht mehr taub, doch trug ich immer noch mein blaßblaues Operationshemd und hing an Tröpfen und Schläuchen. Sonny war, was die Hebammen einen »tüchtigen kleinen Säufer« nannten. Sein Mund fand Halt, und als er saugte, schoß die Milch ein, und so steinhart, wie die Brust wurde, mußte man den Eindruck haben, daß es sich eher um einen Familienbecher Eiscreme handelte.

Mein Vater zog einen Brief aus der Innentasche. »Sie haben Gaglow gefunden.« Er setzte sein Fuchslächeln auf. »Und es besteht nicht der geringste Zweifel, daß es uns gehört.«

Ich schüttelte staunend den Kopf.

»Na ja, normalerweise wäre es viel schwieriger, das zu beweisen, doch wie sich herausgestellt hat, war das Haus von einem richtigen Nazi übernommen worden, irgendeinem hochrangigen Offizier, und so haben sie keine Handhabe und können nicht behaupten, daß es nicht unrechtmäßig weggenommen wurde.«

»Ist der Offizier noch drin?«

»Nein, nein, er ist seit langem tot. Offensichtlich ist das Haus während der letzten zehn Jahre als Ausbildungszentrum für kommunistische Lehrer genutzt worden.«

»Herrje, wie mag es da jetzt wohl aussehen?«

Und eine Zeitlang lauschten wir schweigend den Geräuschen, die meine Milch von sich gab, während Sonny saugte, wobei er sich ab und zu verschluckte und loslassen mußte, um Luft zu holen.

»War es sehr groß, das Haus?«

»Na, meiner Erinnerung nach war es riesig. Es gab Ställe und einen Obstgarten. Offensichtlich hatte das ganze Land drumherum dazugehört, doch mein Großvater war genötigt gewesen, es zu verkaufen. Juden durften nämlich kein Land besitzen. Die durften sich bloß geschäftlich betätigen. Doch gab es natürlich auch Familien, sehr feine und reiche, die Land besaßen und denen das niemand streitig machte.«

»Wieviel Zimmer, weißt du das noch?« Und ich legte Sonny auf die andere Seite.

Mein Vater faltete den Brief zusammen und steckte ihn wieder in die Tasche. »Vierzehn Schlafzimmer vielleicht? Im obersten Stockwerk waren die Kinderzimmer, von denen aus man über die Gärten hinweg zu einem See blicken konnte.« Und er verstummte und hing seinen Gedanken nach.

Sonny war berauscht von soviel Milch. Sein Kopf hing schwer gegen meinen Arm, und er rülpste zufrieden.

»Könntest du nicht hinfahren und es dir anschauen?« Mein Vater schüttelte den Kopf. Mit leiser Stimme, um das Baby nicht zu stören, erklärte er entschieden, er habe nicht die Absicht, je wieder dorthin zurückzukehren.

KAPITEL 9

Gegen Ende Februar hatte Emanuel Fronturlaub, und während seiner einen kurzen Woche in Berlin konnte er sich vor Besuchern kaum retten. Die Samson-Mädchen kamen ihn schon an seinem ersten Urlaubstag besuchen, und Tante Cornelia, die es nicht über sich gebracht hatte, sich von ihrem Rezept zu trennen, kam mit der Droschke und brachte den bereits fertigen Baumkuchen, der mit Regenschirmen gegen den Schnee geschützt wurde.

Man sah Emanuel die Erschöpfung deutlich an. Er warf sich aufs Sofa, nur um sich sogleich wieder aufzusetzen und zu schwören, daß er keinen Augenblick seines Urlaubs mit Schlafen vergeuden würde. Seine Mutter und seine Schwestern umringten ihn mit langen Hälsen und versuchten, schnüffelnd und lächelnd den unvertrauten Geruch zu ergründen, der ihm anhaftete. Der brenzlige Geruch frischer Luft. Sie hatte seine Haut dunkelrotbraun gefärbt und sein Haar ausgebleicht und spröde gemacht. Eva streckte den Finger aus und berührte den scharfen Rand seines ungewohnten Bartes. Er bestand aus stacheligen braunen und roten Streifen, Ringen von unterschiedlicher Farbe. Sie versuchte, ihm in die Augen zu spähen, doch er schloß sie und schien sich vor Müdigkeit kaum aufrecht halten zu können.

Marianna legte den Finger an die Lippen und fing an, ihren Sohn wieder in die Kissen zu drücken. Er wehrte sich nicht gegen die Kraft ihrer Hände und ließ schwerfällig den Kopf zurücksinken, doch dann kehrte Wolf nach

Hause zurück, und beim Geräusch der ins Schloß fallenden Tür schreckte er wieder hoch.

Wolf eilte herbei. Er schob Fräulein Schulze beiseite, die unschlüssig im Flur verharrt hatte, drängte sich durch die Traube seiner Töchter hindurch und schien die Absicht zu haben, Emanuel in die Arme zu schließen, doch als er sah, wie er sich steif erhob, ein Fremder in seiner Uniform, legte er ihm bloß förmlich den Arm um die Schulter und klopfte ihm auf den Rücken.

Emanuel blieb in Uniform. Wohin er auch ging, blieben die Leute stehen und sprachen ihn an, kommentierten die jüngsten Nachrichten oder fragten nach dem, was ihnen selbst am Herzen lag – Regimenter, die manchmal am anderen Ende der Welt zu stehen schienen. Marianna umfaßte seinen Arm und lachte. Sie erzählte ihm, wie es ihr angesichts seines vollkommenen Gesichtchens widerstrebt habe, ihn aus dem Haus zu lassen. »Es wäre taktlos den anderen Müttern gegenüber gewesen«, meinte sie, und Emanuel mochte ihr widersprechen und sie aufziehen, soviel er wollte, sie ließ sich nicht von ihrer Überzeugung abbringen, daß er ein Kind von erstaunlicher Schönheit gewesen sei.

Die Samsons richteten ein Fest zu Emanuels Ehren aus. Marianna hätte das zwar auch selbst getan, doch ihr Mann war nun mal der Ansicht, daß sich das nicht schickte. Es sollte ein Kostümfest werden. Kostüme, stellte Frau Samson sich vor, vermochten vielleicht über den krassen Mangel an jungen Männern hinwegzutäuschen. Bina, Martha und Eva hatten nur zwei Tage Zeit, um sich vorzubereiten. Sie stürzten sich in fieberhafte Betriebsamkeit und versuchten mit allen erdenklichen Mitteln, den Haushalt dafür einzuspannen, daß sie perfekte Kostüme bekamen.

Schu-Schu schlug ihnen ein Thema aus der griechischen Antike vor. Sie bestellte meterweise weißen Organza, drapierte ihn in Falten und Kräuseln, die um die Taille von Zöpfen aus Goldbrokat zusammengehalten wurden. Sie seien Liebesgöttinnen, erklärte sie.

Eva hatte einen Kranz aus Treibhausrosen im Haar. Sie konnte keinen Augenblick stillstehen, und die Aufregung leuchtete ihr aus dem Gesicht, während Martha gleichmütig wartend bereitstand. Sie war unleugbar ein schönes Mädchen. Sie hatte Mariannas Anmut geerbt, die Beweglichkeit ihrer Handgelenke und Fesseln und die weiche Rundung ihres Nackens. Bina hingegen betrachtete sich mißmutig im Spiegel. »Unter normalen Umständen wärst du zu diesem Ball gar nicht erst eingeladen worden«, hielt sie Eva vor und verwünschte die Ungerechtigkeit des Krieges. Bina war sechzehn und wurde ständig rundlicher. Ihr rundes Gesicht mit den runden Augen und dem runden Mund mißfiel ihr. Sie drückte ihre Wangen in eine ansprechendere Form, zupfte an ihrem Haar und preßte die Ohren an den Kopf, bis sie eine Andeutung der anmutigen Züge ihrer Mutter, ihres entwaffnenden Charmes und die Linie ihrer Nase wiedererkannte, die, laut Schu-Schu, schuld daran war, daß ihr Papa ins Garn gegangen war. »Nein, nein«, jammerte Bina und gab es endgültig auf. »Ich sehe albern aus.«

Beide Schwestern drängten sich an sie und beteuerten, sie sehe wunderbar aus. »Atemberaubend.« Eva zwinkerte.

Bina sah es und holte zum Schlag aus. Sie traf ihre Schwester am Ohr und ritzte sich an einem Rosenstiel den Finger, so daß ein Blutstropfen auf das weiße Oberteil ihres Kostüms fiel. Bina brach in ein Wutgeheul aus.

»Was ist denn los?« Ihre Gouvernante erschien und schnipste den Fleck kurzerhand mit der Stickschere heraus. Bina starrte kläglich auf das Loch, das durch das weiße Unterkleid nahezu unsichtbar war, bis Schu-Schu eine Nadel und ein Stück Faden nahm und sich daran machte, die Stelle mit winzigen Stichen in eine zarte Atlasblume zu verwandeln.

»Ach Schu, warum können Sie bloß nicht mitkommen?« Eva lehnte sich an sie, doch die Gouvernante runzelte bloß die Stirn und biß mit kräftigen Zähnen den Faden ab.

»Seid ihr denn nun fertig?« Ihre Mutter stand mit belustigter Miene wartend in der Tür. Sie übersah den gesenkten Kopf der Gouvernante.

»Sie sind gleich bei Ihnen.« Das Fräulein stand auf, strich sich den Rock glatt, und die Mädchen drängten sich vor dem Spiegel, um einen letzten Blick hineinzuwerfen.

»Ich warte unten auf sie«, sagte Marianna, und sie hörten ihre Absätze den Flur hinunterklappern.

»Habt ihr das Kleid gesehen?« Binas Miene war finster. »So was von altmodisch.« Und Eva stimmte ihr zu und meinte, Rot sei nun wirklich nicht ihre Farbe. »Und dann die Ohrringe.« Martha schüttelte den Kopf und lachte. »Die ziehen ihr ja die Ohrläppchen herab.«

Emanuel reckte den Oberkörper ins Zimmer. »Aber Manu, du bist ja noch gar nicht fertig!« rief Eva tadelnd beim Anblick seiner Uniformjacke, die noch nicht zugeknöpft war. Doch er lächelte bloß und lachte über ihre Köpfe hinweg über Schu-Schus Versuche, Binas Haar durch ein paar Locken aufzuhelfen.

»Nun beeilt euch aber«, rief ihr Vater von der Haustür herauf. »Laßt eure Mutter nicht warten.« Und ohne sich noch einmal nach Schu-Schu oder ihrem Bruder umzudrehen, hasteten sie davon, eine einzige schaumige weiße Wolke.

Auf dem Fest wimmelte es von alten Männern und jüngeren Söhnen, siebzehnjährigen Jungen, die als Soldaten verkleidet waren und ausschließlich davon sprachen, daß der Krieg bestimmt bis zu ihrem nächsten Geburtstag andauern würde. Emanuel traf mit halbstündiger Verspätung ein. »Ich hatte Lust, zu Fuß zu gehen«, flüsterte er, als seine Schwestern ihn wie ein Taubenschwarm umflatterten. Sein Gesicht war gerötet, und sein Haar ringelte sich feucht, weil er durch das Schneetreiben gelaufen war.

»Bist du nicht durchgefroren?« wollte Eva wissen, doch Angelika und Julika warteten in Türnähe auf ihn. »Wir brauchen deine Hilfe«, sagten sie und ließen durchblicken, daß man einen Künstler ins Haus geholt habe, der ein Tableau vivant arrangieren sollte. Emanuel sollte dessen Mittelpunkt sein.

»Alle anderen sind dabei offenbar überflüssig«, sagte Bina, als Emanuel, errötend und protestierend, weggeführt wurde. Gleich darauf erschien Angelika erneut und verlangte, daß Eva ebenfalls mitkäme. Man brauche eine kleine, leichte Person, die mit Flügeln und einer Trompete auf einer Leiter stehen sollte. Unten werde man einen Vorhang spannen, so daß das Publikum den Eindruck haben müsse, sie hinge freischwebend in der Luft.

Ein Aufstöhnen ging durch die Gästeschar, als die Flügeltür aufflog und das Tableau ihrem Blick preisgab. Es war eine Szene des militärischen Triumphs. Emanuel stand mit gezücktem Schwert, und über ihm flatterte die deutsche Fahne. Schauspieler, die man angeheuert hatte, damit sie den besiegten Feind spielten, lagen sterbend zu seinen Füßen, und als die Gäste das Bild gebührend betrachtet hatten, hob ein Chor zu singen an. Eva stand oben auf ihrer Leiter. Grinsend hielt sie mit Hilfe ihrer Flügel das prekäre Gleichgewicht, und kaum war der herzergreifende Gesang des Chors verklungen, setzte sie die Posaune an die Lippen und ließ ein langgezogenes, mißtönendes Gejaule hören. Bewegung kam in die Zuschauer, sie lachten und applaudierten, und das Parkett wurde zum Tanzen freigemacht.

Eva saß beobachtend am Rand. Sie sah Bina mit einem hochgewachsenen blonden Offizier in knarzenden Stiefeln vorbeigleiten, dann Martha anmutig in den Armen eines Professors. Während sie tanzten, lauschte Martha mit geneigtem Kopf seiner Version von der Geburt der Aphrodite. »Sie war die Schaumgeborene, dem Meer nach der rohen Entmannung des Uranus entstiegen, und wurde ans Gestade gespült, mit nichts bekleidet als der Morgenröte.« Martha erbleichte, doch er erging sich in allen Einzelheiten über Aphrodites Hochzeit und das Kind, das sie von ihrem irdischen trojanischen Liebhaber trug. Marthas Ohr glühte rosig, und ihre Fesseln zitterten, doch es brauchte drei lange Tänze, bis sie sich zu befreien vermochte.

»Geben Sie mir die Ehre des nächsten Tanzes?« Es war Emanuel, der sich ihrer erbarmte.

»Oh, wenn Sie darauf bestehen«, sagte Eva und sprang auf, und erst jetzt merkte sie, daß sie vergessen hatte, ihre Flügel abzuschnallen.

»Laß sie dran«, flüsterte Emanuel, »dann haben wir mehr Platz.« Und als sie ihm während des ersten Walzers auf die Zehen trat, lachte er und nannte sie sein tolpatschiges Englein.

An Emanuels letztem Urlaubstag erwachte Marianna aus einem Spinnennetz von beängstigenden Träumen. »Es wäre weniger grausam gewesen, wenn sie ihn erst gar nicht nach Hause gelassen hätten«, sagte sie, und die Worte fielen wie Hobelspäne in das kalte Zimmer. »Das wäre weitaus weniger schmerzhaft gewesen.« Und da ihr der Gedanke an seinen Abschied unerträglich war, schwang sie die Beine aus dem Bett und angelte blind mit den Zehen nach ihren Pantoffeln. Sie würde schnurstracks in sein Zimmer gehen und ihn aufwecken. Ihn zwingen, ihr in die Augen zu sehen. Ihm sagen, daß sie ihn gar nicht richtig gesehen habe und daß er unmöglich abfahren könne, ehe sie, und sei es im allerletzten Augenblick, wieder zu ihrem vertrauten Umgang zurückgefunden hätten. Sie drehte ihr Haar zusammen, während sie nach oben eilte, und stopfte es unter den Kragen ihres Morgenmantels, so daß es auf ihrem Rücken einen höckerigen Kamm bildete wie bei einem Drachen.

Vor Emanuels Tür verharrte sie einen Augenblick, um sich erst einmal zu beruhigen. »Manu«, flüsterte sie, und als keine Antwort kam, drückte sie die Klinke nieder und ging hinein. Emanuel war nicht im Bett. Sie stand eine Minute und war darauf gefaßt, erschreckt zusammenzufahren, wenn er vom Fenster zurückträte oder von seinem Schreibtisch aufstünde, und erst nach einer ganzen Weile erkannte sie, daß das Zimmer leer war. Die Vorhänge waren offen, und während sie tief durchatmete, um ruhiger zu werden, beobachtete sie den Schnee, der über der Straße niederging, sich wirbelnd an die eilenden Gestalten heftete, die ihren morgendlichen Geschäften nachgingen.

Und dann betrat Manu leise das Zimmer. Er war bereits angezogen. »Wie soll man da schlafen«, sagte er erklärend, und sie streckte ihm die Hand entgegen und legte sie auf seine zur Faust geschlossenen Finger. »Es wäre leichter, wenn sie einen überhaupt nicht nach Hause ließen«, meinte er. Und Marianna errötete vor Empörung und wollte davon nichts hören. »Das kannst du nicht verstehen«, unterbrach er sie. »Für dich hat sich ja nichts verändert. Das ist, als wäre der Krieg ein übler Geruch in weiter Ferne, der in die andere Richtung weht.« Und als sie darauf nichts sagte, verschränkte er die Hände, die auf einmal kalt und weiß waren, hinter dem Rücken.

Emanuel hatte die Taschen voller Zigaretten und Zigarren zum Tauschen und den Tornister voller Lebensmittel, die, gut verpackt, um sein Kochgeschirr herum verstaut waren. Dazu gehörten Kartoffelkuchen, Rosinenbrötchen, eine Wurstkette und zwei in Mull gewickelte Butterpäckchen. Seine Mutter hatte versucht, ihm Weckgläser mit Obst mitzugeben, Aprikosen- und Pflaumenkompott und einen Topf mit Ingwer. Doch Emanuel hatte sich nicht vorstellen können, wie er diese Köstlichkeiten im Schneeregen eines verlotterten Feldlagers in sich hineinlöffelte, und sich geweigert, sie mitzunehmen.

Nur sein Vater hatte ihn zum Bahnhof begleitet. Er hatte darauf bestanden, daß die anderen daheim blieben, und so hatte er seinen Schwestern in der Diele einen Abschiedskuß gegeben und noch einen letzten langen Blick auf sie geworfen, während Marianna bereits die schwere Tür aufhielt, so daß die Flocken hereinwirbelten. Schu-Schu hatte hinter Eva gestanden und ihr die Hände auf die Schultern gelegt, und als Emanuel sich immer weiter entfernte, hatte Eva gespürt, wie der Griff ihrer Finger immer fester wurde, bis sie sich losmachen mußte, um keine blauen Flecken zu bekommen. »Sie tun mir weh.« Sie drehte sich um und entdeckte zu ihrer Überraschung einen harten, zornigen Ausdruck im Gesicht ihrer Gouvernante. »Schu?« Eva zog sie am Arm, und sofort milderte sich ihr Ausdruck, und sie war wieder ganz die alte, als sie die Mädchen aufforderte, aus der Kälte zu kommen.

Die beiden Männer schwiegen, während der Bahnhof um sie herum von Rufen und anderen Geräuschen widerhallte. Sie schritten den überfüllten Bahnsteig hinab, und Wolf blieb stehen, während Emanuel sich einen Platz suchte, seinen Tornister ins Gepäcknetz warf und zu einem letzten, wortkargen Abschiedsgruß das Fenster öffnete. Sie lächelten einander zu und sehnten den scharfen Pfiff ebensosehr herbei, wie ihnen vor ihm graute, und als das Türenschlagen begann und die Räder zischend und ächzend anruckten, nahm Wolf die Hand seines Sohnes. Er umspannte sie fest, während der Zug sich in Bewegung zu setzen begann. »Dein Erbe«, flüsterte er grimmig, und als sie einander loslassen mußten, fand Emanuel eine große, warme Münze in seiner Hand.

Jetzt saß er inmitten einer Schar von Soldaten, Rekruten und einigen älteren Männern, die gerade erst von ihren Verwundungen genesen waren. Er sah jedoch nicht sie an, sondern ließ den Blick auf dem warmen, schweren Goldstück ruhen, das nun ihm gehörte. Es war kein Geldstück, sondern eher eine Medaille, auf deren eine Seite dicke Getreideähren geprägt waren. Auf der anderen standen in kleiner Schrift die Worte Belgard & Sohn. Er lächelte und drückte es zwischen den Händen. Das wird immer noch etwas wert sein, dachte er, wenn schon alles andere zu Staub geworden ist. So ein Goldstück würde selbst eine

Granate nicht in Stücke reißen oder zerbersten lassen. Es mochte ja die eine oder andere Schramme davontragen, wenn es getroffen wurde, doch selbst wenn eine Kugel mitten hindurch ginge, würde das seinen ursprünglichen Wert nicht schmälern. Und er begann, an Joseph Friedländer zu denken. Die ganze Urlaubswoche hindurch hatte er das Thema vermieden und ihn aus der Behaglichkeit seines Zuhauses ausgesperrt. Er schloß die Augen und vergegenwärtigte sich das letzte Bild seines Freundes: wie er, grell beleuchtet, auf seinen Beinstümpfen auf ihn zugewankt gekommen war. Erneut durchlebte Emanuel die Explosion, die ihn selbst wieder in den Schützengraben zurückgetrieben hatte, wo er an den warmen, nassen Körper eines Jungen gepreßt gelegen hatte, der an seinem ersten Tag an der Front im Sterben lag, und erst bei Tagesanbruch, als der Kampf nachließ, hatte er hinauskriechen und nach Joseph suchen können. In die schlammverkrusteten, erschöpften Gesichter der Verwundeten hatte er gespäht und beinlose Leichen umgedreht. Weder er noch sonst irgend jemand, von dem er wußte, hatte je wieder etwas von Joseph Friedländer gesehen, und man schloß daraus, daß er in einen der wassergefüllten Bombenkrater, von denen der Boden übersät war, gefallen und darin ertrunken sein mußte. Emanuel wußte nicht, ob die Friedländers einen Brief mit der offiziellen Formel »Im Feld vermißt« zugeschickt bekommen hatten. Falls sie ihn bekommen hatten, war die Nachricht jedenfalls nicht an Binas Ohr gedrungen, die sich störrisch geweigert hatte, sich durch sein Schweigen von den Empfindungen kurieren zu lassen, die sie für ihn hegte. So hatte Emanuel einen Brief von ihr dabei, sicher verwahrt in seiner Brusttasche, und obenauf in seinem Segeltuchsack lag ein Paar bildschöner, handgestrickter

Kniestrümpfe. Sie lagen Seite an Seite mit seinen eigenen. Dunkelgrün, mit purpurroten, sauber angesetzten Fersen. Ein Geschenk der Samson-Mädchen, deren Namen in Kreuzstich unter dem breiten Rand verborgen waren.

Emanuel ließ die Medaille in die tiefe Tasche seiner Hose gleiten. Er konnte sie warm an seinem Schenkel fühlen und hoffte, daß sie ihn durch den restlichen Winter und bis ins Frühjahr hinein beschützen würde. »Bei meinem nächsten Urlaub fahre ich nicht nach Hause«, gelobte er sich und wiederholte, was er Schu-Schu zum Abschied ins Ohr geflüstert hatte. Er hatte das Gefühl, wenn er dieses Opfer brächte, würde der Krieg vielleicht schon vor dem Sommer zu Ende gehen. Emanuel öffnete die Augen. Die Rekruten hatten die Karten hervorgeholt und zahlten ihre Einsätze in Zigaretten. Sie nickten ihm auffordernd zu, und er schloß sich ihnen achselzuckend an, nahm seine Karten auf und erhöhte den Einsatz um eine Zigarre.

Als sie im Obstgarten von Gaglow umherstreifte und die Blüten zu bestimmen versuchte, wurde Eva von einem Unwetter überrascht, und statt zum Haus zurückzulaufen, kauerte sie sich unter einen Baum. Der Wolkenbruch hatte etwas Berauschendes. Sie fand es herrlich, wie der Regen durch den Nachmittag prasselte und ihr Gesicht und Arme besprühte. Doch dann wurde der Himmel von einem Blitz zerrissen, und der Baum, unter dem sie Schutz gesucht hatte, wie von einer Faust gepackt und von einer heftigen Böe geschüttelt. Sie horte, wie von der Hintertür des Hauses ihr Name gerufen wurde, und gerade, als sie aufspringen und losrennen wollte, verfinsterte sich unter erneutem anhaltendem Donnergrollen der Himmel, und nur Sekunden später erleuchtete grelles Blitzezucken die Wolken. Wieder hörte sie ihren Namen, gespenstisch vom Wind herangetragen, doch sie traute sich nicht von der Stelle. Der Regen war kalt geworden, und das Baumwollkleid klebte ihr am Leib. Die Haarschleife schlug ihr in die Augen, und da sie sich nicht zu helfen wußte, begann sie zu weinen. Ihre Tränen waren warm, und warm lief es von ihrer Nase auf die Oberlippe. Sie hob die Hände, um etwas von dieser Wärme mit den Fingern aufzufangen, und in diesem Augenblick peitschten die spröden Zweige über ihrem Kopf erneut durch die Luft, und der Himmel wurde von einem kalten, weißen Licht zerrissen. Eva öffnete den Mund, um zu schreien, als eine Hand sich ihr entgegenreckte und sie unter dem Baum hervorzog. Es war ihre Mutter, die sie mit einem Arm umklammerte und mit ihr über Furchen und Gräben des Obstgartens hinweg aufs Haus zurannte.

Eva war zu aufgeregt, um zu Bett zu gehen. »Ich wäre um ein Haar vom Blitz erschlagen worden«, brüstete sie sich mit klappernden Zähnen. Doch Marianna bestand mit weißen Lippen und bebenden Händen darauf, daß im Kinderzimmer Feuer gemacht wurde und Eva, sobald sie ihre nassen Kleider ausgezogen hatte, in Decken gehüllt eine Schale Brühe trank. Marianna brachte sie ihr selbst herauf. Sie hatte die Köchin eine klare Hühnerbouillon mit Thymian für Eva heißmachen lassen und setzte sich an ihr Bett, um dafür zu sorgen, daß nichts übrigblieb. »Ich habe nach dem Arzt geschickt«, sagte sie, und als Eva heftig gegen dessen Besuch protestieren zu begann, zog sie ihr die Decken nur um so fester um den Hals und legte ihr die Hand auf die Stirn.

Gegen Mitternacht lag Eva im Fieberwahn. Ihre Temperatur war sprunghaft gestiegen und ihr Hals so entzündet, daß sie kaum schlucken konnte. Der Arzt sprach von einer schweren Grippe. Er stand am Fußende des Bettes, während Marianna ihm die Diagnose vom Gesicht abzulesen versuchte, die er sich nicht auszusprechen getraute. »Sie hat aber doch alle Symptome einer Lungenentzündung?« sagte Marianna herausfordernd, und der Arzt blickte erschrocken auf, als hätte sie ihn bei dem gleichen Gedanken ertappt.

Er kniete nieder und schob Eva die Hand unter den Hinterkopf. »Wir können nur hoffen, daß sie die Nacht übersteht«, sagte er und versuchte nicht länger, die Lage zu beschönigen. Dann zog er ihre Lider hoch, um in das milchige Blau des Fieberwahns zu schauen.

Der Arzt, der von der nächsten Kleinstadt herübergekommen war, entsprach dem dringenden Wunsch Herrn Belgards und blieb über Nacht im Haus. Man gab ihm zwar ein Zimmer ein Stockwerk tiefer, in dem ein hochbeiniges, einladendes Holzbett stand, doch er entschied sich um seiner ärztlichen Reputation willen dafür, die Nacht in einem Lehnstuhl im Kinderzimmer zu verbringen, so daß er seine Patientin jederzeit im Auge hatte. Marianna war zu verstört, um zu sprechen. Sie zog sich einen Stuhl neben Evas Bett und murmelte Gebetsfetzen vor sich hin.

Fräulein Schulze verweilte unschlüssig am Kamin. »Eva«, flüsterte sie, »du hättest mich rufen sollen.« Schließlich konnte sie sich nicht länger beherrschen und stürzte zu ihrem Bett hinüber, schüttelte die Kissen auf, machte Ordnung auf dem Nachttisch und legte die Hand auf ihren fieberglühenden Schützling.

Drei Tage später wachte Eva auf, fühlte sich leicht und trocken und seltsam beschwingt. Die Überreste des Nachtfeuers brannten auf dem Kaminrost herab, und die Stühle um ihr Bett waren leer. Sie warf die Decke zurück und ließ die Füße auf den Boden gleiten. Ihre Haut war erschreckend weiß, und das Blut prickelte in ihren Gelenken, als sie quer durchs Zimmer lief. Sie kniete sich in die Fensterbank und steckte den Kopf zwischen den Vorhängen hindurch. Es war die Tageszeit, die sie am liebsten mochte: ganz früh am Morgen, wenn die Sonne die letzten Spuren der Dämmerung tilgte. Eva machte das Fenster auf und ließ einen leisen, kühlen Lufthauch herein. Sie setzte ihm ihr Gesicht aus und genoß es, als er zwischen den Knöpfen ihres Nachthemds hindurch an ihren Körper drang, genoß ihre kühlen Fingerspitzen und den Schauder, der ihr über den Rücken lief. Immer noch spürte sie die erstickende Wärme des Zimmers an den Fußsohlen und sehnte sich danach, in den Morgen hinauszuspringen. Sie öffnete das Fenster noch weiter und rutschte auf der breiten Fensterbank hin und her. Ein Klaps traf ihr Bein. Er kam aus dem Nichts und verschlug ihr den Atem.

»Was machst du denn da?« Die Stimme ihrer Mutter war schrill, und sie wurde von der Fensterbank heruntergerissen und schleunigst wieder ins Bett verfrachtet. Marianna deckte sie bis über die Schultern zu, und dann umklammerte sie ihren eingehüllten Körper und weinte in ihr Haar.

Eva war fassungslos. »Was habe ich denn getan?« Doch Marianna hielt sie immer nur weiter fest und murmelte abwechselnd ihren und Binas Namen, während sie sie in den Armen wiegte.

Wochenlang mußte Eva das Bett hüten. Abends kehrte das Fieber zurück, mit der Zeit immer schwächer, doch morgens erwachte sie jedesmal mit dem unwiderstehlichen Wunsch, aufzustehen und in die kühle, helle Luft hinauszulaufen. Eines Nachmittags kamen die Kinder von der

Dorfschule nach Gaglow hinauf, um ihr gute Besserung zu wünschen. Sie stapften ins Kinderzimmer, beinah zwanzig an der Zahl, stellten sich im Halbkreis um ihr Bett auf und begannen zu singen. Eva saß aufrecht und starrte sie an. Die Mädchen hatten Zöpfe und kurze silberblonde Wimpern und bekamen, während sie sangen, feuchte Augen vor Rührung. Die Jungen ballten die Hände zur Faust und hieben sie gegen ihre kurzen Hosen. Nach etlichen schwungvoll vorgetragenen Strophen ließ der Dorfschullehrer sie ein Gedicht aufsagen, wobei er ihnen die Worte zur Anfeuerung mit übertriebenem Mienenspiel lautlos vorsagte.

Marianna stand neben Evas Bett und lächelte auf sie hinab, und ihr Blick wanderte zwischen ihrem verwirrten Gesicht und den rauhen Lippen der singenden Dorfkinder hin und her. Ihr Lehrer hatte sich nicht davon abbringen lassen. »Es ist eine Tradition im Dorf«, hatte er ihr erklärt, »solange es im Haus ein Kind gegeben hat.«

»Aber ich will nichts vorgesungen bekommen«, hatte Eva sich gesträubt.

Und als Bina davon gehört hatte, hatte sie darauf bestanden, daß Martha und sie nach Berlin zurückgebracht wurden, um dieser allerneusten Demütigung zu entgehen. »Soviel falschen Hochmut gibt es doch gar nicht«, beschwerte sie sich bei Schu-Schu, als der Zug sie in die Stadt zurückbrachte, und sie bedauerten Eva, weil sie ganz allein zurückbleiben mußte, auf Gedeih und Verderb ihrer Mutter ausgeliefert.

Bald schon durfte Eva zum Luftschnappen hinaus, allerdings nur, wenn sie versprach, den Rasen nicht zu verlassen und unter allen Umständen zu vermeiden, daß sie sich in den Obstgarten verirrte, der für sie mit einem schlimmen

Erlebnis verknüpft war. Gaglow war menschenleer. Wolf war an seine Arbeit zurückgekehrt, und Bina und Martha hatten sich nicht davon abbringen lassen, in der Gesellschaft von Fräulein Schulze in Berlin zu bleiben.

Während der langen Nachmittagsstunden beobachtete Eva ihre Mutter von einem Fenster im oberen Stockwerk, wie sie in ihrem Garten umherwanderte, eingehend die neuerstandene Pracht des Grundstücks begutachtete und in Abwesenheit der Gärtner selbst kleine Verbesserungen vornahm. Die Wege waren von den Ackerwinden befreit worden, und im Verlauf ihres ersten Sommers in Gaglow hatte man die gold- und türkisfarbene Flechte von der Statue geschabt. Sie war in moosigen Locken um die Füße einer vergessenen Nymphe niedergefallen, bis sie eines Morgens blaßschimmernd und splitterfasernackt inmitten des Rasens gestanden hatte. Der Springbrunnen war wieder in Gang gesetzt, die Rohre waren repariert und die Seerosen, die den Teich überwuchert hatten, ausgedünnt worden, so daß die übriggebliebenen Platz genug hatten, um ihre Blätter zu entfalten.

Marianna kam am frühen Abend herauf, um sie zu besuchen. Sie hatte sich die Hände in Rosenwasser gebadet und ihr Haar damit besprengt, und nun nahm sie Evas Finger und fragte Omi Lise nach ihren Fortschritten. In den ersten Tagen, als Eva noch abgezehrt und benommen war, setzte Marianna sich zu ihr und erzählte ihr Geschichten. Sie erzählte ihr von den Reisen, die sie als Kind gemacht hatte, und daß ihre Eltern immer im Wechsel Urlaub gemacht hätten. »Über meinen Geburtstag mitten im Sommer habe ich mich ewig geärgert«, sagte sie, »weil er auf den letzten Schultag fiel, und an dem Tag wurde immer gepackt.« Jeden Juli fuhren sie und ihre Mutter in die Berge, und wenn sie zurückkehrten, fuhr ihr Vater zwei Wochen an die See. Mariannas Mutter vertrat ihn als Firmenoberhaupt. Sie saß an seinem Schreibtisch und lächelte auf die fünf Männer hinab, die als Hilfskräfte in seiner Druckerei angestellt waren, während sie die Zeit dazu nutzte, farbige Monogramme in die Tischwäsche zu sticken. »Erst als ich sechzehn war, fuhr ich mit meinem Vater in die Ferien, unsere ersten und letzten«, und sie dachte, daß die Lungenentzündung schon immer ein Fluch über ihrem Leben gewesen sei.

»War er denn lange krank?« fragte Eva, doch Marianna schüttelte nur den Kopf, und ihr Gesicht verzog sich schmerzhaft, als sie ihre Mutter wieder vor sich sah, die eine halbe Stunde zu spät gekommen war.

Eva hatte noch nie soviel Zeit mit ihrer Mutter allein verbracht. Sie merkte, wie sie den Groll, der sich über die Jahre angestaut hatte, die ganzen kleinen Gehässigkeiten zu vergessen und sie mit Zuneigung zu betrachten begann, wenn sie sie aus dem Fenster beobachtete – ihren breitkrempigen, hohen Hut, die Reihe der stoffbezogenen Knöpfe, die über die Vorderseite ihres Kleides verteilt waren. Ihr Gesicht über dem steifen, gefältelten Kragen verlor sich zwar im Schatten, aber Eva sah ihre winkenden Arme und hörte ihre Rufe, wenn sie ihre dezimierte Gärtnerschar um sich versammelte und hier- und dorthin zeigte, dies oder jenes erklärte und an ihren Handschuhen zupfte, als hätte sie sie sich am liebsten heruntergerissen und selbst die Hände in die Erde versenkt. Einmal, nachdem sie einen kurzen, scharfen Brief voller höhnischer Bemerkungen und mitleidiger Äußerungen erhalten hatte, machte Eva sich einen Knoten ins Nachthemd, um sich jedesmal, wenn sie mit den Zehen darin hängenblieb, daran zu erinnern, auf welcher Seite sie eigentlich stehen sollte.

Ihrem Bruder verschwieg Eva ihre Krankheit. Statt dessen schrieb sie:

Lieber Manu,
ich glaube, ich weiß jetzt, wie wir einen Zaun um unser Haus ziehen können: mit Bohnenstangen. Ich finde, die kleinen roten Blüten sehen wunderhübsch aus, und denk doch nur, wie nützlich ein solcher Zaun sein wird, wenn wir plötzlich etwas zum Mittagessen brauchen. Ich weiß, wir haben uns vorgenommen, ein sehr einfaches Leben zu führen, doch ich habe mein Herz an eine Badewanne gehängt, die genau nach meinen Maßen gemacht werden soll, so daß ich den Kopf anlehnen und die Beine ganz lang machen kann. Laß mich wissen, ob Du auch so eine haben möchtest, dann mache ich die Entwürfe.
Deine ergebene Schwester
Eva

Während er las, sah Emanuel ihr Mündchen, wie es plapperte, ihn in ihre Pläne einweihte, ihre vertrauten Träume, die er mit ihr teilen sollte, und er hob sich ihre Worte immer bis zum Schluß auf. Binas Briefe hingegen waren voller Neuigkeiten. »Weißt Du, was neulich passiert ist ...« begann sie oft, und dann versuchte sie, irgend etwas Gräßliches zu finden, das sie ihm erzählen konnte. Sie hatte Sinn für Katastrophen und witterte sie überall, zog sie förmlich an, auch wenn sie sich noch so weit weg anbahnen mochten. Martha wiederum verbrachte, den Federhalter im Mund, Stunden damit, über den vollkommenen Ausdruck für ihre Gedanken nachzusinnen. Ihre Briefe begannen zwar sehr förmlich, doch das legte sich alsbald, und sie schweifte hier- und dorthin ab, verlor sich in mythische und historisch weit zurückliegende Begebenheiten und enthüllte streng gehütete Geheimnisse über andere Mädchen in der Schule. Sie stellte sich ihren Bruder an einem Ort vor, der der Antarktis nicht unähnlich war, und vertraute darauf, daß er der einzige Mensch wäre, der solche Dinge für sich behielt.

Emanuel erhielt mehr Briefe als jeder andere Mann in seinem Regiment. Er wurde aufgezogen und beneidet, und gelegentlich bat man ihn, doch einen Briefwechsel für einen Soldaten zu arrangieren, der weniger vom Glück begünstigt war als er. »Die können doch nicht alle deine Schwestern sein«, meinten sie und stießen einander an, und als er bei seinem Einwand blieb, daß sie für andere verwirrende, wenn nicht unbrauchbare Brieffreundinnen abgeben würden, verlangten sie, er solle ihnen ein Bild von ihnen zeigen. Emanuel hatte zwar ein Foto, auf dem die drei Mädchen, weiß gekleidet, zu sehen waren, wie sie in Korbstühlen auf der sommerlichen Veranda von Gaglow saßen, aber er schüttelte den Kopf und schwor, daß er keins besäße. Einer der Männer schimpfte ihn scherzhaft einen Lügner und Betrüger und schlug ihm auf die Schulter, doch als er wegging, hörte Emanuel ihn murmeln, er sei eben nichts als ein Jude und verdiene die Ehre nicht, für sein Land sterben zu dürfen.

Kein Mensch wäre auf die Idee gekommen, daß Emanuel nicht an seinem ersten Urlaubstag sofort nach Hause käme, und nach sechs langen Monaten mußte er sich, trotz seines Versprechens, eingestehen, daß er es nicht über sich brachte, auf seinen Urlaub daheim zu verzichten.

»Könntest du wohl hereinkommen und mit uns tanzen, nur ein einziges Mal?« bat Eva, als sie im Schatten der Veranda auf das Eintreffen der jungen Damen warteten.

Marianna, die ängstlich darauf bedacht war, daß der Krieg die gesellschaftliche Erziehung ihrer Töchter nicht beeinträchtigte, hatte einen Tanzunterricht organisiert, der den ganzen Sommer hindurch in den umliegenden Häusern stattfinden sollte.

»Ich hab nichts dagegen.« Emanuel drückte ihre Hand. »Aber ich möchte deine Partnerin nicht beunruhigen.«

»Ach, Amalie hat bestimmt nichts dagegen, und außerdem könntest du doch auch mit ihr tanzen. Sie hat noch nie mit einem Mann getanzt. Nur mit dem alten Herrn Friedrichson.«

»Und du? Hast du denn schon mit irgendwelchen Männern getanzt?«

Eva lächelte und runzelte gleichzeitig die Stirn, so daß ihre Augen fast verschwanden. »Nur mit dir.«

Emanuel hatte zwar in vielen elenden Nächten davon geträumt, die Samson-Schwestern im Arm zu halten, entweder eine oder beide, aber jetzt, wo er im Salon saß, der hämmernden Klaviermusik und dem tappenden Rohrstock des alten Lehrers lauschte, hatte er keine Lust, sie auch nur zu sehen. Doch als dann die besänftigenden Klänge eines Walzers in die Diele hinausdrangen, schlug er die Hacken zusammen und betrat, Eva zuliebe, das Musikzimmer.

Zwölf Mädchen waren im Zimmer, sechs Paare, und jedes Mädchen, das ihn im Vorbeiwirbeln erblickte, errötete bis unter die Haarwurzeln, so daß das Zimmer bald ein einziger rosig glühender Gesichterreigen war. Er senkte den Blick und beobachtete Füße und Fesseln der Mädchen. »Eins, zwei, drei und eins, zwei, drei«, klopfte der alte Friedrichson, nickte mit seinem gezwirbelten Schnurrbart und schwitzte im speckigen Tuch seines Gehrocks. »Eins, zwei, drei und eins, zwei, drei.« Während Emanuels Blick durch den Raum streifte, wünschte er sich, den Anflug des bitteren Hohnlächelns loswerden zu können, das sich beim Anblick der hübschen Szene um seine Mundwinkel festgesetzt hatte. Als die Musik verstummte, löste Eva sich rasch aus der ungelenken Umarmung ihrer Partnerin und forderte ihren Bruder auf. Lächelnd blickte sie in Erwartung des nächsten Tanzes zu ihm empor. Fräulein Schulze, die neben dem Klavier stand, rettete die verlassene Amalie und tanzte mit ihr davon, begleitet von den getragenen Klängen der uralten Frau Mendel, die seit ihrem siebzigsten Geburtstag vor mehr als einem Jahrzehnt fast gänzlich taub war.

Während er sich durch den Raum bewegte, beobachtete Emanuel über Evas Kopf hinweg die Tanzenden. »Eins, zwei, drei und eins, zwei, drei.« Er spürte, wie seine Schwester im Takt gegen seine Schulter atmete, »eins, zwei, drei und eins, zwei, drei.« Und es drängte ihn, ihr irgendeine grauenhafte Wahrheit in das erhitzte Ohr zu zischen.

Angelika und Julika tanzten miteinander, den schlanken nackten Arm locker um die Taille der Partnerin gelegt. Über beider erhitzte Stirn ringelte sich genau das gleiche Löckchen. Sie lächelten ihm quer durch das Musikzimmer zu, ein einziges kreisendes Strahlen, und er sah in ihnen eine zweiköpfige Meerjungfrau, die mit ihren lieblichen Stimmen die Männer an die Küste lockte, wo sie an den Felsen zerschellen würden.

»Jetzt entschuldige ich mich und gehe«, schwor Emanuel sich, doch kaum war ein Tanz zu Ende, begann schon der nächste, und seine Partnerinnen lösten einander in seinen Armen mit einer erstaunlichen Behendigkeit ab, mit der es dann freilich vorbei war, sobald die Musik wieder einsetzte und Herrn Friedrichsons Rohrstock den Takt klopfte.

Als erstes tanzte Emanuel mit jeder seiner drei Schwestern. Martha, die größte von ihnen, war die anmutigste, während Bina, allzu lange gewöhnt zu führen, stolperte und gegen seine Stiefel trat. »Eins, zwei, drei«, hauchte sie, und wie eine Luftschaukel bewegten sie sich steif auf der Tanzfläche hin und her.

Der Tanzunterricht dauerte eine halbe Stunde länger als gewöhnlich, damit jedes Mädchen Gelegenheit bekam, mit dem blendend aussehenden uniformierten Ehrengast zu tanzen. Emanuel hatte sich seit dem allerersten Walzer nur noch danach gesehnt, sich davonstehlen zu können. Liebend gern hätte er sogar auf die Aussicht verzichtet, die zartgliedrige errötende Julika in den Armen zu halten, um nur in den Salon zurückkehren zu können, wo er ungestört zwischen den dunklen polierten Möbeln auf dem Sofa hätte liegen dürfen.

»Oh, Schu, willst du denn nicht auch mal mit Manu tanzen?« flüsterte Eva, als die Musik endlich aufhörte, doch die Gouvernante blickte ihm in die Augen und erklärte, sie sehe dem armen Mann doch an, daß er völlig erschöpft sei und dringend Ruhe brauche.

An jenem Abend wurde das Abendessen draußen auf der Terrasse serviert. Es gab eine Gans mit knuspriger Haut und einen Salat aus breiten Bohnen, und während er aß, mußte Emanuel feststellen, daß er wieder einmal dabei war, in allen Einzelheiten zu schildern, wie sein halbes Regiment ausgelöscht worden war. »Wir rannten gerade auf ein Dorf zu, als man das Feuer auf uns eröffnete«, hörte er seine Stimme sagen, die, selbst während er kaute, unerbittlich weitersprach, »doch statt des Befehls, das Feuer zu erwidern, kam der Befehl: Nicht schießen, das sind unsere eigenen Männer auf dem Rückzug. Das war eindeutig nicht der Fall, doch was sollten wir machen, als in uns hineinzufluchen und zu versuchen, dem Granathagel auszuweichen. Erst als unsere eigene Artillerie auftauchte und zu schießen begann, kam der Befehl zum Vorrücken, und das ohne ein Wort der Entschuldigung.« Er blickte über den Tisch in die leuchtenden Augen seiner Schwestern und gab sich einen Ruck. »Ich werde die Strecke der Toten und der Verwundeten nicht schildern«, sagte er, »wir durften ihretwegen nicht anhalten.« Doch dann hörte er, während er das Fleisch auf seinem Teller zerschnitt, wieder, wie sie nach ihm riefen.

Wolf goß ihm ein Glas Wein ein. »Mein lieber Junge«, sagte er, und da ihm sonst nichts einfiel, schlurfte er in den Keller, um noch eine Flasche heraufzuholen.

Emanuel verbrachte seine Nachmittage lesend in seinem Zimmer. Ab und zu bemerkte er das Geraschel einer seiner Schwestern, die sich jedesmal erst überwinden und ihren ganzen Mut zusammennehmen mußten, ehe sie ihn zu stören wagten. »Wir gehen zu einem Badepicknick am See«, rief Eva und drückte die Türklinke nieder, und er antwortete barsch, er wäre ja noch da, wenn sie wiederkäme, und höchstwahrscheinlich sähe er sie dann alle beim Abendessen. Ein gekränktes Schweigen trat ein, und so mußte er erst mit seinen Papieren rascheln und sein Buch auf den

Schreibtisch knallen, ehe er sie sich entfernen und den Flur hinunterrennen hörte.

»Es ist unglaublich, wie wenig sich hier verändert hat«, murmelte er, während er durch das Haus wanderte, und es entging seiner Aufmerksamkeit, daß der Tisch nicht so üppig gedeckt war wie sonst und seine Mutter dieselben Sommerkleider trug wie im Jahr zuvor, die sie nur hier und da ein wenig abgeändert hatte.

Selbst Fräulein Schulze schien trübselig. Ihr rotes Haar wirkte merkwürdig blaß, so streng, wie sie es aus dem Gesicht gekämmt hatte, und die Aufgaben, die sie ihnen stellte, überwachte sie ohne ihre gewöhnliche Energie. »Es ist so schön, unseren Manu zu Hause zu haben.« Eva legte verstohlen den Arm um sie, während sie über die Wiesen auf den See zustrebten.

»Noch einen Tag.« Fräulein Schulze nickte, und ihr Tonfall wurde härter, als sie Martha zurief, sie solle doch aufpassen, wo sie hintrat. »Du wirst dir noch den Rock zerreißen, so wie du dich bewegst.« Und sie entzog sich Eva, schob sie vor sich her und weigerte sich, der Reihe bedauernswerter Gefangener zuzuwinken, die in ihren roten Hosen das Feld hackten.

Kapitel 10

Ich konnte die Entbindungsstation bis in mein stilles Zimmer hinein hören. Babys schrien, Frauen lachten, Besucher gingen auf und ab, und das alles wurde übertönt vom pausenlosen Läuten eines dicken grauen Telefons auf Rädern. Am dritten Tag wurde ich in ein Bett genau in der Mitte verlegt. Ein Hüne von einem Mann saß fast unmittelbar neben mir. Er hatte um den Hals eine Spinne tätowiert und drückte sein Baby an seinen Brustkasten, während die junge Mutter sich auf die Feuertreppe hinausstahl, um zu rauchen.

Ein Arzt kam herein, um sich Sonnys Beine anzusehen. Sie waren immer noch an der Hüfte angewinkelt, so wie man sie ihm nach der Geburt bis unters Kinn hochgeschoben hatte, und man hatte mich vorsorglich darauf hingewiesen, daß Steißgeburten oft eine Weile brauchten, bis sie sich streckten. Der Arzt zog ihm seinen Strampelanzug aus und das Hemd über den Kopf. Sonny gefiel das nicht, und sein Gesicht legte sich in beunruhigte Falten. »Dem hier fehlt nichts.« Sonnys Schreie schienen ihn nicht zu beeindrucken. Er zog ihn an den Händen empor, um seinen Griff zu prüfen, und drückte seine Hüften flach, bis er vom Brüllen dunkelrot angelaufen war. Ich konnte es nicht länger mit ansehen und entriß ihn den Händen des Arztes. Rasch hüllte ich ihn ein und drückte seinen Körper an meinen. Sein Geschrei hörte auf. Seine Hände klammerten sich an mein Haar, und wir verschmolzen in einem einzigen überwältigenden Gefühl der Liebe.

»Es tut mir leid.« Pam war geknickt. »Aber es schien mir nicht richtig, Mike nicht anzurufen.«

»Er kommt heute.«

»Und?«

Was sollte ich dazu sagen?

»Du willst ihm nicht verzeihen?« Sie schüttelte entsetzt den Kopf.

»Na ja, wir haben doch gesagt, daß wir Freunde bleiben würden. Pam ...« Für einen schuldbewußten Augenblick sah ich sie wieder vor mir, Pam an dem Tag, als wir uns getrennt hatten und mit Zigaretten und Schnaps und einem Strauß hellblauer Blumen aus ihrem Auto ins Haus eilten. »Mir ist flau im Magen, ich kann nicht rauchen«, hatte ich gejammert, und während wir jede an einem Sofaende saßen, die Füße unter die Kissen gesteckt, erzählte ich ihr von Mike und seiner Reaktion auf meine Eröffnung. »Er hat gesagt, ich hätte versucht, ihn reinzulegen, ich hätte das geplant, ich würde sein Leben ruinieren«, und ich biß wütend in einen Toast, um die aufsteigende Übelkeit zu bekämpfen.

»Du wirst es doch nicht behalten?« Sie trank meinen Schnaps für mich aus. »Was wird aus deiner Karriere?«

»Na, komm.« Ich hatte keine Karriere, das wußten wir beide. Die gelegentliche Nebenrolle am Fringe. Jemandes Tochter, Schwester, Ehefrau. Eine kleine Tournee im Lake District.

Pam goß sich das eigene Glas randvoll. »Ich geb's auf.« Sie brachte einen Toast auf den winzigen Stipser von Baby aus und kippte ihren Schnaps auf einmal herunter.

»Wie willst du es denn nun nennen?« fragte sie und kuschelte sich in ihre Ecke. Den Rest des Tages verbrachten wir so, bis wir auf Daisy verfielen. Daisy Pamela

Linder. Und ich schwor, daß er von mir nichts mehr zu erwarten hätte, und wenn er mich noch so sehr anflehen würde.

Mike kehrte am nächsten Tag zurück, um seine Sachen abzuholen. Ich hatte erwogen, sie zusammenzupacken, dann jedoch entschieden, daß es die Mühe nicht wert sei.

»Dir dein Leben ruinieren? Da hätte ich ja viel zu tun.« Doch er sah mich nur an, überlegen und cool, und schlug vor, daß wir versuchen sollten, Freunde zu bleiben. »Freunde«, schrie ich außer mir, »die einander von Herzen verabscheuen.« Und er ging weg, hocherhobenen Hauptes die Straße hinunter, während ich mich in der Diele auf den Boden legte, um zu weinen.

Meine Mutter erschien mit einer Schachtel Kekse in der Klinik. »Wie geht es dir?« Ehe ich noch antworten konnte, rollten mir die Tränen übers Gesicht. Sie saß und hielt meine Hand. »Das wird schon wieder.«

Als ich wieder Luft holen konnte, stotterte ich: »Er ist nicht gekommen.«

»Du machst das ganz prima.« Unter kleinen Beschwichtigungslauten wiegte sie den Kopf hin und her, und ich dachte daran, wie sie vor vielen Jahren darauf gewartet hatte, daß mein Vater auftauchen würde.

Mikes Taxi wartete unten. Er war gekommen, um uns nach Hause zu holen. Ich war zum erstenmal seit einer Woche richtig angezogen, und Sonny hatte über seinem Strampelanzug eine weiche Wolljacke an. Er hatte die Augen geöffnet, die feucht und groß und länglich waren. Die Haut seiner Lider war hellviolett. »Ich habe ihm eine Mütze gekauft«, sagte Mike und beugte sich nieder, um sie ihm aufzusetzen. Es war eine Schirmmütze, die ihm bis über die Augen reichte, und er sah darin so ulkig aus, wie ein kleiner Mehlsack, der oben zugeknotet war, daß ich mir den Bauch halten mußte, weil meine Stiche vom Lachen ziepten. Die Frau im Nebenbett sagte, wir sollten stehenbleiben, sie würde ein Foto machen, und wir standen alle drei beieinander, genau wie eine richtige Familie, bereit, nach Hause zu fahren. »So ist es schön –« und der Blitz des Fotoapparats weckte mich auf.

Ich lag zu Hause in meinem Bett, voll bekleidet, und hielt Sonny an mich gepreßt. Meine Schwestern, nicht Mike, hatten uns nach Hause gebracht. Natasha hatte aus diesem hohen Anlaß sogar ihr Auto gewaschen, und als wir ankamen, fand ich frische Blumen am Fenster und Sonnys Bettchen neben meinem. Sie hatten haufenweise Kissen aufs Sofa gelegt, damit ich beim Stillen den Arm aufstützen konnte, und den Tisch zum Mittagessen gedeckt. Es gab griechisches Essen, Weißbrot, Feta, gewürfelte Gurke und einen Tomatensalat, der von Koriander und Oliven strotzte. Da ich mittlerweile auf Krankenhauskost eingestellt war, brannte mir der Mund von den scharfen Gewürzen. Hoffentlich wirkt sich das nicht auf die Milch aus, dachte ich, als ich Chilistückchen von einer Olive lutschte, und füllte mir den Teller noch einmal voll.

Mike hatte nichts von sich hören lassen, und der Gedanke an ihn mischte sich in meine Erschöpfung. Was ich an ihm am meisten hasse, befand ich, ist, daß ich jedesmal, wenn ich richtig wütend bin, auf den Gedanken komme, er könnte doch zufällig von einem Bus überfahren worden sein.

Ich veränderte meine Haltung ein wenig, um auf das Baby hinabzublicken. Es lag auf dem Rücken, die Arme zum Kopf emporgehoben, die immer noch runzligen Finger gespreizt wie ein Seestern, und in seinem reizenden Schmollmund hatte sich eine Reihe winziger Bläschen gesammelt. Natasha und Kate mußten sich hinausgeschlichen haben, während ich schlief, denn von meinem Bett aus konnte ich ein Mobile aus durchsichtigen Muschelschalen erkennen, ein Geschenk der beiden, das sie vor dem Fenster aufgehängt hatten.

Es vergingen drei weitere Tage, ehe Mike anrief. »Es tut mir wirklich sehr leid«, fing er an, »aber ich mußte plötzlich weg zu einem Job.« Und ich hörte heraus, daß er verzweifelt nach weiteren Erklärungen suchte.

»Das ist mir egal. Das ist keine Entschuldigung.« Ich spannte sämtliche Muskeln an, um die aufsteigenden Tränen niederzukämpfen.

»Es ist jemand ausgefallen, und ich mußte Hals über Kopf los. Wir hatten Außenaufnahmen, und wenn ich endlich Gelegenheit zum Telefonieren hatte, war es immer schon nach Mitternacht. Du weißt ja, wie das ist.«

»Nein, das weiß ich keineswegs.«

»Hör mal, kann ich vorbeikommen?«

Doch ich umklammerte meine schwitzende Hand mit der anderen und sagte ganz ruhig, nein, das könne er nicht. »Ich möchte dich nicht sehen«, erklärte ich langsam, als wäre er ein Kind. Und einen Augenblick glaubte ich sogar selbst daran.

Sonny war zwei Wochen alt, als wir zu unserer ersten Sitzung aufbrachen.

»Na, ich glaube, wir sollten besser nicht allzu spät kommen.« Ich schnallte seinen Sitz in Natashas Auto fest, und mit größter Behutsamkeit mischten wir uns in den Verkehr.

»Ich kann nicht glauben, daß du das wirklich tust.« Kate drehte sich auf dem Beifahrersitz nach hinten um, und ich versuchte ihr klarzumachen, daß mir das vor ein paar Wochen eine gute Idee zu sein schien.

»Du bist völlig verrückt.« Natasha war die einzige von uns, die niemals Modell saß. Sie hatte mit sechzehn ein einziges Mal für ein Bild gesessen. »Er hat es geschafft, daß ich aussah wie eine Kanalschwimmerin.« Und seitdem hatte sie sich strikt geweigert, noch einmal Modell zu sitzen. Kate hingegen hatte ihm wie ich unzählige Male gesessen.

»Man kann ihm doch so schwer etwas abschlagen«, wandten wir ein.

»Das ist euer Problem«, erklärte Natasha kurz und bündig, »ihr habt offenbar nichts Besseres zu tun.«

»Und Sonny ja auch nicht«, gab Kate zu bedenken. Kate arbeitete als Cutterin beim Film. Es war ein Job wie meiner, bei dem es endlose Flauten gab. »Eins steht jedenfalls fest«, beteuerte sie, »dies wird mein letztes Bild sein.« Und Natasha meinte, jetzt, wo er ein neues Modell habe, könne er sich ja leisten, sie ziehen zu lassen.

»Ich sitze gern«, erklärte ich, und ich dachte an das weiche Licht des Ateliers, die Geschichten und das Essen und nahm mir fest vor, mich diesmal näher nach Emanuel Belgard und seinem Schicksal im Krieg zu erkundigen.

»Sie haben ihn niemals erwähnt«, sagte mein Vater, sowie Sonny neben mir auf dem Sofa lag. Ich hatte ihm klarmachen müssen, daß er es keine Minute aushalten würde, wenn er nicht angezogen war.

»Er war so eine Art schwarzes Schaf, soweit ich das beurteilen kann, obwohl er irgendwelche Heldentaten vollbracht hatte.« Und ich bat ihn, darüber nachzudenken, was das denn gewesen sein könnte.

»Ja, ja«, murmelte er, doch er war zu sehr damit beschäftigt, Sonny in meine Armbeuge einzupassen.

Ich hatte mir ein Kissen unter den Arm gesteckt, um mich aufzustützen, während ich auf das schlafende Gesicht meines Babys niederblickte. Ich hatte das Gefühl, ihn stundenlang so anstarren zu können, die gerundeten Lider, die blaßvioletten, und die Augenbrauen, ein winziges Strichlein Gold. Das Haar auf dem Kopf hingegen war dunkel, ein kleiner öliger Saum um den Hinterkopf, doch ich stellte fest, daß es mit jedem Tag heller wurde.

Mein Vater hielt inne, ein Stück Kohle in der Hand. »Könntest du sie ein winziges Stück nach hier drehen?«

Ich bettete meinen Arm um und drückte das Kissen zurecht. »Ihn«, verbesserte ich ihn und nutzte die Gelegenheit, mit den Lippen über seine warme Wange zu streifen, während ich nach seinen Zehen tastete, die nicht ganz bis ans Ende seiner Füßlinge reichten.

»Brauchst du eine Pause?« fragte er ganz gegen seine Art, doch ich wollte keine Zeit verschwenden, solange Sonny schlief.

Sonny war eine Kohlekontur, die Nase in die Luft gereckt, die Hände wie Pfoten, und als mein Vater einen kleinen Pinsel nahm und mit Farbe tränkte, schaute ich hin, weil ich neugierig war, wo er anfangen würde. Bei mir fing er stets mit den Augen an, doch ich wußte, nachdem ich andere Leinwände angeschaut hatte, daß das nicht immer der Fall war. Da gab es mal einen einsamen Mund, eine Nase, ein Knie, das sich gegen das andere preßte, und einen vom Körper getrennten Penis, der aus einem Tuff ingwerfarbenen Haars hing. Mit einer raschen Handbewegung machte er sich an Sonnys Ohr. Erst tupfte er das rosa Ohrläppchen hin, dann wirbelte er die Farbe auf, um die Windungen der Muschel nachzubilden.

»Du arbeitest aber schnell«, sagte ich, als wir endlich aufhörten.

Die Farbe hatte sich ausgebreitet und Sonnys Mund erfaßt, der vom ständigen Saugen korallenrot angeschwollen war. Er murmelte zwar vor sich hin und reckte die Arme nach mir, als ich vom Sofa glitt, war jedoch zu satt und schläfrig, um aufzuwachen. Ich mußte lachen, als ich ihn aus der Entfernung sah, eine runde, grüne Blattlaus vor den Blumen des Sofabezugs, und mich losreißen, um Tee zu machen.

»Möchtest du eine Tasse Tee?« rief ich meinem Vater aus der Küche zu, doch er beobachtete den schlafenden Sonny, bewegte dabei den Kopf hin und her und maß ihn an seiner Arbeit. Er zögerte, seine Finger zupften an seinem Lappen, und ich wartete gespannt, ob er alles wieder auswischen würde. »Tee?« fragte ich wieder, und er streckte die Hand nach der Tasse aus. Ich bin so froh, daß ich das mache, dachte ich, als ich mich wieder aufs Sofa kuschelte und Sonnys Atemzüge studierte, während ich zusah, wie die Farbe um das Ohr herum Formen annahm und an seinem Schädel dicker wurde.

»Ach doch, an eins erinnere ich mich«, sagte mein Vater zu meiner Überraschung. »Als meine Mutter noch ein kleines Mädchen war, hat sie Emanuel irgendwelche Pillen zum Geburtstag geschenkt, von denen man einen breiteren Brustkasten bekommen sollte. ›Pilule Orientale‹ nannte sie die.« Und er lächelte vor sich hin, während er weiterarbeitete.

Auf so etwas wäre ich nun wirklich nicht gekommen. Ich hatte mir Stickereien und Seide vorgestellt, silberne Taschenuhren und Aschenbecher aus Bleikristall. »Hat er sich denn gefreut?« wollte ich wissen.

»Das kann ich mir nicht vorstellen.« Und wir mußten beide lachen.

Sobald wir wieder zu Hause waren, wachte Sonny auf, und es war Mitternacht, bis er müde genug war, um wieder einzuschlafen. »Oh, Pam«, jammerte ich auf ihren Anrufbeantworter, »warum haben wir uns bloß je darauf eingelassen?« Doch Pam war als Verdächtige in einer Krimiserie besetzt worden und würde mehrere Wochen nicht aus Leeds zurückkehren.

»Wie ging es denn?« Natasha rief am nächsten Tag an, und mein Stolz bewog mich dazu, mit rotgeränderten Augen zu sagen, es sei wirklich prima gegangen.

Mike schickte eine Briefkarte, in der ein Scheck über zweihundert Pfund steckte. »Hoffentlich kommt Ihr beiden zurecht«, und überflüssigerweise hatte er seine Telefonnummer in Klammern hinter seinen Namen gesetzt. Pam hatte mir das Versprechen abgenommen, ihn nicht anzurufen. »Du stehst besser da ohne diesen selbstsüchtigen, gedankenlosen Mistkerl.« Und ich wußte, daß das stimmte.

Kapitel 11

Emanuel lehnte es ab, das sorgfältig zubereitete Essen mitzunehmen, das Marianna ihm aufzunötigen versuchte, und packte statt dessen Bücher ein. Er hinterließ staubige Lücken in der Bibliothek, wo bändeweise Bücher erst herausgerissen worden und dann in Stapeln auf dem großen Tisch in der Zimmermitte liegengeblieben waren. Die Bücher, die er auswählte, waren sämtlich philosophische Werke. Kleist und Nietzsche. Strindberg, aus dem er ganze Abschnitte auswendig wußte, ebenso wie aus Schopenhauers Briefen.

»Ich bin befördert worden«, teilte er seiner Familie mit, als er sich auf den Weg zum Bahnhof machte, »zum Gefreiten.« Doch er wehrte ihre herzlichen Glückwünsche ebenso ab wie ihre überraschte Frage, wieso er davon bislang nichts gesagt habe, und beteuerte, sein Vorgänger sei lediglich deshalb entlassen worden, weil er ein Wort falsch geschrieben hätte.

»Ja, wirklich, Manu, das ist doch eine wundervolle Nachricht.« Seine Mutter trat auf ihn zu, um ihn zu umarmen, und Eva schob ihre Hand in seine und flüsterte: »Du machst doch sowieso nie solche Fehler, da können wir ganz beruhigt sein.«

Bina sah ihn mit zusammengekniffenen Augen an. »Die schlichte Bewährung deutscher Tugenden ist das Großartigste an diesem Krieg, großartiger als sämtliche Heldentaten einzelner Männer, und dieser Bewährung allein ist unser Siegeszug zu verdanken.«

Emanuel erstarrte, und Wolf wandte sich ruckartig an seine Tochter und fragte sie, bei welcher Gelegenheit sie denn derartige Ansichten aufgeschnappt habe.

»Siegen wir denn tatsächlich?« fragte Martha, doch Bina reckte bloß das Kinn empor und weigerte sich zu antworten.

Emanuel blickte zu seinem Vater hinüber. Wolfs Haarfarbe war im Lauf des letzten Jahres von Grau zu Silber gewechselt, und die beiden Einschnitte zwischen seinen immer noch schwarzen Brauen waren zu einem ständigen Stirnrunzeln erstarrt. Er wußte, sein Vater hatte erraten, worauf seine Mutter und seine Schwestern niemals gekommen wären: daß diese Beförderung Monate früher fällig gewesen, wahrscheinlich schon Ende letzten Jahres erfolgt wäre, wenn er der Sohn einer anderen, einer angeseheneren Familie gewesen wäre.

»Das ist aber mal eine gute Nachricht.« Wolf legte seinem Sohn die Hand auf die Schulter, und gemeinsam gingen sie auf die Kutsche zu. Eva folgte ihnen und stieß mit den abgestoßenen Schuhspitzen Steinchen vor sich her. »Manu«, rief sie, doch die Pferde begannen, unruhig auf der Stelle zu treten, weil sie sich in Bewegung setzen wollten. »Manu.« Als sie sich umwandte, sah sie, umrahmt vom hohen Fenster über der Veranda, die bleiche Gestalt ihrer Gouvernante stehen, die heftig winkend die Arme bewegte.

Emanuel fand, daß es ein Fehler gewesen sei, nach Gaglow zurückzukehren. Selbst wenn er seinen Urlaub nicht so einfach hätte ausschlagen können, so hätte er doch auf die sommerlichen Annehmlichkeiten des Landguts und die überwältigende Fürsorge seiner Mutter verzichten und statt dessen nach Berlin fahren können. Er hätte in der im

Sommer unbenutzten Wohnung zwischen den verhüllten Möbeln von Kriegsrationen und Eingemachtem leben können. Und wenn er das getan hätte, wäre er jetzt wohl nicht so hart gestraft worden. »Ich weiß, ich sollte mich nicht beklagen«, murmelte er mehrmals am Tag, doch er konnte das Gefühl nicht loswerden, eine Art Folter über sich ergehen lassen zu müssen.

Emanuel war in einem abgelegenen Bauernhaus in den russischen Wäldern stationiert. Anfangs hatte er sich an Kundschaftermissionen beteiligt, bei denen es um Schnitt und Farbe der feindlichen Uniformen ging, und war siegreich zurückgekehrt, nachdem er durch das Dickicht einen abgerissenen Trupp Kosaken gesichtet hatte, deren Gesichter fast zugewachsen und deren Mäntel so abgetragen und zerschlissen waren, daß sie zwischen den Bäumen nahezu unsichtbar wurden. Doch der früh einsetzende Schneefall machte solche Ausflüge unmöglich, und wenn jetzt noch welche unternommen wurden, hatte das mit dem Schlitten zu geschehen. Emanuel konnte nicht mehr in die Nacht hinausreiten, um einsame Stützpunkte zu besuchen, die über die Ebene verstreut lagen. Er vermißte das befriedigende Erlebnis des Sonnenaufgangs nach vollbrachter Tat, wenn er auf sein Bett gesunken war. »Ich sollte mich nicht beklagen, ich weiß«, sagte er, wenn er tagaus, tagein nur den einen Befehl erhielt, einem Trupp Soldaten das Skifahren beizubringen. Im Jahr zuvor hatte man eine Skihütte gebaut, und lächelnd erinnerte er sich, wie sehr ihn schon damals die Vorstellung erheitert hatte, in einer solchen Situation Skiübungen abzuhalten. Die Männer unter seinem Kommando schienen auf den ersten Blick zwar glänzend aufgelegt und lachten unaufhörlich, aber ihre ständigen Scherze hatten einen Unterton von Verzweiflung. Emanuel beobachtete sie eingehend, wenn sie sich mit dem Schlitten jeden Morgen zur Hütte hinaufwanden, um die Bretter anzuschnallen, und obwohl sie einander immer wieder in den Schnee stießen und mit Schneebällen bewarfen, gelangte er nach etlichen Wochen der Beobachtung zu dem Schluß, daß sie genauso unglücklich waren wie er.

Er schrieb einen nachdenklichen Brief nach Haus:

> *Diese glanzvolle Zeit wird allmählich immer stumpfer. Wir können kaum einen Schritt vor die Tür tun, und meist sitze ich im Haus, spiele Schach und zeichne die Vorstöße unserer Truppen in Karten ein. Ich weiß, ich bin in einer beneidenswerten Lage, doch in Wirklichkeit sieht man sich, wenn man dermaßen viel Zeit hat, ständig der Frage ausgesetzt, was eigentlich der Sinn des Ganzen ist. Ich wache jeden Morgen mit dem bedrükkenden Gedanken auf, nicht gebraucht zu werden, und muß mich den ganzen Tag der logischen Folgerung erwehren, schlicht nutzlos zu sein. Wenn es dann Nacht wird, sinke ich erschöpft vom Nichtstun aufs Bett.*

Diese Briefe erwärmten Mariannas Herz allein schon deshalb, weil sie ein Lebenszeichen waren. Sie schickte Emanuel aufmunternde Anwortbriefe, in denen sie ihm überschwenglich beteuerte, wie wichtig er doch sei, und ließ in jeden Brief irgendwelche Meldungen einfließen, die einen vermißten, gefallenen oder verstümmelten Sohn, Vetter oder Neffen einer Familie ihrer Bekanntschaft betrafen, der das Pech gehabt hatte, in einer gefährlicheren Gegend stationiert worden zu sein.

Ich fühle mich wie Schneewittchen, so wie ich hier in meiner weißen Welt eingeschlossen bin. Jeden Tag sitze ich und beobachte, wie der Schnee auf die Föhren fällt und den Fluß wieder mit einer neuen Eisschicht versiegelt. Von dort, wo ich bin, so weit hinter der Front, machen selbst die Granaten den Eindruck, als fielen sie sanft, wenn sie mit dem dumpfen Aufprall eines Schneeballs niedergehen, und nur das gelegentlich ausbrechende Artilleriefeuer schreckt mich hoch und unterbricht mich bei meiner Lektüre. Manchmal bin ich so weit weg, versunken in die Geschichte eines anderen, daß ich den Kopf schütteln und auf meine geflickten Stiefel niederblicken muß, um mir ins Gedächtnis zu rufen, daß ich ein Angehöriger der kaiserlichen Armee bin.

Das Lesen ist der einzige Gewinn, den ich aus diesem Krieg ziehe, doch zugleich erinnert es mich ständig auf schmerzliche Weise daran, daß ich, anders als die Figuren, von denen ich lese, ein Leben führe, dem jegliche Dramatik abgeht. Was für eine Geschichte ließe sich aus meinem Leben wohl machen: Ein Mann stürzt sich in die Schlacht, brennt darauf, sein Leben aufs Spiel zu setzen, und hockt dann einen ganzen Winter hindurch mit warmen Füßen am Kamin und wartet darauf, daß die Haselsträucher vor dem Fenster ausschlagen und das Frühjahr ankündigen.

In den letzten Tagen des Jahres 1915 schrieb Emanuel nach Hause:

Während Hunderttausende von Männern frierend in den Schützengraben hockten, habe ich meine zweite Kriegsweihnacht in einem behaglichen Bauernhaus etli-

che Kilometer hinter der Front verbracht. Außer mir waren es noch fünf weitere Kundschafter, die in Gesellschaft ihrer Vorgesetzten trinkend vor einem lodernden Feuer saßen, und um nicht mehr an das Elend unserer Freunde denken zu müssen, tranken wir unseren Bierkrug leer und füllten den zweiten. Beim dritten waren wir so glänzend aufgelegt, daß wir in den Schnee hinausliefen, um einen Weihnachtsbaum zu fällen. Wir schmückten ihn mit Papiergirlanden und starrten ihn wie gebannt an, während im Umkreis von zweihundert Metern die Kanonen donnerten. Das Gespräch drehte sich nicht wie im Vorjahr um den deutschen Sieg. Von Politik oder dem Kriegsende ist kaum mehr die Rede, und die Nacht verging im Fluge, indem wir uns in Anekdoten über die Tücken des Skifahrens überboten. Um Mitternacht kam es zu einem grotesken Wettkampf im Radschlagen, und Männer, denen in nüchternerem Zustand die Finger abgefroren wären, warfen die Handschuhe weg, stützten die Hände aufs Eis und führten einen Salto rückwärts nach dem anderen vor. Als ich am nächsten Morgen erwachte, war ich überzeugt, die Nacht auf einer Steinplatte verbracht zu haben, und stellte dann angewidert fest, daß ich in die Daunenkissen eines hochbeinigen Bettes versunken lag. Die rauhe Stimme eines Offiziers war es, die mich dann endgültig wach werden ließ. Während er sich das Gesicht mit Schnee abrieb, sang er: »Sti-hille Nacht, heilige Nacht«. Wider Willen mußte ich lachen.

Die Familie verbrachte die erste warme Frühjahrswoche auf Gaglow draußen, als das Telegramm eintraf. Ein Junge kam damit vom Dorf heraufgekeucht. Um einen ernsten

Ausdruck bemüht, wie er in seinen Augen dem Anlaß angemessen war, preßte er die Lippen zusammen und ging mit dem Telegramm schnurstracks zu Wolf Belgard. Er blieb vor ihm stehen und schaute zu, wie er es öffnete. Wolf bemerkte den kleinen blassen Jungen, der gespannt den Atem anhielt, erst, als er den Umschlag ausgiebig studiert und ihn wieder und wieder umgedreht hatte, um sicherzugehen, daß er nicht die Nachricht enthielt, vor der ihm graute. »Verschwinde«, schrie er und scheuchte ihn mit den Armen davon, doch als er das schmutzige Gesicht des Jungen sah, das streifig war vom Schweiß, als hätte er geweint, rief er ihn zurück und forderte ihn auf, zur Hintertür zu gehen und ein Glas Wasser zu trinken.

Wolf lief in den Garten, um den Umschlag aufzureißen, doch dann überkam ihn die Angst, und er eilte ins Haus zurück, zu seiner Frau.

Marianna war im kleinen Salon und sah Samentüten durch. Zwei Whippets lagen neben ihr auf dem Sofa, durch eine Unmenge dunkler Schultertücher gegen die Kälte geschützt, so daß nur die mattschwarzen Nasen über dem Stoff zu sehen waren, der sich mit ihrem Atem hob und senkte. Wolf trat zu ihr und ließ das Telegramm in ihren Schoß segeln. Es war federleicht und schmuddelig, und Marianna wurde aschfahl, als sie es in die Hand nahm. Wolf bereute seine Feigheit. »Laß mich«, sagte er. Doch zu seiner Erleichterung hielt sie das Telegramm fest und entzog es seiner Reichweite, um den Umschlag selbst aufzumachen.

Die Nachricht bewirkte zunächst, daß sie wie von einer Woge der Erleichterung emporgehoben wurden und einander so stürmisch um den Hals fielen, daß Wolf fast zu Boden ging. Sie hatten den Inhalt des Telegramms noch kaum begriffen, als das Geräusch heraneilender Füße sie auseinandertrieb und der Anblick Binas, die mit gerötetem Gesicht und wildem, fragendem Blick hereinstürzte, ihnen die Fassung wiedergab. Die beiden Hunde hoben die Köpfe, streckten die geraden Beine weg und seufzten angesichts der Störung. Die Nachricht vom Eintreffen des Telegramms hatte sich in Windeseile von der Hintertür nach oben verbreitet. Mit dem leergetrunkenen Wasserglas war sie in die Küche und von dort wie ein Lauffeuer von einer Durchreiche zur anderen in das dunkle Labyrinth der unteren Flure gelangt. Rasch erreichte sie das Dienstbotenquartier unter dem Dach mit seinen holzverkleideten Kammern, von wo Dolfi sie mit der Bettwäsche ins Kinderzimmer weitertrug. Bina schloß aus dem erleichterten Gesicht ihrer Mutter, daß es sich um eine durch und durch erfreuliche Nachricht handeln müsse. »Zeig mal«, sagte sie und streckte die Hand nach dem Telegramm aus, und während sie las, verzerrten sich ihre Züge vor Zorn. Der Mund öffnete sich zu einem kleinen runden Loch, und aus ihren Augen loderte die Empörung. Martha und Eva kamen ins Zimmer gestürzt, und sie wandte sich um, umfing sie mit den Armen und sprudelte die schreckliche Neuigkeit hervor, ehe Marianna Gelegenheit hatte, sich ihnen zu nähern.

»Was ist denn los?« Fräulein Schulze stand in der Tür, das rote Haar streng aus dem Gesicht gekämmt. Ihre Sommersprossen hoben sich deutlich gegen die immer weißer werdende Haut ab. »Manu.« Bina blickte auf und reckte ihr die Hand entgegen. »Er ist ...« Doch die Gouvernante ließ sie nicht ausreden. Ein seltsames Gurgeln drang aus ihrer Kehle, und sie zog die Schultern hoch, wandte sich um und eilte hinaus.

»Schu-Schu?« rief Eva. »Schu?« Nachdem sie sämtliche Zimmer abgesucht hatte, setzte sie sich erschöpft auf den Boden. »Dies ist mein Zimmer, und ich habe es gern«, flüsterte sie, und als sie schuldbewußt in die Ecke blickte, meinte sie immer noch eine kleine Einbuchtung unter der glatten Fläche der neuen Tapete erkennen zu können. Sie wandte sich um, um zwischen den dunklen Beinen ihres Bettes hindurchzuspähen. Anfangs sah sie nichts, und ihr Herz begann zu pochen, als sie die Finger an den Holzlatten entlanggleiten ließ, um ihr Kästchen zu finden. Sie hatte es aufgehängt wie eine Hängematte, mit Bindfadenschlaufen an den Latten befestigt, so daß man es nur erreichen konnte, wenn man die Matratze hochhob. Evas tastende Finger befreiten das Kästchen aus seiner Wiege, senkten es behutsam wie einen Schatz auf den Boden und setzten es schließlich auf ihre weiße Bettdecke. Sie drehte den Schlüssel um, der in seinem Schloß steckte, und ließ den Deckel zurückklappen, so daß ihre grob ins Holz geschnittenen Initialen zwischen den Scharnieren sichtbar wurden. Und da waren sie, die Tapetenworte, sicherheitshalber in einen Fingerhut eingerollt. Eva strich sie über dem Knie glatt, dann hob sie sie an die Lippen und küßte sie. Als nächstes holte sie ihr Foto von Schu-Schu hervor, deren üppige Sommersprossen sich als sepiafarbene Pünktchen gegen die Brauntöne des Bildes abhoben. »1911. Neuenahr« stand in dünner brauner Tinte auf die Rückseite gekritzelt, und Eva sah ihre Gouvernante wieder vor sich, wie sie auf der Kurpromenade gestanden hatte, den Hut in der Hand, den Kopf hocherhoben, während Emanuel ohne Eile den Auslöser betätigte und die Blende surren ließ. Eva blickte in ihre blassen Augen und entdeckte einen Anflug von Belustigung in dem vertrauten Blick.

Ganz unten am Boden des Kästchens fand sie unter staubigen Docken farbiger Seide den kindlichen Vertrag, einen Zettel, der verschmiert war von getrocknetem braunen Blut und den sie Emanuel diktiert hatte, als sie sieben war. Es war der Schwur, daß ihr einziger Bruder Emanuel sie, wenn sie sechzehn und erwachsen wäre, mitnehmen und mir ihr zusammenleben und nie, niemals eine andere Freundin haben würde. Unter den Zeilen fand sich neben einem übergroßen Punkt beider verschmierter Daumenabdruck, Evas klein und oval, Emanuels zu groß für den einen Blutstropfen, so daß er zum Rand hin verblaßte und, durchsichtig geworden, von der Seite rutschte.

An jenem Abend erschien Fräulein Schulze nicht zum Abendessen. »Wie seltsam«, meinte Marianna, und ihre Töchter mußten ihr ausnahmsweise einmal recht geben. Sie saßen in unbehaglichem Schweigen vor ihrem Kaninchenschmortopf. Die gekochten Läufe ragten aus der Schüssel empor. Omi Lise tat, was sie konnte, um irgendein Gespräch in Gang zu halten, doch das Haus erschien auf einmal zu groß, und sie hatten das Gefühl, daß aus den unbenutzten Zimmern Schatten krochen und die gewaltige Zimmerdecke auf ihnen lastete.

In jener Nacht lag Eva wach und wartete darauf, daß Schus große Füße auf der Hintertreppe zu hören wären. Sie stellte sich vor, daß sie im Garten draußen wäre, in ihren Mantel gehüllt, und, von Zorn getrieben, den Hügel auf und ab lief. »Martha?« flüsterte sie, und als nur deren langsames Atemgeräusch zu hören war, ging sie lautlos zum Fenster hinüber. Es war dunkel, und der Himmel war von tiefhängenden Wolken bedeckt, die die Sterne auslöschten. Eva preßte das Gesicht gegen das Glas und kniff die Augen zusammen, doch auch so vermochte sie jenseits des Wegs zum Eiskeller nichts zu erkennen. Erschaudernd kehrte sie ins Bett zurück, und da sie immer noch nicht einschlafen konnte, beschwor ihre Phantasie ein neues Bild herauf: Ihre Gouvernante saß im warmen Labyrinth der Küchen und besprach diesen wichtigen Tag mit Gruber, Dolfi und der Köchin.

Erst am nächsten Morgen fand Bina Schus Brief. Er war zwischen Decke und Laken gesteckt gewesen, ganz weit nach unten, und da sie sich abends wärmesuchend in ihrem kalten Bettzeug zusammengerollt hatte, berührte sie den Brief erst beim Aufwachen. Als sie sich ein letztes Mal streckte und die Beine langmachte, geriet ihr die scharfe Kante des Briefumschlags zwischen die Zehen. Sie schrie auf und tauchte unter die Bettdecke, um danach zu greifen. Bis sie den Brief aus dem Umschlang gerissen hatte, hatten ihre Schwestern sich an ihrem Bett eingefunden.

»Was ist denn das?« fragte Martha, und Bina breitete den Brief auf dem Kopfkissen aus. Er erinnerte Eva an einen Letzten Willen, das Vermächtnis eines Menschen, und sie erschauderte, als sie sich mit Martha auf die Steppdecke kniete. »Vergeßt nicht, was ich Euch gelehrt habe.« Der Brief sprach sie in aller Form an und war in brauner Tinte auf dickem weißen Papier abgefaßt. »Vergeßt nicht …« Und dann folgte eine recht ernüchternde Liste der Dinge, die sie nicht vergessen sollten, etwa ihre Haare zu bürsten ebenso wie die Fingernägel und sich den Hals zu waschen und auf eine anmutige Kopfhaltung zu achten. Doch ganz unten auf der Seite brachte ihre Gouvernante als dringlichstes Anliegen den Wunsch vor, daß sie stets genau auf alle Äußerungen ihrer Mutter achten sollten. »Laßt Euch diese

Worte Eurer engsten Anverwandten als Warnung vor den schlimmen Folgen der Leichtfertigkeit und den Gefahren der Oberflächlichkeit dienen und nehmt sie als abschrekkendes Beispiel dafür, was geschieht, wenn man sich einen Mann einfängt, dessen man nicht würdig ist.« Bina las diesen letzten Satz zweimal mit leiser, heiserer Stimme vor, so daß nur die Worte »schlimme Folgen« und »Gefahren« eindrücklich hervortraten. Martha und Eva zupften am kalten Ende der Steppdecke und preßten die Zehen aneinander.

Bina starrte sie stirnrunzelnd an und begann, den Brief noch einmal vorzulesen. »Bina«, beschwerten sie sich, doch sie ließ sie schwören, daß sie das eben Gehörte niemals vergessen würden, und sie kreuzten auf kindliche Weise die Finger und hoben sie zum selbstersonnenen Schwur. In ihrem Zimmer auf der anderen Seite des Flurs hustete Omi Lise, und in einem plötzlichen Anfall von Grauen sprangen Eva und Martha aus ihrem Nest am Fußende von Binas Bett und huschten zu ihren Betten zurück.

»Aber wo kann sie denn hingefahren sein?« fragten sie ihren Vater. »Wo kann Schu denn sein?« Und er antwortete ruhig, sie müsse in diesen unsicheren Zeiten das Bedürfnis verspürt haben, zu ihrer eigenen Familie zurückzukehren. Eva blickte sich unruhig um. Wie viele Male hatte Fräulein Schulze ihnen nicht erzählt, daß sie ihre eigentliche Familie seien? »Mein Fleisch und Blut«, hatte sie geflüstert, wenn sie ihr Freude gemacht hatten. »Meine einzigen Mädchen.«

»Ihr werdet schon sehen, sie ist bestimmt ganz bald wieder da«, meinte Marianna lächelnd, und zu ihrer eigenen Überraschung hoffte sie das wirklich.

Als die Tage vergingen und sie nichts hörten, gelangte Bina zu der Überzeugung, daß man Schu-Schu hinausgeworfen habe. »Das war doch der geeignetste Augenblick, um sie loszuwerden, versteht ihr denn nicht?«

Martha schüttelte unbehaglich den Kopf, und Eva kaute auf ihrer Unterlippe. »Nein, wieso denn?«

»Wo doch Manu nicht mehr da ist, um sich für sie einzusetzen, um sie zurückzuholen.« Wie er denn in russischer Gefangenschaft je erfahren solle, daß Fräulein Schulze gegangen war? »Schließlich war er es ja letztes Mal, der Mama dazu gebracht hat, sie wieder zurückzuholen.«

»Ja.« Eva runzelte die Stirn. Sie war damals noch zu klein gewesen, als daß sie sich hätte erinnern können, doch dank Bina wußte sie noch, daß sie an allem schuld gewesen war.

Bina legte den Finger an die Lippen. »Ich überlege gerade«, ihr Blick zuckte über den Boden hinweg, »ob Mama möglicherweise weiß, wo Schu ist. Sie könnte doch sogar einen Brief mit ihrer Anschrift haben. Einen Brief an uns, den sie uns gemeinerweise vorenthalten hat.«

Letzteres bezweifelte Eva nun doch. Allerdings fand sie die Vorstellung aufregend, wie sie die Schränke ihrer Mutter durchstöbern, in Schubladen wühlen und die seidige Glätte von Perlen und Bernstein auf ihrer Handfläche spüren würde.

»Und wenn wir Schu-Schus Anschrift finden, vielleicht könnte sie ja, wäre doch möglich, vielleicht weiß sie ja, wie man Manu aus der Gefangenschaft freibekommt.«

»Mit Bestechung?« Martha verzog das Gesicht.

Und Bina erwiderte mit funkelndem Blick: »Womit auch immer.«

»Aber was auch passiert«, wandte Martha ein, »die Russen werden ihn, wenn der Krieg aus ist, doch sowieso entlassen.«

Bina legte ihrer Schwester den Arm um die Schultern und zog deren Gesicht ganz nah an ihres heran. »Typhus, Läuse, Hungertod, Folter«, flüsterte sie. »Wie wär's, wenn du ab und zu mal Zeitung lesen würdest? Ja, sie werden ihn freilassen. Wenn er noch am Leben ist.« Und sie lockerte ihre Umarmung.

»Und was ist, wenn der Krieg niemals aufhört?« Martha versuchte, ihr Ansehen zu retten, indem sie den Spieß einfach umdrehte. Herausfordernd blickte sie ihre Schwester aus weitaufgerissenen Augen an.

Die drei Mädchen saßen schweigend. Sie konnten hören, wie Omi Lise sich mühselig im Nebenzimmer bewegte. Ihr plötzliches Altern verdeutlichte mehr als alles andere, daß sie ihrem Spielzimmer zu entwachsen begannen. Ein warmer Streifen Sonnenlicht lag quer über dem Boden, und durch die Tür hindurch sahen sie ihre drei Betten mit dem säuberlich glattgezogenen Bettzeug.

»In normalen Zeiten wäre ich mittlerweile wahrscheinlich verheiratet.« Bina lachte, und sie saßen weiter schweigend und dachten daran, daß ihr Leben jetzt eigentlich die entscheidende Wende hätte nehmen sollen, dachten an die vielen vergeudeten Gebete, die ungehört geblieben, und die ungezählten Stunden, die mit Warten dahingegangen waren.

»Julika ist mit einem Offizier verlobt«, sagte Martha und bereute es sofort. »Aber keinem jüdischen«, setzte sie rasch hinzu, »und Angelika hat noch keinen.«

Eine Woche verging, bis Emanuels letzter in Freiheit geschriebener Brief eintraf. Er lag ungeöffnet auf dem Frühstückstisch, neben Mariannas Teller, und als Eva ihn ansah, fühlte sie, wie ihr das Blut in den Kopf stieg. Sie wollte die alten, alten Neuigkeiten aus der Zeit vor der Gefangenschaft gar nicht hören. Die Gewißheit, daß er beim Schreiben weniger gewußt hatte als sie jetzt beim Lesen, erfüllte sie mit dem größten Unbehagen.

Die Stimme ihrer Mutter war merkwürdig verändert, als sie leise vorzulesen begann: »›Der Schnee fängt endlich zu schmelzen an, und zum erstenmal in sechs Monaten bin ich imstande, mich ohne Schlitten fortzubewegen.‹« Marianna hielt das Blatt mit zitternden Fingern, doch sie hatte ihren Entschluß gefaßt und hielt daran fest. »›Ich habe Order, heute nacht dorthin zu reiten, wo der Kommandeur des Regiments den ganzen Winter über Karten gespielt und seine Zehen am Feuer geröstet hat. Selbst mein armes Pferd sehnt sich nach der Herausforderung, die Strecke im Mondlicht zu bewältigen. Wir werden wie immer sorgfältig darauf bedacht sein, das dünner werdende Eis zu meiden, und uns wie Schatten im Schutz der Wälder halten. Vorhin habe ich meinem Pferd die Neuigkeit ins Ohr geflüstert, und ich könnte schwören, es hat geschnaubt, sich überhaupt nichts Schöneres vorstellen zu können, als zu diesem kleinen Abenteuer aufbrechen zu dürfen ...‹« Eva krampfte die Finger schmerzhaft ineinander. »›Es ist erst Nachmittag‹«, fuhr Marianna fort, »›doch der Mond ist bereits am Himmel aufgegangen und steht dort größer als gewöhnlich. Ich nehme das als gutes Zeichen, ob nun zu Recht oder Unrecht ...‹« Eva konnte es keinen Augenblick länger ertragen, und sie schüttelte sich und stieß halb absichtlich kräftig gegen Marthas Ellenbogen, als ihre Schwester gerade den erkalteten Malzkaffee an die Lippen hob. Martha schrie auf, als die Flüssigkeit über ihr Kleid spritzte, und alle, die am Tisch saßen, nutzten die Gelegenheit, den Brief einen Augenblick zu vergessen, und stürzten sich in hektische Betriebsamkeit.

Marianna verzichtete darauf, ihren Mann auf einen Ersatz für die Gouvernante anzusprechen. Jedesmal, wenn das Thema zur Sprache kam, scheute sie in letzter Sekunde davor zurück, wenn sie sah, wie sich seine Stirnfalte noch vertiefte und seinen dichten Haaransatz erreichte. »Wir könnten ja Fräulein Milner benachrichtigen«, versuchte sie schließlich halbherzig, ihn für das Problem zu erwärmen. »Angeblich ist sie immer noch unverheiratet und wird es höchstwahrscheinlich auch bleiben ...« Doch die Erinnerung an eine Millie, die nervös strickend im Salon saß, ließ keine rechte Begeisterung in ihr aufkommen.

»Warum lassen wir sie nicht einfach allein zurechtkommen?« schlug er vor. »Dann haben wir wenigstens einen Esser weniger im Haus.« Und diese Worte, so hilflos sie waren, hoben ihre Stimmung. »Wie alt ist Eva denn überhaupt? Schon dreizehn geworden? Das wird für alle drei das beste sein.«

Marianna stimmte zu. »Schließlich«, meinte sie, »wollen wir doch auch nicht, daß sie noch als Erwachsene nach jemandem rufen, der ihnen den Hals waschen soll.«

»Mal ganz abgesehen davon«, sagte Wolf, »daß das Fräulein ja jeden Tag wieder auftauchen kann.« Mit schwerfälligem Schritt ging er in die Bibliothek hinüber.

Sie fingen bei ihrem Toilettentisch an. Eva und Martha blieb nichts anderes zu tun übrig, als daneben zu stehen und zuzuschauen, während Bina mit ungeschickten Fingern Schublade um Schublade herauszog. »Sie muß einen

Teil ihrer Sachen in Berlin gelassen haben.« Sie runzelte die Stirn, als ein Stapel seidene Taschentücher, die sie eins ums andere ausschüttelte, nicht die kleinste Beigabe enthielt. Schublade um Schublade offenbarte nichts anderes als eingedrückte Atlaspolster und die vertrockneten, staubigen Nadeln von Lavendel und Fichte. In getrennten Umschlägen fand sie die spröde und kraus gewordenen Haarlocken ihrer Kindheit. Von ihren beiden Schwestern gab es je eine, von ihr selbst hingegen zwei. Überrascht hielt Bina sich beide Locken vors Gesicht und wunderte sich, wie die Beschaffenheit ihres Haar sich von Locke zu Locke verändert hatte. Die erste Locke war weich und braun, und die andere quoll aus ihrem Schleifchen hervor, schwarz und ungebärdig wie jetzt. »Wie merkwürdig«, murmelte sie, »wie kann denn so etwas sein?«, doch sie wirkte erfreut, als sie beide Umschläge wieder weglegte. In einem Geheimfach oberhalb einer Spieluhr stießen sie auf die Rubinohrringe ihrer Mutter. Bina hielt sie sich an die Ohren und betrachtete sich im Spiegel. Sie wußte, sie waren Papas Hochzeitsgeschenk gewesen und hatten zuvor Omi Josefa, der vorherigen Frau Belgard, gehört.

»Vielleicht kriegst du sie ja, wenn du heiratest«, flüsterte Eva und vermochte dem tiefroten Gefunkel erstmals etwas abzugewinnen.

»Bina nicht«, sagte Martha. »Der Brauch will, daß sie an die neue Frau gehen. Wen immer Emanuel auch heiraten mag.« Und beim Gedanken an ihren Bruder fiel ihnen wieder ein, weshalb sie ursprünglich hierhergekommen waren. Bina ließ die Ohrringe wieder in ihre Schachtel zurückgleiten und wandte sich ihnen zu.

»Los, ihr beiden.« Sie teilte jeder einen Nachttisch zu, während sie selbst sich den Kleiderschrank vornahm. Eva erschauderte, als sie die Hand an die privaten Dinge in dem Schränkchen legte. Da gab es Bücher und Briefe und eine zerrissene Halskette. Winzige Glasperlen gerieten ihr unter die Nägel, als sie die Hände tastend in dem Schrankfach bewegte. Die Briefumschläge waren sämtlich in einer steilen, vertrauten Handschrift adressiert. »Was sind denn das für welche?« sagte sie zu Bina, und ihre Schwester blickte über die Schulter und besah sich einen der Briefe.

»Von Papa an Mama, ehe sie verheiratet waren – als wenn er nichts Besseres zu tun gehabt hätte«, sagte sie und schlug den Brief mit der Hand weg, so daß seine scharfe Kante gegen Evas Kinn stieß und ein Blatt Papier zu Boden fiel.

»Herzallerliebste«, las sie, als sie sich bückte, um es wieder aufzuheben, und dann zog die Nachschrift ihren Blick auf sich. »Mein Liebling, vielleicht weißt Du es ja – gibt es ein Heilmittel gegen Träume?«

»Wie lange sind wir denn schon hier drin?« flüsterte Martha auf einmal, und alle drei wandten sich besorgt zur Tür.

»Schnell.« Bina fuhr herum. »Eva, such du unter dem Bett, und du, Martha, siehst unterm Sofa nach, und dann machen wir besser, daß wir rauskommen.« Eva stieß den Brief wieder in die Schublade, kniete nieder und kroch halb unter das Bett. Sie ließ den Blick über den Boden schweifen und strich mit den Fingern über die Sprungfedern. Da war nichts, und sie wollte gerade wieder hervorkriechen, da hörte sie die Dielen vor der Tür knarren. Sie schluckte krampfhaft. Staub geriet ihr in die Kehle. Wieder war ein anhaltendes Knarren zu hören, das Geräusch von ein paar eiligen Schritten, und dann erkannte sie das trockene Gehüstel von Omi Lise. »Bina?« rief sie und reckte den Kopf hervor, doch sie mußte feststellen, daß ihre beiden Schwestern bereits das Weite gesucht hatten.

Marianna stand in Hut und Mantel und starrte auf Wolf nieder. Sie musterte ihn mit einem derart strengen Blick, daß er aus seinem Sessel auffuhr und die Zeitung zerknitterte, die ihm vom Knie hinabhing. »Was ist denn los, meine Liebe?« Er griff nach ihrer Hand. Marianna schüttelte seine Hand jedoch unwirsch ab, und Eva, die, die Hand am Türrahmen, ins Zimmer spähte, ließ sich gegen die Wand sinken. »Wolf«, Marianna trat ein Stück näher, so daß ihr Rock sein Knie streifte, »hör mir zu. Ich habe nichts, um die Gärtner zu bezahlen. Das Dach vom Stall muß ausgebessert werden. Die Mädchen aus dem Dorf haben Ostern fast unablässig gemurrt. Und wenn wir in der Stadt auch ruhig immer noch mehr Schulden machen können, hier draußen geht so etwas nicht.« Sie schluckte, und der Groll ließ sie lauter werden. »Du wirst mir beispringen müssen. Es ist mir absolut unverständlich, wie die Geschäfte so schlecht gehen können, wenn in ganz Deutschland davon geredet wird, welche riesigen Profite der Krieg der Landwirtschaft beschert.« Wolf legte müde die Zeitung beiseite. Marianna biß sich auf die Lippe und unterdrückte einen Fluch auf den Kaiser, der seine riesigen Getreidelieferungen offenbar nicht bezahlt hatte.

Wolf stand auf und legte den Arm um sie. Er wußte beim besten Willen nicht, was er auf ihre Frage antworten sollte. Doch Marianna wich nur zurück und eilte kopfschüttelnd und seufzend aus dem Zimmer.

Eva hörte, wie die Daumen ihrer Mutter dunkle, abgehackte Töne auf dem Flügel anschlugen. Sie warf einen Blick ins Zimmer. Ihr Vater saß wieder genau wie zuvor in seinem Ledersessel, den Rücken vorgebeugt, das Gesicht in die Zeitung vergraben. »Papa?« rief sie ihn an und blieb unschlüssig stehen, wie sie es bei ihrer Mutter gesehen hatte. »Papa?« Doch selbst als sie die Hand zwischen ihn und die Zeitung schob, bemerkte er ihre Anwesenheit nicht. »Wir fahren nach Jerusalem«, flüsterte sie, und ihr fiel wieder ein, wie enttäuscht sie als Kind oft von ihm gewesen war. Als er immer noch keine Reaktion zeigte, ging sie auf Zehenspitzen hinaus.

Kapitel 12

Die Kleider meines Vaters waren übersät von Farbspritzern. »Jetzt sieh dir mal dies an.« Es war ein Foto, das vor lauter Farbe verschwamm, und er lehnte es gegen eine Tasse, so daß ich es von nahem betrachten konnte. Was darauf zu sehen war, sah aus wie ein Lusthäuschen oder ein winziger Konzertpavillon, der halb von Säulen umschlossen war. »Das ist das Eishaus«, sagte mein Vater, »auf Gaglow.« Und ich betrachtete es erneut. Das Dach ähnelte einem Taubenschlag und hatte gerundete, steil abfallende Schindeln, und ich stellte mir vor, wie die ostdeutschen Lehrer in diesem Häuschen ihre belegten Brote verzehrten.

»Hast du wieder einen Brief bekommen?« Ich war dabei, Sonny zu stillen, seinen kleinen Körper mit Milch vollzupumpen, doch mein Vater sagte, er habe das Foto von John, seinem Vetter ersten Grades, geschickt bekommen. Johann Guttenberger. Oder John Godber, wie er genannt werden wollte. »Er hat seinen Namen geändert, der arme Tropf, als er noch zur Schule ging.«

»Ist er dort draußen gewesen?«

»Ja.« Aus seiner Miene sprach leiser Widerwille. »Er ist nach Berlin geflogen und hat sich ein Auto gemietet, und binnen einer Stunde war er dort. Ich nehme an, dies Foto soll als Beweis dienen.«

»Merkwürdig, daß er nicht eins von dem eigentlichen Haus geschickt hat.«

»Na, ich denke mal, das kommt daher, daß das Haus zu groß ist, um aufs Foto zu passen.« Er lachte über seine eigenen Worte, während er wieder auf das Eishaus und die Säulen mit dem abblätternden Anstrich starrte. »Doch das ist nur so eine Vermutung von mir.« Er rollte die Staffelei herum und schob sie quietschend auf uns zu.

»Und was schreibt dein Vetter sonst noch?« fragte ich, sowie Sonny betrunken in meinem Arm lag.

»Tja, offensichtlich hat man nach dem Mauerfall beschlossen, Gaglow als Schulungszentrum zu nutzen, wo den Lehrern im Osten die kapitalistische Denkweise beigebracht werden soll. Also haben sie das Haus in Schuß gebracht, und«, mein Vater fuchtelte mit einem Pinsel herum, »man stelle sich ihr Entsetzen vor, als sie feststellen mußten, daß das ganze Landgut, Ställe und Obstgarten inbegriffen, einer alten jüdischen Familie gehört.« Er lachte und tauchte den Pinsel in laubgrüne Farbe. »Womöglich müssen sie ja in eine Kaserne umgesiedelt werden, um ihren Lehrgang zu Ende machen zu können, und das freut natürlich niemanden.«

»Und was wird nun aus dem Haus?«

»Na ja, Johann sagt, er hätte angeboten, es ihnen gegen eine horrende Miete zu überlassen, doch das konnten sie sich nicht leisten.« Und wir lachten einander freudig überrascht ins Gesicht.

Er stand mit erhobenem Pinsel und wartete darauf, anfangen zu können. Die hohle Hand um seinen Kopf gelegt, bettete ich Sonny so vorsichtig, wie ich konnte, aufs Sofa. Am späten Nachmittag werde ich ihn aufwecken, dachte ich, doch er öffnete die Augen und wimmerte, also nahm ich ihn wieder hoch. Vielleicht machte er ja sein Bäuerchen. Mein Vater ließ den Arm sinken. »Tut mir leid«, sagte ich.

Sonny stieß auf, und ich gratulierte ihm. Mein Vater mischte neue Farbe an. »Jetzt müßte es eigentlich gehen«, sagte ich und legte ihn wieder hin, doch er fing sofort zu schreien an. Mein Vater versuchte, schnell einen Strich auf die Leinwand zu bringen, ehe ich ihn abermals hochnahm. »Pschscht«, beschwichtigte ich ihn und legte ihn noch mal zum Trinken an.

Dad setzte sich in einen Sessel. Dessen Spiralen sanken fast bis zum Fußboden hinab. »Und was wird jetzt geschehen?« fragte ich, doch er seufzte, um auszudrücken, er wisse es nicht.

Sonny war jetzt dermaßen satt, daß sein Gesicht speckig wirkte und seine Augen nach hinten rollten. »Na schön.« Ich legte mich neben ihn und drückte ihm den Arm gegen den Rücken, damit er nicht das Gefühl hatte, allein zu sein, doch noch ehe das kleinste bißchen Farbe aufgetragen war, miaute er wie eine Katze. »Es fehlt ihm doch nichts?« Mein Vater wirkte beunruhigt, und ich stützte mich auf den Ellenbogen und lächelte wissend.

»Ihm fehlt nichts, er hat einfach nur keine Lust zu liegen.« Und ich hielt ihn gegen meine Schulter und klopfte ihm auf den Rücken. Den ganzen Nachmittag legte ich ihn hin und nahm ihn wieder hoch, bis mir der Magen weh tat und meine Hände vor Erschöpfung bebten. »Das wird wohl nichts«, sagte ich schließlich und sah meinen Vater an, der, schon wieder einen neuen Pinsel in der Hand, gespannt abwartend auf den Zehenspitzen stand.

»Ist es möglich, daß er einfach nur nicht gemalt werden will?« Er klang völlig ernst, nahezu verstimmt, doch ich fühlte mich dermaßen ausgelaugt, daß ich nur noch ein Achselzucken zustande brachte.

Auf dem Anrufbeantworter war eine Nachricht von Pam. Sonny war auf dem Rücksitz der Taxe eingeschlafen, und ich ließ ihn in seinem Stuhl auf dem Küchentisch, während ich mich auf den Boden setzte. Mir tat jeder einzelne Körperteil weh, und meine Narbe fühlte sich geschwollen und empfindlich an. »Ich bin so müde.« Ich schluchzte beinah, als sie abnahm. Sie befand sich in einem Doppelzimmer des Bahnhofshotels von Leeds.

»Warum hörst du nicht einfach auf damit? Sagst ihm, du machst es später?«

Meine Theorie war jedoch, daß das Bild schneller fertig würde, solange Sonny noch so klein war. »Wir haben immerhin schon das eine Ohr fertig – es wäre doch ein Jammer!« Und ich hörte meine eigenen Worte und lachte. »Wie geht es dir denn überhaupt?« Ich hatte das Bedürfnis, etwas über das Leben eines anderen Menschen zu hören, und ihre aufgekratzte Stimme sagte mir, daß sie Neuigkeiten hatte. »Na los«, drängte ich, »ich will alles wissen.«

»Es wird dir aber nicht gefallen«, sagte sie warnend, und dann sprach sie, halb flüsternd, den Namen des Schauspielers Bradley Teale aus.

»Nein!« jammerte ich und sah mit einem lustvollen Schauder bereits die gräßlichsten Dinge voraus. Doch Pam seufzte nur. Zum Neinsagen war es längst zu spät. »Ich weiß, er gilt allgemein als Kotzbrocken, doch du mußt zugeben, daß er unglaublich gut aussieht und ... na ja, privat ist er eigentlich ganz lieb.«

»Hmm.« Ich warf einen Blick zu Sonny hinüber, der mit seinem schlafenden Gesicht, das sein Kinn an die Brust quetschte, wie ein älteres Mitglied des House of Lords aussah, und verspürte eine solche Aufwallung von Liebe, daß ich wider alle Vernunft eine gewisse Zuversicht empfand. »Na, vielleicht geht es ja gut.« Ich nahm ihr das Versprechen ab, mich auf dem laufenden zu halten.

Ich trug das schlafende Baby ins Schlafzimmer hinüber, und, den Telefonhörer neben mir, streckte ich mich aus und schloß die Augen. Pam, dachte ich, Pamela Harris, so schön und gescheit, vergeudete sich an Bradley Teale. Bei Mike hatte wenigstens eine gewisse Hoffnung bestanden. Wir hatten neun lange Monate absoluter Seligkeit gehabt und dann ein, zwei halbwegs glückliche Jahre, bis es bergab zu gehen begann. Er war eine Zeitlang ohne Arbeit gewesen und hatte zu grübeln begonnen. Er wollte keinerlei Pläne mehr mit mir machen und von Ferien oder auch nur einem Tagesausflug nichts hören. Wenn er jetzt von einem Vorsprechtermin nach Hause kam, ging er zum Fernseher hinüber und starrte stehend auf den Bildschirm. »Verstehst du das?« Er schüttelte den Kopf. »Was hat denn der Idiot da, was ich nicht habe?«, und er stellte den Ton lauter.

»Mike!« Ich mußte mich vor ihm aufbauen, ihm die Fernbedienung aus den Händen reißen, ehe er mir auch nur einen Blick gönnte.

In der Weihnachtszeit gaben wir ein Fest, und während wir das Auto mit Eßwaren vollpackten – Baguettes, Chips und Käse –, machte er mich darauf aufmerksam, daß das nicht seine Freunde seien, die Leute, die wir eingeladen hatten, und daß die Wohnung, in der wir lebten, im Grunde ja auch nicht ihm gehöre. Er sei einfach nur zu mir gezogen, weiter nichts. Ich pfefferte ein Baguette in den Kofferraum und spitzte zugleich die Ohren, und wenn sein Geständnis ihn auch so weit zu erleichtern schien, daß eine gewisse Zuneigung in seinen Worten mitschwang, so hatte ich doch das Gefühl, daß er allmählich an mir zu zweifeln begann. Er schlief zwar weiter mit mir, aber nur noch morgens, indem er gierig nach mir griff, noch ehe er die Augen geöffnet hatte, und in der Öffentlichkeit hielt er zwar meine Hand, ließ sie jedoch sofort los, sowie wir die Haustür zugemacht hatten. »Wollen wir diesen Sommer nicht irgendwohin fahren, Arbeit hin oder her?« fragte ich probeweise, während wir durch den Regent's Park nach Hause gingen, die Finger teilnahmslos ineinander verschränkt, und ich sah ihn von der Seite an, weil mir schon schwante, wie die Antwort ausfallen würde.

Eine Woche lang brachte ich Sonny nicht mehr ins Atelier. »Er ist ja schon riesengroß«, sagte mein Vater, als wir wieder dort eintrafen, und wir fingen unverzüglich an, ehe er noch einen Millimeter größer werden konnte. »Er ist doch erst einen Monat alt.« Ich lachte zwar, aber es stimmte, er hatte zugelegt und richtige Hamsterbacken bekommen. Ich fühlte mich erholt und optimistisch. Gott sei Dank, dachte ich, als der erste grüne Pinselstrich zu Ende geführt werden konnte und der Umriß seines Kragens sich weiß unter seinem Kinn bauschte. Doch dann begann er, mit den Armen zu fuchteln, und wandte den Kopf hin und her, während er als Anzeichen nahender Tränen die Unterlippe vorschob. Ich rückte mir ein Kissen unter den Arm, drehte ihn zu mir und legte ihn rasch an die Brust. Langsam wich die violette Farbe aus seinem Gesicht, und als er mich ansah, waren seine großen Augen dunkelblau vor Freude.

»Was dagegen?« fragte mein Vater, während er die Leinwand verrückte, und wenn ich auch nicht wollte, daß der Kopf meines Babys Konkurrenz durch eine riesige Brust bekam, sah ich doch ein, daß es keine andere Möglichkeit gab.

»Jetzt ist er glücklich«, flüsterte ich, als er, immer noch saugend, die Augen schloß, und ich sah, daß das perfekt gemalte Ohr ausgewischt und ein Stückchen versetzt wurde.

Das neue Ohr war nicht ganz genauso. Es war derber, stärker gewunden, braun und schattiert von der dunklen Kontur eines Babyhaars, das angeblich verschwinden würde.

»Ach ja, so ist es viel besser.« Mein Vater wippte auf und ab, und ich dachte daran, wie oft er nicht ein Lächeln, eine Nase, die sanft abfallende Linie eines Handgelenks wieder entfernt hatte, weil sie zu gefällig geraten waren.

Ich drückte rasch einen Kuß auf Sonnys Gesicht und dachte darüber nach, daß ich selbst immer zu sehr mit anderen Dingen beschäftigt gewesen war, um Vollkommenheit zu erlangen. Ich hatte meine Zeit mit Träumen vertan. Einmal, im letzten Akt eines Stückes, hatte ich mich in romantische Phantasien verloren und meinen Text zu sprechen vergessen. »Tzzz.« Es war der Schauspieler, an den ich gerade eben gedacht hatte und der jetzt alles andere als erbaut aussah. Er versetzte mir einen Rippenstoß, und ich errötete unter meiner Maske, während ich die Worte hervorhaspelte. Meine Arbeit bereitete mir keine solchen Qualen wie Mike, der die ganze Nacht über Drehbüchern saß oder angstschlotternd die Bühne betrat. Gewiß, ich war nicht frei von Nervosität, doch ließ ich mich zu leicht von den Menschen in meinem Leben ablenken, auf andere Gedanken bringen.

»Dad?« fragte ich. »Hast du noch irgendwas über das Theater erfahren?« Doch er schüttelte nur den Kopf, mischte noch mehr Farbe an und runzelte die Stirn, als er sie auftrug.

Ich hatte meinem Agenten gesagt, er könne mich wieder einsetzen, wenn Sonny drei Monate alt wäre. Kate hatte angeboten, sich um ihn zu kümmern, wenn ich vorsprechen müßte, doch hatte ich sein unersättliches Verlangen nach Milch nicht in Rechnung gestellt. »Du solltest es mit der Flasche probieren«, meinte Kate, »dann kann ich ihn füttern, wenn du weggehst.« Doch der Gedanke an Markennamen, Schnullergrößen und die zwanzigminütige Sterilisierung schreckte mich ab. »Ich habe keine Zeit, ein Fläschchen zuzubereiten«, erklärte ich ihr, »ich habe zuviel mit dem Stillen zu tun«, und ohnehin rief mein Agent kein einziges Mal an.

Pams Agentin, die sonnengebräunte, energiegeladene Chefin einer Großagentur, führte vom Krankenhausbett geschäftliche Gespräche, als sie sie in ihr Zimmer zurückrollten. »Aber war das denn ein Kaiserschnitt?« fragte ich, weil ich nicht zeigen wollte, wie beeindruckt ich war, und Pam lachte.

»Glaubst du vielleicht, Camilla Heston würde Tage ihres Lebens mit den Wehen vertun? Sie hat sich drei Wochen zu früh angemeldet, damit es in die Weihnachtstage fiel, und gleich nach Neujahr war sie wieder an der Arbeit.«

»So was ist doch ekelhaft.« Ich war erleichtert, daß mein eigener Agent, ein schüchterner Mann von zweiundfünfzig mit schütterem Haar, solche Dinge höchstwahrscheinlich nicht mal vom Hörensagen kannte.

»Das ist ja eine wundervolle Nachricht, Herzchen«, sagte er, als ich ihm mitteilte, ich sei schwanger, und abgesehen von einer großen, unpassenden Postkarte, einer Abbildung von Tieren, die über irgendwelches Fleisch herfielen, hatte ich seitdem nichts wieder von ihm gehört.

»Dad«, versuchte ich es erneut, als er in der Küche herumklapperte, »was ist denn nun aus diesem Theater geworden?«

Er mußte eine Weile nachdenken, um zu begreifen, wovon ich sprach. »Ach so, ja«, sagte er schließlich, »dein

Theater.« Ein Topf sprang zweimal auf, als er auf dem Boden landete. »Ich fürchte, was das Theater betrifft, hat man uns ein bißchen irregeführt.« Er erklärte, daß es sich in Wahrheit um einen Getreidespeicher handele, den ein nahegelegenes Theater als Magazin für seine Requisiten benutzt hatte. »Die Lagerhäuser werden im Block verkauft«, sagte er. »Die sind laut Johann nicht mal viel wert.«

»Dann hast du also noch mal von deinem Vetter gehört?«

Doch das Thema verdarb ihm die Laune. »Ach, da gibt es endlose, alberne Komplikationen.« Er drehte eine Gasflamme auf. »Ich habe ihm erklärt, daß ich mit dem ganzen Kram nichts mehr zu tun haben will.«

Unerklärlicherweise stimmte mich das schlagartig verdrießlich. Ich ertappte mich bei dem Gedanken, daß es schließlich auch um Sonnys Erbe ging, und dann schüttelte ich den Kopf, weil ich wußte, es war besser, gar nicht erst an so etwas zu denken, nichts zu erwarten und sich einfach überraschen zu lassen.

Mein Vater reichte mir einen Teller mit Wachteleiern und kippte ein Häufchen Selleriesalz an den Rand. »Danke.« Ich klopfte die gesprenkelten Schalen auf und pellte die Eier mit den Fingern der freien Hand. Es stimmte schon, er hatte nie viel Interesse an Geld gezeigt. Seine Bilder verkaufte er an Freunde, die sie oft teurer weiterverkauften, und alles Geld, das er übrig hatte, benutzte er dazu, seine Modelle mit üppigem Essen ins Atelier zu lokken. Er bezahlte uns stundenweise, und wenn das Bild dann verkauft wurde – falls es verkauft wurde –, gab er uns immer eine kleine Summe ab.

»Du sagst mir doch, wenn du was brauchst?« sagte er an jenem Abend und zupfte an Sonnys Nase, und das erinnerte mich an Mike, der fast dieselben Worte auf meinen Anrufbeantworter gemurmelt hatte.

Es war ein strahlend blauer Tag. Der Frühling nahm einen prunkvollen Abschied, als seine Blüten üppig grünem Laub Platz machten. Ich ging zwischen Kate und Natasha. Wir wollten uns auf unserem Spaziergang ein Eis kaufen.

»Hat eine von euch Dad gesehen?« fragte ich, als wir die Straße in Richtung Heath hinaufliefen. »Ich meine, habt ihr schon von Gaglow gehört?«

»Nein.« Natasha lachte. »Was ist das denn?«

»Es ist ein Landgut. Das Haus, wo unsere Großmutter und ihre Schwestern groß geworden sind.«

Die beiden sahen mich befremdet an. »Wer hat dir denn das erzählt?« Und Natasha platzte heraus: »Ich dachte, die wären in Berlin aufgewachsen.«

»Ja«, sagte ich, »sind sie auch, doch dies Haus hatten sie auch noch.« Ich stockte. Auf einmal war ich für die ruhmreiche Vergangenheit der Familie zuständig. »Dad behauptet, sie hätten es vielleicht im Spiel gewonnen. Sein Großvater hat es vielleicht bei einer Art Wette gewonnen, oder man hat es ihm zur Begleichung irgendwelcher Schulden überlassen.« Ich dachte an das Lagerhaus voller Requisiten. »Geld für Getreidelieferungen, denke ich.«

»Glücksspiel klingt lustiger.« Natasha zerbiß das Ende ihrer Eistüte, und wir stimmten ihr zu.

»Dad ist da als Junge offenbar öfter gewesen, und einmal sind die Dorfkinder raufgekommen, um ihm was vorzusingen, als er krank war.«

»Hoffentlich hatte er nichts Ansteckendes.« Kate lachte, und Natasha murmelte: »Stellt euch so was mal vor, diese schaurigen deutschen Lieder.«

Ich mußte erst mal Luft holen. Schaurige deutsche Lieder, dachte ich und blickte auf Sonny nieder, der an meiner Brust lag. Sein Kopf war zur Seite gerollt und sein Mund auseinandergedrückt wie eine Rose. Ich dachte: Aber damals war er doch Deutscher.

»Und was ist nun damit? Was ist mit dem Haus?«

»Man hat es den Eigentümern zurückgegeben«, erklärte ich ihnen. »Ich meine, es gehört uns. Na ja, nicht uns, aber es gehört den Nachkommen von Marianna Belgard. Dad und seinen Vettern.« Und ich merkte, daß ich strahlte.

»Marianna wer?« Die beiden wirkten verärgert, und ich versuchte ihnen, meiner illegitimen Familie, zu erklären, was ich aus kleinen Bruchstücken erschlossen hatte.

»Wie viele Vettern sind das denn?« wollte Natasha wissen. Doch ich war mir nicht sicher. Da sei Binas ältester Sohn Johann, und dann habe es noch eine Schwester gegeben, Martha, die zu lange gewartet hätte und nicht mehr hinausgekommen sei.

»Hatte sie Kinder?« Ich blickte auf Sonny nieder und erschauderte plötzlich bei dem Gedanken, wie wenig man uns erzählt hatte. »Ich glaube, die Kinder haben überlebt. Und dann gab es noch Emanuel, ihren älteren Bruder.«

»Bist du sicher? Einen Bruder?«

»Ja, ganz bestimmt, eine Art schwarzes Schaf. Er wurde offensichtlich nie mehr erwähnt.« Und aus irgendeinem Grund behielt ich das Geheimnis des Fotos für mich.

»Hatte das schwarze Schaf denn Kinder?«

Das wußte ich nicht. »Er hat irgendeine unerwünschte Frau geheiratet, glaube ich.«

Wir liefen den Hügel hinauf.

»In dem Fall hat er wahrscheinlich welche, ganze Scharen.«

»Wo wir gerade von unerwünschten Kindern reden«, sagte Natasha, sowie wir den Fuß aufs Gras gesetzt hatten, »hast du irgendwas von Mike gehört?«

Wir steuerten auf einen großen grünen Baum zu, der durch hohes Gras gegen den Weg abgeschirmt war und von dem aus man den See überblicken konnte. »Nein«, sagte ich. Doch dies Eingeständnis löste einen solchen Schwall von Schmähungen aus, daß ich Gewissenbisse bekam und einräumte, er habe mal angerufen. »Ich lasse meinen Anrufbeantworter angestellt«, sagte ich. »Ich habe ihm gesagt, daß ich ihn nicht sehen will.« Und erschöpft sank ich an den Stamm des Baumes.

»Gut so.«

Natasha faltete eine Decke auseinander und breitete sie am Boden aus, doch Kate blickte verstört auf. »Das ist so roh«, sagte sie und kroch zu Sonny hinüber, um ihm ins Gesicht zu blicken. »Du kannst sie doch nicht voneinander fernhalten, das ist grausam.« Sie sah aus, als würde sie gleich zu weinen anfangen.

»Kate!« Natashas Miene war finster. »Das ist ja wohl nicht deine Angelegenheit.«

Doch mein Gewissen regte sich bereits erneut. »Wir hatten doch auch nur eine Mutter und sind damit klargekommen«, widersprach ich, »oder etwa nicht?« Doch selbst Natasha stimmte Kate darin zu, daß das bei Jungen vielleicht etwas anderes sei.

»Und außerdem«, Kate lächelte, »haben wir Dad ab und zu gesehen.«

Und das hatten wir in der Tat, ab und zu.

Als ich nach Hause kam, spielte ich Mikes jüngste Nachricht noch einmal ab, die mit anderen auf dem Band geblieben war. »Hallo, ihr beiden.« Er sprach mit angestrengter Munterkeit. »Ich möchte nur mal hören, wie es euch geht. Ruf doch mal an. Ich hab dir nämlich was zu erzählen.« Langsam und betont deutlich sagte er seine Nummer und wiederholte sie dann. Ich machte mir eine Tasse Tee, setzte Sonny in seinen Schaukelstuhl und sang ihm etwas vor, während ich überlegte, was ich sagen wollte. »Na gut.« Und dann, ich hatte den Hörer schon fast in der Hand, läutete das Telefon. Heißer Tee spritzte mir auf den Arm. »Pam, wie geht's dir?« Ein Schauder der Erleichterung überlief mich, und dann schilderte sie mir zwanzig Minuten lang, ohne Luft zu holen, als was für ein Mistkerl Bradley Teale sich allmählich entpuppe.

»Aber das war ja wohl nicht anders zu erwarten.« Ich hörte, wie sie nach Luft schnappte. »Ich meine ... Ach, Pam ... Was willst du denn jetzt machen?« Und ich hörte weitere zehn Minuten zu, während sie sich von ihren Plänen verabschiedete. Ich sah Sonny zornfunkelnd an, der wie eine Taube gurrte, Blasen mit dem Mund machte und ausnahmsweise einmal gar nichts dagegen hatte, für sich allein zu sitzen.

»Pam«, unterbrach ich sie schließlich. »Ich muß Schluß machen. Sonny ist ...« Ihn konnte ich nun wirklich nicht vorschieben. »Hör mal, mein Kleid ist vorne ganz naß.« Sie entschuldigte sich, weil sie so lange geredet hatte. »Nein, nein, tut mir leid.« Ich versprach ihr zurückzurufen, sowie ich Zeit hätte.

Mein Ohr fühlte sich heiß und rot an, und mir taten die Finger weh, mit denen ich den Hörer umspannt gehalten hatte. Na gut, dachte ich und sah Mikes Nummer an, und dann begann Sonny zu brüllen. »Ist ja gut.« Ich streichelte seinen Kopf, streifte sein Gesicht mit den Lippen, und dann steigerte sich sein Geschrei übergangslos zum Gekreisch. Ich hob ihn in meine Arme. »Was ist denn los?« Doch seine Zunge sah aus wie die Spitze eines Bohrers, und sein durchdringendes Geschrei fuhr mir durch Mark und Bein. »Pscht, pscht, pscht«, machte ich beschwichtigend um unser beider willen und trug ihn durchs Zimmer, die beiden Stufen ins Bad hinauf, wieder hinunter und wieder und wieder durch die winzige Diele. Ich trug ihn zum Fenster hinüber. Ich konnte sehen, wie die Leute unten sich umblickten, in die Sonne emporblinzelten, und da ich befürchtete, sie würden uns als Quelle des Geschreis lokalisieren, mir auf die Bude rücken, weil ich mein Baby mit Nadeln malträtierte, zog ich das Rouleau herunter. Meine Hände bebten und mein sowieso schon dünnes Nervenkostüm war kurz vor dem Zerreißen. Ich setzte mich und stand wieder auf, wickelte ihn aus der Windel und versuchte, ihn mit dem Spiegelbild seines radieschenroten Gesichts abzulenken. Ich drehte den Kaltwasserhahn auf und wieder zu, dann den Heißwasserhahn, bis mir nichts anderes mehr einfiel, als mich mit ihm hinzulegen und an seinem dunkelroten schreienden Mund zu weinen. Zum erstenmal in seinem Leben wollte er nicht gestillt werden, und gerade, als wir einander verzweifelt in den Armen lagen, ging die Türglocke.

»O Gott.« Ich stapfte die Treppe mit ihm hinunter, halb hoffend, daß wir von einem Polizisten erwartet würden, der gekommen war, um uns beide mitzunehmen. Sonnys Kopf prallte gegen meine Schulter, seine Schreie hoben und senkten sich mit jeder Treppenstufe, und dann, als wir auf den letzten Treppenabsatz einbogen, stieß er auf, und sein Geschrei verlor an Heftigkeit. Ich spürte, wie sein Rücken sich entspannte, seine steifen Arme nachgaben, und gerade als ich die Hand nach der Haustür ausstreckte, um aufzumachen, hörte er auf.

»Hallo.« Es war Mike. Er hatte ein weißes T-Shirt an, das über seiner breiten Brust spannte, und alte Hosen von einem Anzug, den ich besonders gemocht hatte. »Ich komme wohl ungelegen?« Ich blickte an meinem Kleid hinab, das von oben bis unten fleckig und von Spritzern übersät, und auf Sonny, der glitschig von Tränen war, und hielt ihm die Tür auf. »Ich kann ihn doch nehmen, wie?«, und er hob Sonny von meiner Schulter und legte ihn an die eigene, so daß ich sein völlig zufriedenes Gesicht sehen konnte, als er die drei Treppen wieder hinaufgeschafft wurde. Ich ging ins Bad und benetzte mir das Gesicht, während Mike mit seinem Sohn im Zimmer umherspazierte.

»Wie steht's mit der Arbeit?« Das war so ziemlich das einzige, was ich auf keinen Fall hatte fragen wollen.

»Nicht schlecht«, sagte er zu meiner Überraschung. »Ich hab tatsächlich einen Job.«

Ich ließ Teebeutel in die beiden Tassen fallen.

»Morgen geht's los.«

Ich fühlte mich versucht, ihn zu fragen, ob er Milch und Zucker wolle. »Für wie lange?«

»Sechs Monate. Es ist eine Fernsehserie.« Ich beglückwünschte ihn mit einem Nicken und fragte mich, warum das Leben im letzten Jahr nicht genauso einfach gewesen war. Wir nippten schweigend an unserem Tee. Sonny saß an das Knie seines Vaters gelehnt. »Er ist riesengroß«, sagte Mike, und zum erstenmal betrachtete ich Sonny mit einem gewissen Abstand. Sein Haar begann, Mikes Goldton anzunehmen, und selbst seine Füße waren breit und jungenhaft.

»Sei nicht albern«, murmelte ich, »er ist winzig. Er ist

ein winzig kleines Baby.« Und ich stand auf und ging in die Küche. Ich wußte nichts Rechtes mit mir anzufangen. Meine Hände fühlten sich leer an, und meine Arme hingen leicht herab, als wären sie aus Luft.

Mike lehnte in der Tür. »Du siehst erschöpft aus.« Er hatte diesen fürsorglichen Ausdruck, den ich am meisten haßte.

»Danke«, sagte ich höhnisch.

Doch er schüttelte den Kopf. »Nein, ich wollte nur sagen, wo ich schon mal hier bin, könntest du dich doch eine Stunde hinlegen.«

»Na ja, ich ...«, und da mit irgendwelchen Streitereien auch nichts gewonnen gewesen wäre, ging ich ins Schlafzimmer hinüber und warf mich aufs Bett. Wenn er nun schrie oder eine neue Windel brauchte, dachte ich, als ich mir die Steppdecke über die Beine zog. Was, wenn Mike mit ihm abhaut? Und dann erinnerte ich mich daran, daß Mike ihn ja gerade nicht haben wollte. Keinen von uns beiden haben wollte, und ich stieß einen langen Seufzer der Erleichterung aus und glitt in den Schlaf hinüber.

Anfangs träumte ich gar nichts, weil ich überzeugt war, noch wach zu sein, und dann kamen schwarze Schafe herein. Die Nase am Boden, kauten sie Gras. Sie trotteten in einer langen, geordneten Reihe dahin. Ihre Wolle war staubig, und die Gesichter wurden weiß, während ihre harten Hufe auf den kühlen Steinboden klickten. Und dann war ich auf dem Land, irgendwo an der See, und meine Großmutter, ein weißgekleidetes junges Mädchen, zeigte mir, wo ich schlafen konnte. Es war ein hochbeiniges Bett mit einem Hügel Kissen, und außerhalb meines Fensters unter dem Dach hörte ich die Schafe blöken, die ganze Herde schreien wie eine Katze. Ich erwachte und erkannte, daß

Sonny nach seiner Abendmahlzeit schrie. »Er hat Hunger.« Ich streckte automatisch die Arme aus, und Mike, der unschlüssig in der Türöffnung stand, reichte ihn mir. Ich knöpfte mein Kleid auf, während Sonny mit zuckender Nase und emporgerecktem Mund hektisch in den Falten des Stoffes herumsuchte.

Mike sah taktvoll weg. Wie lächerlich, dachte ich, und sowie das Baby Halt gefunden hatte und geräuschvoll schluckte, fing ich zu lachen an.

»Geht's dir besser?« fragte Mike, doch ich wollte nicht, daß er sich das als sein Verdienst anrechnete, und verstummte.

»Sarah«, Mike blickte auf seine Schuhe nieder, »ich muß dir noch etwas sagen wegen dieses Jobs. Wir drehen in Schottland, ganz oben in der Nähe von Skye, auf einer Insel«, und er blickte flüchtig aus dem Fenster, ehe er weitersprach. »Da gibt es nur einmal wöchentlich eine Fähre. Ich glaube also nicht, daß ich während der nächsten sechs Monate viel werde hier sein können, wenn überhaupt.«

Ich hatte das Gefühl, am ganzen Leib die Stacheln aufzustellen. »Aha«, sagte ich und setzte dann ruhig hinzu: »Bis dahin ist er ja dann praktisch erwachsen.«

»Kannst du mir wohl Fotos schicken?«

Sonny verschluckte sich an einem allzu reichlichen Schluck Milch.

»Ich weiß was Besseres: Du könntest den Job ablehnen.« Ich zog spöttisch die Brauen hoch. »Sag doch deinem Agenten, daß du nur in London arbeiten kannst.« Mike schaute mich beunruhigt an, doch ich lächelte strahlend. »Keine Bange. Ich mache nur Spaß.« Und ich verkniff es mir gerade noch, ihm zu erklären, von mir aus könne er am Nordpol arbeiten.

Sonny schluckte und hustete, und ich legte eine kleine Pause ein, weil ich das ungute Gefühl hatte, daß das Gift meiner Gedanken in die Milch übertreten könnte.

Zehn Minuten saßen wir schweigend, und Mike starrte auf die Straße hinab, während ich beobachtete, wie Sonnys Augen nach hinten kippten und dann in den Schlaf hinüberflatterten.

»Na schön«, sagte Mike schließlich, »ich gehe mal besser. Die Packerei wartet.« Und er kam und trat neben das Bett. »Auf Wiedersehen, mein Sohn«, sagte er, »auf Wiedersehen, Kleiner«, und wider alle Absicht begann ich zu weinen.

»Sarah, nicht doch ...«

»Verschwinde«, sagte ich und immer wieder. »Verschwinde, verschwinde, verschwinde«, bis er mir endlich glaubte und allein ins Treppenhaus hinausging.

Kapitel 13

Bina hatte beschlossen, Krankenschwester zu werden. Eva lag mit ihr auf dem kühlen Boden des Kinderzimmers von Gaglow und blätterte ihr Lehrbuch durch. Darin gab es Abbildungen von Frauen mit weißen Schürzen, die, heiter lächelnd, Wasserschüsseln zu den Betten leichtverwundeter Männer trugen. Die Soldaten hatten sämtlich strahlend weiße Verbände um die Köpfe oder den Arm mit dem zersplitterten Ellenbogen in der Schlinge und sahen ausnahmslos auffällig gut aus. Eva beugte sich über die Schulter ihrer Schwester und musterte ihre Gesichter, ihr unrasiertes Kinn, die gestrichelten Höhlungen ihrer eingefallenen Wangen, die kräftigen Schultern, die leuchtenden, höflich blickenden Augen. Sie merkte, wie sie beim Umblättern die ganze Zeit den Atem anhielt, weil sie an Manu denken mußte. »Bina, wird man dich denn an die Front schicken, in ein Feldlazarett?«

Bina schlug ärgerlich die letzten Seiten um. »Erst muß man das alles lernen, was hier drinsteht. Es gibt Tausende von erfahrenen Krankenschwestern, die alle nur darauf warten, an die Front zu kommen. Sowieso bin ich ja nur eine Freiwillige ohne Ausbildung, das könnte jede machen.« Sie lächelte, und der Blick, den sie Eva zuwarf, verriet, daß sie es besser wußte.

»Wie ich das sehe, wird der Krieg wahrscheinlich aus sein, bis du auch nur die Anfangsgründe erlernt hast«, lautete Evas Antwort, und sie hob den Brief vom Boden auf, den sie beiseite gelegt hatten. Bina hatte darauf gepocht, daß sie einen Brief an Schu-Schu parat haben müßten, für den Fall, daß sie ihre Adresse auftrieben. Eva las ihn langsam Zeile für Zeile durch und war sich darüber im klaren, daß Kritik nicht erwünscht war. Ihr war aufgefallen, wie sehr Bina den Tonfall ihrer Gouvernante angenommen hatte, wozu auch gehörte, daß sie mit endlosen Begründungen und nur leicht verschleierten Drohungen aufwartete, wenn es um ihre Pflicht und Schuldigkeit ging. Sie erschauderte. Schu, dachte sie, Schu-Schu-Schu, und sie schloß die Augen und tauchte im Nu in die wärmende Umhüllung ihrer Arme ein, die Erinnerung daran, wie es gewesen war, in ein Haus zurückzukehren, in dem sich alles um sie und ihre Schwestern drehte.

»Sobald wir wieder in Berlin sind«, Bina senkte die Stimme, »fangen wir wieder zu suchen an. Du und Martha, ihr könntet nach der Schule ohne mich anfangen, doch sowie ich das eine oder andere Bein amputiert und ordentlich Gift abgesaugt habe, komme ich nach Hause und helfe euch.« Sie schnitt eine gräßliche Fratze, und dann lachten sie ausgelassen, so daß sie, als Martha von nebenan nach ihnen rief, zwar erschreckt emporfuhren, sich dann aber bei den Händen faßten und sich, kreischend vor Lachen, auf dem Boden wälzten.

Martha rief erneut. Es war ein echter, ein entsetzlicher Hilfeschrei, und Bina und Eva rappelten sich, schlagartig ernüchtert, vom Boden auf.

»Omi Lise«, sagte Martha erstickt, und da, wie im Gebet gegen das Kopfteil ihres Bettes gesunken, war der steife, zusammengekauerte Körper ihrer Kinderfrau. Die drei Mädchen näherten sich ihr langsam. »Omi?« wisperte Martha, und als sie nicht antwortete, beugten sie sich nieder, und Eva berührte ihre Hand. »Sie ist noch warm.«

Eine winziges Stimmchen erhob sich mühsam aus dem Bettzeug. »Selbstverständlich bin ich noch warm. So leicht werdet ihr mich nicht los.« Und Martha schoß das Blut ins Gesicht, während ihre Tränen auf den knochigen Schädel der alten Frau niederfielen.

»Kommt, faßt mal mit an«, sagte Bina, und ihre wenigen Wochen der Ausbildung gewannen eine ganz neue Bedeutung. Gemeinsam hoben sie den leichten, spröden Körper empor und legten ihn flach aufs Bett. »Holt Wasser«, befahl Bina, und Martha brachte ein Glas und hielt es der alten Frau an die Lippen. Eva schob den Arm unter Omis Lises Kopf. Sie nahm einen winzigen Schluck und sank erschöpft in die Kissen zurück.

»Ich finde, wir sollten uns selbst um sie kümmern. Hier oben.«

Martha und Eva hatten Binas Entschiedenheit nichts entgegenzusetzen. »Omi«, Martha beugte sich wieder über sie, »wie geht es dir denn?« Doch Omi Lise schien zu benommen, um auch nur die Lippen zu bewegen.

»Man wird sie aber beim Abendessen vermissen«, meinte Eva.

Bina wischte ihren Einwand weg. »Wir sagen unten Bescheid, daß sie ein Tablett heraufgebracht haben möchte, und dann übernehmen wir das selbst.«

»Also, ich weiß nicht«, sagte Eva. Sie blickte in das von Falten zerfurchte Gesicht. »Solche Lügerei würde ihr nicht gefallen.« Doch Bina funkelte sie mit solcher Entschlossenheit an, daß sie ihren Widerstand aufgab und sich fügte.

»Sollen wir dir etwas von unten holen?« fragte Martha. Omis Lider flatterten und lagen dann reglos, als sei sie viel zu verbraucht, um ihnen auch nur noch ein einziges Mal zu sagen, was sie tun sollten.

Der Gong rief sie zum Abendessen, und als sie sie verließen, schien Omi Lise in einen leichten, ruhigen Schlaf gefallen zu sein. »Vielleicht ist sie ja morgen schon wieder ganz die alte«, meinte Bina. »Wahrscheinlich braucht sie einfach nur ein bißchen Ruhe.« Doch sie stiegen die breite Holztreppe ohne das übliche Getrappel hinab und betraten das Eßzimmer mit düsterer, besorgter Miene.

Bina, Martha und Eva wachten die ganze Nacht an Omi Lises Bett.

»Sie scheint keine Temperatur zu haben.« Martha legte die Hand behutsam auf ihre Stirn.

Bina riß ihren Arm weg. »Selbstverständlich hat sie keine Temperatur. Sie ist ja nicht krank. Sie ist nur erschöpft.« Und Eva hielt ihr vergebens eine Gabel mit lecker zubereitetem Reis an die Lippen.

Die drei Mädchen saßen schweigend, während die Nacht verstrich, und sahen in die Morgendämmerung hinaus, die sich dunkelrot und früher ankündigte, als sie gedacht hatten. Mit dem Licht des neuen Tages war Omi Lises Gesicht so alt geworden wie Pergament. »Wie alt sie wohl ist, was meint ihr?« fragte Martha, und sie verbrachten die langsamer vergehenden Stunden bis Tagesanbruch damit, diese Frage mit Hilfe aller möglichen Erinnerungen zu beantworten.

»Wir könnten sie doch hinuntertragen und in die Sonne setzen«, erwog Bina, und gemeinsam beugten sie sich vor, um zu prüfen, ob das kühle Blut immer noch durch die Adern floß. Omi Lises Gesicht hatte einen grünlichen Stich, und ihr Haar hatte die Farbe einer verblichenen Pfingstrose angenommen.

»Ich könnte mir vorstellen, daß sie gern etwas Haferbrei

hätte«, sagte Eva. »Möchtest du, Omilein?« Und um keinen Verdacht zu erregen, gingen sie alle drei zum Frühstück hinunter.

»Dolfi, könntest du die Köchin bitten, noch eine Schüssel Haferbrei zu machen?« Eva fing den halbgesenkten Blick ihrer Mutter auf, und um die Absonderlichkeit ihres Wunsches abzumildern, rief sie ihr nach: »Mit einer Extraportion Milch.«

Der Haferbrei stand erkaltend neben ihrem Ellenbogen, während sie die Reste eines kostbaren hartgekochten Eis aus der Schale kratzte. Bina und Martha hatten sich hinausgestohlen, und sie wartete nur darauf, daß ihre Mutter aufstehen und den Tisch verlassen würde.

Sie begann, den Brei vom Rand her aus dem Napf zu löffeln. »Was soll man denn davon halten?« Marianna schüttelte den Kopf, und ohne eine Antwort abzuwarten, faltete sie ihre Serviette zusammen und verließ das Zimmer. Eva beobachtete, wie der Schatten ihrer Mutter hinter der Türöffnung verschwand, und dann deckte sie die Hand über den Napf, schob ihren Stuhl zurück und rannte in die Diele hinaus. Sie verlangsamte ihren Schritt auf der Treppe, bemüht, keine Milch zu verschütten, und blieb auf dem zweiten Treppenabsatz stehen, um Atem zu schöpfen.

»Eva.« Sie hörte, wie jemand in dringlichem Ton von oben ihren Namen zischte, und als sie losrennen wollte, schlug sie mit dem Fuß gegen eine Stufe, und der Silberlöffel, der in dem Brei steckte, flog heraus und fiel klappernd die Treppe hinunter. »Jetzt ist es aber genug«, murmelte sie und benutzte Omis eigene Worte der Mißbilligung, dann setzte sie den Napf auf der Treppe ab und rannte wieder hinunter, um den Löffel heraufzuholen.

»Eva?« Ihre Mutter stand vor ihr, den Napf in der Hand.

»Was treibst du denn? Rennst mit deinem Frühstück im ganzen Haus herum?« Eva blickte an ihr vorbei, durch das gewundene Treppengeländer zu dem kreisrunden Loch im dritten Stock hinauf. Die Tränen traten ihr in die Augen, und ohne es zu wollen steckte sie trostsuchend den Löffel in den Mund. »Versteckst du da einen Hungernden im Kinderzimmer?« fragte Marianna belustigt, doch dann sanken ihre Mundwinkel hinab, und die Farbe wich aus ihrem Gesicht. Sie ließ die Schüssel fallen, raffte ihre Röcke und hastete die letzte Treppe hinauf. Eva starrte auf die klebrige Masse am Boden hinab, in die sich Porzellanscherben mischten. Sie setzte sich auf die unterste Treppenstufe, starrte auf ihre Schuhspitzen, an denen zähe Spritzer Haferbrei klebten, und wartete, daß ihre Mutter wieder herunterkäme.

Wolf Belgard fand es auf dem Land bedrückend, den vielen Raum und die Zeit, die so lastend war, und diese Landschaft, in der es keine Männer bei der Arbeit gab. Es brachte zwar nichts ein, doch für sein Gefühl vergaß er leichter, wenn er in Berlin war, selbst wenn die Luftschiffe hoch über der Stadt dahinzogen und Kinderkapellen ihre Banner flattern ließen, um private Spenden zur Unterstützung der Kriegsanstrengungen zu sammeln. Er streifte durch die abendlichen Straßen. Die Läden schlossen gerade, und die Cafés, die zaghaft ihre Fühler ausgestreckt hatten, um den einen oder anderen Sonnenstrahl einzufangen, zogen sich wieder hinter ihre Doppeltüren zurück. Es herrschte eine gedämpfte Atmosphäre, eine desillusionierte Stille. Eine kleine Schar Frauen, alle in Schwarz, stand mit unglücklichen Gesichtern vor einem Anschlagbrett, an dem die neusten Verlustlisten ausgehängt waren. Er wußte, es war die

Rede davon, die öffentliche Bekanntmachung solcher Informationen zu verbieten, weil man Sorge hatte, daß die Gespräche, die diese täglichen Listen, Doppelblatt um Doppelblatt winziger, vor den Augen verschwimmender Namen, auslösten, zu unpatriotischen und defätistischen Kommentaren führen könnten.

Wolf blieb stehen und sah sich um. Er versuchte, sich die frohlockenden Gestalten ins Gedächtnis zu rufen, die am Tag der britischen Kriegserklärung durch die Straßen geeilt waren, pfeifend und spuckend und Fäuste schwenkend. Er war damals selbst mitgerissen worden, von der Strömung vorwärtsgeschoben und weitergezerrt, und hatte sich unversehens als einer von Tausenden vor der scharf bewachten britischen Botschaft wiedergefunden, die dort ihrer Empörung Luft machten.

Er hatte einen Mann gesehen, einen gutgekleideten Akademiker, der auf das Trittbrett eines Diplomatenwagens gesprungen war und am Chauffeur vorbei dem Beifahrer mit dem Hut ins Gesicht geschlagen hatte. Der Mann hatte, während er sich das Auge hielt, zornbebend und mit hochrotem Kopf gebrüllt, er sei nicht Brite, sondern Amerikaner. Daraufhin hatte der Angreifer sich entschuldigt, seinen Hut wieder aufgesetzt und ihm seine Karte angeboten. In den Zeitungen war später behauptet worden, es seien Pennystücke aus den Fenstern der Botschaft geschnippt worden, um die Menge zu demütigen, und zur Vergeltung hätten die Leute sämtliche Fensterscheiben eingeworfen. Wolf hatte jedoch keine Münzen gesehen. Steine waren freilich geflogen, und das Splittern und Krachen war von Hochrufen und Gebrüll, Drohlauten und Seufzern der Genugtuung begleitet gewesen. Wolf hatte selbst das unbezwingbare Verlangen verspürt, es den anderen gleichzutun. Er hatte mit den Füßen umherzuscharren begonnen und zwischen den Beinen der Zuschauer nach Kieselsteinen gespäht und zu seiner Überraschung entdeckt, daß der Platz, auf dem sie sich befanden, asphaltiert war. »Pfui! Pfui!« ertönte es aus tausend verächtlichen Mündern, und, mochte er sich dessen heute auch schämen, er hatte selbst den Mund geöffnet und die warme Schlange der Solidarität hinauszischen lassen. »Pfui!« Er hatte sich, angesteckt von so vielen erhitzten Gemütern, bis Unter den Linden weiterschieben lassen, wo sie vor einem Hotel, in dem bekanntermaßen ausländische Journalisten untergebracht waren, Parolen geschrien hatten.

Wieder blieb Wolf stehen. Die Straßen waren so gut wie menschenleer, und der Schweiß brach ihm aus, wenn er darüber nachdachte, wie unbesonnen er sich betragen hatte. Es mußte seine kindliche Verwunderung darüber, daß er sich inmitten einer Menschenmenge befand, gewesen sein, die die Besinnung auf andere Erfahrungen mit solchen Menschenansammlungen verhindert hatte, obwohl die doch aus genau denselben Menschen bestanden hatten wie diese hier. Er hatte es vorgezogen, die Begegnung mit einer feindseligen Rotte im ersten Jahr ihrer Ehe zu vergessen, die sich einen Spaß daraus gemacht hatte, sie beide unter Gepfeife und Gespucke anzupöbeln. Marianna, die zum erstenmal schwanger war, hatte ihn gebeten, sie auf einem Spaziergang zu begleiten. Es war früher Abend gewesen, und Wolf hatte sie, als er von der Arbeit nach Hause kam, in heller Empörung über einen schauerlichen Zeitungsartikel vom selben Tag angetroffen. Darin ging es um die Geschichte eines fünfjährigen Jungen namens Emanuel Goldbacher, den man mit durchgeschnittener Kehle am Rheinufer gefunden hatte. Der Bericht gab zu verstehen, daß es sich um einen Ritualmord gehandelt habe, und es hieß darin, daß man einen jüdischen Schlachter und seine Familie, ohne den geringsten Beweis gegen ihn in der Hand zu haben, aus seinem Haus geholt und ins örtliche Gefängnis gesperrt habe. Wolf hatte den Arm seiner Frau genommen und versucht, sie durch heiterere Gesprächsthemen zu beruhigen, während sie auf den Tiergarten zugingen.

Es gehörte zu ihren liebsten Vergnügungen, an dem Haus vorbeizuschlendern, in dem sie sich kennengelernt hatten, lächelnd zu dessen Fenstern emporzublicken, als könnten sie dort einen Blick auf die Schatten der unschuldigen Menschen erhaschen, die sie gewesen waren. Sie hatten das Tor beinah erreicht, völlig in ihr Spielchen versunken, einander in der Erfindung besonders alberner Namen für das Baby zu überbieten, als eine Ladung Spucke über Wolfs Schulter segelte und auf seinem Schuh landete.

Sie blieben stehen, immer noch engumschlungen, und blickten sich um. Eine Menge hatte sich versammelt, an die zwanzig Männer und Frauen, die flüsternd und murrend hinter ihnen standen. Eine Frau drängte sich nach vorn durch und schürzte bereits die Lippen, um erneut zu spucken. Marianna riß ihren Arm aus Wolfs und raffte ihren Mantel um sich. Sie trat mit solcher Geschwindigkeit und Zielstrebigkeit auf die Frau zu, daß diese gezwungen war, ihre Spucke herunterzuschlucken, und zurückwich. Dabei trat sie einem Mann gegen den Knöchel, der fluchend gegen eine andere Frau fiel, die ihm an den Kopf stieß. Mariannas Mund öffnete sich so weit, daß das perlmuttrosa Zahnfleisch über den Zähnen zu sehen war, und sie lachte schallend. Das Gepfeife erstarb, und in dem kurzen Augenblick des Schweigens, der nun folgte, nahm Wolf den Arm seiner Frau und trat energischen Schrittes mit ihr durch das Tor in den Park des Hauses.

»Wir werden unseren Jungen Emanuel nennen«, sagte sie, nachdem sie eine halbe Stunde geschwiegen hatten. Und obwohl Wolf mit dieser Namenswahl für seinen ersten Sohn nicht ganz einverstanden war, blickte er seine Frau nur liebevoll an und widersprach ihr nicht.

Eva wußte, schon ehe sie das Kinderzimmer erreicht hatte, daß Omi Lise tot war. Das Schweigen hatte es ihr verraten, das bis nach unten zu spüren gewesen war, und durch die offene Tür konnte sie ihre Kinderfrau sehen, wo sie sie vor dem Frühstück verlassen hatten. Ihr Kopf war in die Kissen gestützt, ihr Haar wie Wachs über das weiße Leinen gebreitet.

Eva beobachtete ihre Mutter, die an das Bett gelehnt stand. Ihr Blick war anders, als sie erwartet hatte, nicht auf Omis einfallendes Gesicht gerichtet, sondern auf Bina, die bleich wie eine Statue neben der Tür kauerte. Binas Lippen waren weiß und dünn, und als Eva auf Zehenspitzen hereinkam, warf ihre Schwester ihr einen flehenden Blick zu. Eva wandte sich ab und kniete sich neben das Bett. Sie blinzelte und wischte sich die Augen, und grauenhafterweise verwandelte sich die Szene in eine andere, und sie sah Emanuel vor sich, den Arm in der Schlinge, die Stirn feuchtkalt vom Fieber.

»Sollen wir nicht lieber den Arzt rufen?« hatte sie gefragt.

»Ja, rufen wir den Arzt«, hatten Bina und Martha zugestimmt.

Doch Schu-Schu hatte davon nichts wissen wollen und

ihnen statt dessen aufgetragen, heißes Wasser und ein Desinfektionsmittel zu holen. Sie hatte die Wunde sorgfältig gereinigt, den vergifteten Arm mit geübten Fingern hochgebunden und in ihrem süddeutschen Dialekt Gebete gemurmelt. Sie hatte mit ihnen schwäbische Kanons gesungen und zwei Tage und Nächte hindurch dafür gesorgt, daß stets willige Hände da waren, um Emanuels Nacken und Stirn mit kalten Kompressen ihrer eigenen Rezeptur zu kühlen.

Und dann war ihre Mutter fast eine Woche zu früh aus Rom zurückgekehrt. »Vom Hund gebissen worden?« Sie hatte sich auf der Schwelle emporgereckt, Blumenketten und eisgekühlte Handtücher zu Boden gerissen und sich auf Emanuel geworfen. »Wir wollten uns selbst um ihn kümmern, war das verkehrt?« versuchte die Gouvernante das Fehlen des Arztes zu erklären und blickte die drei Mädchen beistandheischend an. Doch Emanuel hatte sie gerettet, indem er die Augen öffnete, den heilenden Arm über den Kopf hob und beteuerte, er sei schon wieder gesund.

Eva kniete nieder und berührte die Finger von Omis gefalteten Händen. Der Unterschied war, daß Manu überlebt hatte. Omis Hände waren kalt, und als Eva sich wieder aufrichtete, hörte sie, wie Bina sich erhob. »Wir wollten uns selbst um sie kümmern, weiter nichts ...«

»Weiter nichts«, setzte Martha hinzu. Der Widerhall ihrer Worte klang wie ein Schluchzen, und die vier Frauen standen reglos im Zimmer.

Am ersten Donnerstag im September, als Herr Baum kam, um ihrer Mutter das Haar zu legen, begannen Martha und Eva, die Berliner Wohnung zu durchsuchen.

»Warum denn hier drin?« fragte Martha, als sie leise hineingingen und die Tür hinter sich zumachten. »Würde mich wundern, wenn hier auch nur die kleinste Spur von Schu zu finden wäre.«

Eva blickte über den großen Schreibtisch mit der lederbezogenen Oberfläche und fragte sich, wie Emanuel nur so gänzlich verschwinden konnte. »Man sollte doch meinen, daß sie ihm erlauben würden, wenigstens einen einzigen Brief nach Hause zu schicken«, sagte sie, »wo immer er sich befinden mag.« Und sie setzte sich in den Stuhl mit der hohen Rückenlehne, nahm seinen Federhalter und tauchte ihn ins Tintenfaß. Die Tinte war mittlerweile eingetrocknet, und sie mußte eine dicke Haut mit der Spitze der Feder durchstoßen, um sie zu erreichen. Dann drückte sie die glatte Seite der Feder gegen das Löschpapier und hinterließ eine dunkle Kerbe in dessen Fasern.

»Warum bleiben wir nicht einfach hier, bis Bina aus dem Lazarett zurückkommt?« Martha streckte sich auf Emanuels Bett aus und lehnte sich gegen einen Wall von Kissen. »Schließlich finden wir wahrscheinlich sowieso nichts.«

»Ja«, stimmte Eva zu, »du hast recht.« Doch entgegen ihrer Absicht begann sie, eine der tiefen Schreibtischschubladen nach der anderen zu öffnen. Es war nichts Besonderes darin. Notizen aus der Schulzeit und die Bruchstücke irgendwelcher Gedichte, die er Zeile für Zeile auseinandergenommen und interpretiert hatte. Es gab keine versteckten Briefumschläge, keine hingekritzelten Anschriften, und jede Schublade, an der sie zog, öffnete sich widerstandslos.

Martha wälzte sich lustlos an den Rand des Bettes, um darunterzuspähen. »Wieso sollte es Mama einfallen, hier irgend etwas zu verstecken?« Nachdem ihr Blick unter das Bett sie in ihrer Meinung bestärkt hatte, machte sie es sich wieder bequem, schlug die Arme unter und starrte störrisch an die Decke.

Eva fand einen kleinen Eisenschlüssel in einem der Fächer des Schreibtischs. Sie steckte ihn in jedes einzelne Schubladenschloß und stellte fest, daß er sich mühelos mit dem immer gleichen Klicken darin herumdrehen ließ. Es sah Emanuel gar nicht ähnlich, kein Geheimnis zu haben, und sie runzelte enttäuscht die Stirn, als sie an ihr eigenes Schatzkästchen dachte, das sicher verwahrt unter ihrem Bett hing. Sie ließ die Finger in eine Reihe winziger Fächer gleiten, die alle abgestaubt und mit Möbelpolitur bearbeitet worden waren. Sie holte die kleinen Dinge heraus, auf die ihre Finger stießen: ein Federmesser, einen weißgewaschenen Kieselstein und aus einem anderen Fach eine üppige rotgelbe Rose, die gepflückt worden war, noch ehe die Knospe sich ganz geöffnet hatte. Eva hielt die Rosenknospe in der Hand, starrte in die ovale Öffnung und dachte an die dünnen Blütenblätter, die sie ihm in Briefen geschickt hatte und die so zart an den Rändern jeder Seite geklebt hatten. Ob er die Seiten in seine Kleider eingenäht hatte und sich nun mit Hilfe von Tinte und verblichenen Blütenblättern gegen die sibirischen Winde schützte? Sie schüttelte den Kopf und legte die Rose wieder an ihren Platz.

Martha war in einen unruhigen Schlummer gefallen. Ihre Füße zuckten im Walzertakt. »Und eins, zwei, drei.« Ihr Mund bewegte sich schläfrig.

Eva rüttelte sie bei den Schultern. »Nun komm, wir müssen wenigstens noch in ein Zimmer schauen, ehe Baum seinen Schnaps trinkt und Bina nach Hause kommt.«

Martha setzte sich auf und wischte sich einen winzigen Speichelfaden von der Wange.

Behutsam schlossen sie die Tür hinter sich und gingen auf Zehenspitzen den Flur hinunter. »Psst«, flüsterten sie, während sie geräuschlos auf dem Läufer Fuß vor Fuß setzten, »psst.«

Dann blieb Eva stehen und faßte ihre Schwester mit belustigtem Lächeln beim Arm. »Warum flüstern wir eigentlich?« flüsterte sie. Und beide begannen zu lachen.

»Dann benimm dich auch nicht so verdächtig«, schalt Martha sie ihrerseits, und sie schickten sich an, ihren Weg geräuschvoller fortzusetzen, als sie die hohe Stimme des alten Herrn Baum rufen hörten.

»Das hört sich doch ganz nach den bezaubernden jungen Damen Belgard an?« Er riß die Tür auf, eine Haarbürste in der Hand. In seiner Kitteltasche klapperten die Haarnadeln.

»Kommt doch einen Augenblick herein«, rief Marianna, »und sagt unserem lieben alten Freund guten Tag.« Da ihnen keine Ausrede einfiel, blieb den beiden Mädchen nichts anderes übrig, als hineinzugehen. Sie fanden sich damit ab, daß sie eine weitere Stunde dort untätig herumsitzen würden, während der Friseur ihrer Mutter sie mit dem neusten Stadtklatsch – selbstverständlich alles diskret und unanstößig verpackt – unterhalten würde, den er nur in regelmäßigen Abständen mit einer ganzen Flut von Komplimenten über die Köpfe der beiden Mädchen unterbrach.

Es war nach sechs, als die Wohnungstür ins Schloß fiel und sie Binas Schritte auf dem Flur hörten. Herr Baum schälte den Frisierumhang von Mariannas Schultern und faltete ihn sorgfältig zusammen, ehe er ihn in seine Tasche legte. »Was bin ich doch für ein Glückspilz. Ich werde also Gelegenheit haben, noch eine weitere meiner Lieblingsdamen zu begrüßen.« Er bedachte den schimmernden Kopf seiner treusten Kundin mit einem letzten, liebevollen Blick.

Marianna begleitete Herrn Baum zur Tür, und Eva und Martha folgten ihnen gemächlich. »Guten Abend.« Bina trat höflich auf ihn zu, während ihr Blick forschend über seine Schulter zuckte. Eva und Martha senkten den Blick. »Nun, höchstwahrscheinlich sehen wir uns ja nächste Woche wieder.« Sie wandte sich von ihm ab, bestrebt, ihre Schwestern einzuholen, die sich eilig entfernten.

»Dann bis nächste Woche.« Mariannas Hand ruhte auf der Türklinke, und während Bina davoneilte, hörte sie Herrn Baum mit den Füßen scharren und verlegen in entschuldigendem Ton etwas von einer kleinen Summe murmeln, die noch offen sei.

»Also?« Bina holte sie im Salon ein, wo sie sich auf dem Sofa ausgestreckt hatten. Eva hielt sich zum Schutz ein Kissen vor. »Da ist nichts zu finden«, sagte sie. »Wir haben die ganze Wohnung gründlich durchsucht, und da war nichts.«

Marthas Blick wanderte von Eva zu Bina, und sie beschloß, einem Streit aus dem Wege zu gehen. »Mama versteckt nichts«, pflichtete sie Eva bei, und eine wütende Bina sank neben sie aufs Sofa.

Anfangs hatte Bina darauf bestanden, Schus letzte Worte jede Woche mehrmals vorzulesen. Sie ließ ihre Schwestern am Fußende ihres Bettes in der Kälte zittern, weil sie sich davon eine größere Wirkung des Briefes versprach und die

Anwesenheit ihrer Mutter dadurch auszulöschen hoffte, die immer noch jeden Abend kam und ihnen eine gute Nacht wünschte. Doch es dauerte nicht lange, da verleitete Eva Martha zu einer kleinen Revolte, die darin bestand, daß sie wie die Igel unter den Decken eingerollt lagen und sich schlafend stellten, wenn Bina sie zu sich rief.

»Selbstverständlich vergessen wir sie nicht.« Sie seufzten, während sie ächzend und stöhnend die Kleider anzogen, die ihre Mutter für sie ausgesucht hatten, und warfen Bina hinter deren Rücken wütende Blicke zu, weil sie ihnen so etwas zutraute.

»Es ist ganz modern, keine Gouvernante zu haben«, beteuerten die anderen Mädchen in der Schule. »Wir setzen alles dran, um unsere eigene loszuwerden.« Die Samson-Schwestern schrieben jedoch, sie seien tief erschüttert über die plötzliche Entlassung von Fräulein Schulze, gerade in diesen unsicheren Zeiten, und sie könnten überhaupt nicht begreifen, wie Frau Belgard darauf habe verfallen können.

Marianna beobachtete ihren Mann, der nickend und stirnrunzelnd über seiner Zeitung saß, und sie mußte sich zwingen, nicht ständig darüber nachzugrübeln, was mit ihm los war. »Nun tu doch etwas, weshalb kannst du denn gar nichts tun?« murmelte sie zähneknirschend, und ihr platzte fast der Kopf von der Anstrengung, nicht zu brüllen. Wenn sie manchmal auch selbst einsah, daß sie ungerecht gegen ihn war, so brachte sie es doch nicht über sich, ihm zu verzeihen.

»Wenn du nichts dagegen hast«, murmelte er, »komme ich heute zum Mittagessen nicht nach Hause.«

Marianna sah sich selbst im Spiegel dabei zu, wie sie mit

kaltem Blick auf eine Erklärung wartete. »Wenn du das für richtig hältst, bitte sehr«, stimmte sie zu, als von ihm kein weiteres Wort kam, und sie befreite eine dunkelbraune Haarlocke aus dem Kämmchen, das sie bändigte.

Sie wandte sich ihm zu, streckte die Hände aus, die Handflächen nach oben gekehrt, und riß die Augen auf. »Demnächst wird es sowieso kein Mittagessen mehr geben, zu dem du nach Hause kommen könntest. Hast du eigentlich eine Ahnung, was es kostet, genügend Essen zu beschaffen, um diese Familie satt zu bekommen? Ich kann mich mit so wenig Geld nicht ewig über Wasser halten. Was erwartest du eigentlich noch alles von mir?«

Wolf blickte sie an, antwortete jedoch nicht. Er war sich ganz sicher, daß ihr nicht entgangen war, wie er jeden Monat kleine Mengen Gold aus dem Tresor in der Kleiderkammer geholt hatte. Vier rechteckige Schachteln gab es, eine für jedes ihrer Kinder, in denen sich über die Jahre hinweg von Geburtstag zu Geburtstag die Geschenke der Verwandten zu einem kleinen Schatz angesammelt hatten.

Marianna seufzte, und Wolf fühlte sich versucht, den Schlüssel aus der Tasche hervorzuholen. Er hätte ihn gern über den Teppich hinweg auf sie zuschlittern lassen und sie aufgefordert, sich die nächsten Münzen selbst herauszuholen. »Ich will sehen, was ich tun kann«, erklärte er und griff nach dem Zipfel ihres Morgenmantels. Seine Finger rieben über den fadenscheinigen Satin, und dann drehte er ihn über seinen Finger wie einen Ring.

Die Samson-Schwestern kamen eines Nachmittags, um sich nach Emanuel zu erkundigen. Bina hatte Dienst im Krankenhaus, und Martha war mit dem Hausmädchen weggegangen, um nach Butter anzustehen. Eva führte die

Mädchen in den Salon, wo sie gerade neue Pläne für ihr Traumhaus entworfen hatte. Den Grundriß für das Erdgeschoß hatte sie bereits fertig und arbeitete nun an den Schlafzimmern. Sie hatte das Dachgeschoß in zwei Hälften aufgeteilt, so daß jeder ein Schlafzimmer bekam, aber kein Platz für Gäste blieb. Die Leute können ruhig zu Besuch kommen, hatten sie gemeinsam entschieden, doch nur für einen Nachmittag.

Angelika und Julika saßen ihr gegenüber, während Eva rasch ihre Blätter zusammenschob. »Wir haben immer noch nichts gehört«, erklärte sie ihnen hastig, in der Hoffnung, daß das Thema damit erledigt sei. Und die beiden Mädchen nickten lächelnd, während sie selbst, da war Eva sich ganz sicher, mit einer aufregenden Neuigkeit hinterm Berge hielten. Ihr fiel nichts ein, das sie hätte sagen können. Stumm sichtete sie sämtliche Geschichten, alte oder solche von anderen, die als ihre eigenen hätten durchgehen können und zur Unterhaltung der beiden geeignet schienen, und als sie sich sicher war, daß sie gleich mit ihrer Neuigkeit herausrücken und ihr alles erzählen würden, hörten sie den Schritt ihrer Mutter im Flur.

»Guten Tag, ihr beiden.« Sie erhoben sich beide mit der gleichen mitfühlenden Geste, und Marianna stellte eine Kanne bitter riechenden Kaffee auf den Tisch. Sie schenkte ihn mit einer Entschuldigung ein, und während sie daran nippten, breitete sich abermals Schweigen aus.

»Mama«, Eva hatte einen Geistesblitz gehabt und wandte sich ihrer Mutter zu. »Mama, könntest du uns nicht von deiner Glücksspielzeit erzählen?«

Marianna errötete. Die Glücksspielgeschichte war eine von Wolfs Lieblingsgeschichten, und bislang war sie selbst noch nie aufgefordert worden, sie zu erzählen. »Das ist doch schon so lange her – das kann euch doch wohl nicht interessieren?« Doch beide Samson-Mädchen setzten ihre Tassen ab und falteten erwartungsvoll die Hände. Sie schienen ganz Ohr zu sein.

»Nun gut, es war, als meine Mutter noch lebte«, erzählte Marianna ihnen, »und, um das vorweg zu sagen, es war nur ein einziger Glücksspieltag. In Monte Carlo.« Sie setzte sich bequem in ihrem Sessel zurecht. »Ich war achtzehn, als ich auf Hochzeitsreise ging, und in jedem Hotel auf unserer Reiseroute wartete ein Brief meiner Mutter auf uns, die äußerst besorgt um mich war. An ein Hotel hatte sie sogar geschrieben, daß man das Zimmer auf vierzehn Grad vorheizen solle, da sie nicht wollte, daß ihre einzige Tochter oder ihr Schwiegersohn sich eine Erkältung zuzogen. Aller Vorsorge zum Trotz wurden wir in ein eiskaltes Zimmer geführt – an dessen Tür, wie mir auffiel, klar und deutlich eine Vierzehn stand.« Die Schwestern lachten, und ihre Blicke richteten sich träumerisch in die Zukunft.

»Als wir in Monte Carlo eintrafen, lag da ein ungeheuer aufgeregter Brief voller Schilderungen von Männern, die sich mit dem Glücksspiel im Casino das Leben ruiniert hatten. Sie hatte diese Berichte in der Zeitung gelesen. Ein Mann hatte offenbar sein gesamtes Vermögen verspielt und wurde erhängt unter einer Brücke gefunden, während ein anderer sich dermaßen verschuldete, daß er nie wieder nach Hause zurückzukehren wagte und, so vermutete seine Familie, als Landstreicher in der Schweiz umherzog. ›Meine liebe Marianna, ich bitte Dich inständig, mach Deinen Einfluß geltend, um Wolfgang von den Casinos fernzuhalten.‹

Ich zeigte diesen Brief meinem frischgebackenen Ehemann. ›Lies ihn aufmerksam‹, drängte ich ihn, ›das hört sich besorgniserregend an.‹ Doch Wolf lachte und sagte, er habe bereits geplant, daß wir beide heute abend in das berühmteste Casino der Stadt gehen würden. ›Du kannst ganz unbesorgt sein‹, versicherte er mir. ›Alles Wertvolle ist im Hotelsafe eingeschlossen, und das Geld, das ich mitnehme, will ich gerne verlieren.‹ Ich solle den Brief meiner Mutter weglegen und mich für den Abend anziehen.

Als wir am Casino ankamen, war ich ganz aufgeregt und konnte kaum erwarten, es von innen zu sehen. ›Haben Sie Ihren Paß dabei?‹ fragte der Direktor uns, nachdem er unseren Namen und unsere Anschrift notiert hatte. Wolf suchte seine sämtlichen Taschen ab. Nein, wir hätten keinen Paß dabei. ›Haben Sie denn sonst irgend etwas, aus dem Ihre Identität hervorgeht?‹ Nein. Wir hatten nichts, um zu beweisen, wer wir waren. ›Tja, es tut mir sehr leid, doch wir werden Sie nicht hereinlassen können‹, teilte der Direktor uns mit.

›Aber wir sind auf der Hochzeitsreise‹, wandte Wolf ein, ›meine Frau hat sich seit Wochen auf diesen Abend gefreut.‹ Doch der Direktor schaute uns nur betrübt an und wiederholte, so sei nun einmal die Vorschrift des Casinos. Auf einmal fiel mir der Brief meiner Mutter ein. Er steckte zusammengefaltet in meiner Handtasche. Ich holte ihn heraus und zeigte ihn ihm. ›Herr und Frau Belgard‹, las er, und im Nu waren wir drin und gingen die Treppe hinauf, in den Saal mit den Roulettetischen, wo Wolf genug gewann, um mir eine Federboa und einen Sonnenschirm zu kaufen. Und von dem restlichen Geld kauften wir meiner Mutter Schweizer Schokolade, von der sie noch Jahre später behauptete, es sei die beste, die sie je gegessen habe.«

Eva beobachtete das lachende Gesicht ihrer Mutter. »Darf ich euch noch eine Tasse von diesem abscheulichen

Kaffee eingießen?« fragte Marianna, doch die Mädchen standen auf. Sie ließen Bina und Martha ihre Grüße ausrichten, und ehe sie Gelegenheit gehabt hatten, allzu ausgiebig ihre Anteilnahme am Schicksal Emanuels zu bekunden, traten die Samsons auf die Straße hinaus.

Kapitel 14

Meine Mutter besaß einen winzigen Garten, den sie nur erreichte, indem sie zuerst zwei Stockwerke hinabstieg und dann durch einen fremden Flur ging. In seiner Mitte befanden sich ein Pflaumenbaum und ein kleiner Teich in Gestalt eines Polyäthylenbeckens. Während wir uns unterhielten, riß sie Holundertriebe aus, indem sie mit den bloßen Händen an deren Wurzeln zerrte.

»Na, ich hoffe nur, Mike beteiligt sich an den Unterhaltskosten.«

»Ja«, sagte ich, »er schickt mir hin und wieder Geld.« Eine Wurzel schnellte aus der Erde, so daß sie beinah hintenüberkippte. »Du solltest auf einer verbindlichen Abmachung bestehen, einer regelmäßigen Unterhaltszahlung.«

»Ach, Mum.«

»Bring ihn vor Gericht.« Sie geriet immer mehr in Rage. »Zwing ihn, die gesetzlich vorgeschriebenen Unterhaltszahlungen zu leisten.«

»Es ist doch erst drei Monate her.« Als sie sich neben mich setzte und sich die schmutzigen Hände an den Shorts abwischte, hielt ich ihr vor: »Ich kann mich nicht erinnern, daß du meinen Vater vor Gericht gebracht hättest.«

»Selbstverständlich nicht. Deshalb mache ich mir ja auch Sorgen.« Und mit einem sandigen Finger hob sie die Mütze ihres Enkels ein wenig hoch. »Ich war jung und dumm«, sagte sie.

»Na gut, und jetzt bin ich eben jung und dumm.«

»Nein«, widersprach sie, »du kannst dir das nicht erlauben.«

»Ach, Mum.« Sie hatte ja recht. Siebenundzwanzig war nicht jung. »Es ist einfach nur so schwierig ...«

»Das ist es immer.«

»Na ja, weißt du – wo er doch kein Kind wollte und das ganz deutlich gesagt hat ...«

»Glaubst du vielleicht, dein Vater –« Sie unterbrach sich gerade noch rechtzeitig. »Na schön, was soll ich drum herumreden: Er hat mich nicht gerade auf den Knien um ein Kind gebeten. Und jetzt«, sie bemühte sich, nicht gekränkt auszusehen, »sieht er dich öfter als ich.«

»Ach, Mum, das stimmt doch gar nicht.« Schweigend saßen wir eine Weile Seite an Seite auf dem winzigen Fleckchen Rasen. »Das liegt doch nur daran, daß du immer soviel arbeitest.«

»Ja.« Sie lächelte nachsichtig. In den letzten paar Jahren hatte sich das Leben meiner Mutter gewandelt. Sie hatte die Teilzeitjobs aufgegeben, das Putzen und Kinderhüten, mit dem sie uns durchgebracht hatte, und gelernt, am Computer kunstgewerbliche Entwürfe zu entwickeln. Wochen war sie gänzlich davon in Anspruch genommen, die Blumen, die sie immer schon gern gezeichnet hatte, übereinanderzulegen, sie zu Mustern durcheinanderzuwirbeln, während stets schon der nächste Auftrag drängte.

»Wie geht es denn mit dem Bild voran?« fragte sie nebenher, und ich berichtete ihr, daß Sonny fast schon aus seinem Strampelanzug herausgewachsen sei. Je mehr er wachse, desto weniger sei von mir zu sehen. »Es sieht fertig aus, doch das behalte ich lieber für mich.« Und wir lachten beide, froh, etwas gemeinsam zu haben.

Es gab ein Bild, das immer noch an der Wand meines Vaters hing. Es war ein Bild meiner Mutter. Ihre Glieder waren wächsern weiß, und das Haar floß ihr wie Seide über den Rücken. »Du kannst dich glücklich preisen«, erklärte ich ihr, »daß du verewigt worden bist, ehe der Realismus kam«, und ich dachte an meine dicken, blaugeäderten Beine mit den geröteten Knien. »Selbst Sonny sieht aus, als wollte er um die britische Meisterschaft im Mittelschwergewicht boxen«, und ich warf einen Blick auf seine Fäuste, die sich öffneten und schlossen.

»Ach, gib ihn mir doch mal«, sagte sie, und ich setzte das Bündel auf ihren Schoß hinüber.

»Jedenfalls«, ich drückte den Rücken durch und streckte die Arme aus, »bezahlt Dad mich fürs Sitzen, und außerdem habe ich gerade ein Wiederholungshonorar für den Werbefilm bekommen, den ich voriges Jahr gemacht habe.«

»Gugugu«, meine Mutter hörte mir nicht zu, »was ist denn das für ein hübscher kleiner Junge? Was ist denn das für ein kleiner Schatz?« Und sie quiekte vor Entzücken, als Sonny seinen zahnlosen Mund verzog und zurücklächelte. »Ist das nicht ein schlauer Junge!« rief sie. »Ist er nicht unglaublich?« Und ich mußte sie bei allem Stolz doch daran erinnern, daß alle Babys ab etwa sechs Wochen lächeln.

»Und vielleicht gibt es da irgendwelches Vermögen in der Familie, weißt du, auf Dads Seite.«

Doch sie spielte Guckguck mit Hilfe von Sonnys Mütze, indem sie ihn gegen ihre Knie kippen ließ und jedesmal voller Genugtuung strahlte, wenn er lachte.

»Dad.« Ich läutete noch einmal und rief ihn durch die geschlossene Tür hindurch. Ich hatte Sonny mit dem Bus hergebracht und die bewundernden Blicke der alten Damen und ihre immer wieder gleichen Fragen genossen. »Ist er denn brav?« »O ja, er ist sehr brav.« Strahlend hatte ich stolzerfüllt auf meinen Sohn niedergeblickt.

Es sah meinem Vater gar nicht ähnlich, sich zu verspäten. Er verließ sein Atelier eigentlich kaum, außer um Lebensmittel zu kaufen, und das tat er gewöhnlich frühmorgens, wenn keine von uns ihm zu sitzen bereit war. Ich läutete abermals, nur um ganz sicherzugehen, und als ich mich umwandte, hielt ein Wagen vor dem Haus, und ich sah die zierliche Gestalt meines Vaters herausspringen. Er war sichtlich nervös. »Tut mir leid«, bedeutete er mir lautlos, während er die Wagentür zuschlug. Der Fahrer des Wagens war jedoch ebenfalls ausgestiegen und auf den Bürgersteig gerannt, um ihn aufzuhalten. Es war ein kleiner, rundlicher Mann mit Mongolenaugen, der seine Worte mit ernsthaftem Nicken und beredten Gesten unterstrich. Ich stand beobachtend in der Nähe, während mein Vater zurückwich und wortkarg antwortete. Das Auto stand in der zweiten Reihe, und die Leute dahinter fingen zu hupen und lautstark zu protestieren an. »Na, also gut, schön«, hörte ich meinen Vater sagen, und kopfschüttelnd rannte der Mann wieder auf die Fahrerseite des Wagens zurück und schob sich auf seinen Sitz.

»Tut mir wirklich leid.« Er zog ein dickes Schlüsselbund aus der Tasche.

»Und wer war das?«

Mein Vater verdrehte die Augen. »Mein Vetter Johann.«

»John Godber?« Ich wäre zu gern mit ihm bekannt gemacht worden. Mein Onkel, fragte ich mich, oder mein Vetter zweiten Grades, und ich versuchte, mich genauer zu erinnern, wie er ausgesehen hatte. »War das der Sohn deiner Tante Bina?«

Er verzog das Gesicht. »Die gräßliche Tante Bina. Die hat meiner Mutter das Leben zur Hölle gemacht.«

»Inwiefern denn?«

»Reine Gemeinheit und Eifersucht.« Er mußte einen Augenblick nachdenken. »Ja, als meine Großmutter bei uns in London wohnte, mußte meine Mutter so tun, als ob sie sie haßte.«

»Aber hast du nicht gesagt, daß sie sie tatsächlich nicht leiden konnte? Keine von den dreien?«

»Nein«, sagte er. »Das habe ich eigentlich nicht gemeint. Doch meine gräßliche Tante Bina konnte sie mit Sicherheit nicht ausstehen. Na ja, eigentlich konnte sie so ziemlich niemanden ausstehen.«

»Und Johanns Vater? Wer war das? Den muß sie doch wenigstens fünf Minuten gemocht haben.«

Mein Vater, der einen gewissen Sinn für Klatsch hatte, erklärte, er habe das Weite gesucht. »Der ist gerannt, so weit ihn die Füße trugen – ich denke mal, er hat sich in Lappland niedergelassen.«

»Das ist doch absurd.« Ich lachte und beobachtete ihn, während er sich umzog. Er trug denselben Anzug, in dem er Sonny gleich nach der Geburt willkommen geheißen hatte, einen grauen, und dieselben gewienerten schwarzen Schuhe, und als er den Anzug über einen Stuhl hängte, fielen mir die regenbogenfarbenen Farbstriemen an seinen Beinen auf. Er zog Arbeitshosen an, die von Ölfarbe nur so strotzten, und ein altes Hemd, das an der einen Manschette zerrissen war.

»Was wollte er denn nun, dein Vetter?« Ich legte Sonny an meine andere Brust, als er die Staffelei herüberrollte.

»Das verdammte Haus.«

»Gaglow?« Ich merkte, daß mich das kränkte. »Doch nicht Gaglow?«

Er kurbelte das Bild auf die richtige Höhe empor. »Ich hätte dich da niemals mit reinziehen dürfen.« Er stampfte hart auf eine Tube Weiß, um die dicke Farbe herauszudrücken.

»Was ist denn nun passiert?«

»Na ja ...« Er beäugte Sonny mit schiefgelegtem Kopf. »Johann will es verkaufen.« Er begann, frisches Weiß mit Grün zu mischen. Zum erstenmal bemerkte ich, wie ausgeblichen der Frotteestoff des Strampelanzugs vom Waschen war. »Und der Mist ist, daß wer weiß wie viele Leute damit einverstanden sein müssen. Der eine will es vermieten, weil es in zehn Jahren angeblich mehr wert ist, und dann ist da noch so ein alter Krauter, der findet, wir sollten es einfach den Deutschen schenken, damit sie nicht wieder anfangen, schlecht von uns zu denken.« Er riß den Mund auf, als fasse er es nicht. »Natürlich würde Johann, der an die siebzig sein muß, das Geld lieber heute als morgen sehen.«

»Und ist denn keiner darunter, der es gern behalten würde?« fragte ich. »Wir könnten es doch als so eine Art gemeinschaftliches Feriendomizil benutzen.« Doch mein Vater trug bereits neue Schichten dicker blasser Farbe auf und machte sich nicht einmal die Mühe aufzublicken.

»Das Lästige ist«, sagte er nach einer Weile, »Johann will, daß ich da hinfahre. Offenbar müssen da gewisse Dinge geklärt werden, obwohl ich mir beim besten Willen nicht vorstellen kann, was das sein sollte.«

»Kann er denn nicht selbst hinfahren?«

»Na ja, er war doch schon einmal dort, und dann leitet er irgend so einen Müllverwertungsbetrieb und kann nicht dauernd weg.«

Er arbeitete eine Weile schweigend weiter, und dann sagte er: »Nach dem Krieg, als ich siebzehn war, mußte Deutschland an alle Kinder Reparationen zahlen, die ihre Ausbildung hatten abbrechen müssen ... Ich weiß noch, wie ich damals zu meinem Vater gesagt habe, ich wolle deren stinkendes Geld nicht, und ich muß sagen, ich empfinde auch heute nicht anders.«

»Aber, also, das ist doch nicht deren Geld –«

»Mein Vater sagte darauf: ›Hör mal, wenn du es nicht nimmst, dann haben sie nur um so mehr.‹«

»Und hast du's genommen?«

Er antwortete nicht.

»Du könntest das Geld doch nehmen und es dann einfach verschenken.«

Ich sah mich schon in einem Cottage auf dem Lande. Ich würde eins wählen, das nicht zu viele Treppen und einen ebenen Rasen hätte, auf dem Sonny spielen konnte. Wir hätten einen Baum zum Klettern und einen eingezäunten tiefen, kühlen See, auf dem wir einmal im Jahr würden Schlittschuh laufen können.

»Ja, das habe ich mir damals auch gedacht. Ich habe fast alles genommen und auf einen Windhund gesetzt. Na ja, dann hat das blöde Vieh gewonnen, und da bin ich mit meinem Gewinn losgezogen und hab mir zehn Schachteln von den teuersten Farben gekauft.«

»Du hast es versucht«, sagte ich rasch, »was hättest du denn noch tun sollen?«

»Ja, und ich habe darauf geachtet, nur den Wettgewinn für die Farben zu verwenden. Den Rest«, sagte er nach einer Weile, »hab ich einfach so verplempert.«

Ich hielt den Kopf gesenkt, während er unermüdlich weiterarbeitete, und dachte an unsere drei Mütter, denen es herzlich egal gewesen wäre, woher das Reparationsgeld stammte.

»Du mußt bedenken, daß ich sehr jung war«, erklärte er, als hätte er mich gehört, und wieder stampfte er hart auf eine Tube Farbe und beugte sich dabei nieder, um die dicke Paste mit dem Messer aufzufangen.

Pam war wieder in London. Sie kam an ihrem ersten freien Tag vorbei, strahlend schön in einem Kleid mit Rosenmuster. »Du siehst toll aus«, erklärte sie, während sie mit ihrem Zuckerwattehaar über meine Wange streifte. »Du hast den ganzen Babyspeck verloren.«

»Das kommt von den Treppen«, klärte ich sie auf, »und davon, daß ich die ganze Zeit auf den Beinen bin, um es unserem Lord Sonny recht zu machen.«

Sie betrachtete ihn, seine Hand- und Fußgelenke mit ihren Speckfalten, seine Aprikosenhaut. »Ich kann nicht glauben, daß es deiner ist.« Sie lachte.

Wir spähten gemeinsam in sein Gesicht. »Seine Augen könnten ruhig noch heller werden«, sagte ich hoffnungsvoll, und schweigend hingen wir unseren Gedanken über Mike nach. »Also«, ihr Grinsen war mir nicht entgangen, »entwickelt sich alles bestens?« Sie erklärte mir, Bradley Teale sei wie ausgewechselt. »Er ist wirklich ein einmaliger Typ«, sagte sie, und ich bemühte mich, ein Stöhnen zu unterdrücken.

Wir brachen zu einem Spaziergang auf, und alle zwanzig Meter blieb sie stehen, um zu überprüfen, ob ihr Handy auch funktionierte. »Ich dachte, das wäre nur für mich bestimmt gewesen«, scherzte ich halbherzig, und sie versuchte, sich bei mir einzuhängen.

Wir liefen nach Primrose Hill hinauf, und gerade als wir den Rasen betraten, läutete es, und der erwartete Anruf kam. Sie wandte sich von mir ab, um zu sprechen. »Natürlich«, hauchte sie, »das fände ich auch herrlich.« Sie konnte Arme und Beine keine Sekunde ruhig halten. »Nein, wirklich, das wäre schön«, und sie murmelte eine Viertelstunde in den verführerischsten Tönen weiter und kam dabei mit einem Minimum an Worten aus. Erhitzt und gereizt hob ich Sonny aus seiner Karre.

»Heute abend um Viertel nach acht im Ivy«, hauchte Pam, und genau in diesem Augenblick spürte ich ein kühles Rinnsal, als Sonny sich über meine Schulter hinweg übergab. Pam warf sich neben mir ins Gras. »Und jetzt?« Doch ich tupfte nur mit einem nassen Tuch an meinem Hemd herum.

»Warte mal einen Augenblick.« Ich legte das Baby hin, um seine Windel zu wechseln.

Pam schien entsetzt. »Das geht doch wohl nicht die ganze Zeit so, hoffe ich?« Sie zündete sich eine Zigarette an.

»Gott, es ist ja nun nicht so, daß ich wer weiß was zu tun hätte. Mein Liebesleben ist beendet und meine Karriere ebenfalls.«

»Nun sei aber nicht albern«, und sie machte mir klar, daß sie gerade erst einen Monat ihres Lebens in Leeds damit vergeudet habe, in hochhackigen weißen Schuhen etwas für ihre Karriere zu tun, nur um sich sagen lassen zu müssen, daß sie sich die Haare aus den Augen streichen und nicht soviel blinzeln solle. »Immerhin hast du etwas Richtiges, etwas Dauerhaftes.«

»Ja.« Ich atmete eine ihrer weißen Rauchschwaden ein. »Eine Lebensstellung.« Ich betrachtete Sonny in seinem sauberen gestreiften Hemdchen.

»Nun komm schon«, sagte Pam und nötigte mir ihre Zigarette auf, und nach ein paar hastig gepafften Zügen gab ich nach und erkundigte mich nach ihrem derzeitigen Freund.

»Na, nun sag schon, ist er wirklich so gräßlich?«

Pam, der ich keine größere Freude hätte machen können, als diese Frage zu stellen, war den Rest des Nachmittags damit beschäftigt, mir haarklein zu erzählen, inwiefern er sich zunehmend als hoffnungsloser Fall erwiesen habe. »Und Mike?« fragte sie, als wir uns gerade voneinander verabschieden wollten, doch ich war viel zu müde für Mike, also schüttelte ich den Kopf und erklärte ihr, ich hätte nicht das geringste von ihm gehört.

»Ich habe eine ziemlich grausige Neuigkeit.« Es war Kate. »Weißt du was? Unsere Mütter treffen sich regelmäßig zum Abendessen.«

»Du meine Güte.« Das schien fast schon inzestuös. »Erzähl das mal lieber nicht Dad.« Ich hörte Kate lachen, so als beabsichtige sie, sich diese Mitteilung für spätere Zeiten aufzuheben.

»Na ja, aber vielleicht denken sie ja genau dasselbe von uns.« Auf diesen Gedanken war ich bislang noch gar nicht gekommen. »Ich meine, weil wir drei so gute Freundinnen sind.«

Kate wandte jedoch ein, daß das etwas anderes sei. »Wir sind doch miteinander verwandt, du Schaf.«

»Ja, schon, aber in gewisser Weise sind sie es doch auch«, und auf einmal fand ich es merkwürdig, daß sie nicht schon früher Freundinnen geworden waren. Später rief Natasha an, und wir führten dasselbe Gespräch und kicherten wie die Spioninnen im Comic, bis uns die Idee kam, daß wir drei doch selbst ein Abendessen veranstalten könnten. »Ihr werdet aber zu mir kommen müssen«, sagte ich, »denn nach neun kann ich den Gedanken, mich meine Treppe raufschaffen zu müssen, nicht mehr ertragen.« Wir machten aus, daß wir uns am Donnerstag kommender Woche zu einem konkurrierenden Abendessen treffen würden.

»Darf ich auch kommen?« fragte Pam, als ich ihr das erzählte, und ich versuchte, ihr, dem Einzelkind, zu erklären, warum sie an jedem anderen Abend willkommen sei, nur nicht an diesem. »Immer noch nichts von Mike?« fragte sie, wie um es mir heimzuzahlen, also erzählte ich ihr, daß ich tatsächlich am selben Tag eine Postkarte von ihm bekommen hätte.

»Von wo denn?«

Ich blickte zum Kaminsims hinüber. »Ich gebe dir eine Hilfe«, erklärte ich ihr. »Vorne drauf ist eine Abbildung des Ungeheuers von Loch Ness.«

»Er spielt doch wohl nicht in der neuen Serie *Kilmaaric* mit?«

Ich hatte keine Ahnung.

»Das kriege ich raus«, sagte Pam entschlossen. »Ich kenne eine Maskenbildnerin, deren Freundin da mitarbeitet«, und sie legte auf.

»Lieber Sonny«, hatte Mike geschrieben. »Es ist wunderschön hier oben, alles violett und blau und voller Heideduft. Wenn ich Dich wiedersehe, wirst Du schon so groß sein wie King Kong, wenn nicht gar wie meine alte Freundin Nessie.« Und er hatte zwei Herzen neben das Wort Dad gemalt.

»Das ist von deinem Daddy.« Ich hielt Sonny die Karte vors Gesicht, doch das Wort ging mir nur schwer über die Lippen, und ich wurde rot. Sonny haschte mit fuchtelnden

Armen nach der Karte, also brachte ich sie in Sicherheit und stellte sie zu den anderen auf den Kaminsims.

»Liebe Sarah«, schrieb Mike am nächsten Tag. »Ich schicke Dir was, damit der Junge nicht ohne Windeln gehen muß. Der Job ist mit den üblichen Schwierigkeiten verbunden, aber Du kennst mich ja, es ist doch schön, sich über etwas Konkretes beklagen zu können. Ich würde Euch beide ja gern bitten, hier herauf zu kommen, aber …« Hier hatte er irgend etwas ausgestrichen. »… Du weißt doch, wie es an solchen Drehorten zugeht.« Und er hatte wieder etwas Geld in die Klappkarte gesteckt. In jener Nacht lag ich wach und wünschte mir, daß Mike auf ewig wegbliebe und lieblich duftende Karten schickte, während ich weiter und weiter lebte, ohne jemals die Hoffnung aufzugeben.

»Ist denn noch viel dran zu tun?« Ich trennte die Nähte von Sonnys Füßlingen auf, damit er die Zehen ausstrecken konnte. Das Bild wurde immer dicker, es begann, sich zu wölben, und nahm mit jeder Farbschicht eine neue Bedeutung an. »So ist es besser«, murmelte ich, als seine Beine sich streckten, und schon sah ich meinen Vater die Füße beäugen, die er noch nicht kannte. »O nein, fang bloß nicht an, noch irgendwas Neues hinzuzufügen.« Doch ich hob die Stimme, um meine Bemerkung ins Scherzhafte zu ziehen, als ich sah, daß er bereits ganz gespannte Aufmerksamkeit war. Er schnitt einen dicken Klecks alter Farbe von seiner Palette, warf ihn zu Boden, benetzte die Palette mit Terpentin und mischte frische Ölfarben zusammen. »Dieser Anzug paßt ihm höchstens noch ein paar Tage«, protestierte ich, »selbst ohne die Füße«, doch mein Widerstand erlahmte, als er zu malen anfing.

Sonny schien sich damit abgefunden zu haben, daß er gemalt wurde. Sowie wir ankamen, hob er mir das Gesicht entgegen und stupste, in der Erwartung, gestillt zu werden, gegen mein Hemd, so daß ich ihm, um ihn bei Laune zu halten, etwas vorsingen mußte, während ich mich auszog. Manchmal, während er saugte, blickte er zu mir empor und lächelte, und dann, ganz allmählich, begannen seine Lider zu flattern, bis ihm endgültig die Augen zufielen und er, rundum befriedigt, tief und fest zu schlafen begann. Es war beinah, als wüßte er, daß er mich, während wir vor dem Blumenhintergrund ruhten, endlose Stunden ganz für sich allein haben würde. »Wenn mich nicht alles täuscht«, sagte mein Vater, »ist der Bruder meiner Mutter – wie hieß er noch?«

»Emanuel?«

»Ja, er ist wohl in russische Gefangenschaft geraten. Ich glaube, er hat während des Krieges sogar in den Minen gearbeitet.« Er machte eine Pause, und mir ging auf, daß er mich zu besänftigen suchte, weil seine Arbeit sich endlose Wochen länger hingezogen hatte. »Jedenfalls erinnere ich mich, gehört zu haben, daß er auf dem Transport von einem Ort zum anderen zu fliehen versuchte. Er wollte sich gerade zum Fenster hinausschieben, als die Wachen ihn erwischt haben. Statt ihn wieder hereinzuziehen und zu bestrafen, haben sie ihn die ganze Nacht weiter aus dem offenen Fenster hängen lassen, so daß er sich irgendwas Gräßliches an den Beinen geholt hat.«

»Wie schrecklich.« Ich erschauderte bei dem Gedanken, wie er da mit dem Kopf nach unten auf die Gleise hinaushing, während ihm allmählich die Glieder abstarben.

»Als er dann schließlich heimkam, war er ein gebrochener Mann.«

»Ja.« Ich stellte mir vor, wie er auf seinen kaputten Beinen durch die Berliner Innenstadt hinkte.

»Was meinst du hierzu?« Er trat von der Staffelei zurück, und da waren zwei winzige Füße, die wie die eines starken Mannes durch den Stoff brachen.

Ich setzte mich auf, um genauer hinzusehen.

»Nein«, er schüttelte den Kopf, noch ehe ich meine Meinung sagen konnte, »es war besser, wie es vorher war.« Ich legte mich wieder hin und schaute zu, wie er die Füße aus dem Gedächtnis wieder in ihre Frotteefüßlinge steckte.

»Wann hat Emanuel denn geheiratet?« fragte ich, als der letzte rosa Zeh wieder unsichtbar war.

»Ich glaube, er hat irgend so ein Mädchen kennengelernt, das auf den Strich ging. Mehr weiß ich auch nicht, als daß seine Schwestern, na ja, mit Sicherheit meine Mutter, ihm diesen Verrat nie verziehen haben.«

»Gab es denn eine andere, die er eigentlich hätte heiraten sollen?«

»Ich weiß nicht.«

»Damit wären doch auf jeden Fall seine Kinder oder Großkinder diejenigen, die Gaglow erben müßten?«

»Das ist es ja gerade. Er hatte keine.«

»Und warum nicht?«

»Das war die einzige Waffe der Frau. Der Prostituierten. Verstehst du, weil alle sie verachteten und gegen sie waren, hat sie geschworen, niemals Kinder zu bekommen. Ich glaube, das sollte die Strafe dafür sein, daß seine Mutter ihnen keine anständige Hochzeit ausgerichtet hat.«

»Das ist aber eine höchst merkwürdige Geschichte.«

»Ja«, räumte er ein. »Das klingt alles sehr unwahrscheinlich.« Und er überlegte, wo er diese Geschichte wohl aufgeschnappt haben mochte.

»Wenn sie wirklich Kinder hätte haben wollen, hätte sie sich durch nichts davon abbringen lassen.« Und ich legte die Hand auf Sonnys goldenen Kopf und dachte an all die Babys in meiner Klinik. Es hatte lauter kleine Jungen gegeben, vierzehn an einem Wochenende, und nicht ein einziges Mädchen. Jedesmal, wenn wieder ein Junge gewickelt wurde, hatten sämtliche Hebammen gelacht und ihre Bemerkungen dazu gemacht, und Pam hatte der Hoffnung Ausdruck verliehen, daß sich einige von ihnen, zu ihrem eigenen Besten, als schwul entpuppen würden. »Hoffentlich heißt das nicht, daß in achtzehn Jahren irgendein Krieg ausbricht«, hatte ich laut überlegt, und alle hatten mich befremdet angesehen.

Kapitel 15

In Decken gehüllt, lag Eva auf dem Sofa und schrieb einen Brief an Emanuel. Sie wußte nicht, wie sie anfangen sollte. Nichts von dem, was ihr einfiel, eignete sich dazu, zu Papier gebracht zu werden, und so saß sie nach einer halben Stunde immer noch mit tintenfleckigem Daumen vor einem leeren Blatt. Es erschien ihr nicht sehr aufmunternd, von der bevorstehenden Hochzeit Angelika Samsons zu berichten, die einen Offizier heiraten würde, oder von ihren hoffnungslosen Versuchen, Fräulein Schulze zu finden. So entschloß sie sich statt dessen, die Gärten von Gaglow zu schildern, das erfrorene Gemüse, das zu spät geerntet worden war, und den froststarren Obstgarten. In allen Einzelheiten beschrieb sie die Entwicklung jedes der fünf Hunde. Sie teilte ihm mit, daß Marianna die Hunde wieder nach Berlin mitgenommen habe und sie dazu ermuntere, unter dem Tisch zu liegen, um ihr während des Abendessens Füße und Fesseln zu wärmen. Ein Glück, schrieb sie, daß sie solche dürren kleinen Viecher seien, denn sonst hätten ihre Nachbarn sich ja vielleicht versucht gefühlt, Suppe aus ihnen zu kochen – sie sei überzeugt, daß nur wenige Hunde, seien sie nun englischer Abstammung oder nicht, so wenig appetitanregend aussähen. Sie nehme jetzt das Fahrrad, fuhr sie fort, statt mit der überfüllten Straßenbahn zur Schule zu fahren, doch wie das gehen solle, sowie die Straßen vereist wären, wisse sie nicht. Sie erwähnte nicht, daß ihr Vater immer seltener ins Kontor ging und sie einmal die Tür seines Arbeitszimmers geöffnet und ihn im

Mantel dort sitzen sehen hatte, wie er, in sich zusammengesunken, ins Leere starrte. Armer Papa, hatte sie gedacht, armer, armer Papa. Und irgendeine vage Erinnerung hatte ihr ein Lächeln abgenötigt.

»Was schreibst du denn da, du Alleinunterhalterin?« Bina knuffte sie, und Eva beeilte sich, den Brief unter ihrem Arm verschwinden zu lassen. »Das ist privat.« Sie machte sich daran, den Rand mit kleinen Abbildungen ihres künftigen Hauses zu verzieren, das sie am Ende noch mit rauchenden Schornsteinen und einer tintenschwarzen Blumenkette versah.

Aus den drei Schachteln der Mädchen war jeweils die gleiche Summe entnommen worden, und bis jetzt war Emanuels, die im Lauf der Jahre schwerer geworden war als die anderen, unangetastet geblieben. Marianna zog die Schachtel nach vorn und öffnete sie. Eine Menge Münzen lagen übereinander und schimmerten wie lächelnd zu ihr hinauf. Einige erkannte sie wieder. Das Goldstück, ein Geschenk ihrer Mutter am Sonntag seiner Geburt, und dann das Zehnmarkstück, das von Wolfs Vater stammte und das er dem Jungen einen Monat vor seinem Tod geschenkt hatte. Sie versenkte die Hände in das Metall und überließ ihnen die Auswahl einer mittelgroßen Münze. Sie wollte eine, mit der man nicht so pietätvoll umgehen mußte. Marianna fischte die zuletzt hinzugekommene heraus, die Verwandte Emanuel zu seinem letzten »richtigen« Geburtstag vor über zwei Jahren geschenkt hatten. Sie hielt sie in der hohlen Hand und stellte sich vor, wieviel Nahrung und Kleidung er zusätzlich würde bekommen können, wenn sie das Geld telegrafisch ins Unbekannte schickte. Doch dann, im letzten Augenblick, ließ sie die Münze wieder in die

Schachtel gleiten, versagte sich jeden weiteren Gedanken in dieser Richtung, öffnete eine andere Schachtel, diejenige, die ihrem Ellenbogen am nächsten stand, und klaubte zwei Goldmünzen heraus. Sie warf einen Blick darauf, als sie die Tresortür zuschlug, und stellte zu ihrer Erleichterung fest, daß sie keinerlei sentimentalen Wert besaßen, sondern das Geschenk Tante Cornelias zu Binas Schulabschluß waren.

Als die Tage kälter wurden, begannen die Mädchen, sich zu ihrem Trost auf dem einstigen Bett ihrer Gouvernante zu versammeln. Dieses schmale Zimmer wurde am ehesten warm, und wenn sie die Tür zum Kinderzimmer zumachten, erwärmte es sich allein von ihrem Atem. Martha hatte einen Korb mit alter Wolle gefunden, den Fräulein Milner vor Jahren ganz oben in ein Schrankfach geschoben hatte. Sie hatte sich vier kurze Nadeln herausgesucht und eine Socke zu stricken begonnen, die freilich recht lappig zu geraten drohte. Eva betrachtete das Werk, das noch im Entstehen begriffen war, etwas Weißes, Schlaffes mit Laufmaschen. »Auf unsrer Wiese gehet was«, und sie dachte an Millie, wie sie mit schmalen Lippen die Worte des Liedes geformt hatte wie ein Gebet.

»Einer Samson-Socke kann sie freilich nicht das Wasser reichen.« Eva konnte sich die Bemerkung nicht verkneifen.

»Na schön, man bemüht sich eben«, meinte Martha verdrießlich. »Ich zwacke mir dafür etwas von der kostbaren Zeit ab, die ich zum Lernen brauche. Eine Kriegsanstrengung.« Wie auf Kommando langten Bina und Eva gleichzeitig nach dem Korb, in dem noch reichlich Stricknadeln verborgen waren. Die Wolle war zwar überwiegend weiß, aber ein paar Stränge Grün und Rot hatten sich in den

Docken verfangen, und Eva fischte sie heraus und rollte sie über der Hand zum Knäuel auf. Martha mußte zwar für ihre Schwestern die erste Reihe Maschen aufnehmen, doch alsbald saßen sie nebeneinander, die Füße in Daunenkissen gehüllt, und sangen zum Klicken ihrer Nadeln aus voller Kehle das Storchenlied.

Auf dem Weg zu ihrem eigenen Schlafzimmer blieb Marianna stehen, um zu lauschen. Der Gesang der drei Stimmen, der bei jeder neuen Reihe Maschen anschwoll, bewirkte, daß sie sich auf einmal sehr einsam fühlte, und sie machte kehrt, um nach ihrem Mann zu sehen. Als sie ihn verlassen hatte, hatte er am Tisch gesessen, vornüber gesunken, den grauen Kopf auf den Handrücken gelegt, doch jetzt, da sie sich imstande fühlte, ihm ein wenig Trost zu spenden, mußte sie feststellen, daß er das Zimmer verlassen hatte.

Am ersten Weihnachtstag war Eva schon zeitig wach. Sie hatte Magenschmerzen vor Hunger, und bis zum Frühstück war es noch lange hin. Sie kroch aus dem Bett und beschloß, sich die Zeit mit einem Spaziergang zu vertreiben. Um sich Mantel und Stiefel anzuziehen, tappte sie in den Socken, in denen sie geschlafen hatte, den Flur hinunter und machte die Tür zur Kammer auf. Aus alter Gewohnheit bewahrte sie ihre Sachen zum Ausgehen noch immer hier auf, obwohl sie mittlerweile nicht mehr warm und trocken wurden, sondern genauso kalt und klamm blieben, wie sie sie am Tag zuvor dort aufgehängt hatte. Die Kleiderkammer war ein winziger Raum, in dem der Warmwasserboiler untergebracht war. Er hatte zwar kein Fenster, doch immerhin stand darin eine Bank aus Latten, auf die man sich setzen konnte, um sich die Stiefel auszuziehen und sie gegen die Hausschuhe zu vertauschen, die in einem Schuhregal standen.

Eva streckte die Hand nach ihrem Mantel aus und zog ihn an. Der klamme Stoff ließ sie erschaudern, und als sie sich umdrehte und nach ihrem Hut tastete, stieß sie gegen einen Schuh. Einen schwarzen, blanken Schuh, der sich zu ihrer Verblüffung nicht von der Stelle rührte. Eva erstarrte. Sie spürte, daß da jemand war, eine in sich zusammengesunkene Gestalt, die nicht gesehen werden wollte, und sie mußte erst tief Luft holen, ehe sie es wagte, den Blick zu heben und ihrem Vater ins Gesicht zu sehen. Er wandte sich nicht ab, bewegte sich nicht einmal, sondern blieb einfach sitzen, wie er war, mit angezogenen Knien, die Hände schlaff im Schoß. Er wirkte groß und wie zerbrochen, oberhalb der Hüfte durchgebrochen. Ohne eine Miene zu verziehen, senkte er den Blick wieder und richtete ihn auf eine abgetretene Stelle des Fußbodens.

Eva wich auf den Flur zurück und schloß die Tür. Starr stand sie in der Diele und klammerte sich einzig an das Problem, wie sie denn die Kammer noch einmal betreten und ihre Stiefel herausholen sollte. Schließlich umwickelte sie ein Paar Halbschuhe mit Lappen und trat auf die Straße hinaus.

Es war noch dunkel, und ihre Füße versanken in weichem, frischgefallenem Schnee. Geisterhafte Gestalten gingen an ihr vorüber, nur umrißhaft zu erkennen, verzerrt von ihrem eigenen Schatten, und ein Fahrrad, in dessen Speichen das Mondlicht sich fing, sauste vorbei. Wenn die Kammer nur warm gewesen wäre, dann hätte sie sich das Ganze schon eher erklären können, und während sie sich immer weiter vom Haus entfernte, überlegte sie, ob sie nicht besser daran täte, zurückzugehen und ihre behandschuhte Hand in seine zu legen, den gebeugten wuchtigen Schädel zu küssen und ihn dazu zu bewegen, die Kammer zu verlassen.

Es war hell, als Eva, von kalter Luft umweht, mit geröteten Wangen nach Haus zurückkehrte. Die Familie war aufgestanden und trank gerade den Rest des Bohnenkaffees, den Marianna wunderbarerweise für den Weihnachtsabend aufgetrieben und ihnen zu Mohn- und Mandelstollen serviert hatte. Wolf saß am Kopf des langen Tisches, die Hand um die Tasse gelegt. Er blickte auf, als sie hereinkam, und wieder blieb sein Gesicht völlig ausdruckslos.

»Eva«, sagte ihre Mutter stirnrunzelnd, »komm nicht mit deinen nassen Sachen ins Zimmer.« Bedrückt trottete Eva wieder zur Kammer zurück und machte die Tür einen Spalt auf. Sie befreite ihre Schuhe aus ihrer Umwicklung und stellte sie ordentlich in eine Schachtel. Die Ecke, wo ihre Stiefel immer noch standen, mied sie und ließ die Finger an Handschuhen und Halstüchern entlangstreifen, die in unregelmäßigem Auf und Ab an Kleiderhaken hingen.

Fast eine Woche lang verließ Wolf das Haus nicht, und Eva, die sonst wenig zu tun hatte, beobachtete ihn hinter gesenkten Lidern. Sie saß und beobachtete, wie er seine Zeitung las und dahinter in einem nervösen Schlummer vor sich hin nickte, und erkannte, daß er nicht etwa in die Breite gegangen, sondern in den letzten Monaten immer mehr eingeschrumpft war. Als er sich endlich anschickte, das Haus zu verlassen, war Eva sofort klar, daß sie ihm folgen würde, obwohl sie sich das keineswegs vorgenommen hatte. Sie beobachtete ihn dabei, wie er seinen schweren Mantel anzog, und schon rannte sie los, um sich selbst die Stiefel anzuziehen, hastig nach Hut und Halstuch zu greifen und dann auf die Straße hinauszueilen. Um ihn nicht zu überholen, mußte sie ihren Schritt verlangsamen. Zunächst strebte er in die Richtung seines Kontors und nickte, beinah dort angelangt, seinen Nachbarn lächelnd zu, doch dann ging er schnurstracks daran vorbei und hielt auf den Tiergarten zu.

Eva folgte ihm auf seinen menschenleeren, abgelegenen Wegen, und ihr fiel auf, während sie hinter ihrem Vater herging, daß er die Arme steif an die Seiten angelegt hielt und niemals die Hand hob, um den Schnee wegzuwischen, der ihm ins Gesicht wehte. Sie stellte sich vor, wie er sich in seinen Brauen und dem rauhen Haar seines Lippenbarts verfing; als er sich plötzlich umdrehte und ihr das Gesicht zuwandte, vermochte sie nur einen verschwommenen weißen Fleck zwischen Kragen und Hut zu erkennen. Anfangs war Eva bemüht, Abstand zu halten und möglichst unsichtbar zu bleiben, doch alsbald wurde ihr klar, daß er viel zu sehr mit sich selbst beschäftigt war, um sie überhaupt wahrzunehmen, und so versuchte sie nicht länger, ungesehen zu bleiben, sondern ging einfach hinter ihm her.

Schließlich blieb er stehen, und ohne sich zu bücken und den Schnee wegzuwischen, setzte er sich auf eine lange, schneebedeckte Bank, schlug die Arme unter und starrte blicklos vor sich hin. Eva konnte das nicht begreifen. Bei dem bloßen Gedanken, wie der langsam schmelzende Schnee seine Kleider durchdrang und die Kälte an seiner Wirbelsäule emporkroch, erschauderte sie. Niedergeschlagen ging sie mit gesenktem Kopf an ihm vorbei. Sie verließ den Tiergarten und beschloß, in einer halben Stunde wieder zurückzukehren, um nach ihm zu sehen. Als sie auf die Straße hinaustrat, kam sie an einer Frau vorbei und schreckte zusammen. Die Augen der Frau konnte sie zwar nicht sehen, aber die eingemummte Schulter und das glatte, sommersprossige Profil erinnerten sie schlagartig an Fräulein Schulze. Eva blieb stehen und rieb sich das Wasser von der Nase. Sämtliche Wärme, die sich im Futter ihrer Kleider gesammelt hatte, war der Nässe gewichen, und ohne sich umzudrehen, begann sie, schlitternd und immer wieder ausgleitend, durch die Straßen zu rennen.

Als Eva zu Hause eintraf, fand sie die Wohnung verlassen. Alle hatten jetzt immer soviel zu tun, nur sie nicht, und um Gesellschaft zu haben, lockte sie die Hunde mit winzigen Brotbröckchen und half ihnen, auf Schu-Schus einstiges Bett zu klettern. Sie hüllte sie in Daunendecken, steckte ihre Samtpfoten darunter und machte ihnen für das Maulwurfsfell ihrer Ohren Kapuzen aus Frotteehandtüchern. Sowie sie ihnen alles behaglich hergerichtet hatte, beschloß sie, ihre halbfertige Socke liegenzulassen, und begann, mit neuen Nadeln einen dicken Wollhelm zu stricken, einen Kopfschützer, den sie sich selbst ausgedacht hatte. Er sollte zwei rechts, zwei links gestrickt sein und nur winzig kleine Schlitze für Mund und Augen haben. Sie begann mit Moosgrün an der Halsöffnung und beschloß, falls das Ganze allzu drohend geraten sollte, um den Mund herum ein breites Lächeln einzusticken und an jedem Ohr zwei kleine Rosenknospen anzubringen.

Marianna schickte Emanuel immer weiter kleine Geldbeträge. Wie es gerade kam, entnahm sie einer der Schachteln ein paar Münzen und ließ das Geld telegrafisch an das Hilfsbüro für Kriegsgefangene schicken. Sie erfuhr niemals, ob er das Geld auch erhielt, und manchmal schickte sie ihm, in der verzweifelten Hoffnung, ihm irgendein Lebenszeichen zu entlocken, dieselbe Summe gleich noch einmal.

Marianna verspürte ein überwältigendes Verlangen, nach Gaglow zurückzukehren. Sie wußtc, jetzt im Februar wäre es dort unglaublich kalt und unwegsam, doch wenigstens würde sie sich ein Holzfeuer im Kamin machen und die Hunger leidenden Whippets hinauslassen können, damit sie sich etwas zu fressen suchen konnten. Sie sah Wolf an, der sich gerade unendlich langsam auszog, und entschied sich dagegen, ihn vorher zu fragen. Ihre Kinder, nahm sie an, würden sich weigern, sie zu begleiten, Bina aus Prinzip und Martha, weil sie, in ihre eigene Welt eingesponnen, unfähig war, sich zu einem solchen Schritt durchzuringen.

Marianna stützte die Ellenbogen auf den Toilettentisch und lächelte, als sie an Eva dachte, wie sie auf Zehenspitzen im Haus umherging, in die Zimmer flitzte, hinter Türen hervorhuschte, stets mit geschürzten Lippen und gehobenen Brauen, als wäre sie überzeugt, sich unsichtbar umherbewegen zu können. Eva hätte bestimmt nichts dagegen, wenn sie sie aus der Schule nähme. Sie klagte immer wieder, wie sinnlos es jetzt sei, zum Unterricht zu gehen, wo doch so viele Klassen in einem einzigen Raum zusammengepfercht waren. Bisweilen gab es offenbar so viele verschiedene Grüppchen, daß jeder für sich allein zu lernen versuchte und die Lehrer ihre Zeit damit verbrachten, zu beratschlagen, wie man am besten vorgehen sollte. Als die erste Frostperiode hereingebrochen war, hatte man Eva gebeten, doch jeden Tag etwas Brennstoff mit in die Schule zu bringen, und Marianna hatte sie beobachtet, wie sie mit einem Brocken Kohle in der Hand das Haus verließ, den sie wie eine eingewickelte heiße Kartoffel trug. Doch kürzlich hatte der Hausmeister ihr das nicht mehr erlauben wollen, und so brach sie denn, wie die meisten Mädchen ihres Alters, nur mit ihrer Schultasche und den getrockneten Apfelringen auf, die mittlerweile das Pausenbrot ersetzten.

Marianna sprach mit niemandem über ihr Vorhaben und begann, langsam das Nötige vorzubereiten. Sie würde den Zug nehmen und jemanden finden müssen, der sie bis zu ihrem Haus fuhr. Gruber hatte, obwohl fast fünfzig, in den Krieg gemußt. Er war zum selben Regiment gekommen wie zuvor sein armer Neffe, der schon seit über einem Jahr tot war, und Marianna fragte sich bereits, wann man wohl ihren Mann einziehen würde. Sie hatte die Absicht, ihren Aufenthalt auf Gaglow so geheim zu halten wie irgend möglich. Sie würde, soweit das ginge, allein für sich sorgen und beschwor die glückliche Vision herauf, wie sie mit ihrer Mutter im Sommer immer zwei volle Wochen ganz allein gewesen war, während der Vater seinen Urlaub an der See verbrachte.

Evas Augen verengten sich, als Marianna sie einweihte, und sie fuhr herum, um sich zu vergewissern, daß auch niemand zuhörte. »Wir fahren weg, nur wir beide.« Marianna senkte die Stimme, und Eva, die jetzt sicher sein konnte, daß sie allein waren, bedachte sie mit einem derart komplizenhaften Lächeln, daß ihr ganz warm ums Herz wurde.

Es blieb Eva überlassen, den beiden anderen die Neuigkeit zu eröffnen. »Wißt ihr schon, daß Mama vorhat, uns im Stich zu lassen?« fragte sie eines Abends, als ihre Hände zum Stricken zu klamm waren und sie zusammengerollt an ihrem üblichen Platz lagen. Martha schüttelte den Kopf und sperrte ungläubig den Mund auf, obwohl sie dank Dolfi bereits etwas läuten gehört hatte.

»Sie haßt uns, das hab ich ja immer schon gesagt.« Bina lachte.

Martha setzte, aus reiner Gewohnheit, hinzu: »Armer Papa.«

Eva setzte eine nachdenkliche Miene auf und legte den Kopf ein wenig schief. »Was mag sie wohl vorhaben?« Sie schloß die Augen, als versuchte sie, dem Rätsel auf den Grund zu gehen. Bina schlug wissend die Fingerkuppen aneinander.

»Vielleicht ...«, fing Eva an. Sie spürte, daß die beiden anderen sie ansahen. »Vielleicht kann ich ja irgendwie erreichen, daß sie mich mitnimmt.« Eine Pause trat ein, und dann setzte sie, um jeglichen Argwohn zu zerstreuen, hinzu: »Mama kann das eigentlich schlecht ablehnen, und wenn sie es tut, dann wissen wir, daß es etwas wirklich Ernstes ist.«

Eva hatte Gaglow in dieser Jahreszeit noch nie gesehen. Es war ein Kristallpalast, und der Frost hatte in jedes seiner Fenster raffinierte Muster ziseliert, die dem Zimmerinnern etwas Zauberisches verlieh, als wären sie das Werk eines Zuckerbäckers. Jeder rechteckige Fensterrahmen war von Zuckerfäden umsponnen. Sie legte die hohlen Hände vor dem Mund zusammen und blies gegen die Scheibe, bis die warme Feuchtigkeit ein Guckloch geschaffen hatte. Der Rasen draußen lag wie unter einem dicken Tuch, und die zu Hügeln angewachsenen Beete nahmen sich gegen die komplizierten Frostmuster geradezu flach aus.

Noch nervös von der Reise, liefen die fünf Hunde im Kreis umher. Sie hatten die Schnauzen geöffnet, und breite

Dampfschwaden kräuselten sich von ihren Zungen empor. Marianna führte sie durchs Haus, vorbei an dem verhängten Flügel und den abgedeckten Teppichen, und ließ sie in den Gang hinaus, wo die vernachlässigten, welken Margeriten standen. Mit klickenden Krallen rannten sie über den Steinboden und stießen aufgeregte Knurrlaute aus. Sie spitzten die Ohren, als sie einen Blick auf Eva erhaschten, die gerade mit ausgestreckten Armen quer durch den gefliesten Saal kreiselte. Sie hielt das Gesicht zur achteckigen Decke emporgewandt, und nur ab und zu, wenn sie an der offenen Tür zum Arbeitszimmer ihrer Mutter vorbeikam, kam es ihr in den Sinn, rasch einen Blick hineinzuwerfen …

Marianna lachte und tätschelte die kühle Decke der Hunde. »Kommt«, rief sie und rannte mit ihnen um die Wette zur Hintertür, wo sie in den Schnee hinausschossen, um Kaninchen zu jagen.

Im Kamin ihres Arbeitszimmers schichtete Marianna feuchtes Fichtenholz auf. Es dauerte ungeheuer lange, bis es Feuer fing, und um es nicht ausgehen zu lassen, zerriß sie Seite um Seite sorgfältig niedergeschriebener Daten und Zahlen aus dem großen Haushaltsbuch auf ihrem Schreibtisch und zerknüllte sie zu Anmachpapier. Das Feuer rauchte und ächzte, und dann leckten die Flammen ins trockene Zentrum des Holzes, bis sie endlich knisternd und funkenstiebend in den Kamin emporschossen und in leuchtenden Farben explodierten.

»Eva!« rief sie aufgeregt. »Schnell!« Sie rannte zur Hintertreppe und rief ihre Tochter in dringlichem Ton herunter.

Eva ließ das Schatzkästlein, das sie aus Berlin mitgebracht hatte, in seine Hängematte unter dem Bett fallen und zog mit eiskalten Fingern die Bettdecke herunter. Die

Stimme ihrer Mutter klang ungeheuer dringlich, und Eva fiel fast über die eigenen Füße, als sie die Treppe hinunterpolterte. »Was ist denn los?« Sie stürzte ins Arbeitszimmer.

Marianna wies auf die Feuerstelle. Tulpenförmige Flammen schlugen um die Fichtenäste empor, und während sie zuschauten, knackte das Feuer und zerstob zu Sternen. »Ist das nicht schön?« sagte Marianna in kindlichem Staunen, und Eva bemerkte, daß zwei Rußstreifen das Gesicht ihrer Mutter zierten, die selig vor sich hinlächelte. »Komm und wärm dich«, drängte Marianna, und Eva fiel auf die Knie und hielt die Hände in die Hitze.

»Es hat sich schon erwärmt hier drinnen«, meinte Marianna und schob zwei Sessel so dicht an den Kamin, wie es nur ging. Eva ließ sich in den einen hineinfallen und bewegte die eiskalten Zehen auf und ab. Sie streckte die Beine aus, und war, die Fersen auf den Rücken eines Hundes gestützt, im Nu eingeschlafen.

Den größten Teil eines jeden Tages verbrachten Eva und Marianna mit der Nahrungssuche. Es gab immer noch eine ganze Menge alter Vorräte in den Küchenschränken, und gemeinsam machten sie sich auf den Weg durch das eiskalte Labyrinth des Erdgeschosses, um sich ein Glas eingeweckte rote Bete auszusuchen und hin und her zu überlegen, wie es sich wohl in eine Mahlzeit verwandeln ließe. Eva hatte ihre Mutter noch nie so blühend erlebt. Ihre Augen glühten in Erwartung der Aufgaben, die der Tag für sie bereithielt, und das sonst so blasse Gesicht nahm während ihrer Raubzüge und des täglichen Geschaufels im Garten Farbe an. Auf Nahrungssuche stießen sie auf eine Hacke, die an einem Schuppen lehnte, und während Marianna den

Boden aufhackte, wendete Eva ihn um, zerkleinerte ihn und förderte gelegentlich eine gefrorene Rübe oder eine halbvermoderte Kartoffel zu Tage. Manchmal stürzten sie sich freudig auf einen Steinbrocken oder die Wurzel eines abgestorbenen Baumes, und dann wurden sie von solchen Lachanfällen geschüttelt, daß sie sich auf den Stiel ihres Spatens stützen mußten.

Eva hüllte sich in Pelze, um die Hintertreppe zum Kinderzimmer hinaufzusteigen. Sie durchstöberte den Inhalt ihres Holzkästchens und inspizierte ihre allerneusten Schätze – das Gerippe eines Blattes und das erste Schneeglöckchen. Sie hockte sich auf die Fensterbank, und während sie auf den weiß überzuckerten Garten hinausblickte, begann sie zu schreiben.

Lieber Manu,
ich lerne jetzt, wie man kocht und Feuer macht, so daß wir keinerlei Dienstboten benötigen werden. Vielleicht gerade nur jemanden für die Wäsche, es sei denn, das Haus liegt unmittelbar an einer Flußbiegung, so daß wir die Kleider mit Steinen beschweren und sich selbst waschen lassen können. Ich lege Zeichnungen vom Obergeschoß unseres Hauses bei, und wie Du sehen kannst, haben wir jeder drei hohe Fenster, und unter einem davon steht die Badewanne und unter einem anderen das Bett.
Was ich Dich schon langer fragen wollte – erinnerst Du Dich, ob Bina als Neugeborenes weiches braunes Haar hatte, und wenn ja, wie hat es sich denn verändert – langsam, so daß man es kaum bemerkt hat, oder von einem Tag auf den anderen?
Deine Dir ergebene und ungeduldige Schwester Eva

Eines Morgens stellte Eva beim Aufwachen fest, daß es taute. Warmer Sonnenschein funkelte auf den Steinen. Die Hunde zuckten und schnüffelten im Schlaf, und als Eva aufstand, reckten sie die Nasen zu ihr empor. »Kommt«, flüsterte sie, weil sie ihre Mutter nicht wecken wollte, die behaglich in ihrem Sessel zusammengerollt lag. Sie hielt ihnen die Tür auf, und sie ließen einander höflich den Vortritt. Gemeinsam rannte Eva mit ihnen über das schlüpfrige Gras, um nachzusehen, ob, nach dieser milden Nacht, die Samen schon aufgegangen waren, die sie ausgesät hatten, und vielleicht schon grüne Spitzen herausschauten – aus den Saatreihen von Mohrrüben, Spinat und einer Spirale Radieschen, die, so hatte Marianna behauptet, am einfachsten zu ziehen waren. Eva fiel auf, daß der älteste Hund hinkte, und sie mußte immer wieder stehenbleiben, damit er mitkam. Durch den Obstgarten, an den leeren Ställen vorbei trabte sie ums Haus herum, bis sie sich, erschöpft und erhitzt von der ungewohnten Wärme, auf die Bank legte, die sich in die Rundung der Eishausmauer schmiegte. »Arme hungrige Hunde«, murmelte sie liebevoll und half dem letzten auf die Bank hinauf, »müssen von eingeweichtem Brot und Apfelbutzen leben«, und sie strich ihnen über die eingefallenen Flanken. Sie fing an, sich auszumalen, was sie wohl gern gefressen hätten. Leber und hellrote Fleischbrocken, und als sie die Augen schloß, trieb ein Napf Schokolade mit einem großen Berg Schlagsahne vorbei. Sie streckte sich aus, das Gesicht der Sonne zugeneigt, schlief ein und träumte von einem ganzen Berg Milchbrötchen, so daß ihr Magen geräuschvoll zu knurren anfing und sich scharfe Säfte in ihrem Mund sammelten.

Als Eva erwachte, liefen die Hunde schnüffelnd umher. Sie setzte sich auf und versuchte, die letzten Traumbilder festzuhalten: Pfirsiche, ein leuchtendes Orange verfloß mit der Haarfarbe von Fräulein Schulze. »Wenn Sie sie nicht wollen, esse ich sie eben ganz allein auf«, hatte sie gebrüllt. Und dann hatte sich das Obst in eine Schüssel Murmeln verwandelt, und sie schluckte sie eine nach der anderen herunter, während Schu-Schu unablässig durchs Zimmer wirbelte.

Überall taute es, und das Geräusch von tröpfelndem Wasser löste ein quälendes Durstgefühl in ihr aus. Sie wollte schon zum Haus zurückrennen, als sie sich darauf besann, wo sie war. Sie sprang auf die Füße und stieß die schwere Tür auf, die zum Eiskeller führte, und während sie das dämmende Stroh beiseite schob, tastete sie nach dem Eispickel, der an der Wand hing. Eine weitere Tür mußte man einhaken, und von der dritten brauchte man bloß eine Klappe abzuhängen, um hindurchzuschlüpfen und an den Eisvorrat zu kommen. Trotz der langen Frostperiode war der Eisstand niedrig, und sie mußte in die Grube hinabklettern, um heranzukommen. Es lag dort als höckerige Masse, die von feinen Rissen durchzogen war. Sie paßte auf, daß sie mit den Fingern nicht an der Oberfläche festklebte, und hackte sich ein Stück heraus. Vorsichtig trug sie es in ihrem Rock vor sich her, als sie den Rückweg ins Warme antrat, und schloß mit der freien Hand eine Tür nach der anderen, bis sie nach draußen gelangt war.

Mit einer Hand klaubte sie sich das Stroh von den Kleidern, während sie sich das Eiswasser in den Mund laufen ließ. Sie sah, daß ihre Mutter an der Hintertür die Läufer ausschüttelte, das Haar von einem Kopftuch bedeckt, und fragte sich, was die Kinder aus dem Dorf wohl denken würden, wenn sie sie so sähen. Sie nutzte den ersten Frühlingstag dazu, den Staub aus Decken und Kissen zu klopfen und ihre Kleider an die Luft zu hängen, und während Eva ihr zuschaute, kam ihr die Idee zu einer Osterüberraschung. Sie würde dafür allerdings mächtig arbeiten und auf der Stelle beginnen müssen. Es sollte ein Ostergeschenk aus Eis werden, eine Eisskulptur, ein aus Eis modellierter Hund, den sie ihrer Mutter zur Feier des Tages als Tischschmuck überreichen wollte. Sie würde einen großen Block zurechthacken müssen, der den Rumpf abgeben sollte. Wenn es möglich war, den geschwungenen Hals eines Schwans aus Eis zu formen, so dachte sie, dann konnte es doch nur eine Frage der Geduld sein, den spindeldürren Schwanz eines Whippets herauszumeißeln.

Eva hatte mehrere Tage angestrengt gearbeitet, als Bina und Martha eintrafen. Umgeben von einer Wolke Stadtluft stiegen sie von ihrem Fuhrwerk, und Eva und Marianna rannten hinaus, um sie zu begrüßen, blieben jedoch ruckartig stehen, als die erstaunten Blicke der beiden sie trafen. Eva warf ihrer Mutter einen ratlosen Blick zu und nahm zum erstenmal wahr, daß ihr Haar, das sie unter einem Pelzhut aufgetürmt hatte, an manchen Stellen strähnig hinabhing. Die einzelnen Silberfäden, die es durchzogen wie Spinnenbeine, waren dicker als die übrigen Haare, und das rief den Eindruck der Ungepflegtheit hervor.

»Wie geht es Papa?« fragte Eva, die mit Entsetzen erkannt hatte, daß er nicht mitgekommen war, doch Bina machte bloß einen langen Hals, um das zerknitterte Band anzustarren, das von ihren verfilzten Zöpfen herabhing, und schürzte dabei die Lippen, als hätte sie nichts gehört.

»Wollen wir hineingehen?« Ihre Mutter lächelte und wandte sich um, als wäre alles in bester Ordnung. Sie hob den hinkenden Hund hoch wie etwas ungeheuer Zerbrechliches, und während die anderen Hunde ihnen aufgeregt voransprangen, durchschritten sie die mit Tüchern verhängten, seit langem unbewohnten Räume.

»Was ist denn mit ihr los?« flüsterte Martha, und Eva erklärte, daß die Hinterläufe mit dem Alter steif geworden seien und sie zwängen, zu hoppeln wie ein Kaninchen.

»Nicht mit dem Hund, du blöde Gans«, schaltete Bina sich ein, »mit Mama.« Eva eilte schweigend weiter, ohne recht zu wissen, wohin sie eigentlich wollte. »Wo gehen wir denn bloß hin?« beschwerte Bina sich, die hinter ihr herkeuchte. In diesem grauenhaften Haus sei es ja kälter, als es draußen überhaupt sein könne, murrte sie.

»Mama, wo führst du uns denn hin?« fragte Martha, als sie den achteckigen Saal erreicht hatten. Marianna antwortete nicht, sondern riß statt dessen die Tür ihres Arbeitszimmers auf. Eine Rauchschwade kam auf die Türöffnung zugewabert und gab, als sie sich verzogen hatte, den Blick auf den Tisch frei, auf dem eine Reihe Kerzen brannten und der sorgfältig mit dem besten Geschirr gedeckt war.

Marianna hatte den ganzen Tag mit den Vorbereitungen zugebracht. Mit Evas Hilfe hatte sie ihren Schreibtisch in die Zimmermitte geschoben, Federhalter und Löscher beiseite geräumt und ihn mit einem dunkelgrünen Tuch bedeckt. Gemeinsam hatten sie die Sessel vom Kamin weggerückt und ihre Kleider unter die Bänke in den Fensternischen gelegt. Die zerschlissenen Decken der Hunde waren ausgeschüttelt und wie kleine Matten im Zimmer verteilt worden.

»Du meine Güte«, schnaubte Bina verächtlich, »wie das hier aussieht!« Und Eva bemerkte, daß ihre Stiefel vor dem Kamin aufgebaut waren und eine Leine mit rauchgeschwängerten Hemden und Taschentüchern von einem der

Balken herabhing. Martha nieste, und ihre Augen begannen bereits, sich zu röten.

»Es ist wohl ein bißchen verraucht hier drinnen«, räumte Eva ein und starrte auf die weichen weißen Aschenberge hinab, die neben der Feuerstelle aufgehäuft lagen.

Marianna wandte ihnen den Rücken zu. »Ich kann euch Bratkartoffeln mit Rosmarin anbieten«, sagte sie und hob mit großer Geste den Deckel von einer Terrine, »oder Bratkartoffeln mit Thymian«, und die beiden Mädchen, denen angesichts solcher Üppigkeit das Wasser im Mund zusammenlief, hörten auf, das Zimmer anzustarren, und nahmen am Tisch Platz, während Eva widerstrebend ein Fenster aufmachte und einen Schwall kalter Frischluft hereinließ.

Eva war fast blau angelaufen vor Kälte, während sie letzte Hand an die Eisstatue zu legen versuchte. Sie hatte zwar sehr erfolgreich begonnen, als sie aus gesalzenen Wassertropfen Ohren geformt und eine perfekte Schnauze gemeißelt hatte, aber dann die Beine! Lang und dünn, wie sie waren, hatten sie ihr als solche schon Schwierigkeiten bereitet, und dann waren es noch so viele … Den Schwanz mit dem Körper zu verbinden hatte sich letztlich als unmöglich erwiesen. Nach jedem Versuch wickelte sie ihr Werk in Binsen und legte es auf den kleiner werdenden Eisberg. Nun wartete es mitsamt dem daneben liegenden Schwanz darauf, Evas Mutter überreicht zu werden.

»Wo gehst du denn hin?« fragte Bina, als sie vom Tisch aufsprang, doch Eva huschte aus dem Zimmer, ohne zu antworten, und rannte in den Garten hinaus. Viel Zeit blieb ihr nicht bis zum Dunkelwerden. Sie öffnete eine Tür nach der anderen, und erst als sie über dem Rumpf aus klarem Eis hockte und ein letztes Mal versuchte, den Schwanz daran zu befestigen, fiel ihr wieder ein, daß sie ihre Mutter ja eigentlich nicht mit Geschenken verwöhnen durfte.

»Eva, Eva«, hörte sie ihre Schwestern rufen, »wo bist du?« In einem plötzlichen Anfall von Panik warf sie den unzulänglichen Hund wieder auf das Eis, schüttelte sich Binsen und Stroh aus dem Rock und rannte zum Haus zurück.

»Was hast du denn nun herausgefunden?« fragte Bina, sobald sie oben im Kinderzimmer unter die Decken gekrochen waren.

»Herausgefunden?« Gerade noch rechtzeitig erinnerte Eva sich, welchem Zweck ihr ausgedehnter Aufenthalt auf Gaglow hatten dienen sollen.

»Arme Eva«, murmelte Martha, deren Augen immer noch vom Rauch gerötet waren, und Eva drehte sich auf die Seite, um sie mit Leidensmiene anzusehen.

»Leicht war es wirklich nicht.«

»Für uns auch nicht – wir haben schließlich kein Wort von hier gehört«, erwiderte Bina spitz, und Eva begriff im ersten Augenblick gar nicht, auf wessen Wort sie eigentlich den ganzen Winter gewartet hatten.

Eva rollte sich zusammen, umklammerte ihre Knie und drückte sie gegen die Brust. Sie vermißte ihren bequemen Sessel. Es war ihr unnatürlich vorgekommen, sich nach dem Abendessen hierher zurückzuziehen und ihre Mutter auf der Treppe stehenzulassen. Sie hatten ein schüchternes Lächeln getauscht und sich mit einem Nicken gute Nacht gesagt, ehe Eva davongeeilt war, um die Neuigkeiten und den Klatsch der letzten zwei Monate zu hören.

Am nächsten Morgen fand Eva ihre Mutter auf den Stufen des Eishauses. Die Tür zum Keller stand sperrangelweit offen, und die Klappe der hinteren Tür lag am Boden. Erschrocken schlug Eva die Hände vor den Mund, als ihr wieder einfiel, wie sie am Abend zuvor davongestürzt war.

»Ist ja nicht so schlimm«, meinte Marianna, noch ehe sie zur Beichte ansetzen konnte. »Ich bin überzeugt, daß das bloß Kinder waren. Die sind doch im Grunde harmlos. Kinder aus dem Dorf.« Doch um ihren Mund waren neue tiefe Falten entstanden, und das Leuchten war aus ihren Augen verschwunden. »Ich wage gar nicht nachzuschauen, was sie im Gemüsegarten angerichtet haben.« Sie seufzte und murmelte dann, wie zu sich selbst, sie habe sich hier niemals richtig willkommen gefühlt, nicht wirklich.

»Mama ...« Eva hatte das Gefühl, ihr eine Erklärung zu schulden, doch Marianna stand auf, schnalzte nach den Hunden und entfernte sich in Richtung Haus.

Eva konnte das Eis hören, ehe sie es erreicht hatte. Die Eisbrocken hatten unter der Einwirkung der warmen Luft zu schmelzen begonnen, und wie bei Tauwetter sickerte und tröpfelte es überall. Die Binsen, in die sie ihren Hund eingewickelt hatte, hatten sich entrollt, und der Schwanz des Whippets war in Stücke zerbrochen und verwandelte sich bereits wieder in Schneematsch.

Bina fand die Neuigkeit ungeheuer aufregend. »Vandalen aus dem Dorf! Haben die Tür eingeschlagen!« Erschaudernd schlang sie die Arme um den Oberkörper.

»Aber könnte man denn das restliche Eis nicht retten«, fragte Martha, »wenn man sofort die Türen zumachen würde?«

Bina klärte sie darüber auf, daß allerhand Unrat in der

Grube gelandet sei. »Binsen und Stroh und was weiß ich alles, und dann würde einem das Eis auch nichts mehr nützen.«

»Es ist ihre eigene Schuld«, Bina trat nach einem Büschel Strohhalme, »was hat sie auch so einen Dünkel. Tut so, als wäre sie eine Baronin oder was weiß ich, die den Leuten aus dem Dorf gnädig gestattet, heraufzukommen und ihr zu Diensten zu sein.«

»Schu-Schu hat ja immer schon gesagt, sie hätte Papa nicht dazu bringen dürfen, das Haus zu nehmen«, erinnerte Martha sich. »Sie hat immer gesagt, so etwas brächte Unglück.«

»Und dann sollte er auch noch das Land behalten – stellt euch das mal vor«, setzte Bina hinzu.

»Aber könnte denn nicht der Wind die Tür aufgeweht haben?« Eva verstieg sich zu einem zaghaften Versuch, ihre Mutter zu verteidigen. »Ich weiß genau, daß ich letzte Nacht von einem Sturm aufgeweckt worden bin.« Doch Bina blickte sie finster an, schüttelte mit übertriebener Ungeduld den Kopf und fragte, welche deutsche Patriotin wohl einer Meute englischer Hunde zuliebe auf ihr Essen verzichte.

Der Gemüsegarten war unangetastet geblieben. Eva traf ihre Mutter dabei an, wie sie winzige Radieschen herauszog, um daraus eine Suppe zu machen. »Wir sollten dankbar sein«, erklärte sie ihr, und Eva verspürte beim Anblick ihrer Saatreihen, die völlig unberührt dalagen, aufrichtige Erleichterung.

Kapitel 16

Was die jetzt wohl gerade sagen mögen, unsere Mütter?« Kate goß den Wein ein, und ich nippte an meinem, während ich auf die Spaghetti aufpaßte.

»Glaubst du, sie reden über uns?«

»Wahrscheinlich überlegen sie, was sie falsch gemacht haben.« Sie lächelte. »Na ja – alle drei Töchter gehen stramm auf die Dreißig zu, sind unverheiratet, und ihre berufliche Situation ist mehr als unsicher.«

»Kann ich mir nicht denken«, meinte Natasha. »Und außerdem ist meine berufliche Situation durchaus nicht unsicher. Ich habe immerhin ein festes Gehalt, wenn auch ein kleines.« Natasha arbeitete lange, anstrengende Stunden als Krankenschwester, und sie genoß es sichtlich, uns mit ihrer festen Anstellung aufzuziehen.

»Und außerdem«, hielt ich Kate entgegen, »bin ich mir sicher, daß Patrick dich lieber heute als morgen heiraten würde.« Ich dachte an ihren leidgeprüften Freund, der sich seit Jahren in der Warteschleife befand.

»Ich würde so gern wegfahren.« Kate seufzte. »Irgendein Abenteuer erleben.« Um sie daran zu hindern, sich in allzu verwegenen Phantasien zu verlieren, häufte ich ihr den Teller voll. »Vielleicht könnten wir ja alle zusammen irgendwohin fahren.« Sie saugte eine lange einzelne Nudel aus ihrer Sauce.

»Wohin denn bloß?« Natasha rechnete bereits ihre karg bemessenen Urlaubstage zusammen.

»Ach, irgendwohin, wo es anders ist. Nach Chile oder

Mexiko ... Oder was war das noch mal für ein Land, wo praktisch noch nie einer war – der Jemen?«

Ich sah sie an und entdeckte einen Saucenspritzer auf ihrer Nase. »Der Jemen?« Gerade da wachte Sonny auf und begann zu schreien. »Hör mal«, erklärte ich ihm, »ich hab dich nicht zu einem Zehnminutennickerchen hingelegt. Es ist Bettzeit, Schlafenszeit, kapiert?« Doch er schien so erfreut, mich zu sehen, daß er sein rosa Zahnfleisch entblößte und die Tränen wegblinzelte.

»So ein süßer Bengel«, sagte Kate, als er auf meinem Arm hereingeritten kam. Er wanderte von einem Schoß zum anderen, und wir übernahmen es abwechselnd, die Spaghetti nur mit einer Hand aufzuwickeln.

»Ganz unmöglich scheint es mir nicht.« Natasha fing langsam Feuer. »Sarah könnte Sonny bei ihrer Mutter lassen, und wir könnten alle drei wegfahren. Und wenn es nur für ein Wochenende wäre.«

»Könnten wir Sonny denn nicht mitnehmen?« Kate hielt ihn an sich gedrückt, während sie sich über den Tisch reckte, um an den Käse zu kommen.

»Kommt darauf an, wann das sein soll.« Ich verspürte eine winzige Regung der Vorfreude. »Wir sind doch nie irgendwo gewesen, wir drei, stimmt's?« Und wir tranken noch mehr Wein und bohrten die Löffel in die steinhart gefrorene Eiscreme.

»Selbst wenn wir nur einen einzigen Tag aufs Land führen.« Natasha schwenkte ihren Löffel, und ich erkannte, daß Kate vor Enttäuschung verstummt war.

»Nein«, sagte ich mit Nachdruck, »es muß schon etwas Besonderes werden«, und mir fiel ein, daß ich ja die Erdbeeren völlig vergessen hatte, die mittlerweile durch ihr Zeitungspapier hindurch den Boden meiner Tasche befeuchten mußten. »Etwas Besonderes«, ich hob mein Glas, und die anderen prosteten mir zu, was Sonny zu einem Kichern veranlaßte.

Am nächsten Morgen erwachte Sonny um fünf und dann im Stundenabstand immer wieder, bis ich es leid war und aus dem Bett kroch. Die Küche roch nach Wein und kalten Spaghetti, und ich machte das Fenster auf. Meine Kornblumen waren zu einem Gewirr spirreliger Setzlinge herangewachsen, die dunkel und staubig waren und dringend vereinzelt werden mußten. Die Wicken rankten sich halbherzig um ihre Stäbe. »Ich brauche einen Garten«, murmelte ich in die verwinkelten Hinterhöfe hinab, und plötzlich kam mir der Einfall, daß wir doch Gaglow besuchen könnten. »Gaglow, das ist überhaupt ideal«, und ich stürzte zu meinem gerahmten Foto und lächelte in die verträumten Gesichter der Belgard-Mädchen.

Als erste rief ich Kate an und danach Natasha, doch beide schliefen entweder noch oder waren schon aus dem Haus. »Wir fahren nach Gaglow«, sang ich, »wir fahren nach Gag-a-low«, und dann traf die Erkenntnis mich wie ein Schock. Mit zerzaustem Haar stand ich in einem lappigen Nachthemd mitten im Zimmer und blickte auf meine Füße nieder. Ich bin einsam, dachte ich, kroch in mein Bett zurück und ließ den Arm auf dem Leib meines Babys ruhen, dort, wo ich seine Atemzüge unter dem Hemdchen spürte.

»Pam?« Ich wußte, sie würde noch schlafen, doch ich war es einfach leid zu warten. »Pam?«

Dann unterbrach sie mit einem Klicken und einem Surren die Aufnahme ihres Anrufbeantworters. »Hallo?«

»Ich hab dich doch hoffentlich nicht geweckt?« Ich bemühte mich, überrascht zu klingen, und hörte, wie sie in ihrem verräucherten Bett mit den zerdrückten cremefarbenen Kissen nach Streichhölzern suchte.

»Nein.« Jetzt hatte sie eine Zigarette zwischen den Lippen. »Wie spät ist es denn?« Ein Streichholz zischte in den Hörer.

»Ich hab mich gerade gefragt, ob du wohl was über Mike rausgefunden hast?«

Sie inhalierte tief und senkte die Stimme. »Ja, das habe ich in der Tat.« Sie sprach unmittelbar durch den Rauch hindurch, so daß ich ihn nahezu durch die Leitung auf mich zutreiben sah.

»Dir ist doch wohl klar, daß Mike nicht einfach nur in *Kilmaaric* mitspielt. Er *ist* Kilmaaric. Er hat die Hauptrolle.« Und mein Ohr glühte vor Zorn. Nein, dachte ich, nicht so was. Irgend etwas Schlechtes, etwas wirklich Gemeines, doch ich schwieg und lauschte weiter. »Wie es aussieht, sind die alle richtig weg von ihm, sie glauben, daß er ganz groß rauskommen wird«, und sie unterbrach sich, um den nächsten Zug zu nehmen, und sagte dann: »Ich hoffe doch, er schickt dir haufenweise Geld.«

»Das Geld ist mir doch scheißegal.« Und ich dachte an mein blauweißes Kleid mit dem Tulpenmuster, wofür ich einen ganzen Scheck ausgegeben hatte. »Er hat also mit keinem ein Verhältnis? Schläft nicht mit dem Regisseur? Nun los, Pam, irgendwas wirst du doch wohl wissen? Ich platze vor Neugier.«

Pam schwieg. Ich spürte geradezu, wie ungern sie es zugab, doch sie wußte es nicht. »Carol hätte es doch wohl erwähnt, wenn da irgendwas im Busch wäre. Wieso? Was hast du denn gehört?«

»Nichts.« Ich seufzte. »Pam, du hast wohl keine Lust, zum Mittagessen vorbeizukommen?« Doch sie lehnte sich in ihre Kissen zurück und sagte, sie hätte sich mit Brad zum Essen verabredet.

»Jetzt heißt er schon Brad?«

Und sie versprach, mich später zurückzurufen, wenn sie noch etwas herausgefunden hätte.

»Was machen wir beiden denn nun?« Sonny war aufgewacht und sah mich von der Seite an. Draußen vor unserem Fenster lag ein langer, heißer, leerer Tag. »Am besten ziehen wir uns wohl erst mal an.« Dann fiel mir wieder ein, daß es einmal wöchentlich in Primrose Hill einen Kursus in Säuglingsmassage gab. »Der kann ja wohl nicht lange dauern.« Ich beäugte seinen Grübchenarm und packte ein Handtuch, etwas Mandelöl und eine zusätzliche Windel ein.

Die Straßen waren glitschig von Eisresten und klebrigen Obstkernen. Ich klapperte in meinem neuen Kleid einher, umging alle Kaugummis und blieb ab und zu stehen, um das Verdeck über Sonnys Kopf zu verstellen.

Im Eingang standen bereits eine Menge Kinderwagen, und oben, in einem langen, kahlen Raum, lagen die Babys nackt auf einem Halbkreis von Matten. Weiß hoben sie sich von deren Grün ab, wie Seerosen oder Lycheestückchen, und ihre Mütter knieten über ihnen und massierten ihnen Öl in die Hände. Die Babys krähten und zwitscherten, husteten und schrien, während hochwichtige Informationen unter den Frauen die Runde machten. Der ganze Raum summte von ihren Stimmen, und der Leiter des Säuglingsmassagekurses, ein sehniger junger Mann mit kurzgeschorenem Haar, saß und wartete, daß er anfangen konnte. »Na schön, meine Damen«, seine Stimme, weicher Londoner Akzent, durchdrang den Lärm, »fangen wir mit dem rechten Bein an«, und ich zerrte an dem klebrigen Verschluß von Sonnys Windel, um sein Bein rechtzeitig zu befreien. »Reichlich Öl, so ist es richtig, dann nehmen Sie das Bein und strecken es aus, Hand über Hand.« Sonny sah das Baby rechts von ihm an, ein winziges orientalisches Mädchen mit einem ganzen Busch von feinem, schwarzem Haar. »Und jetzt das andere Bein.« Ich verteilte Öl in die Falten, spürte die weichen Sehnen wie das Fleisch vom Tintenfisch hinter dem Knie und die festen, kühlen Kräuselwellen des Oberschenkels. Im Raum herrschte Stille. »Jetzt schlagen Sie zur Aufmunterung die beiden Fersen aneinander«, und sämtliche Frauen lächelten, als die weichen Sohlen der Babyfüße gegen ihre Handflächen zurückschnellten. Wir kneteten ihre Bäuche mit den Fingerspitzen, strichen beide Hüften glatt und ließen ihre kurzen weichen Arme durch unsere Hände gleiten. »Nun drehen Sie sie um«, und sie glitschten herum wie die Seehunde und landeten auf dem Bauch, während wir ihnen mit raschen, warmen Streichelbewegungen den Rücken glätteten. Meine Schultern waren angespannt, so sehr war ich bei der Sache, und dann fing ein Baby zu schreien an. »Nehmen Sie ihn hoch«, sagte der Lehrer, »wenn er das nicht mag.« Und wie auf ein Zeichen erhob sich das nächste Plärren. Bald tönte der ganze Raum von fordernden Schreien, und rundum wurden eiligst Brüste und Flaschen hervorgeholt. Ich wickelte Sonny in sein Handtuch ein und drückte ihn besänftigend an mich. Sein Gesicht glänzte seidig vom Öl, und sein Haar roch bitter wie eine Nuß.

»Er ist nicht daran gewöhnt, nackt ausgezogen zu werden«, sagte ich dem Lehrer wie zur Erklärung, weshalb ich bislang an seinem Kursus nicht teilgenommen hatte, und er beugte sich wissend über Sonny, der wie in einem Steckkissen ruhte, und meinte, kleine Babys seien nun mal nicht gern nackt.

»Wahrscheinlich schläft er gleich ein, nachdem er gestillt worden ist«, und er entfernte sich, um ein Baby, das sich immer noch nicht beruhigt hatte, mit Hilfe eines speziellen Seitwärtsgriffs wie von Zauberhand zum Verstummen zu bringen.

Sonny schlief immer noch, als wir nach Hause kamen, also legte ich ihn wie ein Stück Butter aufs Bett und ging, um mir ein Bad einzulassen. Auf dem Anrufbeantworter war eine Nachricht von meiner Mutter. Sie erkundigte sich, ob wir nicht am nächsten Tag zum Mittagessen kommen wollten. »Wir könnten doch ein Picknick in meinem Garten machen«, schlug sie begeistert vor.

Ich rief sie zurück. »Tut mir leid, aber ich habe schon mit Dad ausgemacht, daß ich ihm sitze.« Und sie lachte fröhlich, bemüht, nicht allzu gekränkt zu klingen, und sagte, dann versuchten wir es eben ein andermal.

Es gab drei große Fenster im Atelier meines Vaters, die halb ins Dach hinaufreichten, und die Sonne strich herein wie satte Farbe. Gemeinsam pinnten wir Tücher vor die Scheiben, weil wir uns davon etwas Schatten versprachen, und dann mußten wir sie zurückschlagen, um den Schatten etwas aufzuhellen. Ich betrachtete mein Bild aus unterschiedlichen Blickwinkeln von weitem. Ich hatte es aus zu geringem Abstand gesehen, und jetzt, aus der richtigen Entfernung, erkannte ich sofort, wie gelungen es war. Jeder Pinselstrich war glatt und dicht und lebendig, und ich fragte mich, weshalb mein Vater niemals das Bedürfnis hatte, von der Leinwand zurückzutreten, während er bei der Arbeit war. Ich zog die losen Falten meines Morgenmantels fester um mich. Ich war wieder dünn geworden, die blaßrosa Narbe stach gegen meinen flachen Bauch ab, und ohne mir dessen bewußt geworden zu sein, hatte ich aufgehört, mir zu wünschen, er würde von meinen Beinen etwas wegnehmen, die Venen übermalen oder die lebhafte Röte des Gesichts einer Schwangeren abmildern. »Es ist schön«, murmelte ich. Die Stelle meines vorgewölbten Bauchs hatte jetzt Sonny eingenommen, der sich nach meiner Brust vorbeugte. »Ich finde es wunderbar«, sagte ich und genoß das Brennen in meinen Augen, das die aufsteigenden Tränen ankündigte.

»Ja«, er wirkte nachdenklich, »es ist wohl so gut wie fertig.« Und volle fünf Minuten verharrten wir in bewunderndem Schweigen.

Sonny lag wartend, die Hände über dem Kopf zu Fäusten geballt. Er war nur mit einer Windel bekleidet. »So sieht er einfach wundervoll aus«, sagte mein Vater. Er trat näher heran, um ihn besser betrachten zu können, und rasch drapierte ich den ausgeleierten, verwaschenen Strampelanzug über ihn, ehe meinem Vater womöglich wieder etwas Neues in den Sinn kam.

»Der paßt ihm jetzt endgültig nicht mehr«, erklärte ich, schlüpfte in die höckerige Kuhle des alten Sofas und lächelte zu ihm empor, um ihn zum Weitermachen zu ermuntern.

»Dad«, fragte ich, nachdem wir eine Weile schweigend gearbeitet hatten, »will dein Vetter immer noch, daß jemand nach Gaglow fährt?«

»Keine Ahnung.«

»Ich dachte nur ...«

Und er wandte sich mir mit strengem Blick zu, den Pinsel steil in der Faust emporgereckt. »Ich will damit nichts mehr zu tun haben.« Ich hatte nicht mehr den Mut, ihm mit meinen Reiseplänen zu kommen.

»Also, was hast du denn nun für eine Idee?« wollte Kate wissen. Sie hatte meine Nachricht auf ihrem Anrufbeantworter gehört.

Ich suchte krampfhaft nach einem brauchbaren Vorschlag. »Ich dachte, wir könnten nach Devon runterfahren, ein paar Tage am Meer verbringen ...«

»Hmmm.« Kate schien nicht gerade begeistert. »Ich werde mit Natasha reden.«

»Oder können wir nicht mit dem Zug fahren?«

»Sowieso«, sagte sie, »habe ich jetzt einen Job, der ohne Unterbrechung bis Weihnachten geht.«

»Das ist doch toll«, sagte ich und dachte daran, wie sie den ganzen schönen Sommer halb unter der Erde in einem fensterlosen Raum vergeuden würde. »Was ist es denn?« Sie sagte, es sei so eine schottische Saga, die in den Highlands in der Nähe der Isle of Skye gedreht werden sollte.

»Es ist doch aber nicht ...« In meinem Kopf begann es zu hämmern. »Es ist doch nicht etwa *Kilmaaric*?« Und ich sah sie und Mike vor mir, nur durch eine Reihe Bildschirme voneinander getrennt. Sie würde ihn sehen, ehe ich eine Chance hätte, und Tag für Tag das Material für ihn schneiden.

»Sarah, bist du noch dran?« Und dann hörte ich, wie sie glucksend lachte, weil ich so eine lange Leitung hatte und nicht kapierte, daß sie mich nur auf den Arm nehmen wollte. »Es ist eine große dokumentarische Serie, du blöde Nuß«, und sie versprach, mir Bescheid zu sagen, sowie sie die Termine hätte.

»Devon!« höhnte Natasha. »Du glaubst doch wohl nicht im Ernst, daß ich nach Devon möchte.« Und in allen gräßlichen Details rief sie mir ein Wochenende ins Gedächtnis, das sie dort mit irgendeinem bedauernswerten Mann verbracht hatte. »Die ganze Küste ist mir für alle Zeiten verleidet, tut mir leid.«

Ich rief meine Mutter an und lud mich zum Tee ein. Ich hatte mich damit abgefunden, daß ich mich diesen Sommer mit ihrem Pflaumenbaum und ihrem winzigen Stückchen Rasen würde begnügen müssen.

»Vielleicht könnten wir ja jetzt, wo es fertig ist, etwas Neues anfangen?« murmelte mein Vater, während ich auf dem durchhängenden Sofa in der Hitze vor mich hin döste.

»Hmmm.« So ohne weiteres war ich dazu nicht bereit, und um Zeit zu gewinnen, befingerte ich das farbverschmierte Bein der abgelegten Strampelhose, das sich aufzuribbeln begonnen hatte. »Glaubst du wirklich, daß wir fertig sind?«

»Gut möglich«, sagte er nachdenklich, während er winzige Veränderungen an meiner Fessel vornahm, um dann endlich zurückzutreten und das Ganze auf sich wirken zu lassen.

Sonny war nicht wiederzuerkennen. Er hatte den dunklen Saum seines Babyhaars verloren, und seine Augen waren endlich zu einem mitteleuropäischen Blau verblaßt. Ich betrachtete den Umfang seines Bauches und seine strammen Beinchen und wußte, daß er zu groß war, um immer nur einzuschlafen und wieder aufzuwachen. Mein Vater begann, andere Leinwände umzudrehen. Er hatte sie an die Wände gelehnt; weiß übermalt standen sie dicht bei dicht in ihren Holzrahmen. Ich sah, wie er Sonny musterte, während er einen Rahmen nach dem anderen mit Hilfe des Armes abmaß.

»Ich habe mir eigentlich überlegt, Dad, daß wir vielleicht irgendwo Ferien machen könnten«, sagte ich rasch, und er ließ die letzte lichtweiße Leinwand wieder an die Wand fallen. »Ich möchte gern mal raus aus London, nur für ein Weilchen«, und ich lächelte erwartungsfroh, während ich seinen nervösen Gesten ansah, daß er gegen seine Verstimmung ankämpfte.

»Wohin soll es denn gehen?« Es war hörbar um Höflichkeit bemüht.

Ich erzählte ihm, daß ich mit Natasha und Kate gesprochen hätte. »Irgendwohin aufs Land, wir können uns nur nicht entscheiden, wohin.« Er nickte und wischte sich die Hände an der Hose ab, ehe er in die Küche hinüberging, um etwas zu essen zu machen.

»Ob das Baby irgend etwas möchte?« Er schnitt Räucherfisch mit scharfen Finnen auf und legte ihn auf zwei Teller. »Ich hätte da …« Aber wenn ich auch ab dem vierten Monat begonnen hatte, Sonny mit Mohrrüben und Naturreis zu füttern, gab es hier doch nichts, das kindgemäß genug gewesen wäre, um es ihn probieren zu lassen.

»Er kommt schon zurecht.« Und ich küßte ihn auf den weichen Schädel.

»Dad?« Er machte mir einen Salat und wusch gerade die Blätter unter fließendem Wasser. »Warum verläßt du eigentlich London nie?«

»Früher habe ich das getan. In meiner Kindheit haben wir den Sommer immer auf dem Land verbracht.« Er legte den Salat zum Abtropfen auf ein Geschirrtuch.

»Du meinst Gaglow?«

»Nein, nein.« Er sprach offenbar von seinem richtigen

Leben. »In Norfolk. Da sind wir in den Ferien immer hingefahren.«

Ich mußte lachen über die Art, wie er das sagte. »Hast du das gehaßt?«

»Ich mochte es nicht besonders.« Und er kramte zwischen den Tassen und Schüsseln und Papieren auf dem Tisch nach dem Kännchen mit dem Olivenöl. »Vielleicht deshalb, weil es so flach war. So weit ich auch ging, wo immer ich mich versteckte, meine Mutter wußte genau, wo sie mich suchen mußte.«

»Manchmal glaube ich, daß Sonnys erste Worte sein werden ›Mummy, geh weg!‹« Ich knabberte an seiner Wange, solange das noch erlaubt war.

Doch der Blick meines Vaters war schlagartig kalt geworden, und ich bemerkte die Stirnfalte, die sich zwischen seinen Brauen gebildet hatte. Ich erinnerte mich, daß er mir erzählt hatte, seine Mutter habe ihn nie in Frieden gelassen. Sie habe die Manie gehabt, ihn ständig mit ihrer Aufmerksamkeit zu verfolgen. »Als ich etwa zwölf war«, hatte er mir erzählt, »bin ich einmal einen Freund besuchen gegangen. ›Ich weiß nicht, wo er steckt‹, hat seine Mutter gesagt, und das erschien mir ungeheuer beneidenswert. Meine Mutter wußte zu jeder Zeit, wo ich steckte. Sie wußte mehr über mich als ich selbst.« Und ich dachte daran, wie er sie mit verhaltener Zärtlichkeit auf ihr spröde gewordenes Haar geküßt hatte.

Aus reiner Gewohnheit küßte ich Sonny erneut und hob dann schuldbewußt den Kopf. Gleichzeitig regte sich Trotz in mir. Doch Sonny gurrte, tief in der Kehle, vor sich hin wie eine Taube.

»Wir haben jeden Sommer dasselbe Haus gemietet«, fuhr er fort und stellte eine Kuchenschachtel auf den Tisch,

»irgendwo an der See«, und mir ging auf, daß das das Haus war, das ich kannte. Das Haus, von dem ich geträumt hatte. Da gab es Wäscheleinen und Ginster, und jetzt sah ich den Garten vor mir, der von weich federndem Küstengras bewachsen war. Meine Großmutter stand da, aufs Gartentor gestützt, und lauschte ihrer Feriennachbarin, die ihr ausführlich von einem Mädchen erzählte, das ich hätte selbst sein können.

»Ich habe versucht, nicht mitzufahren, wenn ich es irgendwie verhindern konnte.« Er schnitt mir ein dickes Stück Kuchen ab, und sein Messer ging mitten durch die kandierten Früchte.

»Ich wäre zu gern auf dem Land aufgewachsen«, sagte ich und sah das strahlende Bild eines Sonny vor mir, der über das Marschland davonrannte.

Es war bereits Hochsommer, und die Abende in meiner Wohnung im obersten Stockwerk waren lang und hell. Sonny schlief, und ich ging im Zimmer umher und versuchte, mit dem Gefühl zurechtzukommen, ausnahmsweise einmal allein zu sein.

Ich legte mich auf den Boden, reckte Arme, Rücken und Beine und versuchte, irgendeinen Körperteil zu finden, der nicht schmerzte. Ich atmete tief ein, und dann fing das Telefon gleich neben meinem rechten Ohr zu läuten an. Zwei wütende, fordernde Signale, ehe ich mich draufstürzte. »Hallo?«

Ein dumpfes Geräusch und ein Keuchen und ein abgehacktes, von Schlucklauten unterbrochenes Schniefen. »Pam.« Ich schmolz sofort dahin. »Pam, was ist denn?« Sie mußte erst drei qualvolle Seufzer loswerden, ehe sie ein Wort herausbrachte. »Der Scheißkerl!« stieß sie schließlich wütend hervor, und ich wußte, sie würde bald wieder die alte sein.

»Wo bist du denn?«

Schluchzer erstickten erneut ihre Stimme. »Ich bin auf dem Weg zu dir.« Ich hörte, wie ein Auto hinter ihr mit langgezogenem Hupen zum Überholen ansetzte.

Zehn Minuten später sah ich sie durch das diffuse Abendlicht auf mein Haus zulaufen. Sie umklammerte ihre Zigaretten und eine harte, flache Papiertüte und sah schöner aus denn je, obwohl die Wimperntusche ihr in schmutzigen Streifen übers Gesicht gelaufen war. Ich rannte hinunter, um sie hereinzulassen. Es fiel mir schwer, meine Erleichterung zu verbergen. »Herrje, Sarah.« Sie umarmte mich, und ihre Haarspitzen rochen, gespalten und rauchig, wie sie waren, nach Vanilleessenz.

»Komm rauf.« Wir versuchten, Arm in Arm die enge Treppe zum obersten Stockwerk hinaufzusteigen.

Pam sank aufs Sofa, während sie ihre Schuhe wegschleuderte, und ich kuschelte mich in die andere Ecke und schob die Füße in die Sofaritze. Unsere Knie stießen warm und braun aneinander. »Wenigstens kannst du diesmal was mit mir trinken«, sagte sie und riß den goldenen Blechverschluß auf.

»Ach, Pam«, warf ich immer wieder ein, während die schmerzlich vertraute Geschichte über Bradley Teale weiter und weiter ging, »ach, Pam«, und ab und zu brach sie ab, um einen weiteren gierigen Schluck zu trinken oder sich eine Zigarette zu nehmen. Pams Art zu rauchen hatte etwas Unaggressives. Der Rauch kräuselte sich empor und verfing sich in ihrem Haar, trieb über sie hinweg wie Engelshaar, und selbst ganz früh am Morgen roch sie wie eine zuckrige Reklame für Silk Cut.

Ich unterlag der Verführung und probierte eine, und wie immer legte sich ihr bitteres Öl auf meine Zunge, so daß ich den Geschmack mit Brandy wegspülen mußte. »Dann ist es also aus?« Und ich verspürte eine kleine unloyale Regung der Genugtuung bei dem Gedanken, daß ich sie für kurze Zeit ganz für mich allein haben würde.

»Ich hoffe, ich sehe dieses Scheusal niemals wieder.« Sie reckte sich nach der Flasche, und ihr wütender Blick fiel auf die lange Reihe der Postkarten, Schottenkaro und Heide und dunstiger Highlandhimmel, die auf dem Kaminsims aufgebaut waren. Sie sah mich mit hochgezogenen Brauen an. »Darf ich mal?«, und wie erfrischt sprang sie vom Sofa auf und trat vor den Kamin, um sie zu inspizieren. »Die eine ist doppelt vorhanden«, sagte sie, »doch die werden da wohl auch keine Riesenauswahl haben.«

Ich sah ihr an, daß es sie in den Fingern juckte, sie umzudrehen. »Die sind alle an Sonny gerichtet.« Sie nahm das als Aufforderung, eine herunterzunehmen.

»Das sind ja Liebesbriefe«, kreischte sie, und obwohl ich protestierte, schnappte sie sich die anderen und breitete sie mit der Rückseite nach oben auf den Kissen aus. »›Mein lieber süßer Kleiner, ich höre Dich gurren wie eine Taube und Spuckebläschen machen.‹ Dann hast Du ihm also geschrieben?« Und sie versetzte mir einen festen Tritt mit dem nackten Fuß. »›Am liebsten magst Du also Avocados? Was bist Du für ein Glückspilz! Hier gibt es nur Graupeneintopf und Marmeladenkuchen.‹« Sie drehte den bleichen Sonnenuntergang nach vorn. »›Ich hab Dir eine blauviolette Schottenmütze gekauft, die groß genug ist, um Dir im Herbst zu passen, wenn Dein Daddy …‹« Ich wußte, daß Daddy ausgestrichen war. »›Wenn ich wieder zu Hause bin.‹ Mein Gott, was ist denn in den gefahren?« »Die Entfernung macht rührselig, denke ich mir.« Und ich füllte unsere beiden Gläser und wünschte mir, sie hätte das geheime, peinliche Wort nicht laut vorgelesen.

»Wann kommt er denn nun zurück?« Sie hatte immer noch dünne graue Tränenspuren im Gesicht.

»Ach, das ist noch ewig hin. Im November, glaube ich. Und du weißt ja, wie diese Sachen sich hinziehen. Pam«, ich schob die Postkarten zu einem Stapel zusammen, »du hast wohl keine Lust, mit mir Ferien zu machen?«

Pam wirkte verblüfft. »Wo denn?«

»Weiß ich nicht. Ostdeutschland und Devon habe ich verworfen.«

»Vielleicht.« Ich merkte ihr an, daß sie nicht versessen darauf war. Wahrscheinlich hatte ich zu oft erwähnt, daß Sonny jede Nacht fünfmal aufwachte. »Das Problem ist bloß, daß ich Camilla gesagt habe, ich wäre in der Stadt, falls irgendwelche Arbeit anfällt.«

»Ihr elenden Schauspieler.« Jetzt war es an mir, ihr einen Tritt zu versetzen. »Ihr seid doch alle gleich. Denk doch bloß, wie gut du dich fühlen wirst, wenn du zurückkommst. Wieviel arbeitstauglicher du sein wirst.« Es war ein merkwürdiges Gefühl, daß ich mich selbst nicht mit einbezog.

»Ja.« Sie seufzte. »Wahrscheinlich täten mir ein paar Tage Ferien ganz gut.«

Doch ich sah ihr an, daß sie nur an Bradley Teale dachte und sich ausmalte, wie toll das wäre, wenn er anriefe, und sie wäre nicht in der Stadt.

»Mit meinem Cutterjob ist soweit alles klar«, erklärte Kate. »In gut einer Woche fange ich an.« Sie war gekommen, um Sonny zu hüten, während ich ihr Fahrrad nehmen und nach Hampstead rauffahren sollte, um eine Runde zu schwimmen.

»Ach, Kate.« Mir ging auf, daß ich sie ab jetzt kaum mehr zu Gesicht bekommen würde.

»Du solltest mit Natasha irgendwohin fahren«, sagte sie, »und sei es nur für ein paar Tage.«

»Ja«, sagte ich, doch ich wollte nicht mit Natasha allein fahren. Wir brauchten Kates ausgleichendes Temperament. Ich hob eine Strähne ihres honigfarbenen Haars hoch und ließ sie wieder fallen.

»Nun fahr los, wenn du überhaupt fahren willst«, drängte Kate. »Wenn du zurück bist, reden wir über alles.« Ich sah ihr an, daß sie nervös war.

Ich warf einen letzten Blick auf Sonny und küßte seine Finger.

»Nun mach schon«, zischte Kate, »solange er noch schläft«, und ohne zurückzublicken, flüchtete ich nach unten. Ich schob das Fahrrad auf die Straße hinaus und ließ die Pedale um die eigene Achse wirbeln. Es war das erste Mal, daß ich ihn verlassen hatte. Die Sorge schnürte mir die Kehle zu, während ich mich auf schwankendem Rad in den Verkehr mischte.

Die Fahrt zum Damenbad auf dem Hampstead Heath ging nur sehr allmählich bergauf. Das dünne Kleid klebte mir am Leibe, und ab und zu sagte mir ein Ziehen, daß der Baumwollstoff sich in den Speichen verfangen hatte und ich anhalten mußte, um ihn daraus zu befreien. Die letzten hundert Meter bergauf mußte ich schieben, und dann war ich auf dem Heath, fuhr um das Herrenbad herum, dessen Liegewiese überfüllt war wie ein Strand, und am Eisauto vorbei. Der kiesbestreute Weg leuchtete hier golden, und ich ließ die Pedale frei laufen, während ich auf das Tor zuflog. Der Eingang zum See war schattig kühl. Dicht an dicht lehnten Fahrräder am Zaun, und das Gras hinter den Bäumen war belegt von Leibern, von Lesenden, Essenden, Redenden, Sonnenbadenden, die alle bis zur Taille nackt waren. Es gab tätowierte Frauen mit Brustwarzenringen und blasse, langbeinige Camden-Mädchen, die für die Schule lernten. Es gab alte Frauen und beleibte Frauen, manche schön, manche narbig und voller Krampfadern und andere, die man in einer öffentlichen Badeanstalt niemals nackt sehen würde. Ich eilte in die Umkleidekabine und zog meinen alten Badeanzug an. »Ich dachte, mein Leben wäre beendet, als mein Mann starb«, erzählte eine Frau von weit über siebzig einer Freundin im Plauderton, »doch seitdem habe ich ein Examen in Psychologie abgelegt und mir selbst das Schwimmen beigebracht.« Ich folgte ihr aus der Umkleidekabine und schaute zu, als sie in den See eintauchte.

Es gab eine Leiter, und ich ließ mich Sprosse für Sprosse tiefer hinab. Das Wasser war atemberaubend kalt, doch dann überwand ich mich, stieß mich ab und tauchte mit dem Kopf unter. Das Wasser schloß sich seidigbraun über mir, und ich zog kräftig durch und kraulte, bis mir warm war. Ich machte einen Überschlag und legte mich auf den Rücken. Eine Libelle summte nicht weit von meiner Nase entfernt, und drei kleine Vögel bremsten ihren Flug auf dem Wasser ab, ein putziger Anblick. Das undurchsichtige braune Wasser schwappte mir um die Taille, und während ich mich streckte und umdrehte, schwerelos auf den Bauch rollte, trug die Brise den warmen Geruch von Wassermelonen zu mir herüber. Ich ließ mich auf dem Rücken treiben und starrte in den Himmel hinauf. Das ist wie eine Wiedergeburt – ich lachte, und dann holte ich aus und schwamm in der Brustlage mit langen Zügen bis ganz zum anderen Ende hinüber, wo Horte von gelben und blauen Iris eine natürliche Rabatte bildeten. Stellenweise wurde das Wasser plötzlich kalt, geheimnisvolle Strömungen, die gegen die Sonne geschützt waren, und als mein Fuß eine dieser Strömungen streifte, erinnerte ich mich plötzlich an Sonny. Ich hatte fast zwanzig Minuten nicht an ihn gedacht – zum erstenmal in fünf Monaten –, und es erstaunte mich, daß es möglich war, ihn zu vergessen. Dann war mir auf einmal kalt, und ich war müde, und es schien ein weiter Weg bis ans Land. Ob er damit zurechtkommt, wenn er aufwacht, und ich bin nicht da? Ich legte die ganze Kraft meines Körpers in jeden einzelnen Zug.

An Beinen und Kinn hatte ich Schlammbärte und mußte mich unter die einzige kalte Dusche stellen, um sie herunterzuspülen. Ich zog mich an, und dann stand ich, wieder ruhiger geworden, eine Minute mit prickelnder Haut in der Sonne und blickte über den See; in einiger Entfernung trieben ein paar Gestalten langsam auf dem Rücken dahin. Ich hatte eigentlich vorgehabt, mich neben das Leibermeer an den grasbewachsenen Hang zu legen, doch statt dessen wendete ich das Fahrrad und fuhr eilends nach Hause.

Kate schien verblüfft, als ich in die Wohnung gestürmt kam. »Du bist schon wieder da?« Ich begriff, daß Sonny noch nicht einmal aufgewacht war. »Du bist ja nicht einmal eine Stunde weg gewesen.«

Ich warf mich in einen Sessel und brach in erleichtertes Gelächter aus.

»Na ja, jedenfalls hat es nicht das kleinste Problem gegeben.« Kate legte die Umschlagklappe als Lesezeichen zwischen die Seiten ihres Buches, und ich spielte mit dem

Gedanken, sofort wieder wegzugehen, solange ich Gelegenheit dazu hatte.

»Es ist zu blöd, daß wir ihn nicht mitnehmen können«, sagte sie. Doch ein Schild am See richtete sich gegen das Mitbringen von Kindern, Hunden und Männern. »Alles Langweilige im Leben«, Kate lachte, »und alles, was Spaß macht.«

Ich ergriff die Gelegenheit beim Schopf, um nach Patrick zu fragen. »Dem geht's gut.« Sie zuckte lächelnd die Achseln, und ich wußte, daß mehr nicht zu erwarten war.

»Weißt du, wohin ihr fahren könntet? Falls du immer noch vorhast wegzufahren.« Sie überlegte eine Weile, ehe sie sprach.

»Wohin denn?«

»Na ja, du weißt doch, Dads Eltern haben immer dies Haus in Norfolk gemietet.«

»Ja?« Ich fragte mich, woher sie das wußte.

»Na, offenbar gibt es das immer noch. Ich kenne jemanden, der rein zufällig dort gewesen ist. Der Name der Familie stand Sommer für Sommer im Gästebuch.«

»Wirklich?« Ich stellte mir vor, wie er diese Nachricht aufnehmen würde – kühl, jedenfalls ohne Begeisterung. Einmal mehr würde er sich fragen, wie sie bloß auf diese flache, öde Gegend hatten verfallen können. »Offenbar ist es da wirklich wunderschön.«

Eine Weile saßen wir schweigend.

»Meinst du, er hätte was dagegen?«

»Wieso sollte er?«

Und ich dachte daran, welche Mühe es ihn gekostet hatte, sich die Familie vom Hals zu schaffen.

»Warum, glaubst du …?« Ich wußte nicht, wie ich es ausdrücken sollte. »Warum …«

»Ich vermute«, sagte sie, denn sie war meinem Gedankengang gefolgt, »er wollte keiner von denen sein. Von den Flüchtlingen, die sich aneinanderkauerten.« Und wir lächelten bei dem Gedanken, daß er für gehörige Freiräume zwischen uns dreien gesorgt hatte.

Kapitel 17

»Oh, Papa.« Er trat in den Flur hinaus, um sie zu begrüßen. »Oh, Papa.« Sie umringten ihn. »Hast du denn so viel gearbeitet?«

Selbst Marianna gelang es nicht, so zu tun, als sähe er wohl aus.

»So eine wichtige Arbeit«, sagte er, »kaufen und verkaufen, lagern und rationieren. Und alles zum Höchstpreis. Nein, keine Briefe«, gab er widerstrebend zu, und am späten Nachmittag war er bereits wieder in einen Sessel gesunken und ließ den Kopf in die Meldungen des Tages nicken.

Eva saß ihm gegenüber und spielte Solitär. Ab und zu warf sie einen Blick auf seinen immer gleichen Ausdruck. Sie ließ die Kugeln in ihre Mulden fallen, starrte angestrengt auf das Spielbrett und versuchte, sich an den Trick zu erinnern, wie man gewinnen konnte. Emanuel hatte ihn ihr beigebracht. Es war eine Frage von Ordnung und Routine. Man mußte das Brett Dreieck für Dreieck abräumen, indem man jeweils eine Kugel übersprang und kleine Bereiche leermachte. Entscheidend war, daß man sich nicht dazu verleiten ließ, überstürzt vorzugehen, bloß weil es soviel Spaß machte, die besiegten Kugeln um den Rand herumtrudeln zu sehen, bis sie sich aneinanderklickend mit den anderen vereinten. Doch so oft Eva auch spielte, und in welcher Reihenfolge sie dabei auch vorging, immer blitzten vier störrische Glaskugeln zu ihr empor, die auf dem Brett liegengeblieben waren. »Papa?« fragte sie. Sie hob das Spielbrett hoch und hielt es über den Rand seiner Zeitung hinweg. »Kannst du dich noch erinnern, was der Trick dabei ist?« Doch Wolf hob den Blick mit einem derart erschöpften Ausdruck, daß sie, nach einem Augenblick des betretenen Schweigens, vorsichtig mit dem Spielbrett das Zimmer durchquerte und es wieder auf den Tisch stellte.

Bina, Martha und Eva saßen ächzend und stöhnend über einem Glückwunschbrief an die Samsons. Julika hatte sich ebenso wie Angelika offiziell verlobt, und es war möglich, daß es zu einer Doppelhochzeit kommen würde. Eva spürte die Anspannung in ihren Schultern, als sie nach dem nächsten Wort suchte. »Warum ist denn Papa nicht im Kontor?« fragte sie, als Dolfi geschäftig hereingeeilt kam, um Ordnung zu machen. »Wird er dort nicht mehr gebraucht?« Doch ihre Schwestern zuckten die Achseln, als wäre daran nichts Ungewöhnliches, daß ihr Vater den ganzen Tag in sich zusammengesunken in seinem Sessel verbrachte.

»Frag ihn doch selbst.« Bina blickte auf, und da war er, auf unsicheren Beinen stand er in der Türöffnung. »Papa«, wisperte sie, und ihr ging auf, daß sie ihn noch nie die Schwelle ihres Zimmers hatte überschreiten sehen.

Sein Gesicht war grau, sein Blick in weite Ferne gerichtet. »Papa?« Doch statt zu antworten, kippte er vornüber und bäumte sich, wie ein sinkendes Schiff vor dem Horizont, noch einmal auf, ehe er geräuschvoll auf den Boden schlug.

»Was ist denn los? Was ist passiert?« In dem verzweifelten Bemühen, rasch zu ihm zu gelangen, stieß Eva gegen sämtliche Möbel. Dolfi sprang herbei, ein gezwungenes Lächeln auf den Lippen. »Aber, aber, Herr Belgard«, schalt sie scherzhaft, und mit seiner Unterstützung stemmte sie ihn hoch. Er stand taumelnd, als wäre selbst er überrascht, und Dolfis Arm um die Taille, steuerte er mit eckigen Bewegungen die Tür an. Bina und Martha verharrten reglos, die Köpfe tief über den Tisch gesenkt, und Eva wollte sie schon darauf ansprechen, als sie bemerkte, daß sie die Finger um die Federhalter gekrampft hatten. Sie ging zum Fenster hinüber. Ihre Hände waren eiskalt, und sie wärmte sie an den Fensterscheiben und rührte sich nicht vom Fleck, bis die Sonne hinter den Häusern auf der anderen Straßenseite unterging und Dolfi mit falscher Munterkeit hereinkam, um das Licht anzumachen.

Eines Nachmittags traf Eva ihre Schwester vor dem Lazarett. Sie hatte ein Tütchen getrocknete Apfelringe und einen halb verwelkten Blumenstrauß mitgebracht. »Darf ich ihn wirklich besuchen?« fragte sie, als Bina in ihrer Schwesterntracht herauskam, und Bina musterte sie erst einmal von Kopf bis Fuß, ehe sie sie mit hineinnahm.

Bina hatte sich mit einem jungen Soldaten angefreundet, dem das Bein in Kniehöhe zerschossen worden war. Es wollte nicht heilen und wurde fast jeden Tag untersucht, weil die Gefahr des Wundbrands bestand. »Sag bloß davon nichts«, schärfte Bina Eva ein, während sie durch die Station eilten, doch sowie sie an seinem Bett angelangt waren, spürte Eva, wie ihr Blick zwanghaft zu seinem Bein wanderte, als wollte sie sichergehen, daß man es während Binas kurzer Abwesenheit nicht kurzerhand abgenommen hatte.

»Ernst Guttenberger.« Bina stand über ihm. »Ernstl, das ist meine Schwester.«

Eva fiel auf, daß er und Bina einander ähnelten. Er hatte denselben runden Mund, dieselben runden Augen, einen kurzen Hals und abfallende Schultern, und sie hätte zu gern einen Blick auf seine Füße geworfen, um zu sehen, ob sie wie Binas in einem früheren Leben geschnürt gewesen waren. Statt dessen stand sie, blickte ihn schweigend an und versuchte, die Flut von Amputationsgeschichten abzuwehren, die ihr plötzlich in den Sinn kamen.

»Und Ihre andere Schwester?« fragte Ernst und blickte sich erwartungsvoll um, als könnte Martha jeden Moment hinter einem Wandschirm hervorgeschlendert kommen.

»Meine andere Schwester«, erklärte Bina bestimmt, »muß die ganze Zeit lernen.«

Eva fiel nicht das geringste ein, was sie hätte sagen können. Sie sah ihre Schwester unglücklich an und stellte fest, daß sie von einem stummen, aber intensiven Austausch winziger mimischer Gesten in Anspruch genommen war. Er reichte vom Lächeln und Stirnrunzeln bis hin zu den Augenbewegungen. Eva setzte sich neben dem Bett auf einen Stuhl und begann zerstreut, die Apfelringe aufzuessen.

»Lieber Emanuel«, schrieb sie im Geist. »Wenn ich es recht bedenke, hätte ich gern ein Paar dicke weiße Enten. Ihre schnatternden gelben Schnäbel wären das erste, was ich am Morgen sehen würde. Wir könnten ihre Eier essen. Bestimmt kann man sie dazu erziehen, sich mit den Hunden zu vertragen, und die Pferde würden sich durch sie ganz gewiß nicht stören lassen. Weißt Du, ich habe mir überlegt, ob Du nicht besser ein Motorrad anschaffen solltest. Dann könnte ich hinten aufsteigen, und wir könnten quer durch den Wald fahren, ohne uns um die Hufe der Pferde sorgen zu müssen.«

Eva blickte auf und stellte fest, daß die beiden peinlich berührt zu ihr hinstarrten. »Eva«, Bina strich zutiefst entsetzt ihre Schwesterntracht glatt, »du hast Ernstls Apfelringe aufgegessen.« Eva schaute in die zerknitterte Tüte und mußte erkennen, daß sie recht hatte.

Man hatte in Berlin eine Hilfsorganisation ins Leben gerufen, die sich um in Not geratene Gouvernanten kümmern sollte. Im Lauf des Jahres hatte Bina es geschafft, ihre Schwestern davon zu überzeugen, daß Fräulein Schulze mit ziemlicher Sicherheit gekündigt worden war. »Vielleicht ist sie ja dorthin gegangen und hat um Hilfe gebeten«, hatte sie gemeint und Nachforschungen angestellt. Es erwies sich jedoch, daß die Wohltätigkeitsorganisation sich nur um die jungen Frauen kümmerte, die so töricht gewesen waren, vor dem Krieg Arbeit in England anzunehmen, und von einer Gabrielle Schulze hatte man dort nie etwas gehört. Martha hielt es für möglich, daß sie ins Kloster eingetreten war. Die beiden anderen lachten sie deshalb aus, und so einigten sie sich, daß sie eher eine Stelle bei irgendeiner adligen Familie gefunden haben könnte. Bei der Gattin eines Barons oder Fürsten. Sie suchten die Fotografien von den Hochzeiten der Kaisersöhne danach ab, ob sie nicht irgendwo zwischen den Offizieren zu sehen war, als Ehrenjungfrau etwa, und versuchten, jedes einzelne grobkörnige Lächeln zu identifizieren.

Eva hielt nach ihr Ausschau, wenn sie mit dem Rad durch die Stadt fuhr. Dann machte sie einen Schlenker um die endlosen Schlangen der Leute, die nach Lebensmitteln anstanden, und starrte durch die hohen Fenster des Hotels Esplanade oder musterte die Menschen, die sich vor dem Theater drängten.

Sie fing an, durch den Tiergarten zu streifen, den patriotischen Weisen der vergreisten Orchester zu lauschen und die Männer auf Fronturlaub zu beobachten, die in aufrechter Haltung unter Sonnenschirmen saßen, während Frauen die gemeinschaftliche Feuerstelle dazu nutzten, um kannenweise wäßrig-grünen Kaffee aufzubrühen. Ihren Vater sah sie auf diesen Spaziergängen nicht mehr, und als sie einmal meinte, ihn flüchtig gesehen zu haben, wandte sie sich rasch ab. Sie beobachtete ihn morgens, wenn er ins Kontor aufbrach, und nickte ihm zu, wenn er abends wiederkehrte, doch weigerte sie sich, die einzige zu sein, die seinen Verfall bemerkte, und betete nur darum, nicht ständig aus nächster Nähe mitansehen zu müssen, wie es weiter mit ihm bergab ging.

Die Zeitungen waren voll von Nachrichten über Rußland, über Männer, die aufgaben und den Rückzug aus der Gefechtszone antraten, und über die Kosaken, die Befehl hatten, alle Deserteure zu erschießen, die keinen Gebrauch von der Waffe machen wollten. »Es sieht so aus, als könnte der Krieg an der Ostfront bald beendet sein.« Marianna wandte sich an Wolf. »Stell dir vor, was das für uns bedeuten könnte. Für Manu.« Wolf antwortete nicht. Marianna stand und beobachtete ihn. Es gelang ihr nicht, ihren Ton zu mildern, als sie fragte: »Hast du überhaupt die Absicht, heute arbeiten zu gehen?«

»Selbstverständlich.« Wolf ließ die Zeitung sinken und begann, sich wie ein Schlafwandler auf die Tür zuzubewegen.

»Liebling«, rief sie ihm reuig hinterher, doch er wandte sich nicht um, und kurz darauf hörte sie seine Schritte in der Diele.

Marianna öffnete den Tresor, um in die drei Schachteln der Mädchen zu schauen. Es war mittlerweile nur noch ein spärlicher Rest Münzen vorhanden, und sie fragte sich, ob Emanuel je irgendwelches Geld erhalten hatte. Seine Schachtel war dicht gefüllt und schwer vom unangetasteten Gold, und sie bekam plötzlich Gewissensbisse und erwog, einen kleinen Ausgleich zugunsten ihrer Töchter vorzunehmen. Sie legte erst eine Münze zögernd in deren Schachteln, dann noch eine, und schon rannte sie in ihr Zimmer hinüber, holte ihre Rubinohrringe und ließ sie, wiederum zum Ausgleich, hastig auf die neu entstandene leere Stelle in Manus Schachtel fallen.

Martha durfte Ernst nicht besuchen. Bina behauptete steif und fest, daß die Aufregung, die solch ein fremdes Gesicht mit sich brächte, ihm zuviel werden würde, und Eva, die jederzeit zu ihm durfte, war erst stolz und dann ein wenig gekränkt, weil sie als so wenig bedrohlich eingeschätzt wurde. Sie blickte jetzt öfter in den Spiegel in der Diele. Sie war fast so groß wie Martha und hatte dasselbe glatte Haar, doch die letzten Jahre der Lebensmittelknappheit hatten ihr Gesicht schmal werden lassen, so daß die Ohren hervortraten und ihre Augen ständig von einem schläfrigen Blau umschattet waren. Sie sah besser aus, wenn sie nahe herantrat, während sie aus einer gewissen Entfernung in der dämmrigen Diele den Eindruck erweckte, halb unsichtbar zu sein.

Ernst hatte das Bein oberhalb des Knies abgenommen bekommen. Bina blieb loyal, erklärte wieder und wieder, daß es wesentlich schlimmer hätte kommen können, wenn ihre zusätzliche Fürsorge nicht gewesen wäre, und beteuerte, daß sich zwischen ihnen nichts geändert habe. Eva konnte jedoch erkennen, daß Ernst immer teilnahmsloser wurde. Er reagierte nicht mehr auf die kleinen Zeichen ihrer Schwester, ihre hochgezogenen Brauen und die nur angedeuteten Gesten ihrer Hände, sondern war völlig in seine eigene Welt versunken.

Manchmal saß Eva bei ihm und erzählte ihm von Emanuel. Sie brach ihr heimliches Versprechen und sprach von ihren Plänen. Dem Haus, das sie zu bauen beabsichtigten, sobald sie sechzehn wäre, dem Garten und dem See, dem Wald, dem Baum mit der Astgabel. Sie erzählte ihm, wie sie in einer Hängematte vor sich hindösen und dennoch riechen würde, ob das Abendessen anbrannte. Ernst Guttenberger hörte zu, manchmal mit einem Lächeln, öfter jedoch, indem er den Blick starr auf den ungleichmäßigen Hügel seiner Bettdecke gerichtet hielt. Er hatte entweder nicht die Energie oder nicht das Interesse, sich zu merken, was sie gesagt hatte, und als sie ihn schließlich fragte, was denn jetzt, wo der Krieg zwischen Deutschland und Rußland beendet war, wohl aus Emanuel geworden sein könne, blickte er sie immer weiter nur mit einem höflichen Lächeln an und bat sie, die Frage zu wiederholen.

»Typhus, Folter, Läuse, Hungersnot.« Sie erinnerte sich an diese ersten Worte Binas, als Emanuel gerade in Gefangenschaft geraten war, und fragte sich, ob denn die Meldung, daß der Krieg beendet war, überhaupt bis in die hintersten Gegenden Sibiriens gedrungen sei.

Eva stand früh auf, um mit Dolfi nach Lebensmitteln anzustehen. Die Preise für jede Ration waren zwar festgelegt worden, doch war es nach wie vor möglich, das eine oder andere Ei oder ein zusätzliches Stück Butter zu ergattern. Schon am frühen Morgen rückten die Frauen füßescharrend in der Schlange voran und konnten nicht einmal mehr lächeln, wenn sie nach Stunden geduldigen Wartens mit ein paar Kohlblättern belohnt wurden.

An diesem Morgen nun rüttelte Dolfi Eva mit den Worten wach, sie habe etwas von einer Gans gehört. Der Schwarzhandel mit Lebensmitteln blühte allenthalben, auch wenn sich niemand gern der Demütigung aussetzen wollte, die es bedeutete, dabei erwischt zu werden. Eva hatte einmal miterlebt, wie man eine Dame gezwungen hatte, auf der Bahnhofstreppe ihren Koffer zu öffnen. Sie hatte flüchtig die Schnauze und das haarige Ohr eines Schweins darin erblicken können, ehe der Koffer von einer Menschenmenge umringt war, die verlangte, das Schwein solle gleich hier, an Ort und Stelle, geschlachtet und zu gleichen Teilen an alle Hunger leidenden Menschen verteilt werden.

Es war noch halb dunkel, als Dolfi die Straße gefunden hatte und zwischen zwei Häusern in einen Torweg schlüpfte. In dem kleinen Hof herrschte lebhaftes Markttreiben, und große Beträge wechselten gegen Eier, Milch und Rübensaft den Besitzer. Ein verkrüppeltes Männchen packte die Waren ein, reichte sie aus einem Schuppen heraus und rief einer Frau, die sich hinter ihm im Schuppen zu schaffen machte, seine Anweisungen zu. Eva blieb zurück, während sich Dolfi durch die Leute hindurchkämpfte, das Einkaufsgeld in der Innentasche ihres Mantel verwahrt, und sie stand und lauschte dem Stimmengemurmel, während ein jeder das zu ergattern versuchte, was er am dringendsten benötigte. Ab und zu warf sie einen Blick in Richtung Straße, für den Fall, daß dort jemand Verdächtiges auftauchte, und so kam es, daß sie die Frau erst sah, als Dolfi sie rief, weil sie ein Glas Rübensaft unter ihrem Mantel verstecken sollte. Es waren ihre Hände oder besser gesagt, ihre Handgelenke, die sie erkannte, als sie die Gans aus der Schuppentür reichte und den herabbaumelnden

Kopf gegen das Holz schlug. »Schu-Schu?« Sie mußte sich räuspern, um die Stimme wiederzufinden. Eine Frau drängte sich vor sie, und Dolfi, die die Gans in ein Schultertuch gehüllt hatte, begann, sie in Richtung Straße zu schieben. »Warte mal.« Sie verdrehte den Oberkörper, um den Blick der Frau einzufangen, doch vor ihr waren die schweren Schultern und der gesenkte Kopf einer Fremden, und die Sicht auf die sommersprossigen Handgelenke war ihr versperrt.

»Schnell, Evchen, komm weiter«, rief Dolfi, und sie eilten mit ihrer umhüllten Gans davon.

Eines späten Nachmittags ging Marianna im Tiergarten spazieren, als sie den Kaiser sah. Er schritt gemächlich in einer kleinen Gruppe von Männern einher, die Hand um einen Spazierstock geklammert und den Kopf gesenkt, als hätte er es vorgezogen, allein zu sein. Sie blieb stehen, verneigte sich und lächelte zu ihm hinüber, in der Hoffnung, ihre kindliche Dreistigkeit von einst wiedergutmachen zu können, als ihr wieder einfiel, wie sehr ihre Empfindungen gegenüber seiner Familie sich verändert hatten.

Die Leute um sie herum blieben stehen und starrten grimmig zu ihm hinüber, während sie einander aus dem Mundwinkel zuzischten, wie sehr es sie wundere, daß er es wagte, sich überhaupt noch blicken zu lassen. Für den wachsenden Haß, der sich in der Bevölkerung gegen Kaiser Wilhelm und die Kaiserin angestaut hatte, gab es einen bestimmten Grund. Es war die unerschütterliche Gesundheit ihrer Söhne, die alle sechs jahraus, jahrein unversehrt blieben, während alle anderen Familien im Land Trauer trugen. Marianna hatte sagen hören, solange er nicht einen drangäbe, nicht wenigstens eins ihrer Kinder opferte, hätte er keine Aussicht, Gnade vor dem Volk zu finden.

Marianna trat zurück und beobachtete, wie er vorbeiging. Seine stämmige Gestalt wirkte gebeugt, und seine Art, einen Fuß vor den anderen zu setzen, hatte etwas Zerbrechliches. Sie erschauderte, als sie beobachtete, wie er den Windungen des Weges folgte, den Rücken gebeugt wie eine alte Frau, und sie vermochte keinen wirklichen Groll gegen ihn zu empfinden.

Die der Samsons war die erste glanzvolle Hochzeit seit Kriegsbeginn. Private Bälle und Feste waren verboten worden, doch seit sich zunehmend Zynismus breitmachte, hatte der Hunger nach Zerstreuung sich klammheimlich Bahn gebrochen. Marianna starrte auf die kostspielige Einladung und verspürte einen schmerzlichen Stich, als hätte man ihr ihren Sohn unmittelbar vor die Füße geworfen. »Wolf?« rief sie, während sie durch den hinteren Teil der Wohnung lief und in alle Zimmer schaute. »Wolf?« Doch er schien nicht da zu sein. Sie sah Eva schläfrig auf sie zukommen, in eine Decke gehüllt. »Hast du deinen Vater gesehen?« Eva blieb stehen und legte die flache Hand an die Kammertür. »Da drinnen wird er ja wohl kaum sein.« Doch ohne es zu wollen, folgte sie Eva.

Der kleine Raum war kühl und muffig zugleich. Von den Stiefeln, die dort aufgereiht standen, und den Handschuhen an ihren Haken stieg ein moderiger Geruch auf. »Papa?« rief Eva, als könnte er sich zwischen Mänteln und Schals versteckt haben. »Papa?« Doch es war niemand da.

Marianna überkam auf einmal die Ahnung nahenden Unheils. »Was soll er hier drinnen schon wollen?« sagte sie und schloß die Augen beim Anblick der geschlossenen

Tresortür, und Eva schüttelte sich, als sie sah, daß die Kammer leer war, und sagte, sie wisse es nicht.

Die Extravaganz der Samson-Hochzeit übertraf alle Erwartungen. Es gab allein zehn Brautjungfern, die alle rosa gekleidet waren und dazu passende Blumensträuße trugen. Bina starrte gekränkt vor sich hin, als das Defilee der Mädchen vorbeiwogte. »Die gehören doch alle zur Familie«, gab Martha zu bedenken. »Kusinen und Kusinen zweiten Grades.« Doch Bina wollte nicht besänftigt werden.

»Und Mama ist selbstverständlich nicht da, wenn wir sie brauchen«, meinte sie verächtlich, denn sie wußte, Marianna hatte es aus Trauer um ihren Hund vorgezogen, zu Haus zu bleiben. Am Tag zuvor hatte sie ihren Lieblingswhippet kalt am Boden liegend gefunden, die tauben Hinterbeine weggestreckt wie spröde Stöcke. Die Augen der Hündin waren geöffnet gewesen, samtig wie Pflaumen, und ihre vollkommen geformten Rippen hatten sich überdeutlich unter der Haut abgezeichnet. »Bluebird«, hatte sie zärtlich gemurmelt, das Tier eingehüllt und ihm die Tuchzipfel über die Ohren gelegt, ehe sie es vom Boden aufhob.

Marianna schaute aus dem Abteilfenster. Der Regen war leicht, schräg flog er an ihnen vorbei und zerstäubte über dem Boden. Sie sah, wie die Maisfelder sich nach dem wochenlangen kalten, trockenen Wind wie aufatmend öffneten und streckten. Dann schloß sie die Augen und stellte sich Wolf vor, der fast in Schwermut verfallen war, als die Gefahr, daß die Ernte verlorengehen würde, mit jedem Junitag wuchs. Die Kartoffeln hatten abrupt ihr Wachstum eingestellt, und das Gemüse war, als der pfeifende Wind nicht aufhörte, taub in der Erde liegengeblieben. Wolf war immer mehr eingeschrumpft und hatte den Hungertod all derer vorausgesagt, die dem Krieg entronnen waren, und der Kummer hatte ihn fahl werden und verstummen lassen.

Bei den ersten warmen Regentropfen war er jedoch wieder zu Kräften gekommen, sein schlaffes Gesicht hatte sich belebt, und mit frischer Zuversicht verbrachte er seine Tage und den größten Teil der Nacht damit, zu planen, wie sich das Getreide bis zur letzten Ähre auf die sinnvollste Weise verteilen ließe. »Selbstverständlich mußt du fahren«, sagte er bestimmt, als sie vorschlug, sofort mit den Mädchen nach Gaglow zu fahren, und er war mit einer Tatkraft in sein Kontor aufgebrochen, wie sie sie seit Kriegsbeginn kaum je an ihm erlebt hatte.

»Wißt ihr schon«, flüsterte Martha, die ihrer Mutter gegenüber in dem überfüllten Dritter-Klasse-Waggon saß, »daß sämtliche Soldaten, die auf der Samson-Hochzeit waren, an die Front zurückgerufen worden sind?«

»Am selben Abend? Selbst die frischgebackenen Ehemänner?« fragte Eva, und Bina lächelte. »Da werden sie ja auf ihre Flitterwochen noch warten müssen.«

»Das Telegramm ist gleich nach der Trauzeremonie gekommen«, sagte Martha seufzend, »und inzwischen sind, soweit man weiß ...«

»Martha!« Marianna runzelte die Stirn, und die drei Mädchen sahen sich rasch im Waggon um, der voller Soldaten war.

Marianna überlegte, was das wohl zu bedeuten hatte. Eine weitere Offensive? Den Vorstoß, der endlich die feindlichen Linien durchbrechen würde? Sie begann, die

Männer in Uniform zu zählen. Wie viele von ihnen wohl überhaupt noch erwarten, wieder nach Hause zurückzukehren, dachte sie. Sie fragte sich, wie es den Amerikanern, die alle wohlgenährt und frisch in den Krieg eintraten, nicht das Herz brechen konnte, diese erschöpften, halbverhungerten, zerlumpten Männer durch den Schlamm auf sich zuwanken zu sehen.

Es regnete immer noch, als sie Gaglow erreichten. Der Rasen war kaum mehr wiederzuerkennen, und während Marianna den Fahrer des Fuhrwerks entlohnte, stand Eva zwischen ihren Schwestern und starrte zum Haus hinauf. Der Anstrich blätterte ab, und ein Teil der Dachziegel war herabgerutscht. Die Stallungen in ihrer Senke verfielen, weil sie seit langem unbenutzt standen.

Eva kniete sich ins Gras und zog sich die Schuhe aus. Sie wirbelte herum, ihre Knie verfingen sich in verdorrten Rispen, und mit ausgebreiteten Armen rannte sie unter Freudengejohle über den Rasen davon. Einmal blickte sie zurück und sah, wie ihre Mutter die vier verbliebenen Hunde von der Leine abmachte, die erregt auf ihren Whippetbeinen vibrierten, und wie ihre Schwestern ihr mit halb drohender, halb belustigter Miene nachstarrten. Plötzlich fiel ihr wieder ein, wie Fräulein Schulze sich einst mißbilligend umgeblickt hatte, während ihre Schützlinge in Reih und Glied das Haus umrunden mußten. Das Gras war schlüpfrig naß, der Klee verfing sich zwischen ihren Zehen, und sie streckte die Zunge heraus, um die viel zu feinen Regentropfen einzufangen, die ihr Gesicht benetzten. Sie rannte, ohne stehenzubleiben, um den Rasen herum, am Springbrunnen und der flechtenbewachsenen Statue vorbei, durch die Beete mit den schlaff herabhängenden

Blumen, und als sie merkte, daß ihr niemand gefolgt war, warf sie sich auf den sanften Abhang, der zum Eishaus führte, und starrte in den Himmel hinauf.

Die Reihe der Fenster im Dachgeschoß schnitt weiche graue Umrisse ins Dach, und als ihr träger Blick das Kinderzimmer suchte, fiel ihr ihr Schatzkästchen wieder ein, das in seiner Bindfadenwiege unter dem Bett hing. Den ganzen Winter hatte es dort gehangen, völlig in Vergessenheit geraten, und schuldbewußt tastete sie nach Kieselsteinen und kleinen Zweigen, um sich mit ihrer Hilfe die wichtigsten Bestandteile ihrer Sammlung ins Gedächtnis zu rufen. Da war ihr Foto von Schu-Schu, das es irgendwie verstand, immer obenauf zu landen. Dann kam der Tapetenstreifen, den sie in ihrem Fingerhut verborgen hatte; ein Blatt, das ihr zwischen die umhertastenden Finger geriet, diente ihr dazu, sich Emanuels Schwur zu vergegenwärtigen. Die dünnen Adern des Blattes entsprachen in idealer Weise seinem violettroten Blut, und sie sah ihn vor sich, wie er den Daumen aufs Papier drückte und das Versprechen auf die gemeinsame Zukunft besiegelte. Da waren die Strohsterne, einer für jedes Weihnachtsfest, das er versäumt hatte, und die getrocknete Blüte des ersten Schneeglöckchens. Während sie sich die weniger wertvollen Schätze mit Hilfe von Stöckchen und Steinchen ins Gedächtnis rief, glaubte sie, einen Pfiff zu hören. Rasch wandte sie sich um, und ihr suchender Blick streifte den Saum des Rasens, die schwankenden Bäume und das kleine Gebäude des Eishauses. »Eva«, hörte sie dann klar und deutlich rufen, und sie fuhr herum und sah Martha an der Hintertür stehen und in den Regen hinausspähen. »Evaaaa«, rief Martha wieder. Eva warf noch einen Blick auf das Sammelsurium von Zweigen und Blättern, dann sprang sie auf und rannte triefnaß mit weit geöffneten Armen auf das Haus zu.

Eva lag im Bett und hielt den Atem an. Irgend etwas hatte sie geweckt. Der Mond stand noch hoch am Himmel, doch das erste Tageslicht kroch schattig und rot über den Fenstersims. Über das vereinte flache Atemgeräusch ihrer beiden Schwestern hinweg meinte Eva, ein Scharren zu hören. Das Geräusch von Schritten, die hart auf den Steinboden trafen. Sie schlüpfte aus dem Bett, schlang sich ein Tuch um die Schultern und lief ins erste Stockwerk hinunter. Auf Zehenspitzen stand sie lauschend auf dem Treppenabsatz, und als sie nichts hörte, tappte sie langsam in die Diele hinab. Der Geruch von Stein und der Staub von Blütenköpfen, die wie Suppe in einer großen Schüssel schwammen, stiegen ihr in die Nase. Die Eingangstür knarrte, als sie daran zog, und weil sie nicht Gefahr laufen wollte, das ganze Haus aufzuwecken, schlich sie sich durch die Salons und öffnete die Tür zu dem gefliesten Gang, der zur Hintertür führte. Schatten drängten sich hier im Deckengewölbe und krochen durch halbgeöffnete Türen in leere, unbenutzte Zimmer. Eva hielt den Kopf gesenkt, eilte auf die hintere Diele mit dem Steinboden zu und riß erleichtert die Hintertür auf.

Der Regen hatte aufgehört, und der Garten erstreckte sich warm und freundlich in die Ferne. Auf dem Rasen wogte das kniehohe Gras, und an seinen Rändern winkten die Ruten der Rosen, die hemmungslos in alle Richtungen gewuchert waren. Doch dann, als sie sich umwandte, um die Tür zuzumachen, hörte sie ein Geräusch. Einen heiseren Pfeiflaut, der auch vom Wind gekommen sein konnte. Sie fuhr herum, verharrte schreckstarr, und dort, zwischen den Säulen des Eishauses, stand ein Mann und starrte heraus. Eine dunkle, gebeugte Gestalt, die zurückwich, als sie erschrocken die Hand vor den Mund schlug.

»Papa?« rief sie, doch statt zu antworten, ließ der Mann erneut einen Pfiff hören. »Manu.« Sie rannte auf ihn zu, die nackten Füße im Gras, und stieß im Laufen kleine Freudenlaute aus, während ihr Gesicht sich immer wieder zu einem Lächeln verzog. Doch als sie dort war, stellte sie fest, daß es Gruber war. Er war alt und grau und völlig abgerissen. Seiner Jacke entstieg ein säuerlicher Geruch, und während sie ihn entsetzt anstarrte, wich er schwankend vor ihr zurück in den Schatten des Eishauses.

»Können Sie nicht ins Haus kommen?« fragte sie, sowie sie sich von dem Schock erholt hatte. Sie hockten in der unterirdischen Kühle des Kellers. Gruber schüttelte den Kopf. »Ist das sehr gefährlich?« fragte sie.

»Nur für mich«, und er bat sie, das Geheimnis für sich zu behalten.

»Ich bringe Ihnen Essen«, versprach sie, und dann fiel ihr ein, daß sie ihm ja ein Gewehr bringen könnte. In der Nacht würde er damit rausgehen und Rehe und Wildenten schießen, und dann würden sie das Fleisch gemeinsam am offenen Feuer verzehren und aus den Resten eine Suppe machen. »Ich sage es nicht weiter«, sagte sie, und Gruber drückte ihr die Hand.

Als Eva zum Frühstück hineinging, war sie befangen und ängstlich, und der Anblick ihrer Mutter, wie sie, bleich und in kerzengerader Haltung, die hungrigen Hunde wegscheuchte, verunsicherte sie erst recht.

Es war Gruber gelungen, der Armee zu entrinnen. Als Bauer verkleidet, hatte er sich durchgeschlagen und so getan, als wäre er taub und beschränkt. Eva beäugte seine abgetragenen, schmutzstarrenden Kleider und fragte sich, ob er wohl immer noch in seiner Verkleidung steckte. Ob er Emanuel gesehen habe, fragte sie, und wußte, noch während sie die Frage stellte, daß es hoffnungslos war. Gruber hob die zitternde Hand und bat sie freundlich, doch leise zu sprechen.

»Aber die würden Sie doch bestimmt nicht wieder an die Front zurückschicken«, meine Eva. »Selbst wenn man Sie finden würde. Die könnten Sie doch nicht zwingen, wie?«

Sie musterte sein abgezehrtes Gesicht und seine dürren Schienbeine. Gruber wußte jedoch, daß gerade in diesem Augenblick weniger kräftige Männer als er auf dem Weg nach Frankreich waren.

Unauffällig folgte Eva ihrer Mutter durch den Garten und schlüpfte hinter ihr durchs Gartentor, als sie die Gemüsebeete inspizieren ging. Die alte Tür hing nur noch an einer Angel, und der Garten, der während des Frühjahrs sich selbst überlassen geblieben war, war hemmungslos ins Kraut geschossen. Der Schnittlauch nickte ihr mit seinen Samenkapseln zu, und die dürren Kohlblattgerippe standen in einer lückenhaften Reihe, die kaum mehr als solche zu erkennen war. Marianna beugte sich nieder, um die Blätter von einem Beet mit Erdbeerpflanzen zu klauben, die sich unerschütterlich als dunkelgrüne Reihen behauptet hatten. Sie hoffte, zumindest ein paar reife Früchte zu finden, an die die Vögel nicht herangekommen waren, doch als sie Pflanze für Pflanze durchsah, stellte sie fest, daß auch die letzte Beere weggepickt worden war. Sie suchte die Bäume nach Obst ab, Aprikosen und Pfirsichen, die vielleicht im Schutz der Mauer gereift waren, doch da waren nur Stiele und Fetzchen von unreifen Früchten, die vorzeitig abgerissen worden waren. Kinder, dachte sie, und das schmelzende Eis fiel ihr wieder ein, und dann erinnerte sie sich daran, wie Hans Dieters Lippe sich bei ihrem Anblick zu einem kalten Lächeln gekräuselt hatte. Das einzige, was in vollem Saft stand, war ein großer gestreifter Kürbis, der unter einem Fächer stachliger Blätter ruhte, und er stimmte sie etwas milder gegen die Vögel, die den Kürbissamen fallen gelassen haben mußten, während sie Evas Bohnen abfraßen. Der Garten war kniehoch von Unkraut überwuchert, Brennesseln hatten die eine Ecke völlig in Beschlag genommen und verbargen, was einst ein Grünkohlbeet gewesen war. Marianna fand den Spaten, der an der Mauer lehnte, packte ihn in einem plötzlichen Wutanfall und begann, auf die Brennesseln einzudreschen. Der Spatenstiel quietschte in ihren bloßen Händen, und während sie mit den Füßen aufstampfte, brannten Tränen in ihren Augen.

Eva beobachtete sie von der Gartentür aus, halb hinter ihren Bohnenstangen verborgen. Zu ihrer Überraschung sah sie ihre Mutter innehalten und den Kopf gegen den Griff des Spatens pressen, während ihr Körper unter langgezogenen, trostlosen Schluchzern erbebte. Eva erstarrte. Sie fühlte sich außerstande, ungesehen hinauszuhuschen, und der Gedanke, dabei ertappt zu werden, wie sie sich aus dem Staub machte, erschien ihr unerträglich. Sie wagte kaum zu atmen und rief sich Lieder und Bruchstücke von Gedichten ins Gedächtnis, um sich zum Stillstehen zu zwingen, bis sie sah, daß ihre Mutter sich das Gesicht abwischte, den Spaten mit frischer Entschlossenheit in den Boden stieß und wieder zu graben begann. Erleichtert setzte sie sich in Bewegung und tauchte, geräuschvoller als nötig, mit betonter Munterkeit im Blickfeld ihrer Mutter auf. Fast wäre sie über das Gewirr der Kürbisranken gefallen.

»Was machst du denn da?« rief Marianna ihr zu, und Eva überlegte, ob es nicht eine Möglichkeit gebe, ihr das mit Gruber zu erzählen und ihr zu erklären, daß höchstwahrscheinlich er es gewesen war, der sich von dem Garten ernährt hatte. Statt dessen folgte sie der Schleppe verworrener Stengel, bis sie auf den Kürbis stieß, der, grün und gelb gestreift, am Boden lag. Eine ganze Matte von Stengeln folgte ihm, als sie ihn hochhob, bis er abriß und in ihren Händen ruhte. »Eva, der ist noch nicht soweit«, rief Marianna und kam auf sie zugeeilt. »Er braucht wenigstens noch eine Woche.« Doch Eva wiegte ihren Fund in den Armen, rannte durch den Garten und auf den Rasen hinaus, in der wilden Hoffnung, daß ihre Mutter vielleicht Verdacht schöpfen und ihr folgen würde.

Marianna kehrte zu ihrem Brennesselbeet zurück. Sie ließ den Spaten über den Boden schleifen und dachte daran, wie anders doch alles gewesen war, als sie nur zu zweit hiergewesen waren.

Eva saß mit Gruber auf den Stufen des Eishauses und sah ihm beim Essen zu. Es war zwar dunkel, doch sie konnte erkennen, wie ihm der Kürbissaft über das Kinn rann. Sie hatte ihm außerdem eine kleine Portion weiße Bohnen gebracht, die mit kostbarem Öl gekocht worden waren, und jetzt merkte sie, wie gierig sie selbst danach war. »Erzählen Sie mir doch von Ihren Abenteuern«, bat sie, in der Hoffnung, daß sie das ablenken würde, und als er sich weigerte, erzählte sie ihm, daß ein Paar Lederschuhe in Berlin über hundert Mark kostete.

Eva hatte kein Gewehr für Gruber finden können. Sie war bis in den Gang mit dem Steinboden vorgedrungen, wo die verdorrenden Margeriten standen, um die sich niemand gekümmert hatte. Mit eingeschrumpften Blütenköpfen standen sie ergrauend in ihren Töpfen, und Eva zupfte im Vorbeigehen an ihren Blättern. Sie hatte in das Arbeitszimmer ihrer Mutter hineingeschaut und sie zu ihrer Überraschung dort sitzen sehen, über die Überreste ihres dicken Buches gebeugt. Sie trat ein bißchen näher heran, um ihr über die Schulter zu schauen, und sah, daß sie über die ganze Seite hinweg Zahlenreihen untereinander schrieb, Rechenkästchen, und mit einem scharfen Federstrich gleich wieder ausstrich. Eva entfernte sich unbemerkt und ging weiter. Sie schaute in die verlassenen Zimmer, in der Hoffnung, irgendwo auf ein verstecktes Waffenlager zu stoßen. Ihr schwebte eine Reihe Gewehre vor, die an ihren Riemen vor der Wand hingen wie die Wildgänse, die sich gegen den Himmel abzeichnen. Eva stieß eine andere Tür auf. Hier waren die Fensterläden geschlossen, und durch die Lamellen konnte sie riesige Spinnweben sehen, die im Dunkeln vor sich hin wuchsen. Die Wände waren rauh und kahl, und nur ein paar alte, ausrangierte Möbelstücke standen hier gestapelt, die darauf warteten, als Brennholz benutzt zu werden. Im letzten Zimmer gab es eine Reihe Wandhaken, die tiefer angebracht waren, als ihr in Erinnerung war, und ein alter, halb von Motten zerfressener Maiskolben hing davon herab. Eva stand und starrte vor sich hin, während sie überlegte, ob sie die Gewehrsammlung nur geträumt hatte, die Messer und Peitschen, die Hans Dieter zurückgelassen hatte, um sie an seine Regentschaft zu erinnern. Ihr fiel wieder ein, daß Schu-Schu behauptet hatte, Hans Dieter sei ein anständiger Mensch, der nur eine Pechsträhne gehabt habe, und ihre Mutter sei diejenige gewesen, die seine Familie vertrieben hätte. »Wo werden sie jetzt wohl schlafen, die armen kleinen Dieter-Kinder?« hörte sie Bina durchs Haus zischen, und obwohl sie danach herausgefunden hatten, daß es gar keine Dieter-Kinder gab, jedenfalls offiziell nicht, erschauderte sie immer noch bei der Vorstellung, daß jemand aus ihrer sonnigen Mansarde verjagt worden sein sollte.

Am nächsten Abend ging Eva wie alle anderen zu Bett, und erst als sie sicher sein konnte, daß ihre Schwestern schliefen, wagte sie sich wieder hinaus. Sie hatte geräuchertes Fleisch und eine kleine Portion gelbe Erbsen dabei. »Gruber«, flüsterte sie, doch als sie die Tür zum Eiskeller aufstieß, stellte sie fest, daß er weg war. Sein Mantel war weg, seine paar Habseligkeiten, und selbst die Blätter und das Stroh, aus denen er sich ein Bett gemacht hatte, waren über den Boden verteilt.

Höchst beunruhigt kehrte Eva nach draußen zurück. Sie war überzeugt, daß die Soldaten ihn holen gekommen waren, doch als sie sich mit der unerwarteten Extraration zu trösten versuchte, dämmerte ihr, daß er einfach nur weitergezogen war.

Manchmal bildete Marianna sich ein, Geflüster zu hören, leichte Schritte draußen in der Dunkelheit, und dann versicherte sie sich, daß ihre Hunde alle im Haus waren. Selbst in warmen Nächten vergruben sie sich am liebsten unter Decken, und sie inspizierte flüchtig ihre Ohren und Schwänze, die schwarzen Lefzen ihrer lächelnden Schnauzen. Wieder kränkelte einer ihrer Hunde. Das Blut floß langsam unter der dünnen Haut, und ein säuerlicher Geruch drang zwischen seinen Zähnen hervor. Letztes Jahr im Winter hatte sie in der Zeitung von einer holsteinischen Adelsfamilie gelesen, die ihre Känguruhs hatte schlachten müssen, um Fleisch zu haben. Sie hatten sie als Haustiere auf ihrem Anwesen gehalten, sie zwanzig Jahre lang gehätschelt, und nun waren sie alle aufgegessen worden. Sie schob sich zwischen die Hunde, die mit geschlossenen Läufen schliefen, hob eine der langen Schnauzen auf ihren Schoß, starrte in die kleine Höhlung der geschlossenen Augen und dankte dem Himmel, daß an ihnen so wenig Fleisch war.

Marianna verfolgte die landwirtschaftlichen Nachrichten bis in die letzte Zeile. Sie wurde eine Spezialistin für Wettervorhersagen, bedachte jeden trockenen Tag mit Seufzern und Gebeten und tauschte mit allen Nachrichten aus, die vom Dorf heraufkamen. Als das Getreide gemäht war, machte Erleichterung sich breit, und nun waren auch die Spätkartoffeln unter Dach und Fach. Doch dann, gegen Ende August, ereilte die Bauern der Regen auf dem Feld, und das kostbare gemähte Getreide begann zu keimen, zu naß, um eingefahren zu werden. Marianna, die sich Sorgen um die schwankende Gemütsverfassung ihres Mannes machte, entschloß sich zur vorzeitigen Rückkehr nach Berlin.

Wolf war kleiner denn je, sein Blick glitzerte, und er war so dünn, daß ihm die Hose um die Knie schlotterte. Er legte den Arm um seine Frau und küßte sie warm auf die Schläfe. »Wie geht's dir, mein Schatz? Wie ich sehe, bist du noch ganz die alte.« Er nahm eine ihrer rauhen, braungebrannten Hände in seine.

Eva beobachtete ihn, als er die Stadt beschrieb, die Lebensmittelknappheit, den Fleischmangel. Er meinte, wenn der Krieg auch nur einen Monat länger andauere, werde es im ganzen Land kein Stück Vieh mehr geben. »Doch genug davon.« Er senkte die Stimme und teilte ihnen mit, Hindenburg habe, nach nunmehr vier Jahren Krieg, befohlen, es dürften nur noch zuversichtliche Gespräche stattfinden.

Marianna wollte ihre Töchter nicht aus der Wohnung lassen. Sie war bei Wertheim gewesen, um nach Wollschals zu schauen, auch wenn sie keine große Hoffnung hatte, welche zu bekommen, und fand das Geschäft halb leer. »Alle grippekrank im Bett«, erklärte ihr eine Verkäuferin, die in der Krisenzeit zur Geschäftsführerin befördert worden war. Sie schlug die Arme unter. »In manchen Dörfern sterben binnen eines Tages ganze Familien aus. Frauen«, sagte sie, »die vier Jahre geduldig auf ihre Männer gewartet haben, werden vom Fieber dahingerafft und in Möbelwagen weggekarrt, ehe ihre jungen Ehemänner überhaupt Gelegenheit haben, um Fronturlaub nachzusuchen.«

Marianna wich zurück, und die Frau lächelte erschaudernd und wandte sich ab, um, mit behandschuhten Händen, einem Kunden zu helfen, der ihr seinen Bezugsschein hinhielt, damit sie sich vergewissern konnte, daß er berechtigt war, seiner Frau ein Hemd zu kaufen.

Auf dem Nachhauseweg begegnete Marianna der Frau des alten Herrn Baum. Sie kam über die Straße gehuscht und flüsterte, sie gehe zur Bank, um ihren Schmuck abzugeben. »Die Perlen, die mein lieber Mann mir an unserem Hochzeitstag geschenkt hat.« Als sie die Hand aus dem Muff zog, erblickte Marianna flüchtig ein rosa Band, das wie eine Kette winziger Würstchen um ihr Handgelenk gewunden war. »Falls Sie ein Versteck brauchen, wenn die

Revolution kommt«, Frau Baum hatte die Kette wieder in ihrem Muff verborgen, »ich meine, wo Sie doch gleich neben dem Schloß wohnen, dann kommen Sie nur einfach zu uns.« Und als sie sich trennten, meinte Marianna, sie eindringlich ihr Haar mustern zu sehen. »Auf Wiedersehen, Frau Baum.« Marianna winkte und beobachtete, wie die andere die Stufen emporeilte und die schwere Eingangstür der Bank aufstieß.

Eva schrieb einen Brief an Emanuel. Sie benutzte nur die eine Seite des Blattes, so daß er, wenn nötig, die andere benutzen konnte.

> *Lieber Manu,*
> *ich werde kein Wort über die düstere Lage hier in Berlin verlieren, weil sie angeordnet haben, daß man darüber nichts Schlechtes sagen darf, sonst bekommt man bis zu fünf Jahre Gefängnis. Bina ist wieder ins Lazarett zurückgekehrt, und als ich sie besucht habe, habe ich Soldaten mit streichholzdünnen Armen und Beinen gesehen. Ein Mann hat mir erzählt, daß er fünf Tage lang von einem Schützengraben zum nächsten vorgerückt sei, ohne irgend etwas zu essen, und daß alle seine Freunde, die nicht getötet wurden, einfach vor Erschöpfung zu Boden gefallen seien. Dieser Mann hat überlebt, indem er in einen feindlichen Schützengraben gesprungen ist, wo er Kekse und eine Zigarette gefunden hat!*

Eva las den Brief durch und befand, daß sie besser noch einmal von vorn anfing.

Lieber Manu,
ich finde, wir sollten die Wände unseres Hauses grün anstreichen, so daß wir uns die ganze Zeit einbilden können, im Garten zu sein. Die Decken könnten blau sein, und fändest Du es nicht auch schön, wenn man ein Zimmer ohne dunkle Vorhänge hätte? Ich werde sämtliche kirschroten Teppiche oder burgunderroten Vorhänge hinauswerfen, und wir werden auf allen Tischen Schalen mit schwimmenden Blütenblättern stehen haben.

Sie verschloß diesen Brief, und da sie keine Ahnung hatte, wo ihr Bruder sich wirklich aufhielt, legte sie ihn zu den vielen anderen, die ihr Kästchen füllten.

Kapitel 18

»Irgendwas stimmt an dem Bild immer noch nicht ganz.« Mein Vater rief gleich früh am Morgen an. »Ich denke, einmal sollten wir noch drangehen.« Ich brauchte eine halbe Stunde, um den Fetzen von Strampelhose zu finden, den ich irgendwo ganz hinten in einen Schrank gepackt hatte. Ich überlegte, ob ich irgendwelche Spielsachen mitnehmen sollte, damit Sonny etwas zu gucken hätte. Ich konnte ihm eine Kette aus Plastikteddybären vor die Nase halten, während er Modell saß, doch die Vorstellung, die Stille des Ateliers durch das Gedudel von elektronischem Brahms zu stören, brachte mich wieder davon ab.

Als ich bei meinem Vater eintraf, läutete gerade jemand an der Tür. Ich sah, wie er den Finger mit allem Nachdruck auf die Klingel hielt, und selbst von hinten erkannte ich die rundliche Gestalt Johns, des Vetters meines Vaters.

»Hallo.« Er richtete sich auf wie ertappt. »Ich bin Sarah … Ich bin Michaels Tochter.«

Er sah mich überrascht aus runden Augen an. »Sarah.« Und er begann zu nicken und zu lächeln. »Das ist aber schön.«

»Und das ist Sonny, mein … Michaels Enkel.« Johns Lächeln wurde etwas zittrig, als sei es denn doch ein bißchen viel verlangt, daß er mehr als einen neuen Verwandten auf einmal kennenlernen sollte.

»Er scheint nicht da zu sein.« John blickte am Haus empor.

»Nein«, stimmte ich zu, glaubte jedoch einen Schatten

bemerkt zu haben, der gerade vom Fenster zurücktrat, um nicht gesehen zu werden. »Geht es um etwas Wichtiges?«

John trat von einem Fuß auf den anderen und wandte sich zu seinem Auto um, das ordentlich an einer Parkuhr abgestellt war. »Ich wollte eine Unterschrift von ihm.« Ich bot ihm an, den Umschlag, den er in der Hand hielt, mit hineinzunehmen, während ich mich auf die Treppenstufen hockte, als wäre ich darauf eingestellt, zur Not auch länger zu warten.

Sobald Johns Wagen um die Ecke gebogen war, erschien mein Vater an der Tür. Er schaute heraus, nervös wie ein Huhn, und grinste mir zu. »Ich dachte schon, er ginge überhaupt nicht mehr weg.« Er nahm den sauberen braunen Umschlag, den John mir gegeben hatte, und klemmte sich ihn unter den Arm, als hätte er ihn erwartet.

Ich half ihm bei der Suche nach seiner Brille. Wir durchpflügten Zeitschriften, suchten unter Handtüchern und fanden sie schließlich auf einer Untertasse mit getrockneter Farbe. Sonny begann zu greinen. Ich hielt ihn vor den Spiegel und beobachtete, wie er sich strahlend ansah. »Guckguck«, ich schwenkte ihn herum, »daaa.« Er ließ ein kehliges Kichern hören wie ein anzüglicher Alter. »Guckguck –« Doch das Gewühle und Gefluche meines Vaters, der die nächste Suche, diesmal nach einem Kugelschreiber, begonnen hatte, unterbrach mich.

»Worum geht es denn?«

»Immer dieselbe Chose«, murmelte er und griff nach einem zersplitterten Kuli. »Gaglow.« Und ich schaute erfreut zu, wie er die freie Stelle mit seinem Namenszug vollkritzelte.

Als wir uns endlich in Positur setzten, bezog sich der Himmel. Es war ein schwüler Augustnachmittag, der ganz nach dicken warmen Regentropfen aussah, und Sonny, dessen Mittagsschlaf längst überfällig war, sank schwer gegen meinen Arm.

Es war unmöglich zu sagen, was an dem Bild noch zu tun war. Ich saß zwar in einem ungünstigen Winkel und zu dicht dran, doch selbst aus dieser Perspektive sah das Bild vollkommen fertig aus. Mein Vater starrte es an, seine Hand umklammerte einen Pinsel, und ich wartete mit angehaltenem Atem, daß er zu einem Entschluß käme. Mit gequälter Miene blickte er angespannt von mir zur Leinwand und dann zu Sonny, bis er nickend zurücktrat. Hektisch mischte er neue Farbe, und als er vortrat und sich auf die Zehenspitzen stellte, sah ich, daß er sich an dem nackten gelben Putz unmittelbar über meinem Kopf zu schaffen machte. Sonny schläft jetzt nur noch vierzig Minuten, hätte ich ihm gern erklärt, doch ich blieb still und spürte, wie seine angestrengte Konzentration auf mich übergriff, als trüge ich zu jedem einzelnen seiner Pinselstriche mein Teil bei. »Ist es warm genug?« fragte er, als der Regen schräg gegen die Scheibe klatschte und er zwei Deckenstrahler angeknipsen mußte.

Ich nickte, zog die Frotteezipfel fest um die Füße des Babys und befühlte seine verhüllten Fußsohlen, um zu sehen, ob sie warm waren. Ich liebte den Regen, sein pochendes Geräusch an der Fensterscheibe und das elektrische Licht, das bei Tage einen Goldton hatte und sich nun mit Grau vermischte. Ich hätte ewig so daliegen können, und dann fiel mir wieder ein, daß in spätestens zehn Minuten meine Hüfte zu schmerzen beginnen und ich am Ende des Nachmittags wie gerädert sein würde, so anstrengend war es, sich nicht zu rühren. Natasha hatte vor Genugtuung gekreischt, als ich ihr erzählte, daß das Bild noch einer letzten

Korrektur bedürfe. »Und wenn du nun ein Eigenleben hättest?« zog sie mich auf. »Was würdest du dann machen?«

Und Kate hatte uns beide bemitleidet. »Sarah und Sonny sind die einzigen, die ihm noch geblieben sind, nachdem wir beide uns aus der Welt des Modellsitzens zurückgezogen haben.« Und sie lachte und meinte: »Dann braucht er seine Familie also doch.«

Ich schloß die Augen und wartete, ruhte mich aus, solange ich Gelegenheit dazu hatte, und als ich das nächste Mal einen Blick auf das Bild warf, sah ich, daß die Wand mit dem Gipsbewurf genauso war wie zuvor. Da war sie, blaßgelb, nur daß ich jetzt in sie hineinsehen, dahinterblicken konnte. Grün und golden und blau. Ich konnte sogar erkennen, daß sie schon seit hundert Jahren da war. Ich lächelte und fragte mich, was ich wohl unternehmen würde, wenn ich fest bliebe und vorerst nicht mehr ins Atelier käme. Woche für Woche hatte ich mir zwar notiert, daß ich meinen Agenten anrufen wollte, es dann jedoch niemals über mich gebracht, den Hörer hochzuheben. Es schien mir die Sache nicht wert zu sein, Sonny wegen einer dreimonatigen Tournee von *Don't Forget Your Trousers* allein zu lassen. Wenn ich denn überhaupt eine Rolle bekommen hätte.

Ich lag so still und wartete so lange, daß mein Vater schließlich eine Pause vorschlagen mußte. Ich wußte, daß er das höchst ungern tat. Es gefiel ihm, seine Kräfte mit unseren zu messen und sich als der Ausdauerndere zu erweisen. Rasch zog ich den Morgenrock an, um zu zeigen, wie erleichtert ich war.

»Habe ich dir schon von dem Fluch erzählt, der über die Belgards verhängt worden war?« Er war in die Küche hinübergegangen und spähte in den Umschlag, wie um sich zu vergewissern, daß die Dokumente noch da waren.

»Nein.« Mit einem Ohr lauschte ich zu Sonny hinüber, der die Pause verschlief. »Was denn für ein Fluch?«

»Die Frau, die mein Onkel geheiratet hat, diese Prostituierte, die war so gekränkt darüber, daß die Hochzeit nicht pompös genug ausfiel und nicht auf Gaglow stattfand, wie sie es gewünscht hatte, daß sie einen Fluch über die Familie verhängte.«

Ich spürte ein elektrisches Prickeln unter der Haut. »Aus irgendeinem Grund nahm sie dabei meinen Großvater aufs Korn, wohl weil sie hauptsächlich ihm die Schuld gab. Nicht lange danach starb er.«

»Warte mal«, ich stürzte ins Atelier, um mich zu vergewissern, daß Sonny nicht auf den Fußboden gerollt war. Er war wach, starrte zum Fenster und beobachtete, wie die zerlaufenen Regentropfen die Scheibe hinabglitten. Ich hob ihn hoch und nahm ihn mit hinüber. »Wie ist er denn gestorben? Ging das schnell?« fragte ich und stellte mir vor, wie ihr gekrümmter Finger ihn niederstreckte.

»Vielleicht war sie ja eine Zigeunerin oder so was«, meinte mein Vater, »oder sie stammte aus Süddeutschland. Aber wie er gestorben ist, weiß ich auch nicht so genau.«

»Sie war keine Jüdin?«

»I wo.«

Ich lachte. Ich hatte immer angenommen, mein Vater sei der erste gewesen, der sich außerhalb seines Glaubens umgetan hatte.

»Worum ich dich noch bitten wollte«, sagte ich rasch, weil er in der richtigen Stimmung war, »erzähl mir doch etwas über Bina.«

»Die gräßliche Bina?«

»Ja. Ich meine, war sie denn wirklich so furchtbar?« Mein Vater überlegte eine Weile. »Absolut.« Diese Einschätzung war ihm immer die liebste.

»Aber warum? Es muß doch einen Grund dafür gegeben haben.«

Ich erwartete einen zurechtweisenden Blick, weil er mit diesem frühkindlichen Kram nicht behelligt werden wollte, doch er nickte und versuchte, sich auf irgend etwas längst Vergessenes zu besinnen. »Du kennst doch die Geschichte über van Gogh?«

Ich war mir nicht sicher, nahm jedoch an, es handele sich um diese ewige Geschichte von seinem Ohr.

»Na schön, jedenfalls hatte es zuvor einen anderen Vincent gegeben, der starb, als er noch ganz jung war, ein schöner, ein vollkommener Knabe, die ganze Freude seiner Eltern, und so war der neue Vincent van Gogh selbstverständlich nur ein Ersatz.«

»Der arme Kerl. Der hatte doch keine Chance.«

»So was passiert erstaunlich oft. Na ja, genau das ist jedenfalls in der Familie meiner Mutter passiert. Es hatte noch ein Kind gegeben, das mit sechs Monaten gestorben war. Das war die erste Bina gewesen. Doch sie war natürlich nicht ersetzbar. Ich glaube, als die zweite Bina geboren wurde, hatte meine Großmutter, Marianna, eine Krise und fuhr zur Kur. Sie konnte sie kaum ansehen. Irgendeine Gouvernante hat sich um sie gekümmert oder so etwas.«

»Wie furchtbar.«

Zu meiner Überraschung setzte er zum zweitenmal den Kessel auf, um Tee zu machen.

»Ich glaube nicht, daß sie das je erfahren hat.«

»Wirklich?«

»Meine Großmutter hat es meiner Mutter erzählt, ganz

zum Schluß, kurz bevor sie starb. Ich erinnere mich noch, wie sie einander weinend bei der Hand hielten.« Der Kessel begann zu pfeifen, weil das Wasser kochte, und als besänne er sich auf einmal, schaltete er ihn ab und beorderte uns wieder an die Arbeit. Der restliche Nachmittag war ein einziger Kampf. Sonny war gut ausgeruht erwacht und wollte unterhalten werden. Er wollte geschaukelt und geküßt werden und daß man mit ihm spielte, er wollte aus dem Fenster gucken und spazierengefahren werden. Ich sang ihm etwas vor, während er neben mir lag, machte ihn mit seinen Zehen bekannt und fragte mich, weshalb wir hier überhaupt benötigt wurden, während Gipsschicht um bröcklige Gipsschicht über unseren Köpfen bloßgelegt wurde.

Als wir endlich aus dem Haus traten, hatte der Regen aufgehört. Die Wolkendecke begann aufzureißen, und durchweichte Blütenköpfe lagen über die Straße verstreut. Ich bemerkte das erste Herbstlaub, das braun auf den Pfützen leuchtete, und während ich den großstädtischen Himbeergeruch einsog, der mir feuchtheiß von den Mauern entgegenschlug, ging ich an meiner Bushaltestelle einfach vorbei. Die regenschweren Sträucher drängten auf die Straße hinaus, vom Staub befreit, und ich streifte sie mit der Schulter, um mir die letzten Regentropfen ins Gesicht zu schütteln. Und dann kam die Sonne heraus und strich das Pflaster perlmuttfarben an, und ihr Gefunkel auf dem gerundeten Dach eines Briefkastens erinnerte mich an den Gaglow-Brief, den ich einzuwerfen versprochen hatte. Ohne den Schritt zu verlangsamen, wühlte ich in meiner Tasche danach, um ihn im Vorbeigehen in den Kasten fallen zu lassen, doch der Umschlag war zu breit für den Schlitz, und ich mußte stehenbleiben und ihn knicken, damit er hineinpaßte. Wenn ich ihn behutsam zusammenbog, würde er sich im geräumigen Innern des Briefkasten wieder glätten. Als ich jedoch stehenblieb, um beide Hände zu Hilfe zu nehmen, fiel mir die Anschrift ins Auge. Es war eine Straße oberhalb von Camden Town, und mir ging auf, daß ich lediglich ein paar Haltestellen weiter fahren mußte als sonst, um ihn selbst abliefern zu können. Ich schob den Umschlag wieder in meine Tasche, vergewisserte mich durch einen Blick über die Schulter, daß mich niemand gesehen hatte, und ging eilig weiter.

Eine Frau machte mir die Tür auf. Sie hatte weiches graues Haar, das rechteckig geschnitten war, und zierliche Arme und Beine. »Ich habe hier etwas für Johann ...« Ich blickte auf den Namen nieder. »... John Godber.«

»John«, rief die Dame, »John.«

In aller Ruhe kam er zur Tür gestapft. Als er mich erblickte, schrak er zusammen. »Es tut mir leid, wenn ich Sie störe«, ich streckte ihm den Umschlag hin, »doch da ich gerade vorbeikam, dachte ich, ich könnte Ihnen den Umschlag auch gleich hereinreichen.«

»Ja, selbstverständlich, sehr nett«, und wie ich mir erhofft hatte, forderte er mich auf, doch hereinzukommen. »Das ist Sarah.« Er blickte seine Frau mit weit aufgerissenen Augen an. »Michaels Tochter.« Und aus ihrer Kopfhaltung konnte ich schließen, daß sie bereits im Bilde war.

Das Haus war kühl und behaglich, und er legte den Umschlag auf einen Tisch aus dunklem Holz. »Das ist meine Frau Elisabeth«, stellte John sie vor, und sie stieß gurrende Laute aus und warf Küßchen in Sonnys Richtung, als sie hinausging, um uns Tee zu holen.

Wir saßen stumm, während der Tee zog.

»Dann wohnen Sie also in der Nähe?« fragte John, und ich nickte und sagte rasch, ich wolle mit dem Baby auf den Heath, damit es andere Kinder sehen könne.

»Haben Sie Kinder?« fragte ich, und er antwortete eifrig, sie hätten drei, zwei Söhne und eine Tochter, und gemeinsam begannen sie, stolzerfüllt ihre Enkel an den Fingern herzuzählen.

»Und das ist Ihr erstes Kind?« fragte Elisabeth.

»Ja, mein erstes.« Ich wußte, mein unberingter Finger war registriert worden, kaum daß ich den Fuß in die Tür gesetzt hatte. Aus Höflichkeit versagten sie sich weitere Fragen.

»Sie ähneln Ihrer Großmutter.« Sie wandten sich einander zu, erleichtert, ein Thema gefunden zu haben, das beide als unverfänglich empfanden. »Sie ähneln der lieben Eva sehr.« Sie waren sich einig und verbrachten die nächsten zehn Minuten damit, diese Tatsache nickend zu bestätigen, während ich den Kopf gesenkt hielt, damit sie die geradezu unheimliche Ähnlichkeit der Kinnpartie erkennen konnten.

»Und dieser kleine Kerl«, Elisabeth streckte die Arme nach ihm aus, »wie sieht der aus?« Gemeinsam starrten sie auf die Weizen- und Maisfarben von Sonnys Gesicht.

»Genau wie sein Vater«, erklärte ich, und beide lachten, wohl weil sie fanden, daß ich eine vertretbare Art und Weise gefunden hatte, ihn einzuführen. »Er ist Schauspieler.« Ich empfand es als meine Pflicht, weitere Erklärungen zu liefern. »Arbeitet auswärts.« Und das Lächeln fiel mir nicht leicht, da ich plötzlich einen brennenden Schmerz in der Kehle verspürte. Der Umschlag lag, wo John ihn liegengelassen hatte, glatt und braun auf blankpoliertem Holz. »Ist denn nun alles geklärt?« Ich wollte dem Gespräch eine neue Wende geben, aber dann brachte ich die Frage doch nicht so beiläufig heraus, wie ich das beabsichtigt hatte.

John runzelte die Stirn, während er einen langen Schluck Tee nahm. »Jaja.«

»Wir sind beide zusammen dort gewesen«, sagte Elisabeth, und sie legte ihm die Hand auf den Arm.

Ich hob Sonny auf mein Knie. Es gab mir Selbstvertrauen, ihn in den Armen zu halten, und rasch, ehe der geeignete Augenblick vorüber wäre, fragte ich: »Glauben Sie, ich könnte dorthin fahren und mir das Haus ansehen, ehe es verkauft wird?«

Sichtlich überrascht, wandte er sich um und zog den Umschlag zu sich herüber. »Selbstverständlich.« Er blätterte seinen Inhalt rasch durch. »Schließlich hat Eva, Ihre Großmutter, am meisten an ihm gehangen.«

»Was ... wie mache ich das am besten?« fragte ich, während ich aufstand. Und er schrieb mir seine Telefonnummer auf und sagte, ich solle ihn anrufen, wenn ich genau wüßte, wann ich fahren wollte.

»Vielen Dank.« Ich lächelte. »Es hat mich gefreut, Sie kennenzulernen.« Beide winkten mir nach, als ich Sonny die Straße emporschob.

Um sie nicht beschwindelt zu haben, ging ich zu den Parliament Fields hinauf und blieb stehen, um den letzten Kindern dabei zuzusehen, wie sie wie Pferdchen kreuz und quer durch das blaue Planschbecken sprangen. Die Sonne ging gerade unter, wieder staubig und heiß, und das Gras auf dem prachtvollen Hang des Heath war zu Heu geworden.

Langsam ging ich unter den Alleebäumen bergan, schob

den Kinderwagen den Weg hinauf und wich dabei Fahrrädern und Joggern aus, ganzen Familien, die mit Decken beladen waren, bewältigte das letzte offene Stück des Hügels und stand auf seiner Kuppe. Eine kleine Schar von Menschen blickte, noch außer Atem, von dort staunend über London hinweg, identifizierte den Post Office Tower, die grüne Kuppel von St. Paul's. Ich stand bei ihnen, sog die stille Höhenluft ein, wandte mich um und blickte in die andere Richtung. Der Hügel fiel ab und zog sich dann wieder empor bis zu einem spärlichen Fichtenkranz, und in der Ferne sah ich die Binsensäume der Seenkette. Dort standen keine Gebäude, und es gab keine Sehenswürdigkeiten, nichts stellte sich dem Blick entgegen, doch von weither, überlagert vom Geräusch meines Atems, hörte ich noch immer das Brausen des Großstadtlärms.

»Pam?« Ich mußte durch den Schutzschild ihres Anrufbeantworters nach ihr rufen. »Ich weiß, daß du da bist.« Und atemlos nahm sie den Hörer ab. »Pam ...«, fing ich an, doch sie zischte mir zu, daß es im Augenblick nicht ginge.

»Ich rufe dich später zurück.«

»Pam«, ich versuchte sie zu warnen, doch sie wollte nichts hören, und während ich immer noch flüsternd meine Botschaft loszuwerden versuchte, wurde der Hörer aufgelegt.

Erst am nächsten Tag hörte ich wieder von ihr. »Erzähl mir nichts, ich will es nicht wissen«, sagte ich.

Doch sie behauptete steif und fest, es handle sich um eine gute Nachricht. »Hör mal, er ist kein Schauspieler.«

»Kein ... Schauspieler?«

»Glaubst du das?«

»Eigentlich nicht. Wovon redest du denn bloß?«

Eine ominöse Pause trat ein. »Er ist Buchhalter.«

Ich begriff überhaupt nichts mehr.

»Er ist toll«, sagte sie. »Jeden Morgen steht er um acht auf und geht schnurstracks zur Arbeit, und wenn er damit fertig ist, ist er froh und vergnügt und möchte ein Glas mit mir trinken. Es ist kaum zu fassen.«

»Aber ist er denn nicht ... ich meine, ist er nicht ...?«

»Was? Langweilig?« antwortete sie für mich. »Ich vergesse immer wieder, daß du Bradley Teale ja nicht kennengelernt hast.« Und wir lachten beide, erleichtert, daß diese Geschichte aus der Welt war.

»Hör mal«, sagte ich, sowie sie sich beruhigt hatte, »hast du noch mal über unseren Urlaub nachgedacht?«

Ich merkte sofort, daß sie das nicht getan hatte. »Wie fändest du das, wenn wir nach Deutschland führen? Nur für ein paar Tage, weißt du.«

»Nach Deutschland?«

»Da ist doch dies Haus, auf dem Land.«

»Auf dem Land?«

Und noch ehe ich ihr von den Mansarden und dem See, dem Rosengarten und der steilen, schnurgeraden Zufahrt zur Veranda erzählt hatte, wußte ich, daß sie jegliches Interesse verloren hatte.

»Das Dumme ist nur, Alan fährt eventuell geschäftlich weg.«

»Alan?« Und ich tat so, als hätte Sonny sich auf mein Kleid übergeben, und sagte, ich würde sie zurückrufen, sobald ich Zeit hätte.

»Ach, Mum.« Ich lag unter ihrem Pflaumenbaum ausgestreckt, während sie bei Sonny saß und ihn mit ihren Goldfischen bekannt machte. »Ich hab niemanden zum Wegfahren.«

»Was ist denn mit Kate? Oder Natasha?«

»Ja, schon.« Doch die hatten beide auf Monate hinaus keinen Urlaub zu erwarten, und ich hatte das Bedürfnis, jetzt gleich zu fahren.

»Ich würde ja mitfahren«, sagte sie und zerraufte Sonny das Haar, »doch ich fahre zu einer Konferenz über Websites, und danach habe ich einen Riesenhaufen Arbeit.«

»Das ist aber auch ein Pech«, sagte ich trübsinnig und blickte in die klebrigen Äste des Baumes hinauf. »Vielleicht fahre ich dann einfach allein.«

»Das solltest du wirklich«, sagte sie, »es wird dir guttun.« Und sie reichte mir Sonny.

Als ich das Reisebüro verließ, zitterte ich vor Schreck. Ich hatte einen von Mikes Schecks dazu verwendet, das Flugticket zu kaufen. Ein Vier-Tage-Rückflugticket nach Berlin und für Sonny ein Streifchen von einem Ticket für einen Bruchteil des Preises. Ich wäre gern länger gefahren. Wenn ich allein wäre, sagte ich mir, doch andererseits wußte ich auch, daß ich, wenn ich allein wäre, überhaupt nicht den Mut gehabt hätte zu fahren.

Am selben Abend schickte ich meinen Paß an die Paßstelle, um das Baby eintragen zu lassen. Ich machte es dringend und erklärte, daß ich in zehn Tagen abreisen müsse. Mit den Tickets in der Hand tanzte ich durchs Zimmer und überlegte, wem ich davon erzählen konnte. Sonny konnte es schon nicht mehr hören. Er lag auf dem Rücken, die Beine in der Luft, und betrachtete mit dem Ausdruck der Verwunderung seine Zehen. Und dann fiel mir ein, daß ich vielleicht besser John anriefe. »Mr. Godber? Hallo. Ich bin's, Sarah Linder.«

»Ach ja.« Er hörte sich weit weg an, so als erinnerte er sich mit Müh und Not, wer ich war.

»Ich habe mich endgültig entschlossen zu fahren. Übernächste Woche. Nach Gaglow.« Und erst jetzt unterbrach ich mich und fragte ihn, ob ich im unpassenden Augenblick angerufen hätte.

»Es ist nur wegen meiner Frau«, sagte er mit versagender Stimme. »Elisabeth. Es geht ihr nicht gut.«

»Dann entschuldigen Sie bitte vielmals.« Ich preßte den Hörer viel zu fest an mein Ohr, weil mir nicht die richtigen Worte einfielen. »Es tut mir sehr leid, wenn ich Sie gestört habe.«

»Das macht doch nichts.« Er klang ratlos, als hätte die Sorge seine sämtlichen Kräfte aufgezehrt.

»Ich rufe ein andermal wieder an.« Ich hörte, wie er mit unsicherer Hand den Hörer auf die Gabel zu legen versuchte.

Ich saß, den Kopf in die Hände gestützt. »Ich muß ja nicht fahren«, sagte ich mir, »ich muß nicht fahren.« Doch irgendwie wußte ich, daß ich es tun würde.

Kapitel 19

Eva und Martha waren sich darin einig, daß man den Kaiser zwingen sollte, den Krieg zu beenden. Bina ließ sich jedoch nicht davon abbringen, daß sämtliche Männer, die den Krieg überlebt hatten, zu den Waffen gerufen werden sollten, um eine letzte große Schlacht zu schlagen. »Ich dachte, du sehntest die Revolution herbei«, zog Eva sie auf. »Schu-Schu hätte das jedenfalls gewollt.«

»Eine Revolution.« Mit gerötetem Gesicht erzählte die ängstliche Martha, wie eine Gruppe Offiziere auf dem Weg zurück zur Front gewaltsam aus dem Zug geholt und nach Hause zurückgeschickt worden sei. »Die Soldaten haben sie mit Handgranaten bedroht«, sagte sie und kaute nervös auf der Lippe herum. Und sie fragte sich, ob das wirklich wahr sein könne, daß der österreichische Kaiser sich aus dem Staub gemacht und die Kronjuwelen und achtzehn Busse mit Möbeln mitgenommen habe.

»Und ob das wahr ist.« Eva stand auf. »Ich habe es auf der Straße gehört.« Und dann fiel ihr ein, was sie außerdem noch gehört hatte, und sie setzte sich wieder hin. »Es gibt Leute, die brechen in die reichen Häuser ein«, flüsterte sie, »auf der Suche nach Lebensmitteln. Manche Familien gehen mitten in der Nacht weg und nehmen alles mit, was sie tragen können.« Und sie sah auf einmal die Samson-Mädchen vor sich, die gemeinsam eine Kiste mit weißen Milchbrötchen davonschleppten.

»Na ja, in Gaglow finden sie sowieso nichts«, meinte Martha traurig.

»Nein, da finden sie nichts, nicht einmal Eis.« Und Eva fragte sich, wie Manu sich wohl durchschlagen würde, falls er sich wie Gruber im Eiskeller versteckte.

Dolfi war es, die mit der Neuigkeit hereinkam. »Der Kaiser hat abgedankt!« In ihrem geröteten Gesicht stand ein erfreutes Lächeln.

Marianna spürte, wie ihr die Tränen in die Augen traten. Wolf hingegen sprang auf und konnte gar nicht schnell genug das Fenster aufreißen. Er lehnte sich hinaus und beobachtete den Menschenstrom, der festen Schritts vorbeimarschierte, das Gold der Mädchenköpfe, die unbedeckt in der Sonne auf und ab wippten. Soldaten trugen lange rote Fahnen vorbei, und im hellen Novembersonnenschein spielten schreiende Kinder am Rande der Menge. Wolf warf einen raschen Blick auf seine Töchter, berührte die Hand seiner Frau, wie um sie zu verständigen, und eilte davon. »Wolf«, rief Marianna, doch die Eingangstür war bereits ins Schloß gefallen, und so lehnten sie sich statt dessen aus dem Fenster, um ihn in der Menge zu entdecken.

Leichtfüßig marschierte Wolf mit der Revolution. Von diesen Menschen weinte niemand Kaiser Wilhelm, der Kaiserin oder ihren sechs Söhnen, die sämtlich überlebt hatten, auch nur eine Träne nach. Lastautos, auf denen sich die jubelnden Soldaten drängten, hupten, und fahnenschwenkende Matrosen befeuerten die Menge mit Liedern.

Die jungen Männer auf den Lastautos, von denen viele nicht alt genug waren, um mehr als einen flüchtigen Eindruck vom Krieg gewonnen zu haben, suchten die Menge nach Offizieren ab, befahlen ihnen, ihre Abzeichen abzunehmen, rissen sie ihnen, wenn sie sich weigerten, mit sichtlichem Vergnügen herunter und warfen sie als Trophäen für die Kinder in die Luft.

Wolf wurde mitgerissen, Unter den Linden entlang und auf den Pariser Platz. Das Brandenburger Tor wimmelte von Menschen, kleinen schwarzen Gestalten, die sich an seinen Mauern festkrallten, und während er stand und den Hals reckte, wurde eine lange rote Fahne gehißt und entrollte sich über dem Tor. Der Nachmittag war in das kalte Halbdunkel der Abenddämmerung übergegangen, und die Menge schwoll immer mehr an. Die bleichen Frauen in ihren Kopftüchern schrien, und die Männer schwenkten die Fäuste gegen das Schloß. Das Automobil des Kaisers bahnte sich mit blökender Hupe seinen Weg aus dem Schloßhof, und der Menge entstieg ein gewaltiger Jubelschrei. Wolf wurde vor und zurück geschoben, und gegen den Oberkörper eines Ladenmädchens gedrückt, das, noch in der Kittelschürze, nach Äpfeln roch. »Entschuldigen Sie. Tut mir leid.« Er bemühte sich, einen Schritt zurückzutreten, doch ein Lastauto rollte vorbei, auf dem sich russische Gefangene drängten, Männer, die noch wie betäubt schienen unter dem Eindruck ihrer unversehens wiedergewonnenen Freiheit, jeder mit einer roten Kokarde über dem Auge, die aussah wie ein kleiner Blutfleck. Das Ladenmädchen wurde in dem Geschiebe zur Seite gerissen, und Wolf geriet ums Haar unter die Räder des Lastautos.

Dolfi kam den ganzen Nachmittag mit den letzten Neuigkeiten herein. »Ins Schloß ist eingebrochen worden«, teilte sie Marianna mit, »und die holen das ganze Silbergeschirr heraus.« Dann hörten sie den Klang von Hörnern, der ihnen bis jetzt das Nahen des kaiserlichen Automobils verheißen hatte. Alle vier Frauen sprangen auf, und Dolfi mußte an sich halten, um nicht wieder auf die Straße hinauszustürzen.

Es war dunkel, und Wolf war immer noch nicht zu Hause. Marianna bestand darauf, daß sie zeitig zu Abend aßen, und danach schickte sie ihre Töchter, als könne von einer Revolution vor der eigenen Haustür gar keine Rede sein, kurzerhand ins Bett. Sie trat mit einer Entschiedenheit auf, die keinen Widerspruch zu dulden schien, und so zogen die drei Mädchen sich in das kleine Hinterzimmer zurück, setzten sich nebeneinander und lauschten auf die gedämpften Geräusche der Nacht, die immer wieder durch Schreie und das vereinzelte durchdringende Geräusch einer Kugel durchbrochen wurden.

Marianna war immer noch auf und wartete auf Wolf, als eine Maschinengewehrsalve über ihrem Kopf explodierte. Sie hatte gedöst und sich ihren Mann vorgestellt, wie er mit seinem weichen schwarzen Hut von der Wellenbewegung der Menschenflut getragen wurde, als sie aus ihrem Sessel emporfuhr. Es war eine gewaltige Explosion; das ganze Haus war von einem hämmernden Geräusch umgeben, das zu einer grummelnden Woge anschwoll. Dolfi erschien mit weißem Gesicht in der Tür, hielt sich die Ohren zu und forderte Marianna auf, sich auf den Boden zu legen, und dann kam Eva hereingestürzt und riß ihre Mutter nieder. Gemeinsam hockten sie im Dunkeln und hielten einander krampfhaft bei der Hand. Die Geschützschwaden waren durch sämtliche Ritzen gedrungen und hatten das Zimmer mit Rauch gefüllt. Eva begann, auf das Fenster zuzukriechen.

»Eva«, rief Marianna, »komm zurück.« Doch Eva zog sich mit den Fingern zur Fensterbank empor. Sie konnte Grüppchen von Soldaten erkennen, die ihre roten Fahnen umklammert hielten, und ab und zu eine einzelne Gestalt, die die Straße entlanghetzte, um sich in ihrem Haus in Sicherheit zu bringen.

»Siehst du Papa?« rief Martha, die zitternd mit Bina in der Tür stand, doch als Eva hinausspähte, warf eine neuerliche Detonation sie ins Zimmer zurück. Von der Decke senkte sich eine spiralförmige Staubwolke hinab. Sie lag flach am Boden und wartete, daß das Geräusch aufhören würde, während sie angestrengt auf den rasch gehenden Atem der anderen lauschte, die ein Stück weg von ihr lagen. Der Teppich unter ihren Händen war weiß von Staub, und das Geschützfeuer grummelte und grummelte. Sie fragte sich, ob man so wohl schlafen, sich von einer großen Lärmwoge davontragen lassen konnte, und dann, gerade als sie meinte, es nicht länger ertragen zu können, verstummten die Maschinengewehre.

»Dolfi, würdest du uns wohl einen Kaffee machen?« Marianna erhob sich anmutig vom Boden, doch Eva, deren Kopf wie ausgehöhlt war, war dazu nicht imstande.

»Manu«, wimmerte sie, »Manu«, und während sich tief in ihrem Innern die Gewißheit regte, daß nichts wieder werden würde, wie es einmal gewesen war, begann sie, so laut und krampfhaft zu weinen, daß sie das Geschrei vor dem Haus und das heftige Klopfen an der Haustür nicht hörte.

Marianna blickte auf den Leichnam ihres Mannes nieder, der auf ihrem Bett ausgestreckt lag, wie die Männer ihn niedergelegt hatten. Er war nicht erschossen, von Maschinengewehrkugeln durchsiebt worden, wie sie zuerst befürchtet hatte, sondern die Menschenmenge hatte ihm einfach das Leben herausgepreßt. Seine Augen waren geschlossen, er hatte die Brille verloren, und die tiefe Stirnfalte, die sich über seiner Nasenwurzel verzweigt hatte, hatte sich geglättet, was ihm einen friedlichen Ausdruck verlieh. Zwei Revolutionäre, die höflich und teilnahmsvoll auftraten, hatten ihn auf dem Platz gefunden, wo er schlaff an einer Mauer gelehnt hatte. Sie nahmen in Gegenwart von Frau Belgard ihre Soldatenmützen ab und blickten betrübt auf ihre Stiefel. »Im Gewühl zu Boden gerissen worden, der arme alte Kerl«, sagte der eine errötend und schaute sich um, wie um sich zu vergewissern, daß er nichts Falsches gesagt hatte. Die Abdrücke von Schuhsohlen zeichneten sich auf dem dünnen Wollstoff von Wolfs Anzug ab, und sein Mund stand offen, als täte er einen letzten schwachen Atemzug. Fassungslos beobachteten Bina und Martha ihre Mutter, als sie die Soldaten mit einem anmutigen Nicken hinausgeleitete. »Ich weiß gar nicht, wie ich Ihnen danken soll.« Sie drückte ihnen die Hand, und ein winziges Zittern durchlief die Blässe ihres gefaßten Gesichts.

Die Revolution dauerte noch drei Tage an, doch Marianna bekam davon kaum etwas mit. Wie durch Watte hindurch hörte sie die Geschütze unter ihrem Fenster und die Schießereien am Reichstag. Ihre alte Tante Cornelia kam, den schwarzen Regenschirm am Arm, und machte ihrer Empörung über den Waffenstillstand Luft. »Der arme Wolfgang ist womöglich besser dran«, sie senkte die Stimme, »wo immer er jetzt sein mag«, und ihre Mundwinkel senkten sich. »Noch ein weiterer langer Winter mit Kohlrüben ohne Fett, ohne Salz, ohne alles.« Sie setzte sich Marianna gegenüber und schneuzte sich vernehmlich die Nase, während sie ihr berichtete, daß eine junge Frau in ihrer Straße den Gashahn aufgedreht und sich mit ihrem Kleinkind das

Leben genommen habe, weil sie den Gedanken an einen weiteren Winter im Belagerungszustand nicht ertragen konnte. »Die Vergeltung kann nicht ausbleiben, das ist das Schlimmste überhaupt, irgendeine schreckliche Vergeltung.«

Marianna sehnte den Augenblick herbei, wo sie wieder allein wäre. Sie bot ihr eine Tasse Kaffee an, der aus Mohrrübenraspeln zubereitet war, und nickte und seufzte, während die alte Frau sich durch den eigenen Redestrom aufzumuntern versuchte. Tante Cornelia erinnerte sich, wie Marianna als Kind gewesen war, an ihre wunderschönen Kleider, brauner Samt und cremefarbene Spitze, und den Tag ihrer prächtigen Hochzeit. »Austern und Kaviar«, sie sog an ihren Lippen, »und ehe die Eisbomben kamen, gebratene Gans mit neuen Kartoffeln.«

Martha lächelte ihr zu.

»Gurkensalat im Februar! Was für eine Sensation!« Und die alte Tante Cornelia hob den Blick zur Zimmerdecke.

Mariannas und Wolfs Hochzeitsfeier hatte in den Räumen des Vereins der Freunde in der Potsdamer Straße 9 stattgefunden. Fast hundert Gäste waren geladen gewesen, und viele waren von außerhalb angereist. Marianna sah sich, wie sie, bereits für die Trauung angezogen, nach unten gerannt war, wo die Kinder aus dem Viertel sich bewundernd um ihre Hochzeitskutsche versammelten. Sie trug Kranz und Schleier und war von überschäumender Freude erfüllt, und dann entdeckte sie auf dem Sitz der Kutsche den Brief. Einen steifen weißen Umschlag, der an sie adressiert war. Sie schrak zusammen und blickte sich suchend nach demjenigen um, der ihn dort hingelegt hatte – ein Erpresser, eine verlassene Geliebte –, und in ihrer Panik steckte sie ihn ungeöffnet in ihre Handtasche. Doch während der ganzen Trauzeremonie ließ der Gedanke daran sie nicht los. Sowie sie vorüber war, eilte sie davon, um den Brief aufzureißen. »Es waren die Glückwünsche des Hausmeisters«, erzählte sie Tante Cornelia, und selbst jetzt noch war das Gefühl der Erleichterung so stark, daß sie zu weinen begann.

»Ja, wein du nur, mein liebes Kind.« Tante Cornelia streichelte ihren Kopf, und Marianna gab ihren Widerstand endlich auf und schluchzte in den feuchten Stoff ihrer Schulter.

Eines Morgens erwachte Marianna vom plätschernden Geräusch einer Unterhaltung. Wie ein munteres Bächlein hörte sie sie dahinfließen, und als sie sich langsam erhoben und ihren Traum abgeschüttelt hatte, erkannte sie Evas sprunghafte Art zu reden, ohne irgendwelche Antworten abzuwarten. Sie wandte sich zum Fenster und folgerte, daß es kurz nach Tagesanbruch sein mußte. Ein trübes, kaltes Licht begann, in die stille Straße zu sickern. Plötzlich von Angst gepackt, sprang sie auf, warf sich einen Morgenrock über und eilte auf den Flur hinaus. »Eva?«

Das Geplauder hatte aufgehört, und da sie auf einmal bezweifelte, richtig gehört zu haben, rannte sie wieder zurück, um sich zu vergewissern, daß ihre Tochter nicht im Bett lag. »Eva«, rief sie, diesmal in strengerem Ton, weil sie nicht wußte, wo sie als nächstes nachschauen sollte, und sie durchquerte die ganze Wohnung, hielt blinzelnd nach ihrer Silhouette hinter dem Buntglas der Eingangstür Ausschau. Dann hörte sie ein prustendes Kichern, und gleich darauf war unmißverständlich Evas erschrockenes Aufstöhnen durch die Wandtäfelung zu hören, die offenbar gemerkt hatte, daß sie belauscht wurde.

Marianna riß die Kammertür auf und sah zu ihrer Überraschung zwei Gesichter zu ihr aufblicken, die erschrokkenen Gesichter zweier Kinder, dunkle Augen und schuldbewußt aufgesperrte Münder. Neben Eva sitzend, die Hände im Schoß verschränkt, fand sie ihren Sohn.

Emanuel saß von Mutter und Schwestern umringt auf dem Sofa. Benommen sank er in die Kissen zurück. Die leidenschaftliche Anteilnahme seiner Familie schien ihn mit Unbehagen zu erfüllen. Dolfi schenkte Malzkaffee ein, und ein paar Tropfen spritzten auf das Tablett, als sie ungläubig zu ihm aufblickte.

»Wie bist du denn hergekommen?« fragte Bina.

»Warum hast du uns denn nicht Bescheid gegeben?« Marianna beugte sich vor.

»Möchtest du etwas essen?« drängte Martha.

Emanuel gab sich einen Ruck und versuchte, der umgängliche Mensch zu sein, der er gewesen war. »Wo ist denn Papa?« Lächelnd blickte er in die Runde. Und Bina und Martha nahmen seine Hände und starrten zu ihrer Mutter empor, während sie ihm stockend erklärte, daß sie ihn am letzten Kriegstag verloren hatten.

Emanuel zog sich in sein Bett zurück. Er dachte an seine goldene Medaille, die ihm zusammen mit seinen Socken gestohlen worden war, den geprägten Namen seines Vaters, der im Halbkreis auf der Rückseite gestanden hatte. Belgard und Sohn, sagte er tonlos in sein Kissen und zwang sich in den dunklen Tunnel seines Schlafs.

Als er erwachte, fand er seine Schwestern wartend um sein Bett versammelt. Sie blieben bei ihm, sangen ihm leise etwas vor, zogen ihm die Steppdecke über die Zehen, bis er in seiner Bedrängnis mit dem Gedanken spielte, das Bett zu verlassen, nur um sie endlich loszuwerden. Marianna mußte sich regelrecht den Weg zu ihm ins Zimmer bahnen, vorbei an Bina mit ihrem Tablett voller Medikamente, die sie irgendwo ergattert hatte, den Schüsseln mit kaltem Wasser und dem in Streifen gerissenen alten Bettzeug, über Martha hinweg, die ihm, am Boden sitzend, aus alten Mythen vorlas – dunkle Geschichten aus der Unterwelt und vom Wunder der Geburt Zarathustras –, während Eva halb abgewandt in seinem Lehnstuhl hockte und kleine Codeworte auf das Löschpapier auf seinem Schreibtisch tropfen ließ.

Marianna verlegte sich darauf, ihn nachts zu besuchen. Sie zog den Ärmel über die Hand, um die Klinke leiser herunterzudrücken, und setzte behutsam den Fuß auf den knarrenden Dielenboden. Emanuel lag, genau wie in der Kindheit, den einen Arm um den Kopf gelegt, und sie mußte an sich halten, um sich nicht neben den Schlafenden zu legen. Seine Lider, einst ein milchigblauer Bogen, waren nun von violetten Äderchen durchzogen, und sie sah, wie seine Gedanken sich zuckend unter der Haut bewegten. Zwischen seinen Brauen begann sich eine Falte zu bilden, die sich selbst im Schlaf nicht mehr glättete, und zu gern hätte sie Wolf herbeigerufen, um verständnisinnige Blicke mit ihm tauschen und sich an Emanuels Ähnlichkeit mit dem Vater weiden zu können. Als sie näher trat und seinem Atem lauschte, stieß sie mit dem Fuß an ein Blatt Papier. Sie beugte sich instinktiv nieder, um einen Blick darauf zu werfen, als Emanuel sich regte und aufzuwachen drohte. Erschrocken raffte sie die über den Boden verstreuten Seiten zusammen und verließ mit ihnen das Zimmer.

Bis Neujahr wagte Emanuel sich nicht hinaus. Doch dann hüllte er sich in Wolfs alten Mantel und hinkte in Richtung Tiergarten davon. Eva folgte ihm. Sie hatte angeboten, ihn zu begleiten, doch Emanuel schien nichts gehört zu haben, und so folgte sie ihm heimlich in sicherer Entfernung. Bisweilen blieb er stehen und wechselte ein paar Worte mit Bekannten, die gerade vorbeikamen, und dann kam für einen Augenblick sein alter Charme wieder durch, er lächelte, seine Schultern entspannten sich, und er war wieder der alte. Eva sah, wie er den Kopf schief legte, und bemerkte das Blitzen in seinen Augen, doch sobald er weiterging, wich das Lächeln aus seinem Gesicht, und mit seinen hochgezogenen Schultern wirkte er nun noch hoffnungsloser als zuvor. Eva ging schleppend, um ihn nicht überholen zu müssen, und versuchte währenddessen, sich irgend etwas auszudenken, womit sie ihn aufmuntern konnte.

Bina war Weihnachten von der Lernschwester zur Krankenschwester befördert worden. Sie sterilisierte nicht länger Instrumente, wusch die Patienten oder fütterte die Schwerverwundeten mit dem Löffel, sondern drückte mit entschlossenen Fingern Gaze auf Wunden und legte kunstvoll frische Verbände an. Sie öffnete Abszesse und versorgte alte Wunden. Sie beantwortete Fragen und kritzelte Bemerkungen auf die Krankenblätter von Männern, die nun, da der Krieg zu Ende war, noch längst nicht nach Haus durften.

Martha studierte Altphilologie. In der ersten Woche freundete sie sich mit einem Mädchen an, die als einzige Sanskrit studierte. Die beiden Mädchen hatten sich gesucht und gefunden, und wanderten, in ihre alten Welten eingesponnen, Arm in Arm durch die Stadt. Eva hatte keine Pläne außer denen, die sie mit Emanuel gemacht hatte. Lieber

Manu, dachte sie, während sie ihm nachging, worauf warten wir denn noch? Doch ihr Bruder war stehengeblieben, um mit jemandem zu sprechen, und ihre Aufmerksamkeit richtete sich wieder auf ihn. Er hatte sein steifes Bein weggestreckt und beugte sich lauschend vor, während die Frau, deren Schultern von einem dunkelbraunen Tuch bedeckt waren, irgend etwas von ihm erbat. Eva konnte nur den dunklen Umriß ihres Mantels sehen, der geflickt und schlammbespritzt war, und kam zu dem Schluß, daß sie eine der vielen Witwen sein müsse, die sich an ihn wandten, um Genaueres über ihre Männer zu erfahren, und für die er stets nur spärliche Neuigkeiten hatte, die sie ohnehin bereits kannten. Eva beobachtete, wie er, einer zärtlichen Regung folgend, ihre behandschuhten Hände in seine nahm. Dann wandte sie sich um und ging, sehr langsam, den Weg zurück, den sie gekommen war.

Marianna ordnete Emanuels Seiten und legte sie aufeinander. Ich versuche doch nur, ihm zu helfen, sagte sie sich und dachte an den Stoß Gedichte aus der Schulzeit, die sie jahrelang unter dem Bett aufbewahrt hatte. Sie stellte fest, daß seine Erinnerungen auf die Rückseite von Briefen geschrieben waren. Es waren Briefe von Eva, voller Tagträume und mysteriöser Pläne, und sie war unschlüssig, was sie zuerst lesen sollte.

»Mein liebster Manu ...« Eva hatte ihre Worte offenbar mit größter Behutsamkeit gewählt: »Natürlich mußt Du Dich ausruhen, laß uns nicht einmal erwägen, noch vor dem Winter irgendwohin zu fahren. Ich werde davon auch nicht wieder anfangen; ich hatte mich, wo Du doch so viele Gegenden siehst, nur gefragt, ob Du wohl schon etwas entdeckt hast, das tatsächlich schöner als Gaglow ist?«

Marianna wendete die Seiten hin und her. Ihr fiel auf, daß Emanuels Schrift ihren trägen Fluß ebenso eingebüßt hatte wie ihre steilen, knabenhaften Rundungen. Die Schrift dieser Seiten war, wenn auch eindeutig von seiner Hand, verkrampft und klein und konnte die Zeile nicht halten, sondern zielte immer mehr in die rechte obere Ecke. Marianna pickte sich hier und da ein Wort heraus, und dann fing sie aufs Geratewohl zu lesen an.

Die starken heißen Winde, die über die Steppe bliesen, bewirkten, daß man unmöglich länger draußen bleiben konnte, und nach endlosem Gebettel und endlosen Verhandlungen bekamen wir endlich die Erlaubnis, schwimmen zu gehen. Fünfzig Gefangene wurden einen staubigen Pfad entlang zum Fluß geführt. Der Anblick des reglos grünen Wassers, das nach einer scharfen Biegung des Weges in Sicht kam, war so erhebend, daß selbst Männer, die nicht schwimmen konnten, bereit waren, sich voll bekleidet hineinzustürzen. Unter der Oberfläche dieses Flusses gab es jedoch gefährliche Strömungen, die uns hinabzuziehen drohten, und selbst die stärksten Schwimmer waren alsbald genötigt, wieder ans Ufer zu klettern, um Atem zu schöpfen. Das Wasser war so tief, fiel so steil vom Ufer ab, daß wir rudelweise hineingingen, ständig Warnrufe ausstießen und einander darauf aufmerksam machten, wenn sich jemand in Schwierigkeiten befand. Trotzdem blieb nach dem dritten Mal, als wir alle aufbrechen wollten, ein Häufchen Kleider am Boden liegen, das niemand für sich beanspruchte. Ein deutscher Leutnant war nicht wieder herausgekommen. Unsere Wärter zeigten nicht etwa Mitgefühl, sondern ereiferten sich mächtig, weil sie überzeugt waren, daß ein

Fluchtversuch stattgefunden hatte, und selbst als nach zwei Wochen die Leiche des Leutnants angespült wurde, dermaßen von Würmern zerfressen, daß man ihn nur noch anhand seiner Goldzähne identifizieren konnte, weigerten sie sich, uns wieder schwimmen gehen zu lassen.

Marianna lag wach und dachte an das grüne Band des träge fließenden Flusses, ein Stück blankes Glas am Strand, und versuchte, das Bild des Leutnants mit seinen zu Fetzen zernagten Ohren zu verscheuchen. Ob man seine Goldzähne wohl herausgenommen und seiner Mutter zurückgeschickt hatte? Bis in die Morgenstunden wälzte sie sich unruhig in ihrem Bett.

Die unerträglich langen Tage, die Monotonie und die Klaustrophobie, die gräßliche Unordnung in den Räumen, die schlechte Luft in den Baracken und die langen Nächte, in denen man die Männer kommen und gehen hört, das Geschnarche und häufig genug die angsterfüllten schrillen Schreie eines Kameraden, der sich aus einem Traum emporkämpft, wirken sich mit der Zeit zermürbend aus. Nach und nach raubt einem diese Häufung von Widrigkeiten Kraft, Gesundheit und Zuversicht, bis der Grad der Niedergeschlagenheit erreicht ist, wo manche in unbezähmbarer Wut die Fäuste ballen und sich fragen, ob es noch irgendeinen Sinn hat, ein solches Leben zu führen. Selbst wenn die äußeren Bedingungen etwas besser wären, jeder einzelne Tag wäre doch immer noch eine Strafe und jeder Monat aufs neue eine Qual. Ein Mensch, der nicht irgendwann einmal unter Gefangenen gelebt hat, und sei es auch nur für kürzere Zeit, kann sich wohl kaum vorstellen, wie unglücklich man sein kann, wenn man aus der erstickenden Baracke hinaustritt und sich rundherum von einem hassenswerten hohen Zaun umgeben sieht.

Marianna begann, eine Kopie für sich anzufertigen, indem sie jede Seite so abschrieb, wie er sie beendet hatte, so daß ihr, wenn sie die Geschichte wieder unter das Bett zurückgelegt hätte, immer noch etwas bliebe. Bis spät in die Nacht saß sie und schrieb ein dickes graues Blatt nach dem anderen voll. Sie kopierte die Geschichte seiner Gefangennahme, seiner langen, langsamen Fahrt nach Osten und die Schilderungen von Lazaretten und Lagern, von Ärzten und Soldaten und Wärtern, die er über die Jahre kennengelernt hatte. Sie erfuhr nun, daß er das Geld, das sie ihm geschickt hatte, gelegentlich bekommen und es dazu verwendet hatte, winzige Vergünstigungen zu erlangen, und sie küßte jede einzelne dieser Seiten, die sein Überleben bezeugten.

Wir waren etwa zu hundert im Kesselraum zusammengepfercht, und wenn die Hitze anfangs auch angenehm war, so trieb sie uns doch bald schon aufs Deck hinauf, wo das Vergnügen, in einen Sternenhimmel hinaufstarren zu können, die Kälte und den harten Boden wettmachte. Wir bildeten einen Chor und sangen unsere Lieder, während wir die Wolga hinabfuhren, durch wechselnde Landschaften, die manchmal wild und felsig waren und einen Augenblick später schon aus hübschen Obstbäumen, Getreidefeldern und Birkenwäldern bestanden. Die Russen, von denen viele Flüchtlinge waren, hörten uns friedlich zu, und ich war erstaunt, wie eigen-

artig schön die deutschen Lieder sich so weit weg von zu Haus anhörten. An den meisten Tagen hielt der Dampfer an einer Brücke, auf der es von Händlern wimmelte, und dann nutzten wir alle die Gelegenheit, die notwendigsten Vorräte aufzufüllen, weil die Preise an Bord sehr hoch waren. Leider erreichten wir nach einer Woche den Eisenbahnknotenpunkt bei Samara, wo dreißig von uns zusammen mit sechs russischen Gefangenen in einen schmutzigen Viehwagen gepfercht wurden. Je weiter wir nach Osten fuhren, desto verwahrloster und chaotischer wurde alles: Unser Zug stieß doch tatsächlich mit einem anderen zusammen, und einmal verloren wir sogar einen Waggon und mußten zurückfahren, um ihn zu holen. Bald sahen wir aus den offenen Türen des Zuges den Ural, der um uns her aufragte. In dem Augenblick war ich überzeugt, daß wir dazu ausersehen waren, den Rest des Krieges als Minenarbeiter zu verbringen, doch wir ließen den Ural hinter uns und fuhren aus dem europäischen Rußland ins asiatische, was ich tatsächlich an einem weißen Grenzstein angeschrieben sah. Die Menschen hier schienen freundlicher, und die Lebensmittel an den Bahnhöfen waren zu unserer unbeschreiblichen Freude mindestens um die Hälfte billiger.

Wir schafften es, unsere Tage halbwegs erträglich zu gestalten, indem wir uns um einen winzigen Ofen hockten, Karten spielten und sangen, während wir die Landschaft vorbeigleiten sahen. Nach wochenlanger Fahrt in verschiedenen klapprigen Zügen erreichten wir endlich unser Ziel. Wenn ich auch nur etwas früher in Nova Nikolaiesk angekommen wäre, wäre ich höchstwahrscheinlich von der Typhusepidemie dahingerafft worden, die dort seit dem letzten Winter gewütet hatte. Tausende und Abertausende von Gefangen, die in schmutzigen, verlausten Lagern gehaust hatten, waren binnen weniger Wochen gestorben, und sobald sie gestorben waren, hatte man sie in eine behelfsmäßige Leichenhalle geworfen. In ihrer Habgier schlichen die Leute vom Ort sich abends hinaus und stahlen ihnen die Kleider, und so breitete der Typhus sich natürlicherweise bis in die Stadt aus und war nun noch schwerer einzudämmen. Man erzählte sich die Geschichte von einem Gefangenen, der für tot gehalten und in die Leichenhalle geworfen worden war, um dann wieder zu erscheinen und eine offizielle Beschwerde vorzubringen, weil man ihm die Hose gestohlen hatte. Am nächsten Tag war er jedoch ebenfalls tot. Listen wurden nicht geführt, und angeblich sind von zehntausend Gefangenen achttausend binnen weniger Wochen gestorben. Und ich kann mir nicht denken, daß ihre Familien je erfahren werden, was aus ihnen geworden ist.

Eva hatte einen Plan, wie man ihren sechzehnten Geburtstag feiern könnte. Neben der Börse machte ein Zirkus wieder auf, und sie hoffte, daß die Familie gemeinsam dorthin gehen würde. Als sie darauf zu sprechen kam, runzelte Bina jedoch die Stirn und wandte ein, daß das pietätlos wäre, so kurz nach Papas Tod. Martha stimmte ihr zu. »Offenbar«, meinte sie dann, »haben nur drei aus der Elefantenherde die Futterknappheit des Krieges überlebt.« Doch Eva ließ sich nicht beirren. Am Eröffnungsabend ging sie, um sich das riesige Zelt anzuschauen. Drinnen spielte die Zirkuskapelle, und die Leute strömten unablässig herbei, Matrosen, Mädchen, alte Frauen und junge Männer, die alle hineindrängten. Es wimmelte nur so von

Kindern, die wie die Enten schnatterten, manche gut gekleidet und frisch gewaschen an der Hand eines Erwachsenen, während andere, die barfüßig und in Lumpen waren, unter der Zeltwand hindurchkrochen und umsonst hineinkamen. Durch den offenen Türvorhang konnte Eva die Manege sehen. Ein goldenes Rund aus Sand, das von Scheinwerfern beleuchtet wurde. Sie stand und beobachtete, wie das Publikum hineindrängte, und schwor sich, daß sie das Geld irgendwie auftreiben würde. Wenn sonst niemand mitgehen wollte, würde sie Emanuel zu ihrem Geburtstag dorthin einladen. Auf einmal begannen die Zimbeln der Kapelle den Beginn der Vorführung anzukündigen, und dann hörte man das Gepolter der erwartungsfrohen Menge, die sich ungeduldig zu den Sitzplätzen durchdrängte. Eva erhaschte noch einen Blick auf einen Clown, der einen Purzelbaum schlug, so daß das orangefarbene Wuschelhaar ihm vom Kopf abstand, ehe der Türvorhang zugezogen wurde.

Langsam kehrte Eva nach Hause zurück. Sie überquerte die Friedrichsbrücke und ging auf die Linden zu, als zwei Leute, die lachend Arm in Arm aus einer Seitenstraße herausgeeilt kamen, sie zu Boden rissen. Die Frau war groß und laut und zerrte ihren Begleiter mit der Bemerkung, sie würden den besten Teil der Vorführung versäumen, einfach weiter, ohne ihm auch nur Zeit zum Luftholen zu lassen.

»Emanuel?« Eva rappelte sich vom Boden hoch. Sie war überzeugt, das nachschleifende Bein ihres Bruders erkannt zu haben, doch sie waren bereits auf und davon, über die Brücke hinweg. Lachend zogen sie einander an den flatternden Mänteln. Eva stand unbeachtet auf der Straße. Ihre Nase kribbelte von dem Schock. Sie hatte zu lange gezögert. Jetzt rannte sie ihnen nach, auf die hohe Zeltkuppel zu. »Wartet! Wartet doch auf mich!« Doch sie hatten einen ordentlichen Vorsprung, und wenn ihr Bruder beim Laufen auch ins Straucheln kam, der starke Arm seiner Begleiterin fing ihn auf und zog ihn weiter.

Sie kam gerade noch rechtzeitig, um sie, als allerletzte der Nachzügler, ins Zirkuszelt verschwinden zu sehen. Sie sah den dunklen Türausschnitt und spürte die atemlose Spannung, die das Publikum trug wie eine Woge. Manu muß die Eintrittskarten vorher gekauft haben, dachte sie, und Abneigung gegen seine abscheuliche lachende Freundin packte sie, diese Frau, die in ihren alten Kleidern wie ein Schrank aussah und deren Füße in riesigen schwarzen Stiefeln steckten. Sie erwog, ob sie nicht draußen warten sollte, bis die Zuschauer wieder herauskamen, um die beiden abzupassen, wenn sie die Brücke erneut überquerten, doch es war bereits dunkel und wurde kalt, und soweit sie wußte, würde die Vorstellung eine Ewigkeit dauern.

Ich schulde mein Leben (las Marianna) und die Brauchbarkeit meiner Beine einem ungarischen Arzt, der unermüdlich im Lager arbeitete, um uns das Leben erträglich zu machen. Zum Glück war ich am Ende hier gelandet und nicht in dem Lazarett geblieben, wohin man mich zuerst geschickt hatte und wo es einen tatarischen Arzt gab, der ganz versessen aufs Operieren war. Er graste die Stationen nach potentiellen Opfern ab und schwelgte alle paar Wochen in einer wahren Amputationsorgie, während deren er in einer einzigen Nacht bis zu vierzig Leuten gänzlich unnötigerweise Arme und Beine abschnitt. Ich bin in einem Lazarett in Tarkov gewesen, in einem anderen in Saratov und schließlich mit Tausenden von anderen Männern in einem Lager in Astrakas gelandet, einer Stadt, die berühmt war für ihren Kaviar. Leider erreichten uns solche Delikatessen dort nicht, und wir hielten uns mit wäßrigem Tee, Fischsuppe und einem Stückchen Brot am Leben. Der wahre Grund, weshalb es so wenig zu essen gab, war, daß der Lagerkommandeur nur einen Bruchteil des Geldes, das für die Ernährung der Kriegsgefangenen gedacht war, auch wirklich dafür verwendete. Es war allgemein bekannt, daß er seit Kriegsbeginn genug gespart hatte, um sich ein Haus, ein Fuhrwerk und ein Pferd zu kaufen. Manche von den Männern waren so schwach, daß sie die Hoffnung aufgaben und, wenn man sie ansprach, nur mit einem einsilbigen Grunzen antworteten. Am Tag, als ich dort eintraf, schnitt sich ein magerer, schmutziger Mann, der nur mit seiner Unterwäsche bekleidet war, auf den Stufen der Kaserne aus Protest mit seinem Rasiermesser die Pulsadern auf.

Doch dann geschah etwas höchst Eigenartiges. Zwei Offiziere flohen, und der Lagerkommandeur versuchte, das Mißgeschick zu vertuschen, indem er zwei von uns in die Offiziersunterkunft schickte. Und so wurde ich, ein schlichter Gefreiter, aus der Kaserne, in der dreihundert Mann in einer so drangvollen Enge zusammengepfercht waren, daß man nur auf der Seite schlafen konnte, in ein Haus am Ufer der Wolga verlegt, wo die Offiziere ein relativ behagliches Leben führten, mit eigenem Bett und Blick auf den Fluß.

Marianna überquerte leise den Flur, Manus hingekritzelte Seiten in der Hand. Sie drückte die Klinke herunter und betrat auf Zehenspitzen das Zimmer. Mittlerweile kannte sie jedes einzelne knarrende Dielenbrett und wußte es zu vermeiden. Es war nach Mitternacht, und sie hatte die letzte Folge seiner Geschichte kopiert. Ihr abruptes Ende – Emanuel stahl sich wie ein Dieb über die Frontlinie – hatte sie überrascht. Sie hatte erwartet, daß sie mit einem Fanfarenstoß zu Ehren seiner glücklichen Rückkehr enden würde, und sich versucht gefühlt, noch eine letzte Seite hinzuzufügen, auf der er einen Tapferkeitsorden erhielt. Marianna beugte sich nieder, um die Seiten unter das Bett zu schieben, als sie bemerkte, daß es leer war. Sie starrte auf die glattgezogene Steppdecke, das straffe Kopfkissen, und da sie befürchten mußte, ihm beim Heimkommen zu begegnen, verließ sie eilends das Zimmer.

Trübsinnig beobachtete Eva ihren Bruder beim Frühstück. Tatsächlich sah er schon weniger grau aus, auch waren seine Augäpfel weniger gelb. Er bemerkte ihren Blick und bedachte sie mit dem verschwörerischen Lächeln, das zwischen ihnen üblich war, während er mit zittriger Hand sein Weißbrot zum Mund führte.

Als er das Haus verließ, folgte sie ihm in sicherem Abstand bis zu den kürzlich wiedereröffneten Cafés am Kurfürstendamm. Sie ging auf und ab, während er erst eine Tasse Kaffee und danach mehrere Gläser Wasser trank. Offensichtlich wartete er auf jemanden, doch schließlich erhob er sich und ging, und nach einem langen, an Umwegen reichen Spaziergang führte er sie zur Potsdamer Straße 12 zurück.

Als sie die Haustür erreichten, rief sie ihm in gespielter Überraschung zu: »Ach, Manu, da bist du ja!«, und da ihr nichts anderes einfiel, eröffnete sie ihm, daß er sich auf eine Geburtstagseinladung gefaßt machen müsse.

Emanuel lehnte sich an die Haustür, als erschöpfte ihn

schon die bloße Vorstellung. »Stehen unsere Geburtstage etwa schon wieder ins Haus?« fragte er, und Eva erinnerte sich an das endlose letzte Jahr, die niemals endenden Monate und öden Wochen, und fragte sich, ob er das scherzhaft gemeint haben könne.

»Noch nicht sofort«, sagte sie, »doch wenn es soweit ist, läßt du dich dann von mir in den Zirkus einladen?«

Emanuel hob die Brauen. »In den Zirkus: Höre ich richtig?«

»Nächste Woche«, versicherte sie ihm. »Wir gehen zusammen hin und sitzen ganz oben in der letzten Reihe.«

»In den Zirkus«, wiederholte er, als sei das ein höchst absonderlicher Einfall. Und dann bedankte er sich und wandte sich um, um ins Haus zu gehen.

Eva begann zu bezweifeln, ob das ihr Bruder gewesen war, den sie so glänzend aufgelegt mit flatterndem Mantel über die Friedrichsbrücke hatte gehen sehen. Wenn sie ihn scharf beobachtete, würden ihr seine Reaktionen auf die Clowns oder beim Anblick der drei Elefanten verraten, ob er die Vorstellung wirklich zum erstenmal sah. Sie schlich sich in ihr Zimmer und öffnete ihr Schatzkästchen. Es war lange her, seit sie das letzte Mal etwas hinzugefügt hatte, und kleine Staubflusen hatten sich an den Scharnieren festgesetzt. Das Holz wirkte zerkratzt und stumpf, und sie spuckte auf die eingelegte Blume und rieb an dem Perlmutt, bis es wieder lebendig wurde. Ihr Foto hatte sich zusammengerollt. Sie mußte die Kanten festhalten, um sich Fräulein Schulze richtig ansehen zu können, die sie mit lichterfülltem Blick unverwandt anblickte. Getrocknete Blumen hatten sich mit ihren hauchzarten Staubgefäßen ineinander verhakt, und ihr Fingerhut, der früher versilbert gewesen war, hatte sich in einen kleinen Zinnbecher verwandelt.

Sie kippte den Inhalt des Kästchens auf den Fußboden. Mit den hohlen Händen hinderte sie die kleinen Perlen am Wegrollen und pickte mit spitzen Fingern die Rosenstiele heraus. Dann starrte sie fassungslos auf ihre Schätze nieder. Sie war davon überzeugt gewesen, wenn sie es über sich brächte, sich von irgend etwas zu trennen, würde sie damit genügend Geld für zwei Eintrittskarten zusammenbekommen, doch nun ließ sie ratlos die fehlende Kugel aus dem Solitärspiel in der hohlen Hand umherrollen. Sie mußte sich eingestehen, daß unter ihren Schätzen nichts war, das auch nur den geringsten Wert gehabt hätte. Mit den Fingerspitzen strich sie über den grünen Filz des Deckels und machte ihn wieder zu. Dann fiel ihr ein, daß sie ja noch ein anderes Kästchen besaß. Das Kästchen, das seit ihrer Geburt im Tresor eingeschlossen war. »Wir heben es dort für dich auf«, hatte Papa gesagt, »bis du es brauchst.« Und er hatte die Goldmünze, die sie zum siebten Geburtstag von Onkel Dagobert aus Hamburg bekommen hatte, zu den vielen anderen Münzen hineinfallen lassen. Eva eilte zu ihrer Mutter hinüber.

Marianna öffnete die Tür zur Kleiderkammer, stellte sich auf einen Hocker, um besser in den Tresor schauen zu können, und schloß ihn auf. In Evas Kästchen gab es nur noch eine einzige Goldmünze. Wolfs Vater hatte sie eine Woche vor seinem Tod hineingelegt, und sie war davor zurückgescheut, sie zu nehmen. Binas Box war leer, doch in Marthas lag noch ein kleines Häuflein Münzen. Rasch nahm sie eine heraus und schloß die Tresortür.

Eva wendete die Münze in der Hand hin und her. Sie war massiv und schwer und erwärmte sich so schnell, daß sie an sich halten mußte, um sie nicht in den Mund zu stecken wie ein Stück Schokolade.

»Danke, Mama«, sagte sie dann und fühlte sich tatsächlich einen Augenblick versucht, sie ebenfalls in den Zirkus einzuladen.

Marianna legte den Stoß der säuberlich beschriebenen Seiten aufeinander und verschnürte das Bündel fest mit einer Kordel. Beim Anblick jener letzten Münzen war ihr eine Idee gekommen, und während sie den Platz überquerte, überlegte sie, was es wohl kosten würde, Emanuels Erinnerungen als Buch drucken zu lassen. Sie dachte an eine limitierte Auflage von fünfzig Exemplaren, in Leder gebunden, mit einer schlichten Goldprägung, und auf dem Vorsatzblatt sollte ein Porträt des Verfassers abgedruckt sein. Sie würde dafür wohl die letzten Goldmünzen ihrer Töchter verwenden müssen, doch konnten sie es Emanuel ja als gemeinsames Geburtstagsgeschenk überreichen.

Der Buchdrucker lachte, als sie von Leder sprach, und schlug ihr statt dessen einen Einband aus Pappe vor, wobei sie zwischen grau und blau wählen konnte. Marianna wählte das blasse Blau und bat darum, sich das Papier ansehen zu dürfen. Sie berührte die losen Blätter, und deren leichte Tönung und die kaum erkennbaren horizontalen Linien fanden ihre Zustimmung. »Ich brauche die Bücher aber bald«, erklärte sie ihm, und der Buchdrucker legte den Kopf schief und meinte, das werde dann freilich eine Kleinigkeit mehr kosten.

Marianna mußte sich mit einer Fotografie begnügen. Sie fand eine, die bei seinem ersten Fronturlaub aufgenommen worden war: Emanuel, glattrasiert, nur ein Anflug seines liebenswürdigen Lächelns umspielte seine Lippen, und er hielt den Kopf ein wenig zur Seite geneigt und stützte ihn in die makellos glatte Hand.

Marianna half Eva, sich zurechtzumachen. Es bereitete ihr Vergnügen, ihre gelbe chinesische Stola auseinanderzufalten, deren Seidenstoff flaumig vom Alter war. Er war zwar übersät von winzigen perfekten Stopfstellen, aber der Fransensaum war noch intakt, lang und dicht, und reichte ihrer Tochter bis an die Taille hinab. Marianna bürstete ihr das Haar. »Hundert Striche«, forderte Eva, der Omi Lises strikte Anweisung wieder einfiel, doch Marianna hörte auf, noch ehe es zwanzig waren, und begann es, eine ganze Reihe langer Haarnadeln zwischen den Lippen, zur Hochfrisur zu kämmen.

»Was für ein Jammer«, murmelte sie durch die Haarnadeln hindurch, »daß wir keinen Ball für dich veranstalten können.« Doch Eva lachte nur breit in den Spiegel und erklärte, der Zirkus sei ihr viel lieber.

Emanuel klebte das Haar am Kopf, und er hatte seine Schuhe mit schwarzer Schuhcreme bearbeitet. Er nahm Evas Hand, küßte sie und schob sie sich unter den Arm. Gemeinsam traten sie auf die sommerliche Straße hinaus. Es war nicht zu übersehen, daß Emanuel sich verändert hatte. Sein Gesicht war voller, die Weste schlotterte ihm nicht mehr so um die Brust. Eva paßte ihren schnellen Schritt dem seinen an, sein Hinken fiel ihr fast gar nicht mehr auf, und sie registrierte jeden bewundernden Blick der Passanten. Er ließ sie die Plätze auswählen. Sie wollte gern ganz, ganz oben sitzen, und so stiegen sie, immer wieder über die Bänke stolpernd, empor, bis sie fast an der Zeltwand angelangt waren. Sie hatten sich gerade erst hingesetzt, als der erste Beckenschlag die Melodie unterbrach und ein unablässiger elektrisierender Trommelwirbel die Clowns hereinrief. Eva ergriff die Hand ihres Bruders und starrte auf eine Zwergentruppe hinab, deren weißen Gesichtern ein Lächeln aufgemalt war und die mit ihren riesigen Schuhen den Sand aufstieben ließen. Sie jagten einander auf ihren kurzen Beinchen, rempelten einander an und purzelten übereinander, und ihre Albernheiten wurden mit jeder Runde durch die Manege zügelloser, bis sich Zurufe und schrille Schreie in das Gelächter der entfesselten Menge mischten. Der Zirkusdirektor in seinem glitzernden Anzug hob die Hände und scheuchte die Zwerge wie Kinder hinaus. Martha hatte allerdings recht gehabt, was die Elefanten betraf. In ihrer schlotternden Haut wirkten sie traurig und alt, als sie mit gesenkten Köpfen hintereinander hereingeschwankt kamen, die runden grauen Scheiben ihrer Füße in Gleichschritt fielen und ihre Knie sich gehorsam im Takt falteten wie gestrickte Unterwäsche. Selbst als sie ihre Rüssel senkten und den starken Mann mit Schaum bespritzten, hätten sie um ihre Freunde trauern können, so wie das Wasser ihnen tränengleich an den flachen Wangen hinabrann. Eva warf Manu einen flüchtigen Blick zu, weil sie Angst hatte, daß er vielleicht lieber gehen wollte, doch er saß vorgebeugt auf seinem Platz, den Blick auf den goldenen Sand geheftet, und wartete wie alle anderen auf die nächste Nummer.

Die Mitglieder der Kapelle flüsterten miteinander, zupften an Saiten und rückten Halsbinden zurecht, während die Menge ruhelos mit den Füßen scharrte und kleine ungeduldige Grunzlaute hören ließ. Das Gerücht lief durch das Zirkuszelt, daß der Trapezkünstler sich bei einem Absturz verletzt habe, und Eva fragte sich verzweifelt, was denn dann, nach den Pferden, noch kommen würde.

Krampfhaft ballte sie die Hand zur Faust und kämpfte mit den Tränen der Enttäuschung. Das Zelt begann zu summen. In ihrer Reihe trommelten sämtliche Füße auf den Bretterboden, und Emanuel hieb mit glühendem Gesicht die Knöchel gegen die Bank.

Die grellweißen Bahnen der Scheinwerfer kreuzten einander, und ein Mann mit Zylinder und Schwalbenschwanz kam ins Manegenrund geschlendert. Er straffte die Schultern, reckte das Kinn empor, und siehe da – hoch über ihm wurde ein Seil gespannt. Es war ein silbernes Drahtseil, scharf und straff wie eine Saite, und unter leisem Trommelgrollen begann der Mann hinaufzuklettern. Er kletterte langsam und hielt auf halbem Wege inne, während die Geigen ihn schluchzend zum Weiterklettern zu verlocken versuchten. Eva meinte, seine Muskeln schwellen zu sehen, während er ein letztes Mal tief Luft holte und dann, unter dem Geprassel der kleinsten Trommeln, zügig zur Spitze hinaufglitt.

Er reckte den Fuß vor und trat auf das Seil. Schweigen trat ein, das geballte Schweigen atemloser Spannung, und dann begann die Kapelle zu spielen. Sie spielte erst verhalten, dann schwungvoller, als er einen Schritt vor den anderen setzte, bis er, nach einem einleitenden Luftsprung, zu den Klängen eines ungarischen Marsches auf dem Seil hin- und herzutanzen begann. Sein Schwalbenschwanz flatterte, sein Zylinder drehte sich blitzschnell, und seine Füße, die schon gar nicht mehr zu erkennen waren, wurden immer noch schneller und schneller, bis er, ein einziger schimmernder schwarzer Strich, um die eigene Achse wirbelte. Dann ergriff er mit beiden Händen ein Tischchen, hob es über den Kopf empor und hüpfte damit über das Seil. Er stellte es in die Mitte und kehrte sogleich mit einem dazu passenden Stuhl zurück. Als nächstes holte er einen Ofen. Der verhaltene Trommelwirbel steigerte sich zum Dröhnen, als man ihm eine Bratpfanne hinaufwarf. Die Bratpfanne begann, auf dem Ofen zu brutzeln, und dann holte der Mann ein Ei aus der Tasche und zerbrach es hoch über der Pfanne. Die Eierschale verstreute er über den Manegensand. Er zerbrach noch ein weiteres Ei und dann noch eins, der Trommelwirbel steigerte sich zur Raserei, und Eva staunte mit offenem Mund, als sie Dampf aus der Bratpfanne aufsteigen sah. Er steckte sich ein Tuch in den Kragen und fing mit der einen Hand eine Champagnerflasche auf, während er mit der anderen die Eier in der Pfanne rüttelte. Der Trommelwirbel ging in einen Walzer über, und der Mann setzte sich an den Tisch und tafelte mit sichtlichem Behagen.

Das Herz drohte Eva vor lauter Glück zu zerspringen, und sie strahlte über das ganze Gesicht, während sie den Magier auf dem Drahtseil seine Mahlzeit bis auf den letzten Bissen vertilgen sah. Er trank noch einen genießerischen Schluck Champagner, dann hob er sein Glas und prostete der Menge zu, und das ganze Zelt explodierte in Hochrufen, als Herd, Tisch und Stuhl schwungvoll vom Seil gestoßen wurden.

Eva fiel in den donnernden Applaus mit ein. Der Mund tat ihr vom vielen Lächeln weh, und sie klatschte im Stehen weiter. »Das Diner auf dem Drahtseil«, rief Emanuel ihr zu, »ich hab doch gewußt, daß dir das gefallen würde.« Und er brach in Hochrufe aus, während der Mann sich auf den Boden hinabschwang.

»Er ist einfach großartig«, sagte Eva, während der Artist, mit einer raschen Verbeugung nach beiden Seiten, federnden Schrittes die Manege verließ. Verlangend blickte

Eva ihm nach bis zuletzt, ehe sie sich, noch ganz benommen, inmitten der aufgeregt summenden Menge aus dem Zelt in die Nacht hinausführen ließ.

»Der ist besser als Houdini vor dem Krieg im Wintergarten«, schrie jemand über ihren Kopf hinweg.

»Houdini hat sich immerhin aus einem geschlossenen Wasserbehälter befreit«, schrie eine empörte Stimme zurück. »Er war und bleibt der Beste!«

Und Eva flüsterte vor sich hin, etwas Besseres als das Diner auf dem Drahtseil könne es auf der ganzen Welt nicht geben.

»Manu?« Suchend blickte sie sich um. Er hatte ihre Hand losgelassen, und sie war so sehr in ihre Träumerei versunken gewesen, daß sie sein Verschwinden gar nicht bemerkt hatte. Ringsumher drängten die Leute eilig ins Freie, freudig erregt über die neue Sensation von Berlin. Keuchend kämpfte sie sich aus der Menge heraus und hielt mit langem Hals nach ihrem Bruder Ausschau. Sie hatte es schon fast aufgegeben, als sie ihn am Rand einer Gruppe von Leuten stehen sah. Er starrte auf seine Füße nieder, den Kopf ein wenig zur Seite geneigt, und es überraschte sie, daß er sie gar nicht zu suchen schien. Sie begann, auf ihn zuzulaufen, als eine Frau im blaßgrünen Mantel sich aus der Gruppe löste und seinen Arm nahm. Sie drehte ihn zu sich herum und legte ihm beide Arme um den Oberkörper. Eva sah ihr Gesicht über seiner Schulter. Sie hatte die Augen geschlossen, ihr Lächeln betonte die breiten Wangenknochen, und wie ein kalter Blitzstrahl traf sie die Erkenntnis.

»Schu-Schu?« sagte sie fassungslos, und Fräulein Schulzes Augen öffneten sich und starrten ihr ins Gesicht. Eva trat ein paar Schritte näher, ein kalter Schauder überlief sie, und sie fragte sich, weshalb sie, nach so langer Trennung, nicht froher war, sie wiederzusehen. Schu-Schus rotes Haar war dunkler geworden. Es war unter einen Strohhut emporgekämmt, und ihre bloßen Hände waren groß und sommersprossig.

»Emanuel?« Fräulein Schulze drehte ihn herum, so daß er Eva ansehen mußte. Er errötete, lächelte schwach und nickte beiden bloß zu, doch ihr Blick nötigte ihn zu sprechen.

»Eva«, sagte er, »Evchen, ich muß dir das erklären«, und er schluckte und holte tief Luft. Schu-Schu nahm ihn bei der Hand. »Ich möchte dir meine künftige Frau vorstellen«, sagte er, und das Gesicht der Gouvernante erstrahlte triumphierend.

Eva ging langsam auf die beiden zu und streckte die Hand aus, doch dann erblickte sie plötzlich die Rubinohrringe ihrer Mutter. So wie sie an dem sommersprossigen Hals hinabbaumelten, wirkten sie völlig fehl am Platze, ihr Rot stumpf unter dem roten Haar, und unwillkürlich zog sie die Hand zurück und wandte sich um. Ihre Sandalen klapperten auf dem Kopfsteinpflaster, als sie davonrannte. Schu-Schus blindes Lächeln noch immer vor Augen, rannte sie unaufhörlich weiter, bis sie zu Haus angelangte.

Kapitel 20

Nach einer Woche kam mein Paß zurück, und hinten waren Sonnys Name und sein Geburtsdatum eingetragen. »Meine letzte Ausrede ist dahin!« Ich hatte auf ein offenes Ohr bei Pam gehofft, doch sie wollte gerade zu einem Hotel in der Nähe von Macclesfield, um Alan beim Golfspiel mit einem Kollegen zuzuschauen.

»Soll ich auf dem Weg vorbeikommen?« Sie hatte offensichtlich ein schlechtes Gewissen, weil sie in einem derart unanständigen Tempo einen neuen Mann gefunden hatte, und mir fiel gerade noch rechtzeitig ein, daß ich zur Babymassage wollte. »Der Mensch, der den Kurs leitet«, erklärte ich ihr, »ist eigentlich recht attraktiv.«

»Er wird von einem Mann geleitet?«

»Das ist so ein sanfter, aber kräftiger Typ mit einer Tätowierung.«

Pam blieb skeptisch. »Hör mal, für den Fall, daß wir uns nicht mehr sprechen, ehe du losfährst, wünsche ich dir viel Spaß.«

»Danke, den habe ich bestimmt.«

»Bestimmt«, sagte ich noch einmal, weil ich noch immer nicht wußte, wohin ich eigentlich fuhr. Ich setzte mich hin und schrieb John Godber eine Karte. »Es tut mir schrecklich leid, daß ich im falschen Augenblick angerufen habe, und ich hoffe nur, Ihre Frau ist –« Ich strich die letzten Worte wieder aus. »Ich hoffe, Elisabeth –« Nein. »Ich hoffe, alles –«

Es war unmöglich. Wenn sie nun gestorben war? Jedenfalls konnte ich nicht einfach eine Karte mit Genesungswünschen losschicken.

»Lieber Mr. –«, begann ich ohne große Hoffnung von vorn, doch genau in dem Augenblick läutete das Telefon.

»Ich hab hier einen Brief für dich.« Es war mein Vater. »Soll ich ihn aufmachen?«

Ich hörte, wie er ihn aufzureißen begann, ehe ich überhaupt Gelegenheit gehabt hatte zu antworten. »Ulkig«, er sprach nicht in den Hörer, »er ist von meinem Vetter.« Und er las die Adresse von Gaglow vor, die Beschreibung, wie man vom Zug aus dorthin kam, und das Ganze endete mit der Mitteilung, daß ich in drei Tagen dort erwartet würde. »Hat er dich dazu rumgekriegt, seine Schmutzarbeit zu verrichten?« Er klang streitsüchtig, und ich mußte ihn mit der Versicherung beruhigen, daß das Ganze ausschließlich meine Idee gewesen sei.

»Ich wollte einfach nur das Haus sehen, ehe es verkauft wird.« Ich hätte es ihm gerade erzählen wollen. »Und dann bin ich zufällig deinem Vetter über den Weg gelaufen ...«

»Dann kannst du mir ja erzählen, wie es aussieht.« Seine Stimme war fast unhörbar, und dann sagte er langsam in warnendem Ton: »Ich hoffe, du bist dir darüber im klaren, daß vielleicht nicht alles stimmt, was ich dir erzählt habe.«

Ich preßte das Ohr an den Hörer. »Das macht doch nichts«, und ich lächelte beim Gedanken an den Schauder, der mich überlaufen hatte, als er mir die Geschichte von dem Fluch erzählte.

»Du hörst ja«, er kehrte wieder zu den Einzelheiten des Briefes zurück, »du kannst entweder ein Auto mieten oder den Zug nehmen. Ich erinnere mich natürlich nur daran, wie ich in der Kutsche meiner Großmutter hinausgefahren bin. Vier Pferde oder möglicherweise auch sechs ...«

»Und ein Kutscher mit goldenen Manschetten.« Und wir fingen beide zu lachen an. »Dad ...« Auf einmal stand fest, daß ich hinfahren würde. »Warum kommst du nicht mit? Ich könnte mir denken, daß das ungeheuer spannend wird, und wenn nicht –«, ich überlegte fieberhaft, »dann könntest du doch ein paar Kohleskizzen von Sonny machen, während er schläft.«

Am anderen Ende der Leitung trat Schweigen ein, und meine Zuversicht begann, sich zu verflüchtigen.

»Ich glaube, lieber nicht«, sagte er freundlich. »Aber falls du irgend etwas brauchst ...?«

Ich versicherte ihm, daß ich zurechtkäme. »Nur eins noch.« Er hatte schon auflegen wollen. »Was ist denn nach dem Krieg aus Emanuel geworden?«

Mein Vater seufzte. »Na ja, nach dem Krieg schrieb er ein Buch oder eine Art Abhandlung, worin er vorhersagte, daß eine galoppierende Inflation bevorstünde. Seine Mutter versuchte, einen Verleger dafür zu finden, doch kein Mensch interessierte sich dafür. Man hielt seine Prognose für Blödsinn, doch Emanuel war so weitblickend, das gesamte Familienvermögen zu Gold zu machen. Und so hatte die Familie, als alle anderen verzweifelt auf einem Haufen wertlos gewordener Banknoten saßen, immer noch ihren Goldvorrat, der sich nun als einziges Vermögen von bleibendem Wert erwies.«

»Also ist sie am Ende dann doch akzeptiert worden, seine Frau, meine ich?«

»Aber keineswegs.« Es war nicht zu überhören, daß ihm dieser Aspekt noch das größte Vergnügen bereitete. »Man gab ihr an allem die Schuld, und am wenigsten verzieh man ihr, daß sie meinen Onkel der Familie abspenstig gemacht hatte. Die beiden sind dann nach Palästina ausgewandert.

Man hatte Emanuel einen Posten als Manager der Barclay's Bank angeboten. Die Bank stand auf dem Ölberg. Die Ölzweigstelle nannte ich sie.« Und er lachte lautlos ins Telefon.

»Die Ölzweigstelle.« Ich grinste bei der Vorstellung des kleinen Jungen, der sich an seinem Wortspiel ergötzte.

»Meine Mutter wollte ja nie über ihn sprechen, doch ich weiß, daß meine Großmutter zu seiner Beerdigung nach Jerusalem gefahren ist.« Er schwieg einen Augenblick und murmelte dann: »›Wir fahren nach Jerusalem ...‹ Das ist nur ein Lied, ein Spiel, das meine Mutter immer mit mir gespielt hat, als ich noch klein war ...« Und er verstummte und verlor sich in seinen Erinnerungen, so daß ich hören konnte, wie er geistesabwesend die Deckel von leeren Schachteln hochhob, um halbherzig nach etwas Eßbarem zu suchen.

»Seine Gesundheit war wohl durch den Aufenthalt in den russischen Lagern ziemlich ruiniert. Ist er deshalb so jung gestorben?« Ich versuchte, ihn wieder ins Gespräch zu ziehen.

»Ja«, stimmte er zu. »Das wird wohl der Grund gewesen sein«, und er versprach mir, mich sofort nach meiner Rückkehr anzurufen.

In der einen Ecke lag ein Stoß grüner Matten, und ich nahm mir eine und legte Sonny drauf. »Nun, wie macht er sich denn?« Es war Martin, der Massagelehrer, der über uns stand und immerhin noch wußte, daß mein Baby ein Junge war. Ich errötete und kämpfte mit Sonnys Latzhose. »Prima, wirklich gut.« Ich musterte ihn mit einem raschen Blick. Sein Haar war kurz und dunkel, sein Gesicht wirkte entwaffnend offen, und als er sich vorbeugte, fiel mir auf, daß seine Fingernägel rund waren wie Monde. Martin legte die Hand auf das liebliche Weiß von Sonnys Bauch. »Ein hübscher Junge ist das«, sagte er und bedachte mich mit einem anerkennenden Blick. »Und so entspannt.« Das war das höchste alle Komplimente, und es ging mir runter wie Öl. Ich konnte gar nicht mehr aufhören zu lächeln, während er seine Runde durch den Raum fortsetzte.

»Okay, fangen wir mit den Beinen an, Hand über Hand, jede Menge Öl.« Der Unterricht hatte begonnen, und ich konzentrierte mich ausschließlich darauf, in Sonnys überraschte Augen zu blicken, während ich streckte und glättete und seine Rollmopsbeine einölte. »Hüften lockern, Knöchel aneinander, eins, zwei, drei.« Als nächstes nahmen wir uns die Arme vor und ließen ihre Ellenbogen durch unsere Hände gleiten, massierten dicke gekrümmte Finger glatt.

Sonny lag auf dem Bauch und wölbte die Schultern empor. »Kräftiger Junge.« Martin nickte, während er vorbeiging, und wieder sonnte ich mich in seinem Lob. Doch keins der Babys wollte viel länger auf dem Bauch liegen bleiben, und so waren sie bald darauf in weiche Handtücher gehüllt, während die Frauen einander mit ihren Erzählungen vom Impfungen, entzündeten Brustwarzen und der endlosen Saga von den vielen gestörten Nächten unterhielten.

Ich nahm Sonny hoch wie ein Paket und trug ihn in die Mitte des Raumes, wo Martin stand. »Würden Sie ihn einen Moment für mich halten?« Ich nickte in Richtung Klo.

Ein gerötetes Gesicht blickte mir aus dem Spiegel entgegen, als ich mir das Öl von den Händen wusch. »Schsch!« Ich versuchte, sämtliche kühnen Phantasien aus meinem Kopf zu verbannen.

Als ich zurückkehrte, lag Sonny in Martins untergeschlagenen Armen, das Kinn an Muskeln gelehnt, den Körper löwengleich ausgestreckt wie auf einem Ast. Er hob mir träge den Blick entgegen und lächelte. Martin hatte mich nicht gesehen und setzte seine Runde durch den Raum fort, wiegte Sonny sanft im Gehen und beugte sich mit ihm nieder, wenn er Fragen beantwortete und Ratschläge erteilte. »Dies ist eine tolle Art und Weise, ein Baby zu halten.« Er erblickte mich und lächelte. »Es ist sehr beruhigend und hält den Körper genau im Gleichgewicht.«

Ich streckte die Arme nach Sonny aus. »Ich werd's versuchen, doch für mich ist er zu schwer, ich muß ihn anders halten.« Und ich zeigte Martin, wie ich ihn am liebsten hielt, an meine Schulter gelehnt, an meinen Hals geschmiegt.

»Na, dann bringen Sie Ihren Partner mal dazu, daß er auch mitkommt.« Er hob die Brauen, und ich lächelte wortlos auf eine Weise, die, so hoffte ich, an Deutlichkeit nichts zu wünschen übrigließ.

Nachdem ich meine Handtücher eingepackt hatte, verharrte ich unschlüssig an der Tür. »Nächste Woche werde ich nicht da sein, doch danach komme ich wieder.« Und während Sonny bereits wegzudösen begann, bedachte ich Martin mit einem funkelnden Blick.

Am nächsten Morgen kam eine Ansichtskarte von Mike. Darauf war ein Bild vom Meer, das kabbelig grün an eine felsige Bucht schlug, und als ich sie aus dem Kasten holte, sah ich, daß sie an mich adressiert war. »Sarah, ich habe plötzlich eine Woche frei, und mit der Fähre haut es genau hin. Ich muß Euch beide sehen. Ich rufe an, sowie ich da bin. Bitte, bitte hab nichts vor.«

Ich nahm die Karte mit nach oben und stellte sie neben die anderen. Ich hätte sie am liebsten angespuckt, die Schrift mit meiner Galle ausgelöscht, doch statt dessen stand ich und las sie so oft, bis die Worte sich in meinem Kopf in einen Refrain verwandelt hatten und ich sie zur Wand drehen mußte.

Ich nahm die Tickets und strich glättend mit der Hand darüber hinweg. »Bitte, bitte, hab nichts vor.« Und der Gedanke kam mir, daß wir oft einfach keinen gemeinsamen Rhythmus gefunden hatten. Unser Timing stimmte nicht, und unsere Träume waren aus zerbrechlichen, getrennt voneinander existierenden Dingen. Bei unserem letzten Streit war es um ein Auto gegangen. Unser letzter, ehe wir das mit dem Baby wußten. In unserer Straße stand ein Citroën geparkt, ein wunderschöner blaßblauer mit üppigen Polstern, dessen langes Heck auf die Straße hinabzufließen schien. Ich hatte oft beobachtet, wie es sich mit einem zischenden Geräusch vom Boden hob, und jetzt war ein kleines Pappschild an der Scheibe. »Zu verkaufen.« Ich hatte mich ruckartig zu Mike umgedreht. »Wir könnten doch nach Amerika fahren, eine Abenteuerreise. Und uns beim Fahren abwechseln.«

Doch er hatte seinen Weg einfach fortgesetzt und erklärt, ihm stehe der Sinn nicht nach Abenteuern. »Außerdem weißt du ja, daß ich nicht Auto fahren kann.«

»Könntest du es nicht lernen? Hast du nicht Lust darauf?« Ich war zu aufgeregt, um Ruhe geben zu können.

»Das einzige, wozu ich Lust habe«, hatte er erwidert, »ist zu arbeiten.« Und mir war, als ich da neben dem samtblauen Auto stand, plötzlich klargeworden, daß das womöglich stimmte.

»Es reizt dich also überhaupt nicht, mit mir quer durch

Amerika zu fahren. Und es wird dich nie reizen?« Meine Brust schmerzte, als wäre etwas darin zersprungen, und ich hatte Mühe zu hören, was er sagte.

»Nein«, sagte er, »es reizt mich überhaupt nicht.«

»Was willst du denn dann noch?« Ich war bereit, die Sache bis zum bitteren Ende auszufechten. Seine Augen zogen sich zusammen, seine Iris verschwamm alarmiert, doch statt »nichts« zu sagen, streckte er gerade noch rechtzeitig die Hand aus und schlug mir vor, etwas essen zu gehen.

Wir verbrachten einen eiskalten Nachmittag miteinander. Hand in Hand wanderten wir durch Camden Lock. Seine Finger fühlten sich mehlig an, die Handflächen wie blutleer, doch ich wollte nicht diejenige sein, die losließ. Wir liefen endlos im Kreis herum, benutzten die Auslagen in den einzelnen Buden dazu, um Zeit zu gewinnen, drängten uns durch die Leute hindurch, für einen Augenblick wärmend vereint gegen die schiebende Menge. Es hätte nur eines weiteren Wortes eines von uns beiden bedurft, doch sobald wir zu Hause ankamen, klemmte Mike sich vor den Fernseher, zog ihn so dicht zu sich heran, wie es überhaupt ging, und so nahm ich mir ein Buch und stieg sofort ins Bett. Mein Brustkorb schmerzte von der stundenlangen Anspannung, und die lastende Stimmung, die nun schon über ein halbes Jahr währte, schnürte mir die Kehle zu. Das Licht war aus, als er hereinkam, und schlaflos lagen wir Seite an Seite, mit angezogenen Knien, die wie Eispickel unter der Bettdecke emporstachen.

Als ich erwachte, lag ich in Mikes Armen. »Sarah«, sagte er halb lachend, und mit weit geöffneten Augen schliefen wir seit Monaten zum erstenmal wieder miteinander. Es ist vorbei, dachte ich, es ist vorbei. Jede Zurückhaltung schien sich zu erübrigen, so wie die Dinge standen, und, umgeben vom zerwühlten Bettzeug, begann ich mich zu ereifern und erklärte hitzig, wie sinnlos es sei, sich in die Intimität zu stürzen, wenn wir nicht einmal miteinander nach Amerika fahren könnten. Und dann ging ich ins Bad und suchte nach meinem Pessar.

Ich drehte die Ansichtskarte wieder um. »Bitte, bitte hab nichts vor«, und ich mußte mir erst wieder vor Augen rufen, wie seine Miene sich verfinstert hatte, als er erfuhr, daß meine Periode auf sich warten ließ.

Johns Brief ermutigte mich, ihn anzurufen und ihm dafür zu danken, daß er meinen Gaglow-Besuch arrangiert hatte. »Wie geht es denn Ihrer Frau?« Er erklärte, daß sie sich erstaunlich gut erholt habe. »Mr. Godber?« Eins wollte ich gern noch wissen. »Können Sie mir vielleicht sagen, was aus Ihrer Tante geworden ist … der Frau, die Emanuel Belgard geheiratet hat?«

Er schwieg einen Augenblick, und ich fragte mich auf einmal, wieviel mein Vater wohl dazuerfunden hatte. »Selbstverständlich, selbstverständlich.« Ich merkte, daß er lächelte. »Schu-Schu? Sie ist nach Emanuels Tod zu meiner Großmutter gezogen. Daran erinnert Michael sich doch bestimmt. Sie hat als Omi Mariannas Gefährtin draußen in Gaglow gelebt, Schu-Schu, eine Hünin von einer Frau mit rotem Haar und Füßen wie ein Mann.«

»Ach, natürlich«, sagte ich, als fiele es mir jetzt wieder ein, »klar.«

»Deshalb haben sie es ja auch gehaßt, dorthin zu fahren, die Schwestern. Deshalb sind wir nie dorthin gefahren.«

»Ach ja«, sagte ich. »Vielen herzlichen Dank.«

»Aber traurigerweise war die Verbindung kinderlos geblieben.«

»Ja, keine Kinder, das wußte ich schon.« Und wir verabschiedeten uns voneinander.

In jener Nacht, während Sonny schlief, beruhigte ich meine Nerven damit, daß ich packte. Wie viele verschiedene Outfits konnte so ein Baby in vier Tagen schon benötigen? Trotzdem legte ich Pullover, Sonnenanzüge, Hüte und Unterhemden und ein winziges Paar gestreifter Badehosen zurecht.

Ich durchforstete meine Garderobe und nahm die Sachen heraus, die ich niemals trug. Ich probierte sie an und bewunderte mich darin, doch da ich nicht einzusehen vermochte, weshalb ich sie lediglich deshalb anziehen sollte, weil ich im Ausland war, hängte ich sie wieder in den Schrank. Schließlich legte ich meine Lieblingsjeans, Shorts und Sandalen und, für die Reise, mein Sommerkleid mit den Tulpen zurecht.

In jener Nacht träumte ich von dem Eishaus. Es war von goldenem Licht überflutet, seine Säulen wuchsen empor, die kannelierten Enden lösten sich in den Wolken auf. Der Boden unten war eiskalt. Ich wachte auf und deckte mich zu, und sowie ich wieder eingeschlafen war, setzte mein Traum dort wieder ein, wo er zuvor verblaßt war.

Ich sah meine Urgroßmutter Bier trinken, genau wie meine Mutter, mit einer dünnen Zigarre in der Hand, und dann war sie da, eine alte zerbrechliche Dame, die sich Emanuels Uniform an den Hals hielt und die Nazisoldaten anflehte, ihr das Haus nicht wegzunehmen. »Er hat seine Kraft für das Vaterland hingegeben«, sagte sie, doch ihre Stimme verebbte, die Worte verwandelten sich in Rauchkringel, so daß die Männer an ihr vorbeidrängten, um ihre Runen an die Wände des Eishauses zu schmieren.

Ich ließ Sonny in seinem Stuhl herumwippen und schleppte das Gepäck zur Haustür hinunter. Die Taschen waren prallvoll mit Windeln, Sonnencreme, Büchern und Kleidung, und ich hoffte nur, der Fahrer des Mini-Cabs würde sich als hilfsbereit erweisen. Ich klemmte die Karre in die Tür und ließ das Gepäck, während ich nach oben hastete, um den Jungen zu holen, auf den Stufen vor der Haustür stehen. Die spitze Ecke meines Briefs an Mike stach mir in die Hüfte. Er sollte den Poststempel vom Flughafen tragen, deshalb wollte ich ihn erst in Heathrow in den Kasten werfen. Noch im Bett hatte ich ihn heute früh geschrieben. Nicht persönlich zu nehmen, hatte ich beteuert, einfach nur Pech, und selbst den spitzen Zügen der Tintenschrift, in der ich seinen Namen geschrieben hatte, war anzusehen, wie sehr sich mein Verhältnis zu ihm gewandelt hatte. Dann hielt meine Taxe am Bordstein. Ich konnte ihr lautes Motorgeräusch hören, und die Tür flog auf, noch ehe ich Gelegenheit gehabt hatte, mich umzudrehen. Doch es war nicht meine. Es war ein blitzblankes Londoner Taxi, nicht etwa mein Cab, und ihm entstieg, mit einer einzigen kleinen Reisetasche, in diesem Augenblick Mike. »Sarah, verdammt noch mal.« Er funkelte mich wütend an, als er mich, umgeben von Reisegepäck, erblickte, und dann drehte er sich hastig um, um sein Wechselgeld in Empfang zu nehmen.

Ich saß mit Sonny auf dem Mäuerchen des Vorgartens und beobachtete ihn. Ich sah, wie nervös seine Hände waren, als er in die Brieftasche langte, und dann schaltete der Taxifahrer das Freizeichen ein. »Wollen Sie gleich dies nehmen, junge Frau?« rief der Mann heraus, und ich erklärte ihm, daß ich ein Mini-Cab bestellt hätte.

Mikes Gesicht war noch mitgenommen von der langen

Reise, und er musterte uns beide mit verwirrtem Blick. »Wie lange habe ich noch?« Ich machte ihn, für den Fall, daß er es vergessen hatte, darauf aufmerksam, daß die Taxifirma aus dem Viertel immer verspätet kam. Wir verstummten, und mir wurde langsam mulmig zumute. »Ich fahre doch nur vier Tage weg. Es war nicht geplant – ich meine ...« Wütend, weil ich mich so rasch schon verheddert hatte, befühlte ich die weiße Ecke seines Briefes.

Gerade in dem Augenblick fuhr mein Wagen vor, und ich begann, die erste Tasche zur Straße zu schleppen. Mike hob die Karre hoch, und sie öffnete sich in seinen Armen. »Wohin?« fragte der Fahrer, und ich bat ihn mit gesenkter Stimme, rasch zum Flughafen zu fahren.

Mike hielt uns die Tür auf, und statt sie nur wieder zu schließen, warf er seine eigene Reisetasche hinein und ging auf die andere Seite herum.

»Alles in Ordnung, mein Sohn?« Er beugte sich über das Baby, und Sonny blickte strahlend mit seinem zahnlosen Lächeln zu ihm empor.

Der Wagen bog um eine Kurve. »Ich hätte ja gern seinen Stuhl mitgenommen«, fing ich an, »aber ich konnte nicht mehr tragen.« Mike hörte jedoch nicht zu. Er summte und pfiff, sang und lächelte, während Sonny mit der Hand nach seinem Kinn langte.

»Wo wollen Sie denn nun hin? Ich meine, zu welchem Terminal?« fragte der Fahrer, und ich beugte mich vor und erklärte ihm, wir flögen nach Berlin. Plötzlich war Stille im Wagen eingetreten, und als ich mich umblickte, um ein paar erklärende Wort zu sagen, sah ich, daß Mike ein Röhrchen Seifenblasen herausgezogen hatte und rosa und lila Schwärme in den Wagen blies. »Das lassen wir mal besser.« Der Fahrer wedelte sie weg, und Mike machte ein Fenster auf und drehte Sonny um, so daß er zuschauen konnte, wie die Blasen in den Tag hinaustrieben.

»Wie wolltest du das denn bloß schaffen?« Mike rammte unser Gepäck mit einem schwergängigen Gepäckkarren.

»Das geht ganz prima.« Und ich versuchte, es zu beweisen, indem ich die vier Rollen des Karrens in dieselbe Richtung bugsierte. »Du glaubst gar nicht, wie hilfsbereit die Leute sind, wenn man allein ist.«

»Da machst du also die ganze weite Reise bis Deutschland, nur um mir zu entgehen?«

Wir wanderten die Gänge mit den Flugsteigen entlang und hielten Ausschau nach unserer Schlange. Ich wedelte mit meinem Ticket. »Das habe ich letzte Woche gekauft, lange bevor ich deine Postkarte erhalten habe.«

Mike sah mich kopfschüttelnd an. »Laß mal sehen«, sagte er und nahm es mir aus der Hand. »Glaubst du, man kriegt das Geld zurück?« Ehe ich reagieren konnte, hatte er sich bereits aus meiner Reichweite entfernt.

»Du Scheißkerl!« Ich riß Sonny aus seiner Karre hoch und raffte das Gepäck zusammen. »Mike!« Doch er war bereits verschwunden.

Die Leute in meiner Schlange beobachteten mich, also zuckte ich nur die Achseln und stellte mich wieder an. Ich würde einfach erklären, daß man mir das Ticket gestohlen hätte, einfach aus der Hand gerissen, und dafür hatte ich schließlich einen Haufen Zeugen.

Der Schlange bewegte sich füßescharrend voran, und meine Entschlossenheit wuchs. Es war, als hätte ich bis jetzt gar nicht wirklich fahren wollen, wäre ich dessen nicht ganz sicher gewesen. Doch jetzt würde mich nichts und niemand aufhalten. Ich hievte mein Gepäck wieder auf den Gepäckkarren und rückte mit der Schlange vorwärts.

Wir waren bis auf einen einzigen Vordermann an den Abfertigungsschalter herangerückt, als Mike sich zu uns durchdrängte. Er hatte eine Hochglanztasche der British Airways in der Hand und nahm unsere Tickets heraus. »Kein Problem. Das Flugzeug ist nur halbvoll.« Er schob sie über den Tresen. »Wir möchten gern zusammensitzen«, sagte er, und ich drückte Sonny an mich, als wäre das alles ganz selbstverständlich.

»Du bist also bereit, uns um die halbe Welt zu folgen?« Ich sah ihn von der Seite an, als wir auf den blitzblanken Gang hinaustraten.

»Wie es aussieht, habe ich ja keine andere Wahl.« Er lächelte.

»Solange es nicht nach Amerika geht?«

»Fordere das Glück nicht heraus.« Plötzlich verlegen und schüchtern, gingen wir in die Lounge hinüber.

Wir mußten vom Bahnhof ein Taxi nehmen. »Wird denn da überhaupt Platz für mich sein?« Mike kamen langsam Zweifel, während wir zügig die erst kürzlich ausgebesserten Straßen entlangfuhren.

»Das Haus ist riesig.« Lachend schob ich seine Bedenken beiseite. »Es waren vierzehn Schlafzimmer, oder vielleicht auch vierzig, und die Lehrer werden alle im Urlaub sein.«

Der Taxifahrer war ein großer, rotgesichtiger Mann mit auffallend starken Knöcheln, der lautstark zu uns sprach, während wir angestrengt aus dem Fenster sahen. Da waren Weizen- und Roggenfelder und dicht beieinander stehende Kühe, die mit ihren Schwänzen nach den Fliegen schlugen, und dann holperten wir die Auffahrt hinauf und hielten auf das kiesbestreute Oval vor der Veranda zu.

»Es ist schön«, sagte ich fassungslos, »wunderschön«, obwohl mich am meisten beeindruckte, daß es eigentlich scheußlich aussah. Das Haus hatte einen frischen Anstrich, aprikosen- und cremefarben, und Rosen, die ausschließlich dazu gezüchtet worden waren, daß sie den ganzen Sommer weiterblühten, wuchsen in Bottichen aus dem Kies heraus. Ich stieg aus dem Wagen. Ein Mann riß die frischlackierte Doppeltür auf, doch ich strebte bereits in Richtung Garten.

»Guten Abend, herzlich willkommen.« Der Mann kam mit langen Schritten auf uns zu, und ich machte ihn mit Mike und Sonny bekannt. »Kommen Sie, kommen Sie herein«, rief er. »Sie werden sehen, wir haben noch Stücke vom ursprünglichen Mobiliar Ihrer Familie. Den Flügel zum Beispiel und ein paar interessante Wandteppiche.« Während er sprach, ertappte ich mich dabei, wie ich mich unauffällig zu entfernen begann. Ich klinkte das neue schmiedeeiserne Tor auf und schlenderte allein über den Rasen davon. Der Garten bestand hauptsächlich aus Rasenflächen. Außerdem gab es breite Rosenbeete mit niedrigen rosa, rot und lachsfarben blühenden Sträuchern. Sie standen in Reih und Glied und spreizten derbe, dornige Triebe. Weit und breit war kein Unkraut zu sehen. Ich wandte mich um, um zum Haus hinaufzublicken. Es hatte hohe Glastüren, die, wohl wegen der Hitze, geschlossen waren, und unter der Markise einer Veranda war ein beachtliches Sortiment von Plastikstühlen gestapelt. Vermutlich setzten die Lehrer sich in den Pausen in die Sonne hinaus. Ich ging auf die Grenze des Gartens zu, wo man das Gras hatte wachsen lassen, das nun an einem Saum von

Bäumen entlangwucherte. Von hier aus konnte ich hoch oben die Fenster des Dachgeschosses sehen und auf der einen Seite des Hauses den Obstgarten mit seinen knorrigen Bäumen. Es gab einen Weg, auf dem das Gras länger, derber wuchs und der in den Hügel hineinzuführen schien, und als ich ihm unter Fliederblättern folgte, stieß ich auf das Eishaus. Es war heruntergekommen, die Farbe blätterte von seinen Säulen, und trockene Blätter vom letzten Winter rollten sich am Boden. Eine steinerne Bank schmiegte sich in die Rundung der Wand, und es gab eine rechteckige Türöffnung. Die Tür besaß weder Klinke noch Riegel, und als ich mit den Fingern daran entlangfuhr, stellte ich fest, daß man sie zugenagelt hatte. Ich legte mich auf die Bank und blickte den belaubten Weg hinauf, an dessen Ende gerade nur die abendlichen Schatten zu sehen waren, die über dem Rasen lagen. »Sarah«, hörte ich Mike rufen und dann das dünne Wimmern von Sonny, der gestillt werden wollte.

Ich versuchte mir vorzustellen, wie meine Urgroßmutter hier gelebt hatte, allein mit ihrer Gefährtin, Emanuels Frau, während Deutschland einem weiteren Krieg entgegentaumelte. Schu-Schu, dachte ich, Gabrielle Belgard, und ich fragte mich, ob es ihnen viel ausgemacht hatte, daß Bina, Martha und Eva sich weigerten hierherzukommen. Sie waren wohl gemeinsam die Gartenwege entlangspaziert, nicht immer in ihrer schwarzen Witwenkleidung, und am frühen Abend hatten sie dann auf der Veranda draußen Kaffee mit Sahne getrunken. Ich mußte meinem Vater unbedingt erzählen, daß der Fluch offenbar aufgehoben worden war, als Marianna ihre Reise nach Jerusalem gemacht und Schu-Schu mit zu sich nach Hause genommen hatte. Ich bildete mir ein, flüchtig die Schatten ihrer

Gestalten zu erblicken, die bis in die Nacht hinein Karten spielten.

»Sarah«, rief Mike wieder, »wir brauchen dich«, und ich sprang auf und rannte durch das hohe Gras auf das Haus zu.